1813

# PRIDE AND PREJUDICE

# 傲慢與偏見

Jane Austen　珍・奧斯汀

吳妍儀——譯

〈導讀〉

# 珍奧斯汀的微雕藝術

台大外文系教授　曾麗玲

珍奧斯汀（1775-1817）前二十五年的歲月於英國漢夏郡的小鎮史蒂芬頓度過，她出生在非常傳統的家庭，父親任職當地的牧師，珍早年的教育就由父親私塾。珍步入青春期就開始提筆寫作，她一生共寫成六部膾炙人口的小說：《理性與感性》（1811）、《傲慢與偏見》（1813）、《曼斯菲爾德公園》（1814）、《艾瑪》（1815）、《諾桑傑寺院》（1818）、及《勸導》（1818）。儘管《傲慢與偏見》一出版後就佳評如潮，但她並未擠身當時的名人榜，反而選擇以匿名的方式出版她的小說，僅有家人、至親才知她身為文學才女的這項事實。據說她寫作時總躲在房內，直至有客來到她門前，門被試圖打開吱吱作響時，才提醒她趕緊將手中稿子收拾藏好，才能起身見客。其實珍如此低調的行徑反而為她撐起一把保護傘，此乃當時進入十九世紀的前十五年，歐洲發生拿破崙的奪權革命戰爭，歐洲各皇室均感受到人民對皇室的不滿及抗爭，在各國境內紛紛實行思想箝制的保守作為，對於國內的出版品更是嚴加檢核。珍所處的英國更屬階級、性別涇渭分明、保守氣氛充斥的時期。她選擇以隱姓埋名的方式來出版她的小說，反而使她免於因人紅而招致公評的下場，畢竟女性成為公眾人物並不符合當時社會編派女性至私領域——家——的傳統刻板印象。

正由於珍所處的時代階級意識可說牢不可破，在她的小說裡她就特別著眼批評上流社會狹隘的階級觀，她特別凸顯當時人們對先天無法改變的身世背景的喜好，及對後天個人美德的培養得以補充先天不足的可能性的辯論。珍擅於呈現她所處時代裡不管是上層社會、還是中產階級壁壘分明的狀況。故事裡班奈特夫婦雖得以結交上流社會的賓利、達西家族，他們其實清楚自己的斤兩，而且他們也恰如其份地被歸為中產階級，不會有越雷池的疑慮。書中具有固我階級意識的角色比比皆是，從男主角達西先生對他家世自視甚高、賓利小姐只以階級角度論斷所有的人、到威克姆無所不用其極想躋身上流社會都是例子。珍對柯林斯先生這個角色的負面描寫可以說是她對整個社會只盲目崇拜階級結構、即所謂「階級正確」、因而可以全然忽視他人美德行為的批判。

緊扣階級意識議題的是珍也側寫當時人們對名聲、特別是女子名聲的重視，也就是這個社會對於女性行為、出入場所、甚至時間多所規範，只要不符合社會預期，便有可能被眾人排擠、遭污名的待遇，小說中伊麗莎白直接挑戰加諸在女性身上嚴厲的規範，她選擇在雨天徒步走到「奈德菲」一地，以致整片裙擺泥濘不堪，此舉震驚最為注重女子名聲的賓利小姐。此外，班奈特太太有禮無體的可笑行為也在注重合宜行止到勢利眼程度的達西及賓利家族成員心中留下負面印象。小說裡最為敗壞婦德的該是莉迪亞與威克姆私奔的這件事，她魯莽的行為讓整個班奈特家族蒙羞，更嚴重影響她姊妹的名聲，使她們在婚姻市場的競爭失利。當然，這個難題就由達西大方出手金援威克姆、讓他名正言順地娶莉迪亞入門得到解決。達西此舉雖不無可能是要藉著挽救班奈特女兒的名聲，他也好名正言順地順遂他對伊麗莎白的追求，好讓他們兩家不要在社會觀感上差太多，所以有他順服社會規範的考量，但不可否認的，此舉也得歸因於達西本人具有的人格優點——慷慨。

珍在《傲慢與偏見》最令人稱道的當然就是凸顯真愛得以打破上述階級、窒礙的道德觀藩籬的可能性。但更重要的是，她形塑了兩位分別受到他們先天人格偏執侷限的主角，他們必須先克服這些個人的限制（還先不論大社會原本已存在階級、道德觀等限制）。伊麗莎白的驕傲本性使她易怒、對他人總是遽下結論，因而她以偏差的第一印象認定達西，而達西的偏見則使他從眾地用階級的分野將伊麗莎白貼上低下的標籤，而看不見她的優點。《傲慢與偏見》的標題當然也可跨指伊麗莎白也受她原有的偏見所限，達西也具有上流社會人士易有的驕傲。兩人求愛成功與否與他們能否克服先天人格缺陷密切相關。當然，這過程中更有前述社會加諸在他們身上門當戶對的階級、道德層面的障礙要突破。小說並安排另外一對男女求愛的例子做為反差，這是伊麗莎白的朋友夏洛特為了錢就願意嫁給惡名昭彰的柯林斯先生，這裡我們看到珍的愛情觀也不是一味浪漫的，她深知社會務實環境的現實及反諷，不過小說仍然結束在伊麗莎白與達西兩人令人稱道的去誤會而相知、去重重外在障礙而相愛的喜劇收場，這個結尾使本小說保留了濃濃的浪漫基調，但更不乏珍洞悉人性偏執、甚至醜陋的寫實層面。

生於十八世紀末的珍在寫作風格及關心的主題上橫跨了英國文學兩個主要的時期，她的小說呈現對心靈、及大自然的鑑賞，這使她不遠於十九世紀初的浪漫主義精神，而她小說已然浮現當代都會生活、家庭結構興廢、個人性的彰顯、社會活動的大量舉行、甚至醜聞等主題的描寫，讓她的小說雖早在十八世紀出現，卻先行於後來維多利亞時期主流的寫實主義小說。珍喜歡將自己比擬成「生活的微雕家」，這是她師法當時盛行的象牙微雕作品的技藝，她擅長捕捉生活上最微小的細節，並以精闢的筆調一針見血地直搗事件的核心，最為有名的就是小說雋永的開場：「家財萬貫的單身漢必定需要一位女主人——這是舉世公認的真理」，言簡意賅地就把本書主旨一語道破，不過珍也在這精簡的句子（原文只有一句話）當中已然暗藏敘述者對此真理不盡苟同的疏離與反諷。珍如此細寫生活百態匠心獨具，只不過畢竟身為牧師女兒的珍，從小隨著父親牧養教區信眾的工作當中，必定也接觸過貧窮、階級低下的大眾，然而她的小說中關照的只有中產及上流社會的生態，她筆下的勞動階級（如佣人）似乎都安貧樂道，珍的小說明顯忽略勞動階級是可以被詬病的，不過，這也是當時英國作家的共象，以此可以瞭解珍畢竟也是有她的時代侷限。

珍在她微觀的小領域裡善盡她生活觀察家、描繪家之責，成就部部精雕細琢的小品，這些小說本身難道不也映照當時社會極度的性別、階級分化成小圈圈的實況嗎？如此一來，珍奧斯汀的作品本身就具形了這樣的氛圍，不僅她以小說達到針砭如此窒礙的社會結構的目的，也可以說她的作品其實就是如此分化的社會一個最直接的譬喻了。

# 第一部

# 1

家財萬貫的單身漢必定需要一位女主人，這是眾所皆知的真理。☆1 而在這樣一位男子剛踏入某地時，無論他的心態與觀點多麼不為人知，這番真理仍在他的街坊鄰居心中根深柢固，還會把他當成自家女兒應得的財產。

「親愛的班奈特先生，」有一天，班奈特太太對他說道：「你聽說了嗎？奈德菲莊園終於租出去了。」

班奈特先生答覆他沒聽說。

「可是確實租出去囉，」她回答：「因為朗太太剛才來過，她把事情一五一十告訴我了。」

班奈特先生沒有答腔。

「你不想知道是誰租的嗎？」他太太不耐煩地喊道。

「**妳**想告訴我就說吧，我不反對聽一聽。」

這樣的鼓勵就夠了。

「唉呀，親愛的，你一定要知道，朗太太說奈德菲莊園是一個來自英格蘭北部的闊少爺租下來的。他星期一搭著四馬馬車來看房子，對它滿意得不得了，立刻就跟莫里斯先生談妥。他會在米迦勒節[1]以前搬進來，還會讓幾名僕人在下週末前住進去。」

「他姓什麼？」

☆1
*It is a truth universally acknowledged, that a single man in possession of a good fortune, must be in want of a wife.*

「賓利。」

「他結婚了，還是單身？」

「喔！單身，親愛的，我很確定！家財萬貫的單身漢，年收入有四、五千鎊。對我們家女兒來說多好啊！」

「怎麼會？這怎麼會對她們有影響？」

「親愛的班奈特先生，」他的妻子回道：「你怎麼這麼惹人厭！你應該知道，我心裡想著他會娶她們其中一個。」

「這就是他搬來這裡的目的嗎？」

「目的！別鬧了，你怎麼能這樣講話！不過很有可能他**會**愛上她們其中一個，所以他一搬來，你就應該去拜訪他。」

「我看不出有何必要。妳帶女兒們去，或者妳讓她們自個兒去就好了，這樣可能還更好，因為妳跟她們每一個一樣標緻，賓利先生說不定會覺得妳是其中最漂亮的呢。」

「親愛的，你真是太恭維我了。我確實**曾經**美麗過，不過我不會假裝我現在依然容貌出眾。有了五個成年女兒的女人家，就不該再去想自己的美貌了。」

「這樣說來，女人的美貌並非永遠有用的。」

1. 米迦勒節（Michaelmas）：是基督教曆法中的一天，每年的9月29日。

「不過親愛的，等賓利先生搬過來的時候，你真的一定要去見見他。」

「我向妳保證，我不可能答應的。」

「多為你女兒想想吧。只要想想這對她們之中一個來說是多好的親事。威廉爵士和盧卡斯夫人決定要去了，目的就在此，你知道的，他們通常不拜訪新鄰居。你真的非去不可，因為你要是不去，**我們**就不可能去拜訪他了。」

「說真的，妳太過謹慎啦。我敢說，賓利先生會非常高興見到妳們，我會寫幾句話讓妳帶去，向他保證不論他挑哪個女兒為妻，我都會衷心歡喜的同意；不過我肯定要替我的小麗西[2]多說幾句好話。」

「我倒希望你不會這麼做。麗西一點都沒有比其他女兒強；我肯定她沒有珍一半美貌，也不及莉迪亞一半幽默。可是你總是偏愛**她**。」

「她們都沒多少可以凸顯自己的優點，」他回答：「她們就像別的女孩一樣傻氣無知，可是麗西比她的姊妹們多了些機靈。」

「班奈特先生，你怎麼能這樣貶抑自己的女兒呢？惹惱我你就高興了。你一點都不同情我容易緊張的毛病。」

「妳誤會我了，親愛的，我可是非常關心妳的毛病。它們是我的老朋友了，我已經聽妳鄭重地提起它們至少二十年了。」

「喔！你不知道我吃了多少苦頭。」

「但我希望妳會逐漸痊癒，並且看到許多年收入四千鎊的年輕人搬來這裡。」

「既然你不去拜訪他們，就算來了二十位對我們也沒用。」

「親愛的，這就不一定了，要是來了二十個，我就會全部登門造訪。」

班奈特先生是個奇特的人，既有敏捷的才智與冷嘲熱諷的幽默，同時又含蓄寡言而反覆無常，所以就算一起生活了二十三年，他的妻子也難以了解他的性格。**她的**心思就沒那麼難揣度。她智力平庸，知識淺薄，情緒又不穩定。在不如意的時候，她就愛想像自己神經出了問題。她畢生的志業，就是把女兒們嫁出去；生活的慰藉，就是串門子跟聽八卦。

# 2

班奈特先生是賓利先生最早的訪客之一。他一直有去拜訪賓利的打算，不過到最後一刻，他還向妻子保證他不會去；直到他拜訪完回來的那天晚上，她都還蒙在鼓裡。後來這件

2. 麗西（Lizzy）：伊麗莎白的暱稱。

事是這樣揭露的。他看到他的次女忙著裝飾一頂帽子，突然對她說：

「麗西，我希望賓利先生會喜歡這頂帽子。」

「既然我們不去拜訪賓利先生，」她母親滿懷怨氣地說：「我們就無從得知他喜歡什麼。」

「可是妳忘啦，媽媽，」伊麗莎白說：「我們會在舞會上見到他，而且朗太太答應過要介紹他。」

「我才不相信朗太太會做這種事。她自己也有兩個姪女，而且是個自私又假惺惺的女人，我對她沒有好印象。」

「我對她的看法也沒比較好，」班奈特先生說：「而且我很高興知道妳沒想要靠她幫妳忙。」

班奈特太太沒做任何回應，可是她控制不住自己的情緒，就開始罵女兒出氣。

「老天爺啊，吉蒂，別這樣一直咳！對我的神經有點同情心好嗎，妳要把它們咳成碎片了。」

「吉蒂咳得真不謹慎，」她父親說道：「她咳得真不是時候。」

「我又不是咳高興的，」吉蒂焦躁地回答。

「麗西，妳下次參加舞會是什麼時候？」

「明天起再過兩週。」

「唉，原來如此，」她母親喊道：「朗太太要在前一天才會回來，所以她不可能介紹他給妳們認識了，因為她自己都還沒機會認識他。」

「那麼親愛的，妳就可以勝過妳朋友一籌，把賓利先生介紹給她認識。」

「不可能嘛，班奈特先生，不可能的，因為我自己都不認識他。你怎麼會這麼愛嘲笑別人？」

「我很敬佩妳的謹慎態度。才認識兩星期，交情確實很淺。兩週之內，我們不可能了解一個人的真實樣貌。不過就算**我們**不去大膽介紹，其他人也會的。而且到頭來，朗太太跟她的姪女一定會把握機會去認識賓利先生。所以，如果妳不願意介紹他們認識，我就自己來，因為朗太太會認為我是一片美意。」

女孩們盯著她們的父親看。班奈特太太只是一逕說著：「胡扯，胡扯！」

「妳這樣大聲嚷嚷是什麼意思？」他喊道：「妳難道認為互相介紹的形式，還有對這些形式的重視是胡扯嗎？在**這方面**，我可沒辦法同意妳的見解。瑪麗，妳怎麼說呢？我知道妳是個思慮深刻的年輕小姐，老讀些大部頭的書，還會做摘要。」

瑪麗很希望能說些非常睿智的話，卻又不知道如何表達。

「趁著瑪麗還在斟酌她的想法，」他繼續說道：「我們再來講講賓利先生吧。」

「我討厭賓利先生，」他太太嚷道。

「聽到**這句話**讓我好遺憾，可是妳怎麼不早跟我講呢？如果今天早上我知道你這樣想的話，我就不會去拜訪他了。我還真不走運，不過既然我已經走訪過他，我們就逃不掉和他往來的命運了。」

女士們的震驚反應，正如他所願；班奈特太太尤其訝異，不過在第一波歡樂的騷動結束後，她開始宣稱她早就預料到會如此。

「我親愛的班奈特先生，你真是太好了！不過我就知道最後我總會說服你的。我確定你太愛你這些女兒了，所以絕不會疏於結識這樣的人。喔，我多高興啊！而且這也是個很棒的玩笑，你竟然今天早上去了，到現在還不露口風！」

「吉蒂，妳現在愛怎麼咳就怎麼咳啦，」班奈特先生一邊說著，一邊就離開了房間，他太太得意忘形的樣子讓他不耐煩了。

「姑娘們，妳們的父親實在太好了，」門一關上，她說。「我不知道妳們要怎麼做，才能報答他的慈愛，或是報答我呢。我可以告訴妳們，在我們這歲數，要天天結識新朋友並不那麼愉快，可是為了妳們，我們什麼都願意做的。我心愛的莉迪亞，雖然妳年紀最輕，但我敢說賓利先生在下一場舞會裡肯定會邀妳共舞。」

「喔！」莉迪亞勇敢地說道：「我不怕，因為我雖然年紀最輕，個子卻最高。」

於是這一晚就在猜測賓利先生多久會回訪班奈特先生，以及決定她們幾時要邀他來吃晚飯中度過了。

# 3

然而對於賓利先生的為人，班奈特太太就算有五個女兒的協助，還是完全無法從她丈夫口中問出讓人滿意的描述。她們用各種方式問他：厚著臉皮直接發問、別出心裁的假設，還有漫無邊際的猜測；不過他閃避了她們使出的種種招數，後來她們終於被迫接受來自鄰居盧卡斯夫人的二手情報。她對他評價很高，說威廉爵士很喜歡他。他相當年輕，非常俊俏，極討人喜歡，而讓這一切錦上添花的是，他打算帶一大群人來參加下次的舞會。沒有什麼能比這更讓人開心了！喜歡跳舞，正是墜入愛河的必要步驟，而大家都熱切期待，想要在舞會贏得賓利先生的心。

「如果我可以看到我的一個女兒快樂地定居在奈德菲莊園，」班奈特太太對她丈夫說：「其他女兒也都能門當戶對地嫁出去，我就別無所求啦。」

幾天之後，賓利先生回訪班奈特先生，還跟他在書房裡坐了約十分鐘。他久聞幾位年輕小姐美貌出眾，原本期望能獲准見見她們，但他只見到這位父親。小姐們運氣比較好些，因為她們得以從樓上窗戶俯瞰，清楚看見他穿著藍外套，騎著一匹黑馬。

不久，晚餐邀約就送出了，而班奈特太太已經在計畫用哪些菜餚來顯示她持家有方。可惜這時抵達的回覆，把一切都推遲了。賓利先生第二天必須到倫敦，所以無法接受他們盛情款待，凡此種種不勝遺憾。班奈特太太頗為挫敗。她無法想像，他才剛到賀福德郡，到底有什麼事能讓他這麼快就上倫敦去。她開始害怕，他可能會一直這樣到處奔波，永遠不會做他該做的事──在奈德菲莊園安定下來。盧卡斯夫人提出一個想法，稍微平息了她的恐懼：他去倫敦只是為了接一大群人來參加舞會；隨後又有人說，賓利先生會帶十二位女士跟七位紳士出席舞會。女孩子們很遺憾會有這麼多女士；可是在舞會前一天又聽說不是十二個，他只會從倫敦帶來六位女士，他的五個姊妹和一位表姊妹。等這群人走進舞會時，總共卻只有五個人：賓利先生和他的兩位姊妹、姊夫，還有另一位年輕紳士。

賓利先生容貌英俊又有紳士風度；他有著讓人愉快的面容，還有輕鬆不造做的舉止。他的姊妹們則是優雅的女性，有種明顯來自上流社會的氣質。他的姊夫赫斯特先生，看起來只是個紳士而已；但他的朋友達西先生，很快就以他優雅高眺的身段，俊美的五官和高貴的風度，引起全場注意。在他抵達之後不到五分鐘，話就傳開來，他的年收入有一萬鎊。在場的紳士們稱讚他是男人的榜樣，女士們則宣稱他比賓利先生還俊俏，有半個晚上大家都以仰慕的態度看待他，直到大家發現他很驕傲，在人群中顯得高高在上，難以取悅，這讓他的人緣變差了。無論他在達比郡的家產如何龐大，也無法補救他那一臉極不友善又很不討喜的表情，根本無法跟他的朋友相提並論。

很快賓利先生就跟舞會上的所有要人混熟了。他很活潑又健談，每支舞都下場跳，對舞會這麼早就結束感到不滿，還說他自己要在奈德菲莊園辦一場。這樣親切的性格當然吸引人。他跟他的朋友形成了多大的對比啊！達西先生只跟赫斯特太太和賓利小姐各跳了一次，要介紹他認識其他小姐一概被他回絕，整晚都在房間裡走來走去，偶爾跟他同行的朋友講幾句話，他就這樣度過了一晚。大家對他的人格形成了定見。他是世界上最驕傲、最討人厭的男子，每個人都希望他永遠別再來了。最激烈反對他的人也包括班奈特太太，她對他的一言一行都備感厭惡，因為他膽敢輕忽她的一個女兒，甚至更強化成了針對性的怨恨。

因為男士較少，伊麗莎白．班奈特被迫有兩支舞得枯坐著，當時達西先生站得離她夠近，讓她聽見他跟賓利先生之間的對話。賓利先生特地從跳舞人群中抽身幾分鐘，來催促他朋友加入。

「來吧，達西，」他說道：「我一定得叫你去跳舞。我實在不樂見你這樣獨自呆站在這裡。你跳舞的技巧比我好多了。」

「我肯定不要。你知道的，除非跟我的舞伴特別熟稔，否則我討厭跳舞。在這種舞會上，狀況讓人難以忍受。你的姊妹都有人邀舞，房間裡又沒有其他不會讓我覺得跟她共舞是折磨的女性。」

「我不會像你這麼挑剔，」賓利喊道：「說什麼都不會！我以名譽發誓，我這輩子從來沒有在一個晚上就見到這麼多可愛的女孩，而且，她們之中有好幾個都非常漂亮。」

「**你**正在跟房間裡唯一的美女跳舞，」達西先生望著最年長的班奈特小姐說道。

「喔！她是我生平見過最美麗的女子了！可是她的其中一個妹妹就坐在你後面，她也非常漂亮；而且我敢說，性情也很宜人。請讓我邀請我的舞伴來為你介紹。」

「你說的是哪一位？」然後他轉過身，看了伊麗莎白一會，直到跟她四目相望，才收回自己的目光，冷冷地說道：「她還可以，不過沒有美到足以誘惑**我**，而且我現在沒心情去抬舉被其他男人冷落的年輕小姐。你最好回去找你的舞伴，享受她的微笑吧，不用把時間浪費在我身上了。」

賓利先生遵從他的建議去跳舞後，達西先生走開了，留在原地的伊麗莎白對他可沒有什麼好印象。不過，她還是帶著好心情把這個故事轉述給她的朋友們聽，因為她天性活潑愛開玩笑，任何荒謬之事都會讓她拿來說笑。

整體來說，這個晚上全家人都度過一段愉快的時光。班奈特太太發現奈德菲莊園眾人非常喜愛她的長女：賓利先生跟她跳了兩次舞，他的姊妹也對她特別青睞。珍跟她母親一樣為此感到很高興，不過表現得比較不張揚；伊麗莎白也感染到珍的愉悅了。瑪麗聽到別人在賓利小姐面前形容她是這一帶最有才華的女孩；凱薩琳跟莉迪亞運氣很好，一直不缺舞伴，這是她們參加舞會時唯一在乎的。所以她們回到居住的龍柏園時，心情都很好，因為她們是當地名流。她們發現班奈特先生還醒著。只要捧著一本書，他就忘了時間；就現在來說，他對這次曾經引起許多美好期待的晚間聚會感到很好奇。他本來還希望他太太對這個陌生人的所有期待落空，可是他很快就發現並不是他想的那樣。

「喔！親愛的班奈特先生，」她走進房裡的時候說道：「我們度過一個極愉快的晚上，這是個最棒的舞會。我真希望你在那裡。大家都好喜歡珍，沒人比得上。每個人都說她看起來多漂亮，而且賓利先生認為她相當美麗，跟她跳了兩次舞[3]。親愛的，你光想想這個就夠了。他真的跟她跳了兩次，而整個舞會上，只有她被他邀請了兩次。一開始，他先請盧卡斯小姐跳舞。我看他跟她跳的時候覺得好困惑，他根本不怎麼欣賞她嘛：說真的，你知道的，沒有人會欣賞她。而在珍走進舞池的時候，他似乎大為驚艷，於是打聽她是誰，然後請人介紹，邀她接連跳了兩支舞。然後第三回的兩支舞他跟金小姐跳，第四回的兩支舞則是跟瑪利亞・盧卡斯跳的，第五回的兩支又是跟珍跳，第六回的兩支舞是跟麗西，然後在跳布朗遮舞[4]的時候——」

「如果他稍微同情**我**一點的話，」她丈夫不耐煩地喊道：「他就不會跳那麼多舞了！看在老天爺的份上，別再提他的舞伴了。喔！他怎麼沒在跳第一支舞的時候就扭傷腳踝呢！」

「喔！親愛的，」班奈特太太繼續往下說：「我很喜歡他。他實在是俊俏得不得了！他的姊妹也都是很有魅力的女士。我這輩子沒看過比她們的衣服更優雅的。我敢說赫斯特太太那件長禮服上的蕾絲——」

她說到這裡又被打斷了。班奈特先生不要再聽任何關於華服美裳的敘述了，所以她被迫找別種話題，而她以相當不快的心情和幾分誇張，描述起達西先生驚人的粗魯無禮。

「不過我可以跟你保證，」她補充說明：「麗西沒得到他的歡心，不算什麼損失，因為他是最惹人厭、最糟糕的男人，完全不值得去討好。這麼高傲又這麼自滿，讓人難以忍受！他這邊晃晃、那邊晃晃，自以為很了不起啊！還嫌人不夠漂亮，不能跟他共舞！親愛的，我真希望你在那裡，可以給他一點顏色瞧瞧。我真討厭這個人。」

3. 當時的習慣是一次邀請對方連跳兩支舞。

4. 布朗遮舞（Boulanger）：當時流行的一種舞蹈，由幾對舞伴一起跳，每個人都必須與在場的每個異性舞伴跳過舞。

# 4

先前珍稱讚賓利先生時態度含蓄，等到她跟伊麗莎白獨處，才對妹妹表明她有多仰慕他。

「年輕男性就該像他那樣，」她說：「見解明智、好脾氣，性格又活潑；而且我從來沒見過這樣開朗愉快的舉止！——這樣容易與人打成一片，又這樣文雅有教養！」

「而且還容貌英俊，」伊麗莎白回答：「要是辦得到，年輕男性也該容貌英俊些。所以他算是十全十美了。」

「他第二次邀我共舞，真讓我受寵若驚；我沒料到會受到這種恭維。」

「妳沒有嗎？**我**倒是替妳料到了。可是我們之間有個很重大的差別：對**妳**來說，恭維總是出乎意料之外；對**我**，卻從不是這樣。他再度向妳邀舞，不是再自然不過的事情嗎？他不得不注意到妳比屋裡的其他女士都漂亮五倍，妳犯不著為此感謝他的騎士精神。嗯，他的性格肯定非常可愛，所以我准許妳喜歡他。妳以前喜歡過好多個更蠢的人了。」

「親愛的麗西！」

「喔！妳知道的，一般而言，妳實在太容易喜歡別人了。妳在任何人身上都看不出錯處：在妳眼中，人人都是好人，大家都很可愛；我這輩子還沒聽妳說過任何人壞話。」

「我希望自己不會輕易苛責別人，但我總是怎麼想就怎麼說。」

「我知道妳確實是這樣，而且就是**這樣**才奇怪。以**妳的**優秀見識，卻真的看不出別人的行為愚蠢無聊！故作坦誠的態度十分常見，我們到處都見得著；但並非出於賣弄或算計的坦率，不僅接受每個人性格上美好的一面，還把它想得更好些，又不提任何缺陷——只有妳具備這種態度。所以妳也喜歡這位男士的姊妹了，對嗎？她們的言行舉止跟他可就不同了。」

「確實不同，起初是不同。但只要妳跟她們交談，就會知道她們是非常討人喜歡的女士。賓利小姐跟她哥哥住在一起，替他持家。除非我的判斷錯得離譜，否則她應該會是我們迷人的好鄰居。」

伊麗莎白雖然默默聆聽，心裡卻不太相信；因為賓利姊妹在舞會裡的行為，並沒有刻意要討人喜歡的意思。她的觀察力比姊姊敏銳，脾氣又不像姊姊那樣柔順，而且別人對她的關懷也難以動搖她的判斷，所以她並不怎麼想稱許賓利姊妹。她們確實是非常高雅的淑女，高興起來就能讓人如沐春風，只要有心也能討人喜歡，然而性格卻驕矜自負。她們頗為美貌，曾在倫敦較早創立的某間私立寄宿女校讀書，還有兩萬鎊的財產。她們習慣揮霍無度，還喜歡跟社會地位高的人往來，因此自認為有權處處自視不凡，看不起其他人。她們來自英格蘭北部的一個體面家庭，對於這般優越的出身始終牢記不忘，卻不大記得她們一家手足的財富，原本都是經商賺來的。

賓利先生繼承了父親近十萬鎊的遺產，他父親原本打算採買一處房產，然而天不假年，沒能完成心願。賓利先生也有相同打算，有時甚至連住哪個郡都挑好了；但現在他既有一棟好房子可住，又有一處便於打獵的莊園，許多熟知他和順天性的人都懷疑，他會不會就這樣在奈德菲消磨掉人生餘年，把採買家宅的任務交給下一代。

他的姊妹們很急著要他買下屬於自己的產業，但就算他現在只是奈德菲的合格房客，賓利小姐也樂意在他的餐桌上扮演女主人的角色；赫斯特太太亦然，她嫁給一位社會地位比財富更稱頭的男士，只要對她有利，她也傾向於把他家當成自宅。賓利先生成年還不到兩年，偶然聽人推薦奈德菲大宅，就心動地想去瞧瞧。他確實去看了，只過了半小時就愛上這棟宅邸；他喜歡這裡的地理位置與主要房間配置，屋主又連聲稱讚這裡的各種優點，於是立刻就訂了租約。

他跟達西儘管性格南轅北轍，友情卻極為堅定。達西非常喜愛賓利，因為他容易相處、胸懷坦蕩、脾氣溫順——雖然這樣的性情與他本人大相逕庭，而且他對自己的性格似乎沒有任何不滿。賓利則對達西的關愛之深有最堅定的信心，對達西的判斷力則有至高無上的評價。在才智見識方面，達西較為優越；賓利絕非駑鈍之人，達西卻聰穎過人。但同時他也高傲、寡言又挑剔，舉止雖然透露出良好教養，卻拒人於千里之外。在這方面，他的朋友就高明許多；賓利所到之處必定受人歡迎，達西卻一直冒犯他人。

他們談起馬里頓舞會的方式，就充分表現出各自的特色。賓利這輩子從沒見過這麼多可愛的人、這麼多漂亮的女孩；每個人對他都極其和藹又關懷備至，大家都不客套、不拘禮，他很快就覺得認識屋裡的每個人了。至於班奈特小姐，他想不出有哪位天使比她更美麗。達西的態度正相反：他看見的這群人裡沒幾位美女，而且個個都不知禮數；他對他們之中的任何一位都不感興趣，他們也都冷落他，沒有人讓他感到愉快。他確實認為班奈特小姐很漂亮，不過她太常面露微笑了。

赫斯特太太跟她妹妹也願意承認事實如此——不過她們還是傾慕她、喜愛她，還強調她是個性格甜美的女孩，她們不反對多認識她一些。所以班奈特小姐的評價已定，就是個性格甜美的女孩。既有這種稱讚，她們的兄弟就覺得獲准得以隨心所欲地想念她了。

## 5

在距離龍柏園不遠處，有一戶人家跟班奈特家特別熟稔。威廉・盧卡斯爵士本來在馬里頓從商，賺得一筆不小的財富，然後在擔任鎮長的期間上書讚頌國王，因此得到封爵的榮譽。他對這份殊榮的感受或許過於強烈，甚至讓他厭煩了他的生意，還有位於市集小鎮上的家。後來他便放下生意與原來的住所，舉家遷徙到馬里頓外一哩的房子裡，這裡從此定名為盧卡斯小築。他在這裡可以愉快地思索著自己的重要性，還能夠不受生意拘束，全心投入文雅的社交活動。因為身分地位雖然讓他開心，卻並未讓他變得傲慢自矜，他反而對人人都加以關照。他天性向來以和為貴，友善又樂於助人，進詹姆士宮封爵又讓他更加謙恭有禮了。

盧卡斯夫人是那種不會過度聰明的好女人，所以對班奈特太太來說，是不可多得的好鄰居。盧卡斯夫婦有數名子女，最年長的是位處事明智聰慧的年輕淑女，大約二十七歲，是伊麗莎白的密友。

對盧卡斯家與班奈特家的小姐們來說，湊在一起談談過去的舞會是絕對必要的。舞會次日早上，盧卡斯小姐就到龍柏園來跟好友交換意見了。

「夏洛特，那天晚上**妳**帶頭開舞，跳得很好，」基於禮貌，班奈特太太要求自己去恭維盧卡斯小姐。「**妳**是賓利先生的第一選擇。」

「對——不過他似乎更喜歡他的第二位舞伴。」

「喔！，我想妳指的是珍——因為他跟珍跳了兩次呢。可以肯定，他**確實**像是對她有愛慕之心——說真的，我滿相信他**確實**愛慕她——我聽到一些說法，不過我幾乎對內容一無所知，好像是跟羅賓森先生有關吧。」

「或許妳是說我聽到他跟羅賓森先生的談話了，我沒有跟妳提過嗎？羅賓森先生問他喜不喜歡我們馬里頓的舞會，還有他是否認為這裡有許多漂亮女士，他認為**哪一位**最漂亮？他立刻就回答了最後一個問題，喔，無疑是班奈特家的大小姐，此事無可爭議。」

「說得是！——嗯，這樣看來確實很明顯——的確就像那麼回事——不過妳明白吧，話說回來，最後也可能什麼都沒有。」

「伊萊莎[5]，**我**順耳聽到的話比**妳**順耳聽到的更有意義吧，」夏洛特說道：「達西先生的話不像他朋友的那樣值得一聽，對吧？可憐的伊萊莎！竟然只是**還可以**。」

「我求妳別讓麗西想起這件事，別讓她為了他那種糟糕的態度心煩，因為他真是惹人討厭的傢伙，被他喜歡上了反而觸霉頭。朗太太昨天晚上告訴我，他就坐在她旁邊整整半小時，卻連嘴唇都沒動過一下。」

「母親，妳很確定嗎？是不是有什麼小誤會？」珍說道：「我肯定見到達西先生跟她說話了。」

「哎，因為最後她自己開口問他喜不喜歡奈德菲，而他不得不回答她。可是她說，跟他攀談似乎惹得他很生氣。」

「賓利小姐告訴我，」珍說道：「除非置身往來密切的熟人之間，他向來不多話。跟**他們**在一起的時候，他就非常和藹可親了。」

「親愛的，這種話我一句也不信。如果他有這麼和藹可親，他就該跟朗太太聊天。但我猜想得到是怎麼回事：每個人都說他驕傲自滿，而且我認為他不知怎的已經聽說朗太太家養不起馬車，只好雇輛出租馬車赴會。」

「我並不太介意他不跟朗太太說話，」盧卡斯小姐說：「不過我真希望他那時候有跟伊萊莎共舞。」

班奈特太太說道：「麗西，如果我是妳，下回我才不會跟**他**共舞。」

5. 伊萊莎（Eliza）：伊麗莎白的暱稱。

「母親，我相信我可以向您保證，我**永遠**不會跟他跳舞。」

盧卡斯小姐說道：「他的傲慢不像常見的傲慢那樣**令我**不快，因為他是有理由的。像他這樣條件優越的年輕男子，家世財富全都對他有利，如果他自視甚高，我們也沒什麼好詫異的。請容我這麼說，他**有權**傲慢。」

「這句話再真切不過了，」伊麗莎白說道：「要是他沒有那樣嚴重傷害**我的**驕傲，我就有可能輕易原諒**他的**傲慢。」

瑪麗一向自詡見解精深，她評論道：「我相信傲慢是一種極為常見的弱點。根據我所讀過的所有書籍，我確定這種毛病真的非常普遍；人的本性特別容易產生這種傾向，我們之中鮮少有人不會對自己的某些特質——無論是真實的，還是想像出來的——感到敝帚自珍。雖然語言中往往把虛榮與傲慢視為同義詞，兩者卻是不同的。一個人有可能傲慢卻不虛榮。傲慢與我們對自己的見解較為相關；虛榮則關係到我們要別人怎樣看待我們。」☆2

這時，盧卡斯家跟著姊姊們一起來的一個小男孩嚷道：「如果我跟達西先生一樣有錢的話，我才不會在乎我有多傲慢。我會養一群獵狐犬，還要每天喝一瓶葡萄酒。」

「那麼你就喝得太過頭了，」班奈特太太說：「而且要是我看到你在喝，我就會直接拿走你的酒瓶。」

那男孩抗議說她不應如此，她則繼續堅持她會這樣做，他們的爭論就這樣一直持續到賓客告辭為止。

☆2
*Vanity and pride are different things, though the words are often used synonymously. A person may be proud without being vain. Pride relates more to our opinion of ourselves, vanity to what we would have others think of us."*

# 6

龍柏園的女士們很快就受邀拜訪奈德菲莊園，奈德菲莊園眾人也同樣依禮受邀回訪。班奈特小姐令人愉快的言行舉止，助長了赫斯特太太與賓利小姐的好感；雖然她們發現她母親讓人難以忍受，較年幼的妹妹們又不值得打交道，但對於較年長的兩位班奈特小姐，賓利姊妹仍然表示希望能進一步往來。對於這番好意，珍非常高興地接受了，但伊麗莎白還是看出她們待人態度倨傲，連對她姐姐都難免如此，因而無法喜歡她們。不過，她們對珍尚稱親切的態度還是有其價值，因為她們很有可能是因為自己的兄弟愛慕珍，才會愛屋及烏。對大家來說，事情已經很明顯，在他們見面的時候，他**確實**仰慕她；而對**伊麗莎白**來說，珍的表現也同樣明顯：一開始她就對他有好感，後來更屈服於這種偏愛，在某種程度上算是深陷愛河。不過伊麗莎白愉快地認為，旁人不太可能發現這一點，因為珍結合了強烈的感情、冷靜的脾氣和始終如一的輕快態度，這種性格能保護她避開他人唐突的懷疑。她向好友盧卡斯小姐提及這個看法。

夏洛特卻回答：「在這種狀況下，能夠給大家這種印象或許是好的，但有時候太過謹慎行卻會帶來不利。如果女方在她青睞的對象面前，也以同樣的技巧掩飾她的感情，她可能就會失去跟他安定下來的機會；以後她就只能可憐兮兮地自我安慰，相信其他人也同樣不知內情。幾乎每段戀情之中，都有許多出於感激或虛榮的成分，聽任戀情自然發展並不保險。

我們都有可能在不經意中讓感情**萌芽**——對人產生一點輕微的好感，是很自然的事；但我們鮮少有人具備足夠的勇氣，不需要鼓勵就真正墜入愛河。十之八九，女方顯示出的感情最好**超過**她的實際感受。毫無疑問，賓利喜歡妳姊姊；但如果她不幫他一點忙，他可能永遠就只是喜歡她而已。」

「可是在她天性容許的範圍內，她確實盡可能幫忙他了呀。如果**我**可以看出她對他情有獨鍾，他肯定是個傻瓜才看不出來。」

「伊萊莎，請記住他不像妳那樣了解珍的性格。」

「但如果一位女子偏愛一位男子，又沒有努力掩飾這番感情，男方肯定會發現的。」

「如果他夠常見到她，或許一定會發現吧。不過賓利跟珍雖然算得上常常見面，卻從沒有機會共處好幾小時，而且每回見面都夾在大批混雜的群眾之間。所以，珍應該盡可能利用她能左右他注意力的每個時段。等她牢牢掌握他以後，她就能鬆一口氣，隨心所欲地沉浸愛河了。」

伊麗莎白回答：「如果不在乎別的，就只想嫁得好，妳的計畫是很好；如果我打定主意要嫁給有錢人、或者隨便誰都好，我肯定會採用妳的計畫。可是珍的感情不是這樣，她不會照著計畫行事。她只認識他兩個星期，在馬里頓跟他跳過四支舞，在他家見過他一早上，後來又在其他賓客在場時，跟他吃過四次飯。對她來說，這樣還不太能夠了解他的人格。」

「事情可不像妳說的那樣。她如果只是跟他**吃過晚飯**，那她可能只會發現他胃口如何，但妳得記住，他們也一起度過了四個晚上——四個晚上就能造成很大的影響了。」

「對，他們在那四個晚上確定他們都偏愛二十一點，不喜歡換牌遊戲，不過我不認為這個過程裡還揭露了多少別的重要特質。」

「哎，」夏洛特說道：「我誠心誠意希望珍能夠成功。而且我認為，就算她明天就嫁給他，從此幸福快樂的可能性不會比先觀察他人格一整年才嫁來得小。婚姻中的幸福全憑運氣。☆3即便雙方都熟知彼此的性情，或者婚前就已經非常相似，還是一點都無法增進雙方的幸福；婚後他們總是會繼續改變，彼此的差異大到足以引起煩惱。對於共度一生的對象，妳最好盡量別知道他有什麼缺點。」

「夏洛特，妳把我逗笑了，不過這說法不合理嘛。妳知道這不合理，妳自己也絕對不會這樣做。」

伊麗莎白忙於觀察賓利先生對她姊姊的態度，根本沒懷疑到他的朋友對她本人也產生些許興趣了。達西先生起初甚至不願說她漂亮，他在舞會裡看她的眼神毫無傾慕之意。等他們下次相遇的時候，他注視著她只是為了加以批評。但他才剛對自己與朋友們直言，她的容貌幾乎沒一處好看，他就開始覺得她那雙黑眼睛裡的美麗神采，讓她的臉龐透露出非比尋常的聰慧。雖然他挑剔的目光注意到她外表上有不只一處不對稱、不完美的地方，他還是不得不承認她的身段輕盈可愛；儘管他確定她的言行舉止不合乎上流社會的標準，那種輕鬆俏皮的模樣卻還是吸引著他。她對此完全一無所知；在她心目中，他只是個處處惹人嫌的男人，還嫌她不夠漂亮，不配跟他共舞。

他開始希望能夠進一步認識她。為了找機會跟她攀談，她跟別人聊天的時候他就會出

☆3
*Happiness in marriage is entirely a matter of chance.*

現。就在威廉・盧卡斯爵士在家大宴賓客的時候，他的行為引起了她的注意。

她對夏洛特說道：「達西先生這樣做是什麼意思，為什麼要聽我跟佛斯特上校講話呢？」

「只有達西先生能夠答覆這個問題。」

「要是他再這麼做，我肯定會讓他知道我看得出他的把戲。他很喜歡挖苦別人，如果我自己不把姿態擺高一些，很快就會怕他了。」

不久，他就走近她們身邊，雖然他看來無意開口，盧卡斯小姐卻用話激她的朋友，要她對達西提起這件事。在這種刺激之下，伊麗莎白立刻行動，轉向他說道：

「達西先生，剛才我調侃佛斯特上校，要他在馬里頓開場舞會的時候，你是否覺得我的口才意外地出色？」

「妳顯得活力十足，不過這種主題總是讓女士很來勁。」

「你對我們很嚴格啊。」

「很快就會輪到**她**被調侃啦，」盧卡斯小姐說。「我要打開那個樂器了，伊莱莎，妳知道接著會發生什麼事吧。」

「妳還真是個奇怪的朋友！──總是要我在隨便什麼人面前都彈琴唱歌！如果我的虛榮心有透過音樂發揮的傾向，妳就會是不可多得的好友了。但事實上，在肯定習於聆聽最佳演奏的人面前，我還是別坐下來獻醜比較好。」然而在盧卡斯小姐的堅持之下，她補上一句：「好吧，如果非彈不可，我只好從命。」然後她嚴肅地瞥了達西先生一眼，說道：「有句非常好的老諺語，當然這裡的每個人都聽過──『總得省口氣來吹涼妳的粥』──而我呢，必須省口氣來唱我的歌。」

她的表演雖然稱不上非常優秀，卻令人愉快。唱過一兩首歌以後，她還來不及回應幾個人要她再唱的請求，她妹妹瑪麗就迫不及待地接下她在鋼琴前面的位置。瑪麗是家中最平凡的女兒，所以特別用功求知、鑽研才藝，還總是急著炫耀。

瑪麗既無天分，又欠品味；雖然虛榮心讓她勤於練習，卻也讓她有股迂腐氣息與自負的態度。就算她的成就比現在更高，也會大為失色。伊麗莎白彈得雖然不及瑪麗一半好，她輕鬆自然的表現卻讓聽眾感受到更多的樂趣。瑪麗在彈完一首漫長的協奏曲以後，為了博得稱讚與感激，樂於聽從妹妹們的要求，彈了幾首蘇格蘭與愛爾蘭民謠。她們和盧卡斯家的幾位姊妹，再加上兩三位軍官，在房間另一頭興致勃勃地跳起舞來。

達西先生站在她們附近，對於用這種方式虛度一晚，暗暗地感到不滿。他被排除在所有的對話之外，又太專注於自己的想法，竟沒注意到威廉．盧卡斯爵士就在他旁邊，到最後威廉爵士自己開口了：

「達西先生，對年輕人來說，跳舞是多麼吸引人的娛樂呀！畢竟沒別的事比得上跳舞。我想跳舞可以列為文明社會第一流的高雅活動。」

「當然了，先生。而且這種活動還有個好處，就算在沒那麼文明的社會裡也很時興，每個野蠻人都會跳舞。」

威廉爵士只能微笑。過了一會，他看到賓利加入跳舞的人群時，就接著說道：「你的朋友跳得很開心，而我毫不懷疑，你自己也很擅長這門技術，達西先生。」

「先生，我相信你見過我在馬里頓跳舞的樣子。」

「是的，確實見過，而且從欣賞中得到不少樂趣。你是否經常在聖詹姆士宮跳舞？」

「從來沒有過，先生。」

「你不認為賞光跳支舞，是對那個地方的適當稱讚嗎？」

「如果能夠避免，我絕不會這樣表達我對任何地方的讚賞。」

「我可以下定論，說你在倫敦城裡有棟房子嗎？」

達西先生點點頭。

「我一度考慮過要在倫敦安家落戶——因為我喜歡那裡卓越的社交圈，不過我不太確定倫敦的空氣適合盧卡斯夫人。」

他頓了一下，期望能得到回答，不過他的同伴不打算做任何回應，伊麗莎白又在這時朝他們走來，盧卡斯爵士突然決定做一件很有騎士風度的事情，就對著她喊道：

「親愛的伊萊莎小姐，妳為什麼不跳支舞？達西先生，你一定要讓我介紹這位年輕女士給你，她是非常理想的舞伴。我很肯定，有這樣的美人當前，你不可能拒絕跳舞。」然後他拉起她的手，就要交給達西先生，達西雖然極端訝異，卻不至於不願接受，而她卻立刻縮手了，還有些慌張地對威廉爵士說：

「說真的，先生，我一點要跳舞的意思都沒有。請不要假定我往這邊走，是為了央求別人陪我跳舞。」

達西先生肅穆而有禮地提出請求，盼她賞光與他共舞，卻徒勞無功。伊麗莎白心意已決，威廉爵士好說歹說，也無法動搖她的決定。

「伊萊莎小姐，妳的舞技比別人好上許多，不讓我有這個福氣看妳跳舞，實在太殘酷了。雖然這位紳士大體上不喜歡這種娛樂活動，我卻可以保證，他不會反對陪我們半小時的。」

「達西先生還真是太有禮貌啦，」伊麗莎白微笑說道。

「他確實是。不過親愛的伊萊莎，考慮到誘因，他會同意這麼做並不奇怪，誰會拒絕這樣的舞伴呢？」

伊麗莎白一臉促狹，轉身離開了。在那位紳士眼裡，她的抗拒並沒有損害她的形象，他反而有幾分滿足地想著她。

這時候賓利小姐過來逗他開口了：「我可以猜中你幻想的主題。」

「我認為不可能。」

「你在想的是，在這種社交圈裡像這樣打發許多晚上，多讓人難熬。說真的，我跟你的意見相當一致。我從來沒覺得這麼惱火心煩！枯燥無味，卻又吵吵嚷嚷——這些人全都無足輕重，卻又自以為了不起！如果可以聽你犀利地批評他們，不論多少代價，我都願意付。」

「我向妳保證，妳的猜測全錯了。我心裡想的是更愉快的事情。我剛才在思索，一位美貌女子的動人眼眸能帶來多大的喜悅。」

賓利小姐立刻就注視著他的臉，希望他會告訴她是哪位女士激發了他的反思。達西先生大膽地說道：

「是伊麗莎白・班奈特小姐。」

「伊麗莎白・班奈特小姐！」賓利小姐重複了一次。「我真是太震驚了。她成為你的最愛有多久了？我能不能問問，什麼時候可以恭賀你姻緣天定？」

「我已經料到妳會這樣問。女士們的想像力總是跑得飛快：從傾慕立刻跳到戀愛，然後一瞬間又從戀愛跳到婚姻。☆4我就知道妳會想要恭賀我姻緣天定。」

「不只如此，如果你的態度這麼認真，我會認為婚事已經完全確定了。說真的，你會有一位很迷人的丈母娘，而且她當然會一直跟你同住在潘伯利莊園。」

她選擇用這種方式來逗自己開心，他則徹底無動於衷地聽她說話。他冷靜的態度讓她相信說什麼都不要緊，就大肆發揮起她的機智了。

# 7

班奈特先生的財產，幾乎就只有一塊一年賺進兩千鎊的土地。對他的女兒們來說誠屬不幸，這片地產限定只能由男性後嗣或一位遠親繼承；至於她們的母親，名下財產雖然夠她生

☆4
*A lady's imagination is very rapid; it jumps from admiration to love, from love to matrimony, in a moment.*

活用度，卻難以補貼她丈夫的不足之處。她父親是馬里頓的一位低階律師，留給她四千鎊遺產。

她有個妹妹嫁給一位姓菲利普斯的先生，他曾是她們父親手下的辦事員，後來繼承了岳父的事業；另有一位弟弟在倫敦定居，從事一門體面的生意。

龍柏園與馬里頓相隔只有一哩，對這些年輕小姐來說是最方便的距離，她們通常一星期會想去那裡遛達個三四次，一方面盡義務拜訪姨媽，另一方面也順路去逛逛那裡的女帽店。家中最小的兩個女兒，凱薩琳和莉迪亞，特別常這樣做；她們的腦袋原來就比姊姊們空洞些，如果沒其他更有趣的事可做，散步到馬里頓必定能帶給她們一個愉快的白天，又能替晚間的談話增色；而且，儘管鄉下地方一般來說沒什麼新鮮事，她們總是能設法從姨媽口中探聽到一些消息。的確，因為最近有一支民兵團抵達這個地區，她們現在不但消息充沛，還心情愉快；這支民兵團整個冬天都會在這裡駐紮，團總部就設在馬里頓。

現在她們拜訪菲利普斯太太，都會探聽到很有意思的情報：她們每天都知道更多軍官的姓名，還有他們的人際關係。不久，他們的住所就不再是祕密，最後她們自己也開始認識那些軍官。菲利普斯先生拜訪過每位軍官，為他的外甥女們打開一個前所未知的喜樂泉源。她們開口閉口聊的都是那些軍官。相形之下，賓利先生的萬貫家財雖然讓她們的母親每次提起就精神一振，在她們眼中卻毫無價值，還不如最低階軍官的制服。

聽她們針對這個話題激動興奮一整個早上以後，班奈特先生冷淡地評論道：

「從妳們講話的方式來看，我只能這麼歸納：妳們是這裡最傻的兩個女孩子。我早就懷疑多時，現在可就深信不疑了。」

凱薩琳聽了窘迫不安，沒有答話；莉迪亞卻毫不在乎，繼續表達她對卡特上尉的仰慕之心，還說她希望今天能見到他，因為他明天就要出發去倫敦了。

「親愛的，我真是震驚，」班奈特太太說道：「你竟然如此輕易就說你自己的孩子傻！不管怎麼說，就算我想要貶低哪一戶人家的小孩，我絕不會挑自己的小孩來嫌棄。」

「如果我的孩子就是傻，我肯定希望自己總是心知肚明。」

「話是不錯，但她們實際上都非常聰穎呀。」

「我這麼說很自以為是，不過我們就只有這件事意見不同。我曾經希望我們的情緒感受在每個枝節上都湊巧一致，但我必須抱著與妳大不相同的看法，認為我們最小的兩個女兒都蠢得非比尋常。」

「我親愛的班奈特先生，你不能期待這樣年紀的小女孩有她們父母親的見識啊。等她們活到我們這把歲數，我敢說她們想起軍官的次數就不會比我們多了。我清楚記得我還喜歡軍官紅外套的那個年紀——而且說實話，現在我內心深處還是很喜歡。如果有位帥氣的年輕上校，一年有五、六千鎊收入，又想娶我的女兒，我不會拒絕他。而且前幾天晚上在威廉爵士家裡，我覺得穿軍服的佛斯特上校看起來相當出眾。」

「媽媽，」莉迪亞嚷道：「姨媽說，佛斯特上校跟卡特上尉不像剛來的時候那樣常去華生小姐家走動了；她現在經常看到他們站在克拉克圖書館裡。」

班奈特太太還來不及回答，就被進門通報的男僕打斷，有人送信給班奈特小姐。信件來自奈德菲莊園，而且僕人就在外頭等回信。班奈特太太高興得眼神發亮，在女兒讀信的時候，她急切地喊道：

「珍，信是誰寫的？說的是什麼事？他說了什麼？珍，快點讀信，然後告訴我們，動作快啊，親愛的。」

「信是賓利小姐寫的，」珍說著就朗聲讀了出來。

我親愛的朋友：

如果妳不大發慈悲，今天來跟路易莎還有我共進晚餐，我們姊妹就有終生結仇的危險了。因為一整天只有兩個女人面面相覷，最後總免不了要吵架。請妳見信之後儘快來吧。我哥哥跟其他紳士要去跟軍官們聚餐。

妳永遠的朋友，卡洛琳．賓利

「跟軍官聚餐！」莉迪亞喊道：「我真想知道姨媽為何沒跟我們提**這件事**。」

「到別處去吃晚餐了，」班奈特太太說：「這樣真不走運。」

「我可以用馬車嗎？」珍說道。

「不成，親愛的，妳最好騎馬去，因為現在看起來快下雨了；然後妳就必須在那裡過夜啦。」

伊麗莎白說道：「如果妳確定他們不會提議派車送她回家，這還真是條妙計。」

可以拉車。」

「喔，可是那些紳士會搭賓利先生的馬車去馬里頓，而且赫斯特夫婦又沒有自己的馬匹

「我想還是搭馬車比較好。」

「可是親愛的，我確定妳父親沒有多餘的馬匹可以撥用了，下田要用到馬匹。班奈特先生，不是這樣嗎？」

「田裡需要用馬的時候，比我真正有馬用的時候還多。」

這時，伊麗莎白說道：「但如果你今天非用到馬匹不可，媽媽就達到她的目的了。」

最後她迫使她父親承認，馬匹已經另有用途，所以珍只好騎馬出門。她母親送她到門口，心中萬分雀躍地期待著壞天氣。她的希望得到應許：珍才出發不久，就下起滂沱大雨。珍的妹妹們為她感到擔憂，她母親卻很高興。雨毫不間斷地下了整晚，珍肯定無法回來了。

「我的主意真的帶來好運了！」班奈特太太不只一次這麼說，好像把下雨全當成她自己的功勞。然而到了第二天早上，她才知道自己的計謀帶來的全盤好處。早餐還沒吃完，奈德菲莊園派來的僕人就帶來下面這封給伊麗莎白的信：

親愛的麗西：

我今天早上覺得很不舒服，我猜要歸咎於我昨天淋得濕透了。我善良的朋友們堅決要我等到身體好轉再回家。他們堅持要我接受瓊斯先生的診治——所以你們要是聽說他來見過我，請別緊張——還有，除了喉嚨痛和頭痛，我沒什麼大礙。

妳的姊姊

「唷，親愛的，」班奈特先生在伊麗莎白讀出那封短箋的時候說道：「要是妳的女兒竟然得了重病——要是她就這麼死了，知道這一切都是因為她聽妳的話去追求賓利先生才導致的，妳會覺得很安慰吧。」

「喔，我一點都不怕她會沒命，不會有人因為一點小小的傷風感冒就死掉的。會有人好好照顧她。只要她待在那裡，一切都會很順利。如果我能用馬車的話，我就會去那裡看她。」

伊麗莎白真心覺得緊張，雖說沒有馬車用，她還是決定要去看姊姊，既然她不會騎馬，她唯一的選擇就是步行。她宣布了她的決定。

「妳怎麼能這麼傻呀，」她母親嚷道：「滿地泥濘，卻還想這麼做！等妳到那裡，妳看起來一定不適合見客了。」

「但我會很適合見珍——我就只想見她。」

「麗西，妳是要暗示我派馬給妳嗎？」她父親說道。

「不，真的不是。我並不期待免掉這趟路。只要有動機，這段距離不算什麼，才三哩而已。我晚餐時間就會回來了。」

「我景仰妳的善舉，」瑪麗評論道：「可是每一種感情的衝動，都該受到理性的指引；以我之見，行動所費的力氣及其必要性，總應該程度相符。」

「我們會跟妳一起走到馬里頓，」凱薩琳跟莉迪亞說道。伊麗莎白接受了她們的陪伴，三位年輕小姐就結伴出發了。

在她們前行之際，莉迪亞說道：「如果我們走快一點，或許還可以在卡特上尉走以前見他一會。」

她們在馬里頓分別了。兩個妹妹前往一位軍官妻子的住處，伊麗莎白則一個人繼續走，步調急促地穿過一處又一處的田野，跨過翻越圍欄的矮階，跳過一池又一池的泥塘，急不可耐地前進，最後總算看到房子就在眼前。這時她雙腳疲憊，長襪也弄髒了，活動身體帶來的暖意，卻讓她的臉顯得容光煥發。

她被帶進早餐室[6]，除了珍，所有人都在場，而她的出現讓大家極為訝異。還這麼早，在處處泥濘的天候狀況下，她竟一個人跋涉三哩路，對赫斯特太太和賓利小姐來說，幾乎難以置信；伊麗莎白確信她們一定會看不起她。然而她們非常有禮貌地接待她，她們的兄弟還表現出比禮貌更好的態度——他顯得很高興又很和藹。達西先生沒說什麼，赫斯特先生則是什麼都沒說。前者心情矛盾，一方面很欣賞運動帶給她的明豔膚色，另一方面又懷疑在目前的狀況下，她獨自遠道而來是否恰當；後者一心只想著他的早餐。

她詢問姊姊的狀況，得到的答覆卻不是十分樂觀。班奈特小姐睡得不太安穩，雖然起身了，卻還是燒得厲害，還不宜離開房間。伊麗莎白很高興自己立刻就被帶去見姊姊了。珍看到伊麗莎白來了也很欣喜，先前她只怕會引起緊張或不便，才忍著沒在信裡說希望家人來探望。然而她不能多說話，即使賓利小姐留下她們獨處了，她也只能表示很感激其他人特別仁慈地照料她。伊麗莎白便默默地看顧她。

早餐結束以後，賓利姊妹來看她們；當伊麗莎白看她們對珍表現得充滿感情又憂心忡忡，也開始喜歡她們了。藥劑師登門了，他檢查過病人之後，一如預料地表示她得了重感冒，他們必須努力才能戰勝病魔。他建議她回床上休息，允諾要給她幾劑藥水。她立刻遵從這番建議，因為發燒症狀加重了，她的頭也痛得厲害。伊麗莎白片刻不離她的房間，另外兩位女士也常在左右，紳士們都出去了，她們在別處其實也無事可做。

時鐘敲響三點的時候，伊麗莎白覺得非離開不可，就很不情願地表示要回去了。賓利小姐要借她馬車，她也只需要一點敦促就決定接受了，但這時珍表示捨不得讓她走，賓利小姐不得不收回借她馬車的前言，轉而邀她暫住奈德菲。伊麗莎白非常感激地同意了，一位僕人就被派往龍柏園，去通知她家人她要住下，並且帶回換洗衣物。

6. 早餐室（breakfast parlour）：早餐室除了吃早餐以外，也是富貴人家在早晨招待客人之處。

# 8

五點鐘，兩位女士回房著裝，六點半，伊麗莎白被請去用晚餐。出於禮貌，大家紛紛問起病情發展。伊麗莎白心中暗喜地發現賓利先生顯得最為擔憂，但她卻無法做出讓人滿意的回答。珍肯定還沒好轉。賓利姊妹一聽到這句話，就連續說了三四次她們感到多麼悲傷，重感冒有多嚇人，她們自己又多討厭生病，然後就將這件事拋諸腦後。只要珍不在眼前，她們對珍就漠不關心，讓伊麗莎白又全然恢復她原本對賓利姊妹的反感。

的確，在這群人之中，只有賓利先生的態度能讓伊麗莎白得到些許滿足。他顯然為珍的狀況感到焦慮，他對伊麗莎白的照顧也很令人愉快。雖然她相信別人都覺得她不請自來很唐突，他的照料卻讓她不至於有這種感覺。除了他，沒多少人關注她。賓利小姐的心思全在達西先生身上，她姊姊只不過比她收斂一點。至於坐在伊麗莎白旁邊的赫斯特先生，他為人懶散，活著就為了吃吃喝喝和玩牌，他一發現她居然偏愛一道普通菜餚勝過重口味的蔬菜燉肉，跟她就無話可說了。

晚餐結束後，伊麗莎白直接回到珍身邊。她才剛離開房間，賓利小姐就開始詆毀她。她認為伊麗莎白的舉止顯然相當無禮，混和了傲慢與莽撞：既不會說話，又沒有格調、沒有品味、更不具美貌。赫斯特太太看法也相同，還補上一句：

「一言以蔽之，她根本沒有能夠讓人抬舉她的優點，只是極其擅長走路罷了。我永遠不會忘記她今天早上的樣子，看起來簡直像是瘋了。」

「的確啊，路易莎。我差點就控制不住我的表情了。就這樣來了還真是荒唐透了！就只因為她姊姊感冒了，**她**就得在鄉間亂跑？她披頭散髮的，真是邋遢！」

「是啊，還有她的襯裙，我希望妳有看到她的襯裙，我敢打包票，泡在泥巴裡有六吋深，就算把外面的長裙放下來都遮掩不了。」

「路易莎，妳的描繪也許非常精確，」賓利先生說道：「不過我全都沒注意。我認為伊麗莎白．班奈特小姐今天早上進房間的時候，看起來很好。我確實沒注意到她的襯裙髒掉了。」

「達西先生，我確定**你**就會注意到了，」賓利小姐說：「而且我會認為，你不會希望見到**你妹妹**像這樣見客吧。」

「當然不會。」

「走了三哩、四哩、五哩，或者不管多少哩，腳踝都埋在泥巴裡，而且還是一個人，完完全全一個人！她這樣做是什麼意思？在我看來，這表現出一種最令人厭惡的自以為是，顯示出鄉下人多麼不重視禮節。」

「這顯示出她對姊姊感情有多深，這是一樁美事。」賓利說。

賓利小姐用半似耳語的音量，提出她的見解：「達西先生，恐怕她這趟冒險，已經大大影響你對她那雙美目的傾慕之心了。」

「一點都不，」他答道：「運動讓那雙眼睛顯得更明亮了。」在這番話以後，出現了一陣短暫的沉默，然後赫斯特太太才再度開口：

「我對珍・班奈特小姐有很高的評價——她真是個非常甜美的女孩，我全心全意希望她能嫁入好人家。可是有那樣的父母，又有地位那般低微的親戚，恐怕她毫無機會。」

「我想我先前聽妳說過，她們的姨丈在馬里頓當低階律師。」

「對。她們還有個舅舅，住在物廉街附近。」

「這真是絕了，」她妹妹接口，然後她們倆一起大笑出來。

賓利卻喊道：「就算她們的舅舅姨丈擠滿了**整條**物廉街，她們可愛的性情也不會因此減少分毫。」

「但她們若想嫁給有身分地位的男性，機會肯定會大受影響。」達西先生說道。

賓利沒有回答這番話，他的妹妹們卻衷心表示同意，接著就靠她們那位好友的粗俗親戚取樂，開心了好一段時間。

然而她們離開晚餐室以後，又帶著一波重新湧現的溫情到珍房間去看她，陪她坐到上咖啡的時間。珍依舊狀況不佳，伊麗莎白完全不願離開她。直到當夜稍晚，她很安慰地見到姊姊入睡了，她才覺得就算不怎麼樂意也有義務下樓見客。走進客廳的時候，她發現所有人都在玩「盧」[7]紙牌戲，其他人也立刻邀她加入。不過她懷疑他們下的賭注很高，就以擔心姊姊做藉口推辭了，她說她只會在樓下待一會，用書本自娛也就夠了。赫斯特先生因此驚訝地看著她。

「妳寧願讀書，不要玩牌？」他說：「這樣可真特殊。」

賓利小姐說道：「伊萊莎．班奈特小姐瞧不起紙牌遊戲。她是個書痴，其他事情都無法引起她的興趣。」

「我經不起這樣的稱讚或責備，」伊麗莎白喊道：「我**不是**書痴，而且我覺得許多事情都很有趣。」

「我確定妳在照顧姊姊的時候，得到了很多樂趣，」賓利說道：「而且我希望妳能夠看到她康復，因此更加喜悅。」

伊麗莎白打從心底對他表示感謝，然後就走向一張擺了幾本書的桌子。他立刻提議要替她多拿幾本別的書來，他可以提供自己所有的藏書。

「我真希望我的收藏能超出妳的需要，還能讓我更加體面，只可惜我個性疏懶，而且我的書雖然不多，還是多到讓我讀不完。」

伊麗莎白向他保證，光是房間裡那些書對她就綽綽有餘了。

賓利小姐說：「我父親竟然只留下這麼一點藏書，真讓我驚訝。達西先生，你在潘伯利的藏書讓人看了多麼欣喜啊！」

「理應如此，」他如此回應：「那是好幾代人累積的成果。」

「而且你自己又加進許多書——你總是在買書。」

7. 盧牌（loo）：當時一種有賭金、罰金的紙牌遊戲。每個人下注之後，發三到五張牌。贏得一墩牌或贏得最多墩數的人，可以從總賭金中取走一定數額，輸家則須在下一手牌裡拿出一定的賭金。

「現在這種時代，疏於充實家庭藏書是我不能理解的行為。」

「疏於充實！我確定你絕對不會疏於充實那個高貴宅邸的美。查爾斯，等你興建**你家**的時候，我希望那裡能有潘伯利一半宜人。」

「我也希望如此。」

「不過我誠心建議你在那個地區買地，然後把潘伯利當成範本。在英格蘭沒有一個郡勝過達比郡。」

「我全心同意。如果達西願意出售，我就會買下潘伯利。」

「查爾斯，我在談的是有可能性的事情。」

「我是說真的，卡洛琳，我認為花錢買下潘伯利的可能性還比模仿它來得高呢。」

伊麗莎白太專心聽他們的對話了，所以幾乎沒怎麼注意自己手上的書。很快她就把書徹底放到一邊去，走近牌桌旁邊，就在賓利先生和他大姊旁邊觀察牌局。

「達西小姐在春天以後是否長大許多？」賓利小姐說道：「她會長到跟我一樣高嗎？」

「我想會的。她現在大概跟伊麗莎白・班奈特小姐一樣高，或者更高一點。」

「我多麼渴望再見到她啊！我見過的所有人就數她最讓我喜歡。她有那樣出眾的容貌儀態，以她的年紀來說，又是才華洋溢得驚人，她鋼琴彈得真優美動聽啊。」

「我總是很驚訝，」賓利說道：「年輕小姐們竟然都這麼有耐性琢磨才藝，因為她們全都才華洋溢。」

「年輕小姐全都才華洋溢！親愛的查爾斯，你是什麼意思？」

「是的，我想她們全都很有才華。她們都會替桌子漆圖樣、做畫屏和織錢包。我認識的每位女士幾乎都會做這些事；而且我很確定，每次別人要向我介紹一位年輕小姐，一開頭總會說她才華洋溢。」

達西接口說道：「你列出的常見才藝內容，真是再確實不過了。有許多女性被冠上這種美名，就只因為她們織了個錢包或者貼了個畫屏；但我很不能贊同你對女性整體的評估。我不敢吹噓，但在我認識的範圍內，我頂多認識六位真正才華洋溢的女士。」

「我也一樣，我敢肯定，」賓利小姐說道。

「那麼，」伊麗莎白評論：「你心目中所謂的才女，一定包含了很多條件吧。」

「是的，我確實認為其中包含許多條件。」

「喔，當然了，」達西忠實的幫手嚷道：「如果沒有大大超越一般的標準，就不能稱得上是值得敬重的才女。一位女性必須嫻熟音樂、歌唱、繪畫、舞蹈以及現代語言，才配得上這種稱呼。此外，在她的氣質、步態、聲調、措詞談吐之中，都必須包含某種特殊之處，否則她只能算是半個才女。」

「她必須具備這一切特質，」達西跟著補充：「而且在這一切之上，她還必須廣泛地閱讀，為她的心靈增添更實質的內容。」

「這樣我就不訝異你**只**認識六位才女了。我現在倒是很納悶，你竟然能認識**任何一位**。」

「妳對妳的女性同胞這麼嚴格，竟然懷疑符合這一切條件的可能性？」

「**我**從來沒見過這樣的女性；**我**從來沒見到你形容的這種能力、品味、勤勉與優雅，全都集於一人之身。」

赫斯特太太跟賓利小姐都嚷嚷著反對她不公平的懷疑，兩人都反駁說她們認識許多符合這種描述的女性，這時赫斯特先生喝令她們靜下來，口氣尖酸地抱怨她們沒有專心玩手上的牌。所有談話就這樣結束了，不久伊麗莎白就離開了房間。

門一關上，賓利小姐就說：「伊萊莎·班奈特就是那種喜歡貶低同性、以便在異性面前抬舉自己的年輕小姐。我想這一招在許多男人面前有效，但在我看來，這是卑鄙的手段，低三下四的伎倆。」

這番話主要是對達西說的，而他回答：「毫無疑問，有時女士們為了俘虜男性，不惜自甘墮落玩弄手段，而所有的手段都很卑鄙。任何近乎狡猾的行為，都讓人瞧不起。」

賓利小姐對於這個答覆不盡滿意，便不再繼續這個話題。

伊麗莎白後來又回到他們身邊，這次只是要通報她姐姐的狀況惡化了，她不能離開病人。賓利鼓吹立刻就把瓊斯先生請來，但他的姊妹卻認定鄉下人的醫術不可能有效，推薦發急信到倫敦去找名醫出診。伊麗莎白不肯接受這個主意，卻比較樂意聽從賓利先生的辦法。後來他們說好，如果第二天一早班奈特小姐沒有明顯好轉，就把瓊斯先生請來。賓利相當不安，他的姊妹們則宣稱心中一片愁雲慘霧，但她們只要在宵夜之後合奏幾曲，就可以撫平難過的情緒，賓利先生卻沒有更好的方法得以排解不安，他只能吩咐管家，盡一切可能關照那位生病的女士和她妹妹。

# 9

伊麗莎白大半個晚上都待在姊姊房裡。賓利先生一早就派了個女僕來詢問病情，隨後，賓利姊妹也派了兩位文雅的女僕來探聽消息，這時她總算能夠高興地回答他們，狀況還過得去。雖然病情有所改善，她還是要求送信到龍柏園，希望請她母親來探望珍，讓她自行判斷珍的情況。信立刻送出去了，她母親也隨即照著信中要求行事。在兩位小女兒陪伴下，班奈特太太在一家人吃過早餐後不久，就到了奈德菲。

班奈特太太要是發現珍的病情有任何明確危險，可能會悲痛異常。但她既然滿意地發現珍並無大礙，就希望女兒別立刻康復，因為她一恢復健康，可能就得離開奈德菲了。所以她不肯聽從女兒的建議，用馬車載她回家；大約同時到達的藥劑師，也完全不建議這樣做。班奈特太太在珍身邊坐了一會以後，賓利小姐出現了，在她的邀請之下，班奈特母女四人全都跟著她一起到早餐室去。賓利一見到她們，就對班奈特太太說，希望她不會覺得班奈特小姐的狀況比她想像中更糟。

她卻回答：「先生，我確實這樣想。她實在病得太厲害了，不適合移動。瓊斯先生說，我們絕對不能移動她，所以我們必須仰仗你的慷慨，讓她多待幾天。」

「移動她！」賓利喊道：「我很確定，我妹妹絕對不肯讓她走的。」

「夫人，妳可以相信這句話，」賓利小姐冷漠而有禮地說道：「只要班奈特小姐還與我們同住，就會受到無微不至的照顧。」

班奈特太太不斷地致謝。

她又補充道：「我很確定，要不是因為有這樣好的朋友，真不知道她會變成什麼樣子！因為她真的病得很重，又承受著莫大的折磨，雖然她是世界上最有耐心的人——她一向如此，她是我生平見過性情最溫柔的人，沒有人及得上她。我常常告訴我其他女兒，她們完全比不上**她**。賓利先生，你有個非常舒適的房間，還看得見那條碎石路上的迷人景致。在這一帶，我不知道還有哪裡比得上奈德菲。雖然你只簽了短期租約，但我希望你不至於很快就想退租。」

他則回答：「我每次做事總是瞬間就下決定，所以要是我決心離開奈德菲，我可能會在五分鐘內就走。然而就目前來說，我認為我在這裡待得很安穩。」

「我本來就猜測你會這樣做，」伊麗莎白說道。

「妳開始了解我了，對吧？」賓利轉向她喊道。

「喔，是啊——我相當了解你。」

「我希望我能把這當成一種恭維，但這麼容易被看透，恐怕挺可悲的。」

「這取決於實際發生的狀況，深刻複雜的人格，不見得就比你更值得或更不值得敬愛。」

「麗西，」她母親喊道：「記得妳在哪裡，別像在家裡那樣莽撞、口不擇言。」

賓利立刻接口說：「以前我有所不知，妳竟然是一位性格觀察家。這種研究一定很有趣吧。」

「是很有趣，不過複雜的性格是**最**有趣的。那樣的性格至少還有這點好處。」

達西說：「鄉下地方通常無法為這種研究提供太多樣本。在鄉間，妳的社交圈非常有限，變化不大。」

「可是人本身就會有許多改變，他們身上永遠會有些新東西可以觀察。」

「的確是，」班奈特太太喊了出來，達西提及鄉下地方的口吻讓她怒火中燒。「我向你保證，鄉間就跟城裡一樣，有相當多**那類東西**可以觀察。」

每個人都為之一驚。達西注視了她一陣，便默默地別過臉去。班奈特太太自以為在他面前大獲全勝，就繼續得意地說道：

「我個人看不出倫敦有什麼了不起的優點勝過鄉下，只不過是店鋪跟公共場所比較多罷了。鄉下地方讓人愉快多了，不是嗎，賓利先生？」

他答道：「我待在鄉間的時候，從來不想離開；而我待在城裡的時候，也有幾乎相同的感受。兩種地方各有各的優點，我可以在兩地都過得很快樂。」

「唉，那是因為你有不錯的性格。不過那位紳士呢，」她看著達西說道：「似乎認為鄉下地方什麼都沒有。」

「說真的，媽媽，妳弄錯了，」母親的話讓伊麗莎白羞紅了臉，她說道：「妳誤會達西先生了。他的意思只是說，在鄉間能見到的人不像城裡那樣形形色色，妳必須承認這是真的。」

「當然，親愛的，沒有人說那不是真的。不過講到在這個區域見不到太多人，我倒是相信很少有別的地區比我們這裡還大。我知道我們就跟二十四戶人家一起吃過飯。」

要不是顧及伊麗莎白的面子，賓利可能就忍不住笑了。他妹妹就沒這麼細心，眼睛直望著達西先生，露出用意非常明顯的微笑。伊麗莎白心想，說些別的話或許能讓母親去想別的事，就問起從**她**來到奈德菲以後，夏洛特．盧卡斯是否去過龍柏園。

「有的，她昨天跟她父親一起來訪。威廉爵士是個多麼可親的人啊，賓利先生，不是嗎？真是一位氣質高尚的男性！這麼彬彬有禮，又這樣容易相處！他跟每個人都能聊上幾句，**那樣**才是我所謂的好教養。那些自以為非常重要，從來不肯開口的人，徹底搞錯重點了。」

「夏洛特有沒有跟你們一起吃晚餐？」

「沒有，她要回家。我想他們是要她回去監督做肉餡餅的事。賓利先生，在我家，**我**總是留著能夠做好份內工作的僕人；**我的**女兒是用不同方式帶大的。不過每個人都要自己判斷，我向你保證，盧卡斯家的女兒也都是非常好的女孩。很可惜她們容貌不漂亮！**我**不認為夏洛特長相**太過**平凡；但話說回來，她畢竟是我們特別要好的朋友。」

「她似乎是一位非常可愛的年輕小姐，」賓利說道。

「喔，是啊，確實如此。但你必須承認，她容貌平庸。盧卡斯夫人本人常常就這麼說，而且她羨慕我家的珍如此美貌。我不喜歡吹噓自己的孩子，不過說真的，每個人都說，比珍更漂亮的女孩並不常見。我並不信任自己的私心，不過在她十五歲的時候，有一位紳士在我弟弟嘉迪納倫敦的家裡愛上她了，我弟妹很肯定他會在我們離開以前就向她求婚。不過他終究沒這樣做。或許他認為她還太年輕。不過，他寫了幾首以她為主題的詩，那些詩都很美。」

伊麗莎白不耐煩地接口說道：「所以他的愛情就這樣結束了，我想有許多愛情都是以相同方式壓抑住的。我很納悶，是誰第一個發現詩歌能有效地趕走愛情？」

「我以前都把詩歌想成愛情的**食糧**，」達西說道。

「對於美好、堅定又健康的愛情，或許是吧；什麼都能夠滋養原本就很強壯的東西。不過如果只是一種微小薄弱的情感傾向，我確信一首漂亮的十四行詩就會讓它徹底餓死。」

達西只是露出微笑。隨後大家一時不再說話，讓伊麗莎白心驚膽戰，就怕她母親又讓自己出醜。她很想開口說些話，卻又想不出任何話題；在一陣短暫的沉默以後，班奈特太太再度開始感謝賓利先生對珍如此仁慈，並且為了麗西也同時叨擾他致歉。賓利先生的答覆真誠而客氣，迫使他妹妹也跟著表示禮貌，說出必要的場面話。她行禮如儀，態度並不怎麼和藹，班奈特太太卻滿足了，隨後很快就叫人替她備車。一接到這個信號，她最小的女兒就站了出來。兩個小姑娘在整個拜訪過程裡一直交頭接耳，得出的結論是：最小的女兒必須去催促賓利先生履行剛到鄉間時做的承諾，在奈德菲辦一場舞會。

莉迪亞是個身體健康早熟的十五歲女孩，膚色漂亮，神態活潑。她最得母親歡心，在母親的寵愛下，她年紀還小就進入社交圈。她活力充沛，天生就有些自以為是；她姨丈家中的豐盛晚餐，和她自己容易跟人親近的舉止，讓她贏得許多軍官的青睞，又讓她變得過度膽大妄為。所以，她非常自在地對賓利先生說起舞會的話題，還唐突地提醒他記得自己的承諾；她還補上一句，他要是沒遵守諾言，會是世界上最可恥的事情。對這突如其來的責難，他的回答讓班奈特太太聽得十分順耳。

「我向妳保證，我完全準備好要實現我的約定。只要妳願意，一等到令姊恢復健康，就由妳來選定舞會的日期。不過，妳不會在她還病著的時候就想跳舞吧？」

莉迪亞表示她滿意了。「是啊——等到珍恢復健康再辦就好多了；而且到那時候，卡特上尉很可能又回到馬里頓了。」她補充道：「在你舉辦**你家的**舞會時，我會堅持他們也要辦一場。我要告訴佛斯特上校，如果他不跟著辦就太丟人了。」

隨後班奈特太太與女兒們就離開了，伊麗莎白則立刻回到珍身旁，把她和她家人的行為，留給那兩位女士和達西先生品評。然而不管賓利小姐如何拐彎抹角拿**一雙美目**開玩笑，達西總不肯順著她們的意思，一起責備**她**。

# 10

這一天過得跟前一天差不多。白天，赫斯特太太與賓利小姐花了幾小時陪伴病人，她的病情持續好轉，雖然速度緩慢。到了晚上，伊麗莎白就到客廳跟其他人一起打發時間。然而這回「盧」紙牌桌沒再出現；達西先生在寫信，賓利小姐則坐在他附近，專心看他信寫得如何，還反覆打斷他的注意力，要他順便替她帶幾句話給他妹妹。赫斯特先生跟賓利先生在玩皮克牌戲[8]，赫斯特太太則在旁觀戰。

伊麗莎白在做針線活，一邊注意著達西跟他同伴之間的對話，這帶給她不少樂趣。那位女士不斷地恭維他，不是讚美他的書法，就是說他每行字的距離都很均勻，再不然就是信寫得真長，但她的稱讚只得到十分淡漠的反應。這個過程形成一段很奇妙的對話，正好符合伊麗莎白對這兩個人的看法。

「達西小姐接到這封信的時候會有多開心啊！」

他沒答腔。

「你寫信的速度真快。」

「妳錯了，我寫得相當慢。」

「一年之中，你肯定有許多場合都要寫信吧！還有商務信件！我想那些信一定都很繁瑣！」

「所幸這些信是由我處理，不是由妳處理。」

「請告訴你妹妹，我很盼望能見到她。」

「在妳的要求下，我已經告訴她一次了。」

「恐怕你的筆不好用了。讓我幫你削一下吧，我很會削筆的。」

8. 皮克牌（piquet）：一種通常由兩人用三十二張牌對玩的紙牌遊戲。

「謝謝妳——不過我總是自己削筆。」

「你怎麼有辦法寫得這麼勻稱呀？」

他默不作聲。

「請告訴你妹妹，我很高興聽說她的豎琴琴藝有進步，還有，請讓她知道，她為桌子做的美麗設計讓我看了喜不自禁，我認為比葛蘭特莉小姐做得漂亮千百倍。」

「能不能等我下回寫信的時候，再轉達妳難以壓抑的喜悅？現在我沒有足夠篇幅可以好好描述了。」

「喔，沒關係的，我一月就會見到她了。不過達西先生，你總是寫這樣引人入勝的長信給她嗎？」

「那些信通常都很長。不過是否總是引人入勝，就不是由我來判定了。」

「在我看來，這是一種規則：能夠輕輕鬆鬆寫下一封長信的人，不可能寫得不好。」

「卡洛琳，那樣恭維達西可不成，」她哥哥喊道：「因為他寫起信來**並不**輕鬆。他字斟句琢，老想找四個音節的字來用，不是嗎，達西？」

「我的寫作風格跟你的很不一樣。」

「喔，」賓利小姐嚷道：「查爾斯是用你想像得到最草率的方式寫信。他會省略一半的字，剩下的一半又塗塗改改。」

「我的思緒奔流得太快了，害我沒有時間好好表達。這表示在某些時候，我的信件根本無法完整把我的想法傳達給收信者。」

伊麗莎白說道：「賓利先生，你的謙遜必定化解了不少責備。」

達西卻說：「沒有什麼比謙遜的表象更虛假了。通常那只是意見表達得太隨便，有時甚至是一種間接的吹噓。」

「那麼**我**剛才這點謙遜的表現，你認為算是哪一種？」

「間接的吹噓；你其實對你寫作上的缺點很自豪，因為你認為這些缺點是來自於思想的迅速與行動的草率，在你心目中即使不算寶貴，至少相當有趣。任何事都能速戰速決的人，總是萬分珍視這種能力，卻常常忽略自己的表現並不完美。你今天早上告訴班奈特太太說，如果你決定離開奈德菲，你會在五分鐘內就走，你這樣說是為了自誇，為了讚揚自己。但倉促行事必定會留下非處理不可的未竟事宜，對你或別人都沒有真正的好處，這樣有什麼好誇耀的呢？」

「別這樣，」賓利喊道：「這太過份啦，到了晚上還記得早上說的所有傻話。不過我以名譽發誓，我相信我對自己的描述很真確，此刻我是這麼相信的。所以，至少我不只是為了在女士面前炫耀，才假裝自己不必要地急躁。」

「我想你確實相信。但如果要說你會這麼快就離開，我卻無法信服。你的行為就像我認識的任何男士一樣，相當仰賴機運；假使你上了馬，一位朋友卻說：『賓利，你最好待到下星期，』你可能就會照做，不會離開。再多勸你一句話，你可能就會住上一個月。」

伊麗莎白大聲說道：「你這麼說，只證明了賓利先生並沒有公平對待自己的意向，你現在把他捧得比他自己講的還要好了。」

「我實在感激不盡，」賓利說道：「我朋友說的話，在妳口中變成在恭維我脾氣溫順。但我就怕那位紳士的意思絕對不同於妳的詮釋。因為在這種情況下，我要是斷然拒絕朋友的要求，儘快策馬而去，他肯定會對我有更高的評價。」

「那麼達西先生是否認為，即便你原本的打算太倉促草率，只要你堅持己見就能補救？」

「天啊，我不可能解釋清楚這件事了——達西必須替自己辯護。」

「你聲稱這是我的意見，還希望我加以解釋，但我可從沒承認我是這麼說。班奈特小姐，就算狀況跟妳說的一樣，妳還是必須記得，那位朋友雖然希望賓利回屋裡去、延遲他的計畫，他只是如此期望、如此要求，卻沒有提出論據來佐證這個要求的正當性。」

「迅速又輕易地聽從一位朋友的**勸告**，對你來說不是優點。」

「還沒有全然信服就順從對方，對雙方的理智來說，都不是讚美。」

「達西先生，在我看來，你不容許任何事情受到友誼與感情的影響。如果我們尊重提出要求的人，通常就會立刻就答應這項要求，而不會等對方提出種種論據來以理服人。我不是特別在討論你先前為賓利先生設想的狀況；或許我們可以等到他碰上這種事，再討論他那時的行為是否得當。不過在一般常見的狀況下，朋友之間有一方希望另一方改變一個影響不大的決定，而另一方未經一番爭論就屈服於朋友的意願，你會因此對這個人有不好的看法嗎？」

「在我們繼續討論這個話題以前，更精確地界定這個要求到底有多重要，還有雙方的情誼到底有多親密，不是比較明智嗎？」

「當然了，」賓利大聲說道：「讓我們聽聽所有特定條件吧。班奈特小姐，可別忘記指明他們各自的身高體型，因為這些條件在爭論中的重要性，可能比妳意識到的還大。我向妳保證，如果達西個子沒有比我高大這麼多，我對他的敬意肯定還不及現在的一半。我得說，在某些特定的時間地點，沒有一個對手比達西更嚇人了。要是在他自己家裡，正逢週日晚上，他又無事可做的時候，尤其如此。」

達西露出微笑，但伊麗莎白卻自認為看得出他其實深受冒犯，就忍住了她的笑聲。賓利小姐為他所蒙受的侮辱深感不滿，告誡她的哥哥別說這種傻話。

「我看出你的用意了，賓利，」他的朋友說道：「你不喜歡別人爭論，所以想要平息這一切。」

「或許是吧。爭論太像是起爭執了。如果你跟班奈特小姐能延後你們的辯論，等我離開房間再說，我會非常感激。在那之後，你們就可以隨心所欲地說我了。」

伊麗莎白說道：「你的要求對我來說不算犧牲，而且達西先生最好還是寫完他的信吧。」

達西先生接受了她的建議，確實寫完了他的信。

正事做完以後，他請賓利小姐和伊麗莎白讓他享受一點音樂。賓利小姐立刻搶先走到鋼琴旁邊，然後才出於禮貌請伊麗莎白先表演。伊麗莎白同樣有禮卻更為誠懇地謝絕之後，賓利小姐才坐了下來。

赫斯特太太跟她妹妹一起合唱，而在她們姊妹高歌的時候，伊麗莎白一邊翻著擺在鋼琴旁邊的幾本樂譜，一邊禁不住觀察到達西先生頻頻注視著她。她簡直無法想像這樣的大人物會愛慕她，但如果說他這樣盯著她猛看，只是因為討厭她，又更加不可思議了。到頭來，她只好這麼想：她之所以引起他的注意，無非是因為根據他的「正確」標準，她身上有些特點比在場其他人更錯謬、更該受到譴責。但這種假定不會讓她痛苦，她對他太缺乏好感，不在乎能不能得到他的贊許。

彈奏幾首義大利歌曲以後，賓利小姐以一首愛爾蘭民謠來轉換氣氛。隨後達西先生很快就走近伊麗莎白，對她說道：

「班奈特小姐，妳是否很想把握機會來跳一支里爾舞[9]？」

她微微一笑，卻沒有回答。他有些驚訝她竟然保持沉默，又問了一次。

「喔，」她說道：「之前我就聽到你的話了，不過我無法立刻決定該怎麼回答。我知道你希望我說『想』，然後你就可以得意地鄙視我的品味。但我一向很樂於拆穿這種陰謀，讓對方原本要輕視我的意圖完全落空。所以我下定決心要告訴你，我完全不想跳里爾舞。你敢的話，現在就鄙視我吧。」

「說真的，我不敢這樣想。」

伊麗莎白本來還期待與他針鋒相對，現在他的紳士風度卻讓她大吃一驚。但她的舉止混和了溫柔與俏皮，本來就讓她很難衝犯任何人，而且對達西來說，從沒有一個女人像伊麗莎白那樣讓他著迷。他真心相信，若非因為她的親戚身分低微，他的處境就會有幾分危險了。

賓利小姐看出某種端倪，或是懷疑到足以產生妒意，她渴望擺脫伊麗莎白，因此又更急於看到親愛的朋友珍恢復健康。

她想刺激達西，讓他對她的客人產生反感，就頻頻談起他跟伊麗莎白假想中的婚姻，還替他設想這種結合會給他帶來多少幸福。

次日，他們一起在矮樹林裡散步時，她說：「等這件喜事辦成以後，我希望你向你岳母暗示幾句，教她寡言的好處。此外，要是你辦得到，就治好那幾個年輕小姐追逐軍官的毛病吧。還有，如果你容我僭越身分提起這件尷尬事，尊夫人有個小小的問題，得請你節制她那種介於自負與莽撞之間的態度。」

「對於我的家庭幸福，妳還有什麼別的建議嗎？」

「喔，有的。請把你家菲利普斯姨丈和姨媽的肖像，掛在潘伯利大宅的畫廊上。把他們安置在你那位法官叔祖旁邊，你知道他們是同行，只是工作領域不同。至於尊夫人伊麗莎白的肖像，你絕對別嘗試叫人來畫，因為哪有畫家能準確描繪出那對美麗的雙眸？」

「的確，要捕捉那雙眼睛的神韻並不容易，不過它們的顏色、形狀還有睫毛都非常細緻優雅，畫家或許能夠模仿。」

就在那一刻，他們迎面遇上從另一條步道走過來的赫斯特太太與伊麗莎白本人。

「我不知道妳們也打算散步，」賓利小姐說話時口氣有點不安，就怕他們剛才的談話被

9. 里爾舞（reel）：有些字典會說這是雙人舞，但實際上這種舞蹈至少需要三個人，所以達西來問伊麗莎白才不會那麼尷尬（如果只有兩個人跳，就太明顯是衝著她來了）。

聽見了。

「妳對我們真壞，」赫斯特太太回應道：「你們要出門，也沒說一聲就跑了。」說罷，她就上前勾住達西先生空出來的手臂，撇下伊麗莎白自己一個人走。這條路只容得下三個人並排。達西先生感覺到她們的無禮，立刻就說道：

「這條路對我們來說不夠寬敞，我們最好走到大路上。」

但伊麗莎白一點都不想跟他們繼續同行，笑著回答道：

「不用，不用，你們就這樣走吧。你們是很有魅力的一群，看起來瀟灑漂亮得很。要是塞進第四個人，這幅美麗的畫面就要被破壞了，再見啦。」

她開心地跑開了，一邊繼續漫步，一邊雀躍地期待這一兩天內就回到家裡。珍已經康復許多了，那天晚上甚至想離開房間一兩小時。

# 11

女士們在晚餐後退席，伊麗莎白趁這時直奔樓上去找姊姊，確定她穿得夠暖以後，就護著她到客廳，她的兩位朋友在那裡用許多表示喜悅的話來迎接她。在紳士們現身之前的一小時裡，賓利姊妹在伊麗莎白面前表現出前所未有的親切。她們堪稱妙語如珠：能夠詳細形容一項社交活動，幽默地轉述一件軼聞，還能興高采烈地嘲笑她們的朋友。

不過在紳士們進了客廳以後，珍就不再是首要的關注對象了。賓利小姐的目光立刻轉向達西，他還沒往裡走幾步，她就有話要說了。達西先開口對班奈特小姐致上禮貌性的祝賀；赫斯特先生也對她微微一點頭，說他「非常高興」；更多更溫暖的問候，他們就留給賓利來說了。賓利滿心歡喜，又關懷備至。前半小時他都忙著添柴火，免得她一換房間就著涼。在他的要求之下，她把位置換到火爐的另一邊，這樣她離門口就更遠了一點。然後他就在她身旁坐下，幾乎沒跟別人說話。伊麗莎白在房間另一角做女紅，這一切她全都欣喜地看在眼裡。

喝過晚茶以後，赫斯特先生提醒小姨子擺出牌桌——結果卻白費力氣。她私下得知達西先生不想玩牌，而赫斯特先生很快就發現，連他公開請求也被拒絕了。她向他保證沒有人想玩牌，所有人都對這個話題保持沉默，似乎也證實了她的看法。所以，無事可做的赫斯特先生就躺在沙發上睡著了。達西拿起了一本書，賓利小姐也跟著效法，至於赫斯特太太，大半時間都專心玩弄她的手鐲耳環，偶爾參與她弟弟跟班奈特小姐的對話。

賓利小姐的注意力有一半在觀察達西先生的閱讀進度，另一半才是讀她自己的書，而且她總是一下子發問，一下子看他的書頁。然而她無法誘使他跟她聊天，他只會回答她的問題，然後繼續讀書。到最後，她用以自娛的那本書讓她讀得精疲力竭，當初她只因為這本書是達西那本的第二卷，就挑來讀了，現在她打了個大哈欠，說道：「像這樣度過一晚上多愉快呀！我得說，畢竟沒有一種娛樂比得上閱讀！除了讀書以外，其他事情都讓人很快就膩了，等我有了自己的家，要是沒有一間上好的書房就太不幸了。」

沒有人回答。後來她又打了一次哈欠，就把她的書本放到一邊，環顧房間想找點消遣。這時她聽見她哥哥對班奈特小姐提到舞會，就突然轉向他說道：

「順便一提，查爾斯，你是認真考慮在奈德菲辦舞會嗎？我會建議你，在你決定以前先問問在場大家的意見；如果我沒錯得太離譜，我們之中有些人會覺得舞會比較像是折磨而非娛樂。」

她哥哥喊道：「如果妳指的是達西，如果他想，可以在舞會開始前就上床睡覺。但說到舞會，這件事情已經相當確定了，只要尼可斯準備好足夠的奶油湯，我就會發出邀請卡。」

她回答：「如果用不同的方式來辦，我對舞會的喜愛程度會比現在多上無數倍。不過在這種集會的一般流程裡，有種讓人難以忍受的單調。如果讓對話而非跳舞主導一切，肯定更合乎理性。」

「親愛的卡洛琳，我會說那樣絕對更加合乎理性，但那樣就不像舞會了。」

賓利小姐沒做答覆，不久後就站了起來，在房裡繞著圈子走。她的身段優雅，步態美觀，但她想打動的目標達西，卻仍舊不解風情地專注於書本。情急之下，她決定訴諸另一個手段，她轉向伊麗莎白，說道：

「伊萊莎．班奈特小姐，請讓我說服妳效法我，在房間裡繞一繞吧。我向妳保證，維持相同姿勢坐了那麼久以後，站起來走走很能提神醒腦。」

伊麗莎白很訝異，卻立刻照做了。賓利小姐的這番好意，也成功地吸引她實際目標的注意：達西先生抬頭看了。他就像伊麗莎白本人一樣，注意到這個引人注目的辦法有多新穎，就在不知不覺中闔上自己的書本。賓利小姐直接邀他加入她們，他卻推辭了，還表示他只想得出兩種理由，來解釋她們為何一起在屋裡散步；不管動機是哪一個，他加入了都會造成妨礙。他是什麼意思呢？她好想知道他話中的含意是什麼——所以就問了伊麗莎白，她到底懂不懂他的意思？

她的回答是：「一點都不懂。不過可以肯定的是，他打算為難我們一下。要讓他失望，最好的辦法就是別問他任何話。」

然而賓利小姐就是沒辦法讓達西先生在任何事情上失望，所以她很快就問了問題，讓他能夠開口回答。「妳們選擇用這種方式打發夜晚，要不是因為妳們彼此是知心密友，想討論一些私事，就是因為妳們意識到自己的身段在走路時顯得最漂亮。如果是第一個原因，我加入就會妨礙妳們；如果是第二個原因，我坐在火爐邊還能看得比較清楚。」

「喔，真駭人聽聞！」賓利小姐嚷道：「我從來沒聽過這麼過份的話。我們要怎麼懲罰他這樣講？」

「如果妳只想懲罰他，那再簡單不過了，」伊麗莎白說道：「我們全都可以互相為難，彼此懲罰。妳可以戲弄他——嘲笑他。你們既然這麼熟，妳一定知道怎麼做。」

「可是我以名譽發誓，我**不知道**怎麼做。說真的，我對他的熟稔程度還沒教會我**那種**

**事**。戲弄一個性格冷靜、心態沉著的人！不行、不行，我覺得他可能會讓我們期待落空。如果要嘲笑他，我們又沒有把柄可用，還是放棄為妙，免得自曝短處。就讓達西先生自以為得逞吧。」

「原來達西先生是取笑不得的！」伊麗莎白喊道：「這還真是稀有的優勢，而且我希望這種特質繼續保持稀有，因為對**我**來說，有太多這樣的朋友是一種損失。我實在喜歡笑聲。」

他則說道：「賓利小姐言過其實，把我說得太厲害了。在一個把開玩笑當成人生首要目標的人眼裡，就算是最明智、最優秀的人——不，該說是他們最明智、最優秀的行為——還是有可能變得很荒謬。」

伊麗莎白回答：「當然有這種人，不過我希望我不是**其中之一**。我希望我從來沒有嘲弄過明智或美好的事物。我承認，愚昧的行為或無聊的胡話、異想天開或前後不一的想法，**確實**會轉移我的注意力，而且我只要有機會，就會取笑這些事。不過，我猜你剛好就沒有這些缺點吧。」

「或許任何人都不可能毫無缺點。不過我生平總在研究如何避免這些缺點；這些缺點常常讓優秀的頭腦也見笑於人。」

「就像是虛榮與傲慢。」

「對，虛榮確實是一種缺點。可是傲慢——如果有真正優越的心靈，傲慢總是會受到良好的節制。☆5」

伊麗莎白把臉轉向一邊，藏住一個微笑。

☆5
*Vanity is a weakness indeed. But pride—where there is a real superiority of mind, pride will be always under good regulation.*

「我想，妳對達西先生的檢驗已經結束了，」賓利小姐說道：「請問結果是什麼？」

「我完全相信達西先生沒有缺點。他自己毫不矯飾地承認了。」

「不，」達西說道：「我沒有說過這種自命不凡的話。我有不少缺點，但我希望那不是知性上的缺陷。我不敢保證自己脾氣很好。我相信，我太難以讓步，我那點退讓精神，肯定還不足以帶給別人方便。別人的愚行與罪過，或者別人對我的冒犯，我沒辦法以合理的速度儘快忘記。我的情緒感受並非一觸即發，但我的脾氣或許可說是容易記恨。我一旦對人失去好感，就永遠不會恢復。」

「**那樣**還真是個缺點！」伊麗莎白大聲說道：「難以平息的怨恨**是**人格上的一抹陰影。不過你挑的缺點倒好，我真的沒辦法去**嘲笑**這一點。你在我面前安全了。」

「我相信在每種性格裡，都有某種特別邪惡的傾向，這是一種天生的缺陷，連最好的教育都不能克服。」

「而**你**的缺陷就是很容易就討厭每個人。」

「至於妳，」他帶著微笑回答：「就是刻意誤解每個人。」

賓利小姐厭倦了她不能參與的談話，就喊道：「我們來享受一點音樂吧。路易莎，妳不會介意我吵醒赫斯特先生吧？」

她姊姊一點都不打算抗議，她們就打開了鋼琴。達西沉思一陣以後，覺得他對此並無遺憾。他開始覺得過度注意伊麗莎白太危險了。

# 12

按照姊妹商量所得的結論，伊麗莎白在第二天早上寫信給她母親，請求當天就派馬車來接她們。不過班奈特太太原本盤算要讓女兒們在奈德菲住到下個星期二，這樣就會住滿整整一週，在那之前她不願高高興興地把她們接回家。所以，她的答覆並不樂觀，至少不合伊麗莎白的心願，因為她急著想回家了。班奈特太太給她們的回信是，星期二以前派不出馬車。她又附筆說道，如果賓利先生跟他妹妹要她們待久一點，她絕對願意答應。然而伊麗莎白心意非常堅決，不肯再多逗留——她也不認為東道主會這樣要求，她反而怕人家認為她們不必要地在此久留，所以她力勸珍立刻就向賓利先生借馬車。最後，她們講好，她們應該說出當天早上離開奈德菲的既定計畫，並要求借車。

這番交涉引起許多關切。東道主費了夠多唇舌，表示希望她們至少留到第二天，珍被說動了，所以她們就延到次日再走。這時，賓利小姐又後悔建議要她們晚點走了，因為她對其中一位的嫉妒與厭惡，已經大大超越對另一位的喜愛了。

一家之主聽說她們這麼快就要走，真心感到憂傷，還反覆試圖說服班奈特小姐，這樣對她來說不安全——她還不夠健康。不過珍只要認為自己有理，態度就很堅定。

對達西先生來說，他很高興聽到這個消息，伊麗莎白在奈德菲莊園待得夠久了。她對他的吸引力大到讓他覺得不舒服。賓利小姐對**她**很無禮，又比平常更愛調侃他。他很明智地下定決心，**現在**要格外留意，別讓自己流露任何心生愛慕的跡象——不能有任何事讓她心生期待，以為能夠影響他的幸福。他心知肚明，要是她已經有這種想法，他在最後一天的行為表現必然舉足輕重，能夠確立或毀滅那種念頭。既然打定了主意，星期六一整天他幾乎跟她說不到十個字；雖然他們有一回獨處了半小時，他卻極其勤奮地看他的書，連看都沒看她一眼。

星期天早晨做過禮拜以後，幾乎讓所有人都很高興的分別終於來了。到最後，賓利小姐對伊麗莎白突然變得非常殷勤，對珍的關愛也同樣迅速地加深。道別之際，她對珍保證，不管在龍柏園還是奈德菲，她總是樂於見到珍，然後溫柔地擁抱她；隨後她甚至還跟伊麗莎白握了手。伊麗莎白抱著最歡欣的心情，告別了奈德菲眾人。

她們的母親歡迎她們回家的態度並不熱切。班奈特太太見到她們回來頗為訝異，還認為她們這樣大費周章相當不對，她很肯定珍會因此再度著涼。不過，她們的父親雖然懶得用言詞表達喜悅，卻真心高興見到她們，他感覺到她們在家中的地位很重要。少了珍與伊麗莎白，晚上一家人團聚閒聊就少了許多活力。

她們發現，瑪麗一如往常，埋頭鑽研和聲學與人類本性，她有些新的名言錦句摘錄要給她們瞻仰，還有些對老套道德規範的新觀察要講給她們聽。凱薩琳跟莉迪亞有不同性質的消息要跟她們分享。自上星期三以後，軍團裡發生許多事、流出許多傳聞：最近有幾個軍官跟她們姨丈吃過飯、有個小兵犯錯被責打了一頓、真的有人暗示說佛斯特上校就快結婚了。

# 13

第二天早上吃早餐的時候，班奈特先生對他妻子說道：「親愛的，我希望妳今天已經下令要做一頓豐盛晚餐，因為我有理由期待家裡會添一位客人。」

「親愛的，你指的是誰啊？我確定我不知道有人要來，除非夏洛特·盧卡斯竟然剛好來訪，我希望**我**吩咐做的晚餐對她來說夠好了。我不相信她在家也常見到這種菜色。」

「我說的這個人是一位紳士，也是一位陌生人。」

班奈特太太的眼睛閃閃發光。「陌生的紳士！我確定了，是賓利先生。唉呀，珍——妳竟然完全沒提隻字片語——妳這狡猾的孩子！唔，我確定我會極端高興能見到賓利先生。可是——老天爺啊！真不走運！今天一點魚都弄不到。莉迪亞，我的寶貝，快搖鈴，我現在一定要馬上跟希爾講話。」

「**不是**賓利，」她丈夫說道：「是我這輩子從沒見過的人。」

這句話引起所有人的震驚。他太太和五個女兒同時心急地逼問他，他很享受這種樂趣。

用她們的好奇心自娛一陣以後，他做了以下解釋：「大約一個月前我收到一封信，而我大約在兩週前回信了，因為我認為這種狀況有點敏感，應該及早通知對方。那封信是我的表親柯林斯先生寄來的。等我離世以後，只要他高興，他就可以立刻把妳們全部攆出這棟房子。」

「喔，親愛的，」他妻子嚷道：「我受不了聽你提起這件事，請不要再提那個討厭的人了。我真的認為這是世界上最可惡的事，你的家產竟然要從你自己的孩子手上流落到別處去。而且我確定，如果我是你，我老早就會想點辦法處理這件事。」

珍與伊麗莎白試著對她解釋限定繼承是怎麼回事。她們以前就常常想對她解釋清楚，不過在這個話題上，班奈特太太完全不可理喻。她繼續心懷不滿地大罵，把一處地產從有五個女兒的家庭中奪走，交給沒有人在意的無名小卒是多麼殘酷的事。

「這當然是最不公平的事情，」班奈特先生說：「而且柯林斯先生怎樣都洗刷不掉即將繼承龍柏園的罪名。但妳如果聽聽他信上怎麼說，他表明來意的方式或許會讓妳情緒和緩些。」

「不，我絕對不會；而且我認為他真是大膽無禮又虛情假意，竟敢寫信給你。我討厭這種虛偽的朋友。他為什麼不像他已故的父親一樣，乾脆繼續跟你爭執呢？」

「唷，的確，他腦袋裡似乎還有幾分出於孝道的顧忌，妳接下來就會聽到了：

『杭斯佛德，魏斯特罕附近，肯特郡，十月十五日

親愛的先生：

您與受人敬重的先父之間持續的不和，總是讓我感到相當不安，自從我不幸失怙之後，我常常希望能夠弭平裂痕。不過有好一段時間，我個人的疑慮讓我裹足不前，就怕我與他寧可交惡的對象修好，似乎對他太過不敬。』聽聽這段，班奈特太太。『然而我對此事心意已決：因為我極其榮幸，得到路易斯．狄柏爵士的遺孀，尊貴的卡瑟琳．狄柏夫人支持，在復

活節時接受了聖職。慷慨又仁慈的夫人提拔我擔任這個重要教區的牧師，我將在此地竭誠盡力、謙沖為懷，對夫人致上最感恩的敬意，並且隨時做好準備，奉行英格蘭教會規範下的種種祭儀典禮。此外，我身為神職人員，在我影響所及的範圍之內，我自認為有責任發揚並鞏固所有家庭中的平和幸福。基於這種立場，我大膽認定，我現在出於善意主動示好，是值得高度讚揚的行為，而我身為龍柏園下一位限定繼承人的處境，您那一方會仁慈地加以寬恕，不至於拒絕我帶來和平的橄欖枝。我造成了令嬡的損失，不由得感到不安，希望請求你們原諒，同時也要向您保證，我準備好對她們做出任何可能的補償，但具體作法為何，請容我隨後再敘。要是您不反對在貴府接待我，我希望有幸在十一月十八日星期一下午四點拜見您與您的家人，並且可能會在貴府叨擾到下一週的星期六為止。這樣做對我來說不會造成任何不便，因為只要有其他牧師代替，卡瑟琳夫人絕不會反對我偶爾缺席一次週日禮拜。親愛的先生，我要充滿敬意地讚美您的夫人與女兒，我會一直祝福您，做您的朋友。

威廉．柯林斯』」

「所以四點鐘的時候，我們就可以期待見到這位來修好的紳士，」班奈特一邊摺起信，一邊說道。「說真的，他看來是一位非常有良知、非常有禮貌的年輕人；而且我毫不懷疑，事實會證明他是個寶貴的友人——在卡瑟琳夫人大發慈悲，恩准他再來探望我們的狀況下，尤其如此。」

「不過他講到我們女兒的那些話倒有點意思，如果他打算對她們做出任何補償，我可不會勸他別這麼做。」

珍說道：「雖然很難猜測他認為我們應該得到什麼樣的補償，又打算怎麼做，但他這番心意確實精神可嘉。」

讓伊麗莎白印象最深刻的，是柯林斯先生對卡瑟琳夫人至高無上的敬意，還有他好心地表明只要有需要，就會「隨時」為他的教眾進行洗禮、婚禮與葬禮。

她說道：「我想他一定是個奇怪的人。我無法理解他的為人，他的文字風格有種非常誇張的成分。還有，他為自己身為下一個限定繼承人而道歉，那是什麼意思？就算他可以幫得上忙，我們也不能想像他會這樣做。父親，他是個頭腦清楚的人嗎？」

「不，親愛的，我想不是。我很期待發現他恰恰相反。他信裡混和了卑躬屈膝與妄自尊大，這表示我的期待很有可能成真。我迫不急待想見他了。」

「從作文的角度來看，」瑪麗說道：「他的信似乎沒有什麼缺陷。橄欖枝的意象或許不是全新的，但我認為表達得很好。」

對凱薩琳和莉迪亞來說，無論是信還是來信者都毫無趣味。她們的表親幾乎不可能穿著軍人的紅外套出現，而且到目前為止，她們已經連續數週都沒興趣跟穿著其他顏色衣服的男士來往了。對她們的母親來說，柯林斯先生的信件化解了她的許多不快，而且她打算保持某種程度的冷靜自持來見他，這讓她的丈夫和女兒們都大吃一驚。

柯林斯先生準時抵達，全家人都用很有禮貌的態度接待他。班奈特先生確實話說得不多，不過女士們都準備好要開口了，至於柯林斯先生似乎既不需要鼓勵，也不打算保持沉默。他是個看起來高大笨重的二十五歲年輕男子。他的氣質嚴肅莊重，舉止非常拘禮。他才坐定沒多久，就開口恭維班奈特太太有一群這樣秀麗的女兒，還說他早就風聞她們的美貌，不過傳聞還遠遠及不上事實。他又說，他毫不懷疑，等時機到了，她就會看到她們一個個結下良緣。這種殷勤客套，對於他的某些聽眾來說不太順耳，不過班奈特太太向來樂於接受任何稱讚，立刻回答：

「先生，我確定你為人厚道，我全心希望事實會證明就是這樣，否則她們就要變得一窮二白了。世事的安排真是奇怪啊。」

「妳暗示的或許是這片地產的限定繼承事宜吧。」

「喔，先生，我指的確實是這個。你必須承認，對我可憐的女兒們來說，這是很可悲的事情。我並不是要責怪**你**，因為我知道在這個世界上，這種事情全靠機運。地產一旦指定限定繼承，就說不準會落到誰手裡。」

「夫人，我非常明白我這些美貌表妹的難處，而且我對這個主題有很多話可說，不過我很小心謹慎，不願顯得突兀冒失。不過我可以向這幾位年輕小姐擔保，我來的時候就準備好要對她們表示仰慕了。現在我不會再多說了，或許等我們彼此更熟悉的時候——」

這時喊開飯的聲音打斷了他的話頭，女孩子們彼此相視而笑。她們並不是柯林斯先生唯一仰慕的對象，大廳、飯廳以及其中的所有家具，他全都細細看過，又一一讚揚。他對所有事物的讚美原本會讓班奈特太太感動不已，但她心痛地想像，他把這一切都視為自己未來的財產。接下來就輪到晚餐大受讚美，他還請求知道是哪一位美麗的表妹廚藝如此精湛。但班奈特太太糾正了他，她帶著幾分怒氣向他保證，他們家聘得起好廚子，她的女兒們不用在廚房幹活。他請求班奈特太太原諒他惹她不悅，她則用比較和緩的口氣，宣稱完全不覺得受人冒犯，但他還是繼續道歉了將近一刻鐘。

# 14

晚餐時，班奈特先生幾乎完全沒開口。但等到僕役們退下了，他覺得該跟他的客人聊上幾句，就講起一個他預料柯林斯先生很在行的話題：他評論道，有這樣一位贊助人，柯林斯先生似乎很幸運。卡瑟琳．狄柏夫人既關心他有何期望，又顧及他是否舒適，這樣似乎非常難得。班奈特先生挑的話題再好不過；柯林斯先生口才便給，不住地讚揚她。這個話題讓他態度更加嚴肅，非同一般。他一臉非常自傲的神情，聲稱他這輩子從沒見過其他身分高貴的人像卡瑟琳夫人這樣，和藹可親、紆尊降貴地對待他。他已經很榮幸地在她面前佈道過兩次，而她仁慈地表示滿意，並讚揚了那兩篇講詞。她也兩度邀請他去羅辛斯莊園吃晚餐，而且之前的週六晚上也請人要他過去湊數，陪她玩「四十張」牌戲。他知道許多人都覺得狄柏夫人很傲慢，不過**他**在她身上從來不見傲慢，只見和藹。她對他說話的方式，跟對其他紳士的態度是一樣的；她一點都不反對他加入那個地區的社交圈，也容許他偶爾離開教區一兩星期拜訪親戚。她甚至以其尊貴之身親口建議他儘早娶妻，只是要慎選對象，還一度親訪他粗陋的牧師公館，對於他做的所有更動都完全贊同，又親自指點他在樓上的房間裡多裝幾個架子。

「我確定，這一切都非常恰當又合乎禮節，」班奈特太太說道：「而且我敢說她是個很讓人喜愛的女士。可惜大部分身分高貴的女士沒有多學學她。先生，她住在離你家很近的地方嗎？」

「寒舍所在的花園，與夫人的住所羅辛斯莊園中間只隔一條小路。」

「先生，我記得你提過她目前孀居對吧？她是否有其他家人？」

「她只有一位獨生女，她將是羅辛斯莊園與廣大土地的女繼承人。」

「喔，」班奈特太太搖著頭喊道：「那麼她比許多女孩子都來得幸運了。她是什麼樣的年輕小姐呢？她漂亮嗎？」

「她確實是非常迷人的年輕淑女。卡瑟琳夫人本人說過，若從真正的美來看，狄柏小姐遠比最漂亮的同性還優越得多，因為從她的眉宇之間，就看得出她是出身高貴的年輕女性。過去督導她的教育，現在也還與她們同住的一位女士告訴我，狄柏小姐不幸體質孱弱，讓她無法精進原本應該表現出眾的許多才藝。不過她非常親切和善，經常坐在小馬拉的輕馬車裡，賞光從寒舍旁邊駛過。」

「她有進宮晉見過國王嗎？我不記得她的名字有出現在宮廷的仕女名單上。」

「她差強人意的健康狀況，不幸讓她無法去倫敦。這就像我有一天告訴狄柏夫人的話，英國宮廷因此少了最耀眼的裝飾。夫人似乎很喜歡這個說法。而您或許可以想見，我很樂於在各種場合提供這樣細緻的小小讚美，女士們總是會欣然接受。我曾經不只一次對卡瑟琳夫人說，她迷人的女兒似乎生來就是一位公爵夫人，這樣崇高的地位並不會提高她的重要性，反而是她會讓那個階級顯得光彩。這類的小事會讓夫人感到高興，而我認為自己特別有責任在這方面多盡點心意。」

「你的判斷很恰當，」班奈特先生說道：「而且你很幸運，具備曲意逢迎的天份。我是否能問問，這些讓人高興的恭維是出自當時的衝動呢，還是事先勤於推敲的結果？」☆6

「這些話主要是從當時的交談中自然形成的。雖然有時為了自娛，我也會設想、安排可能適用於一般情境的優雅讚美，但我總是希望盡可能自然地說出口。」

班奈特先生的期待完全得到滿足，他的表親就像他原本期望的一樣荒唐。他懷著最熱切的興趣聽這位表親說話，同時硬是維持著最冷靜沉著的表情。除了偶爾瞄伊麗莎白一眼以外，他不需要別人分享他的樂趣。

然而到了晚茶時間，這番荒謬樂趣已經享受夠了，班奈特先生欣然把他的客人再度帶進客廳。用完茶以後，他又愉快地邀請客人為女士們朗讀一段。柯林斯先生立刻應允，有人就拿出了一本書；但柯林斯先生一看到那本書（一切都顯示此書來自流動圖書館）就嚇得退開了，一邊請他們見諒，一邊說他從來不讀小說。吉蒂[10]瞪著他看，莉迪亞則叫了出來。她們

☆6
*It is happy for you that you possess the talent of flattering with delicacy. May I ask whether these pleasing attentions proceed from the impulse of the moment, or are the result of previous study?*

拿出了另外幾本書，他沉吟一陣以後，選擇了佛地斯的佈道集。他打開這本書的時候，莉迪亞打了哈欠，而他單調又嚴肅地讀到不滿三頁的時候，她開口打斷了他：

「媽媽，妳知道嗎，菲利普斯姨丈說要開除李察？如果他這樣做，佛斯特上校就會雇用李察。姨媽在星期六親口告訴我的。我明天要步行去馬里頓多探聽一點，還要問問丹尼先生什麼時候從倫敦回來。」

年紀最長的兩個姐姐責備莉迪亞，叫她別亂開口。但柯林斯先生大受冒犯，就把他的書放到一旁，說道：

「我經常觀察到年輕小姐們對內容嚴肅的書多麼不感興趣，雖然那些書是為了造福她們而寫的。坦白說，我覺得很訝異；因為對她們而言，肯定沒有別的東西像這些教誨如此有益了。但我不會再勉強我年輕的表妹了。」

然後他轉向班奈特先生，提議要當他的對手，下一盤雙陸棋。班奈特先生接受了他的挑戰，同時說他讓女孩們去享受自己的瑣碎樂趣，這個作法很聰明。班奈特太太跟她的女兒們用最有禮貌的態度為莉迪亞的冒失致歉，並且承諾如果他再拿起書本往下讀，絕不會再發生這種事。不過柯林斯先生只是向她們保證，他對小表妹並不會懷恨在心，也永遠不會把她的行為視為公然侮辱而心生怨懟，然後就跟班奈特先生坐到別桌，準備下雙陸棋了。

# 15

柯林斯先生並不是個頭腦清楚的男人，無論是教育還是社交，都對他天性的缺陷沒多少幫助。他人生中大部分的時間，都是在吝嗇的文盲父親指導下成長；雖然他上過大學[11]，卻只待了取得學位所需的必要時間，沒在那裡結識任何有益的朋友。他父親把他教得處處俯首貼耳，原本讓他的舉止顯得非常卑屈，但他才智淺薄的腦袋變得自傲了，過著寧靜的鄉居生活，出乎意料地早早出人頭地又讓他心滿意足，這一切都大大抵消他低聲下氣的態度。在杭斯佛德的牧師職位出缺的時候，他運氣很好，湊巧有人向卡瑟琳・狄柏夫人推薦他；他尊崇她高貴的地位，又敬重她身為他的贊助人，再加上他對自己身為神職人員的權威、作為教區牧師的權力，也有著自抬身價的看法，結果就讓他整個人的態度混合了傲慢與順從，既自大又謙卑。

現在既然有一間好房子，又有充裕的收入，他就想結婚了。他跟龍柏園的那戶人家修好，就是有意物色一位妻子；要是他發現他們家的女兒一如傳聞中那樣美麗親切，他就打算從中挑一位迎娶。這就是他心目中的補償計畫——他要以此償還繼承她們父親家業的罪過。他認為這個計畫非常卓越，十分周到合適，他的表現極端慷慨又無私。

10. 吉蒂（Kitty）：凱薩琳的暱稱。
11. 當時的大學只有牛津跟劍橋，所以原文才會說是 one of the universities。

他見到她們以後，沒有改變計畫。班奈特小姐美麗的臉龐堅定了他的看法，也鞏固了他最嚴格遵守的觀念，年長的女兒應該先結婚。在第一個晚上，**她**成了他選定的目標。然而第二天早上，他就做了個變更，因為他跟班奈特太太在早餐前面對面磋商了十五分鐘，他的談話先以他的牧師宅邸開頭，再自然而然地表白他希望能在龍柏園找到牧師宅邸的女主人，這番話讓她帶著非常殷勤的微笑與大體上充滿鼓勵的態度，告誡他別選擇他看上的珍。她**年紀輕些**的女兒們，她不敢保證——她沒辦法肯定地答覆——不過**就她所知**，都還沒有歸屬；只是她必須提到——她覺得她有責任暗示，她**最年長**的女兒很有可能就快要訂婚了。

柯林斯先生只得把目標從珍換成伊麗莎白——這番轉換在班奈特太太撥動爐火的那一刻就完成了。伊麗莎白在出生順序與美貌上都僅次於珍，下一個當然該輪到她。

班奈特太太非常珍視這番暗示，深信她可能很快就有兩個女兒要出嫁了；前一天她還不願提起的男人，現在就成了她最喜愛的對象。

大家沒忘記莉迪亞想散步到馬里頓的念頭。除了瑪麗，每個姊妹都同意跟她一起去，柯林斯先生則會陪伴她們。這是班奈特先生的要求，因為他非常急於擺脫柯林斯先生，一個人在書房裡享受清靜；柯林斯先生在早餐後跟著他到書房，然後就待下來不走了，表面上是在讀藏書中最厚的一本，實際上卻是對班奈特先生幾無間斷地嘮叨著他在杭斯佛德的房子與花園。這樣的行為讓班奈特先生心煩得無以復加。原本他在書房裡總是可以享受悠閒與寧靜，就像他對伊麗莎白說的一樣，雖然他早有準備在這間屋子的每個房間裡見識到愚蠢自負的行為，他卻習於在書房裡避開這一切：所以他能盡的禮貌，就是用最快的速度邀請柯林斯先生跟他女兒一起去散步。柯林斯先生實際上也比較適合走路而非閱讀，他極其高興地闔上他那本大書出發了。

一路上，他淨說些冠冕堂皇的空話，他的表妹們則客氣地表示贊同，他們就這樣打發了進入馬里頓以前的時間。到那裡以後，年紀較輕的兩個表妹就再也不注意**他**了。她們的目光立刻游移到街道上，尋找著軍官們的形影，只有商店櫥窗裡確實非常時髦的女帽、或者花色真正新穎的細棉布，才能把她們的注意力拉回來。

不過有位年輕男士立刻得到每位女士的注目，她們以前從沒見過他；他有著最具紳士風度的外表，跟另一位軍官一起走在街道的另一側，那位軍官就是丹尼先生，莉迪亞特別來到這裡就是要問他幾時從倫敦回來。她們經過的時候，丹尼先生欠身為禮。所有人都對那位陌生人的氣質印象深刻，全都想知道他可能是哪一位。吉蒂與莉迪亞下定決心，只要有可能就要找出答案，所以搶先越過街道，假裝想要對面店鋪裡的某樣東西。她們一踏上人行道，就幸運地跟那兩位走回頭路的紳士在同一個地方碰頭了。丹尼先生立刻和她們說話，請她們允許他介紹他的朋友，威克姆先生；他前一天才跟威克姆先生一起從倫敦回來，而他要很高興地宣布，他們的部隊決定任用威克姆擔任軍官。這樣正是理所當然；因為這位年輕男子只需要一套軍服，就能發揮他的全部魅力。他的外表對他相當有利：各種男性美都集於他一人之身，他有著漂亮的膚色、一副好身材跟非常討人喜歡的談吐。介紹完畢之後，他態度愉快、口才流暢地打開話匣子——反應敏捷的同時還很得體，又毫無矯飾。

在這群人還站在一起和樂融融地聊天時，馬匹接近的聲音引起了他們的注意；他們看見達西跟賓利騎在馬上，沿著街道來了。這兩位紳士一認出站在人群中的女士們，就直接朝他們這裡來，開始一般的寒暄。賓利是主要開口的人，班奈特小姐則是他主要的談話對象。他說，他正要去龍柏園問候她。達西先生點了個頭，證實了他的說法。他正打算下定決心別盯著伊麗莎白看的時候，目光突然在那個陌生人身上定住了。伊麗莎白正巧看到他們四目相望時的表情，雙方對於這次巧遇都顯得驚愕萬分。兩個人的臉色都變了，一方臉色蒼白，另一方滿面通紅。過了一會，威克姆先生碰了碰他的帽子——他打了招呼，達西先生則只是勉強回禮。這到底是什麼意思？答案難以想像，卻讓人不禁想知道。

賓利先生似乎沒注意到發生了什麼事，不久就辭別眾人，與他的朋友一起策馬離開。

丹尼先生跟威克姆先生陪著年輕小姐們走到菲利普斯先生家門口，雖然莉迪亞小姐不斷邀請他們一起進屋，甚至連菲利普斯太太都打開客廳窗戶，大聲附和著請他們進來，他們還是欠身為禮告辭了。

菲利普斯太太見到外甥女們總是很高興，而兩位年紀最長的外甥女先前有好一陣子不在，這回又特別受到歡迎。她急切地表示，見到她們兩個突然返家讓她很驚喜，本來她不會知道這件事，因為班奈特家的馬車並沒有去接她們。但她湊巧在街上碰到瓊斯先生店鋪裡的小廝，他告訴她，他們店裡不用再送任何藥劑去奈德菲莊園，因為班奈特小姐已經離開了。這時候珍向她介紹了柯林斯先生，她就轉向他寒暄了一番。她用最有禮貌的態度接待他，他也同樣多禮地回應；他先為自己原本不認識她就唐突來訪而致歉，不過他禁不住要僭越地認為，向太太引薦他的這幾位年輕小姐與他有親戚關係，這樣或許能夠證明他來此作客還算正當。這番殷勤有禮至極的表現，讓菲利普斯太太大為敬畏。不過她對這位陌生人的思索，很快就被關於另一位陌生人的驚嘆與詢問給打斷了。然而對於另外一位先生，她能告訴外甥女的就只有她們都已經知道的事情，也就是說，丹尼先生把他從倫敦帶來，他會被任命為某某郡的中尉。她說，過去一小時她一直觀察著他，因為他就在街道上走來走去。如果威克姆先生現在又出現了，吉蒂跟莉迪亞肯定會繼續觀察，然而不幸的是，目前走過窗口的就只有幾位軍官，跟那位陌生人相比，他們就變成了「無趣、不討人喜歡的傢伙」。他們之中有幾位會在第二天來菲利普斯家吃飯。她們的姨媽允諾，如果當晚龍柏園的班奈特一家要來訪，她就會叫丈夫去拜訪威克姆先生，也邀他來家中作客。大家同意了這件事以後，菲利普斯太太又聲明會開一局歡樂、喧鬧的「彩票」牌戲，隨後還會準備一點熱食宵夜。期待著這些愉快的活動，讓大家的心情都很振奮，主客雙方都興高采烈地分別了。柯林斯先生離開時，又再度為來此叨擾致歉，女主人則以毫不倦怠的殷勤向他保證，道歉完全不必要。

徒步回家的時候，伊麗莎白對珍說起她剛才在兩位紳士之間看到的交流。雖然以珍的為人，如果其中一方或者雙方都顯得有失禮儀，她也會為他們辯護，但她跟妹妹一樣，無法解釋這種舉動的含意。

柯林斯先生回去以後讚揚菲利普斯太太殷勤有禮，讓班奈特太太大為高興。他聲稱除了卡瑟琳夫人及其千金以外，他還沒見過這麼優雅的女士。因為她雖然過去從未見過他，今天不但以最客氣的態度接待他，還刻意邀他明天晚上也到她家去作客。他猜想部分原因可能在於他是班奈特家的親戚，但禮數這麼周到，仍然是他生平所僅見。

# 16

這幾位年輕人與姨媽訂定的約會，並未受到反對。原本柯林斯先生覺得來訪期間撇下主人夫婦一整晚並不妥當，班奈特夫婦卻用十分堅決的態度，打消了他所有的疑慮。馬車適時載著他和他的五位表妹到了馬里頓，而女孩子們一走進客廳就聽到好消息，威克姆先生接受了她們姨丈的邀請，那時候已經在屋裡了。

大家聽罷這件事，全部找到位子坐下以後，柯林斯先生悠閒地環顧四周，滿口讚嘆；他對於這個寓所的空間與擺設都大為驚艷，甚至宣稱他幾乎以為置身於羅辛斯莊園的夏用小早餐室裡。起初這個對比聽起來沒什麼了不起，可是等到菲利普斯太太從柯林斯先生那裡得知羅辛斯是什麼地方、擁有者是何許人，又聽說卡瑟琳夫人的其中一間客廳是什麼模樣，還發現光一個壁爐架就斥資八百鎊，她就感受到這番稱讚有多隆重，就算把她家拿來跟那裡的管家房間相比，也沒什麼可抱怨的。

柯林斯對她描述了卡瑟琳夫人及其宅邸的所有堂皇氣派，偶爾岔題讚揚一下屬於他的「寒舍」，以及那棟房子所做的修繕，就這樣開開心心地講到其他紳士加入他們為止。同時，他發現菲利普斯太太是個非常專注的聽眾，她聽得越多，就將他看得越重要，並決心要儘快把消息散播給左鄰右舍。女孩子們聽不下她們那位表親的話，卻又無事可做，只能想想要是有鋼琴彈該有多好，同時細看著陳列在壁爐架上的瓷器圖案臨摹，那是她們自己用平庸的技法畫的[12]。等待似乎非常漫長，但最後總算結束了。紳士們確實來了。威克姆先生一走進房間裡，伊麗莎白便覺得她先前見到他、或者隨後想起他的時候，對他產生的仰慕之心都合情合理。本郡的軍官大體上來說都名聲無瑕、很有紳士風度，他們之中的佼佼者，就是在場的這幾位。但威克姆先生在人品、容貌、氣質與體態上，全都大大超越他們，就連**他們**這些軍官也都比臉孔圓潤、個性古板的菲利普斯姨丈來得強，此時他呼吸帶著酒味，跟在其他人後面進了客廳。

威克姆先生是最快樂的男士，因為幾乎每位女性的眼睛都轉向了他，伊麗莎白則是最快樂的女士，因為他最後在她身旁落坐。他立刻以令人愉快的態度開口交談，雖然內容只是今晚濕氣很重，雨季是不是快來了，卻讓她覺得只要開口的人能言善道，最普通、最乏味、最老套的話題也能夠講得很有意思。

柯林斯先生有威克姆先生與其他軍官這樣的對手，跟他一起爭奪女士們的青睞，他似乎變得黯淡無光。對年輕小姐來說，他確實不算什麼，但他偶爾還是能得到菲利普斯太太這樣好心的聽眾，在她的細心關照下，他有著吃喝不盡的咖啡與鬆糕。

牌桌擺出來以後，他終於得到機會回報她的好意，就坐下來陪著玩惠斯特牌。

他說道：「目前我對這個遊戲所知不多，但我很樂意趁機精進一番，因為以我個人的地

12. 臨摹瓷器上的花紋圖案（事後可以上漆保存）是當時淑女打發時間的一種工藝活動，需要耐性，卻不太需要技巧。

位來說——」菲利普斯太太很感謝他願意陪著玩，卻不想等他解釋理由。

威克姆先生沒去玩惠斯特牌，另一張牌桌欣然接納了他，他坐在伊麗莎白與莉迪亞之間。起初，莉迪亞似乎有獨佔他的危險，因為她打定主意要說個不停。不過她也同樣酷愛抽獎遊戲，很快的，她就太過專注於遊戲，太熱中於下注與對獎以後的大聲嚷嚷，以致注意不到任何特定對象了。威克姆先生既然可以應付遊戲的一般程序要求，就有餘裕跟伊麗莎白說話，她也非常樂意聽他說，雖然她最想聽見的，正是她不能期望他談起的事情——他跟達西先生過去的交情。她甚至不敢提起那位紳士。然而她的好奇心卻意外地得到滿足，威克姆先生自己提起了這件事。他問起奈德菲距離馬里頓有多遠，在她答覆以後，又猶豫地問起達西先生在這裡待多久了。

「大約一個月，」伊麗莎白回答。接著，因為她不願讓話題就這樣中斷，又補上一句：「就我所知，他在達比郡有大片土地。」

「是的，」威克姆回答：「他在那裡的家產相當豐厚，一年就可以淨賺一萬鎊。妳不可能碰到比我更清楚這些事的人——因為我自幼就跟他的家族有著特殊關係。」

伊麗莎白忍不住一臉訝異。

「班奈特小姐，妳昨天可能發現我們相遇時態度非常冷淡，所以我的聲明或許讓妳很驚訝。妳熟識達西先生嗎？」

「熟到這個程度對我來說就已經太過了，」伊麗莎白口氣激動地說道：「我跟他在同一間屋子裡相處了四天，覺得他很不討人喜歡。」

威克姆說道：「他是否討人喜歡，我無權提出**我的**意見，因為我不夠格表示意見。我認識他太久，也太了解他，所以無法公平裁判。**我**不可能公正無私。但我相信妳對他的看法會震驚大眾——而且，妳在別處或許就不會表達得這麼強烈。妳在這裡，身邊都是自家人。」

「說真的，除了在奈德菲，我在**這裡**說的話跟我會在附近別人家裡說的一樣多。他在賀福德郡完全不受歡迎，每個人都厭惡他的傲慢。你在這裡找不到有人對他有比較正面的評價。」

在一陣短暫的停頓以後，威克姆說道：「說實話，無論是他還是其他人，如果沒有得到言過其實的讚美，我都不會假裝我很遺憾；但我相信，這種事情就常常發生在**他**身上。這個世界被他的財富與地位給矇蔽了雙眼，或者畏懼他高傲又氣派的舉止，於是只好照著他的期望來看待他。」

「雖然**我**對他只有一點點認識，但我會認為他是個脾氣不佳的人。」威克姆聽了只是搖搖頭。

下一回有機會開口的時候，他說道：「我納悶的是，他是否想在這個地區待更久一些。」

「我完全不知道。不過我在奈德菲的時候，完全沒**聽說**他要離開。我希望你待在本郡的計畫，不會因為他在這一帶就受到影響。」

「喔，不會的——**我**不會被達西先生趕出這個地區。如果**他**想避免見到**我**，他就必須離開。我們的關係並不友好，見到他總是讓我心痛，不過除了某些我或許能夠昭告天下的事情之外，我沒有理由迴避**他**；他的所作所為對我造成非常嚴重的不公，還有最痛苦的遺憾。班奈特小姐，已故的老達西先生可說是有史以來最善良的人，也是我所有過最真誠的朋友。只要在現在的達西先生身邊，我肯定會記起無數溫柔的回憶，並為此悲痛不已。他對我的行為惡劣到堪稱醜聞，但我誠心相信，要不是因為他違背父親生前的遺願，有辱他父親身後的名聲，我本來可以寬恕他所做的任何事情。」

伊麗莎白發現這個話題越來越有意思了，她聽得全神貫注；然而事涉敏感，又不好繼續追問。

威克姆先生開始談起比較平常的話題，馬里頓、這一帶的鄰里與社交圈，他似乎對眼前所見的一切都極度讚賞，以溫和卻清楚明瞭的殷勤態度讚美此地的女性。

他又補充說明：「我來到某郡的主要誘因，就是期望能夠找到一個穩定而高雅的社交圈。我知道我加入的是最可敬、最快活的民兵團，我的朋友丹尼說起他們現在住的營房，還有馬里頓眾人給予他們的莫大關照與美好友誼，又更進一步吸引了我。我承認，朋友同伴對我來說是必要的。我一直是個失望落寞的人，我的精神無法承受孤獨。我**必須**有事可做，有朋友可以往來。軍旅生活不是我原本的志向，但現有的環境條件讓這條路顯得很合適了。我本來**應該**從事神職——我接受的是神職人員的養成教育，要是我們剛才提到的那位紳士樂意幫忙，此刻我本該有個薪俸豐厚的牧師職位。」

「真的嗎？」

「真的——已故的老達西先生在遺囑中指定，由我繼承當地薪俸最高的牧師職位。他是我的教父，非常疼愛我，我怎樣都無法報答他的慈愛。他本來想讓我過著富裕的生活，也自認為已經做到了。但那個職位出缺的時候，卻被指定給別人。」

「天啊！」伊麗莎白喊道：「但是**那**怎麼可能呢？怎麼能夠不顧他的遺囑指示？你為什麼不請求法律賠償？」

「因為遺囑中的措詞不夠正式，我訴諸法律也沒有指望。任何有榮譽心的人都不會懷疑遺囑的意思，但達西先生卻刻意要懷疑——或者說，把那款條文當成只是有條件的推薦，然後堅稱我已經喪失取得這個職位的一切權利，因為我奢侈浪費、言行魯莽。簡而言之，就是隨便編派的莫須有罪名。千真萬確，這個職位在兩年前出缺了，那時我正好到了可以就職的年齡，而職位卻指派給別人。同樣千真萬確的是，我實在無法指控自己犯下什麼過錯，活該失去那份職位。我的脾氣確實容易激動又輕率，有時候可能太放肆地**對他**說出我對**他**的感想。但除此之外，我想不起其他更糟的事了。事實上，我們是性情非常不同的人，他痛恨我。」

「這真是令人震驚！應該讓他在眾人面前顏面掃地。」

「總有一天他**會的**——但不該由**我**來做。除非我忘記他父親的恩惠，我永遠不可能公然羞辱他、揭發他。」

伊麗莎白尊重他的感受，並認為他表達這些想法的時候，比過去更顯得俊俏。

稍停一會以後，她說道：「但是他的動機可能是什麼呢？他為什麼做出這麼殘酷的行為？」

「他決心要厭惡我到底——我只能把這種厭惡歸咎於嫉妒。要是已故的老達西先生沒那麼喜歡我，他的兒子或許就比較能夠容忍我。但我相信從早年開始，他父親對我關愛有加就惹惱了他。他的脾氣無法容忍我們之間的那種競爭——無法忍受我通常得到的那種偏愛。」

「我從沒想過達西先生會如此惡劣——雖然我一向不喜歡他，但我從來沒把他想得這麼壞——我本來認為他對周遭的同胞是一視同仁地鄙視，卻沒懷疑到他會人格墮落到做出這種惡意的報復，這樣不公不義，這樣缺乏人性！」

回想了一陣以後，她接著說道：「我**確實**記得，他有一天在奈德菲誇口說他一旦生怨就難以平息，又有一副不饒人的脾氣。他的個性想必很可怕。」

「在這方面，我不敢信任自己的判斷，」威克姆說道：「**我**幾乎無法公正看待他。」

伊麗莎白陷入沉思，過了一會以後叫道：「用這種方式對待他父親的教子、友伴和最疼愛的人！」她本來還想補上這句話：「而且還是像**你**這樣的年輕人，光是你的面容就可以保證你為人親切。」但她最後有所保留地說：「而且可能還是他從小的玩伴——我想你是這麼說過，你們彼此有著極其緊密的關係。」

「我們出生在同一個教區的同一個莊園裡，我們一同度過大半的少年時代，住在同一個屋簷下，分享同樣的娛樂，感受同一種父愛的照拂。**我的**父親起初從事的職業，跟妳姨丈菲利普斯先生似乎相當成功的事業是一樣的。不過他放棄了一切，為已故的老達西先生效勞，並且奉獻所有的時間來照料潘伯利的產業。老達西先生極其尊重他，把他視為最親密、最信任的友人。老達西先生自己常常表示，我父親勤奮地管理家務讓他至為感激。就在我父親死前，老達西先生自動承諾要供養我，我相信，他認為這不但表示對我個人的喜愛，也是為了報答**我父親**的盡忠職守。」

「多麼奇怪啊！」伊麗莎白喊道：「又多麼可惡！我真納悶，現在這位達西先生的傲慢之心，竟沒有迫使他公正地對待你。如果沒有更好的理由，他不該以自己的不誠實為傲——我必須說，這種行為就是不誠實。」

威克姆回答：「這點**是**很令人訝異，因為他所有行為的根源，幾乎都可以追溯到他的傲慢，傲慢通常就是他最好的朋友。比起別的感受，傲慢更能夠拉近他與其他美德之間的距離。不過我們沒有一個人是一以貫之的；在他對待我的行為之中，有些更強烈的衝動壓倒了傲慢的力量。」

「像他這樣令人厭惡的傲慢，曾帶給他任何好處嗎？」

「有的。傲慢通常讓他變得大方慷慨，隨便揮霍金錢、殷勤待客、協助他的佃戶、還會賑濟窮人。家族的驕傲，還有**為人子女**的驕傲——他對於他父親的作為很自豪——讓他這麼做。他不想顯得有辱門風、不希望聲望衰退、不希望失去潘伯利大宅的影響力，對他來說，這些是強大的行為動機。他也有**為人兄長**的驕傲之心，其中包含了**某種程度的**手足之情，讓他成為妹妹非常仁慈又細心的監護人。妳也會聽說，大家通常稱讚他是最體貼、最慈愛的哥哥。」

「達西小姐是什麼樣的女孩？」

他搖搖頭。「我真希望我能說她為人親切可愛。要指摘達西家族的人讓我很難受，不過她太像她哥哥了——非常、非常地驕傲。孩提時代，她對人情深意重又可愛，還非常喜歡我。我曾經花許許多多的時間陪她玩，但現在她對我毫無意義了。她是個美麗的女孩，大約十五、六歲，就我所知，才華出眾。在她父親過世以後，她就以倫敦為家，有一位女士跟她同住，並且督導她的課業。」經過許多停頓，好幾次嘗試聊聊別的事情以後，伊麗莎白忍不住再度回到頭一個話題，說道：

「他與賓利先生的親近友誼讓我很震驚。賓利先生看起來性情這樣好，而且我相信他確實為人親切，他怎麼能夠跟達西這樣的人做朋友？他們怎麼可能彼此契合？你認識賓利先生嗎？」

「完全不認識。」

「他是個脾氣溫和、親切和藹又迷人的男士。他不可能知道達西先生的本質。」

「或許他不知情。不過達西先生如果有心，就能取悅別人，他並不欠缺這種能力。在他覺得值得的時候，他就能夠變成能言善道的好同伴。面對能夠與他平起平坐的貴人，他是一種態度，面對沒那麼顯赫的人，又是另一種迥然不同的態度。他一直那樣傲慢，不過他對富人總是寬大為懷、公正、誠摯、講理又有榮譽感，或許還很親切——只要他們富裕又高貴。」

打惠斯特牌的牌桌後來很快就散了，玩家們聚攏到另一桌去，柯林斯先生則在他表妹伊麗莎白還有菲利普斯太太中間落坐。菲利普斯太太隨口問他牌運如何。他的牌運不是非常好，輸光了所有分數。菲利普斯太太因此開始表達關切，但此時他用最誠摯嚴肅的態度向她保證，這種事情一點都不重要，他認為錢財只是芝麻瑣事，還請求她不要為此不安。

「夫人，我非常清楚，」他說：「人一旦在牌桌上坐下來，就必須在這些事情上冒險——而且讓人高興的是，以我的狀況，花個五先令對我不造成任何困擾。毫無疑問，有許多人無法這樣說；不過多虧有了卡瑟琳．狄柏夫人，我才能完全不必注重這些小事。」

威克姆聽到了。他觀察了柯林斯先生一會，然後低聲問伊麗莎白，他的親戚是否跟狄柏夫人一家非常熟稔。

她則回答：「卡瑟琳．狄柏夫人不久之前才給他一個牧師職位。我不清楚柯林斯先生是何時經人介紹給她，不過他認識夫人的時間肯定還不長。」

「妳應該知道卡瑟琳．狄柏夫人跟安妮．達西夫人是姊妹，所以她就是現在這位達西先生的姨媽。」

「不，說真的我不知道。我對於卡瑟琳夫人的親屬關係完全一無所知。在昨天以前，我從來沒聽說過這位貴夫人。」

「她女兒狄柏小姐會繼承一大筆財富，據信她跟她表哥會把兩份家產合而為一。」

這個消息讓伊麗莎白臉上泛出微笑，因為她想起了可憐的賓利小姐。如果他已經同意與別人訂定終身，她對他妹妹的深切喜愛、對他本人的讚揚，所有的殷切關注一定都付諸流水了。

她說道：「柯林斯先生對卡瑟琳夫人和她的女兒都有極高的評價，不過從他談到夫人時說出的某些細節來看，我懷疑他的感激誤導了他。雖然她是他的贊助人，她仍然是個傲慢又自負的女人。」

「我相信她不但非常傲慢，也非常自負，」威克姆回答：「我已經許多年沒見到她了，不過我記得很清楚，我從來不喜歡她，她的舉止既獨斷又無禮。她有著極為賢明聰慧的名聲，但我還比較相信她的能力有部分來自她的地位與財富，還有部分來自她充滿權威的架式，剩下的就是靠她外甥的驕傲了，因為他相信他的每位親朋好友，都有著一流的智力。」

伊麗莎白認為他的說法非常合理，他們繼續聊天，雙方都很盡興地聊到牌戲結束、吃宵夜為止，這時，其他女士終於有機會分享威克姆先生的殷勤關照。菲利普斯太太家的宵夜派對喧嘩吵鬧，讓人難以交談，不過他的舉止風度讓每個人都很欣賞他。不管他說什麼，都說得很得體；不管他做什麼，都做得很優雅。伊麗莎白離開的時候滿腦子都是他。回家途中，她只想著威克姆先生，還有他告訴她的話。但在車程裡，她甚至沒有時間提到他的名字，因為莉迪亞跟柯林斯先生都沒一刻安靜。莉迪亞沒完沒了地談著抽獎牌戲、她撈到跟失去的大獎；柯林斯先生則在描述菲利普斯夫婦如何地有禮，聲稱他真的一點都不在乎輸了惠斯特牌，細數宵夜中的每一道菜，並且一再表示害怕會擠到他的表妹們，在馬車停在龍柏園大宅的時候，他的話還說不完。

# 17

第二天，伊麗莎白對珍說了她與威克姆先生的交談內容。珍聽得既震驚又關切：她不知道要如何相信，達西先生竟然如此不配當賓利先生的朋友。然而以她的天性，又無法質疑像威克姆這樣外表親切的年輕男士說話不實在。他可能忍受過這樣的不幸，就足以激起她所有溫柔憐憫的感情。她別無他法，於是只能把雙方都想成是善意的，同時為雙方的行為做辯護，然後把其他無法解釋的事情都歸咎於意外或錯誤。

她說：「我相信他們兩個是被我們想像不到的方式所矇騙了。或許是跟他們有利害關係的人，讓他們彼此誤解。簡而言之，我們猜不出可能是哪些原因或情況，在雙方其實都沒有錯的狀況下離間了他們。」

「妳說得還真對啊。不過，親愛的珍，現在對於那些可能牽涉到這件事的相關人等，妳要怎麼替他們說話？妳也澄清一下**他們**的名聲吧，否則我們總是必須歸咎於某個人了。」

「妳愛怎麼取笑我就隨妳吧，可是不管妳怎麼笑，我都不會放棄我的意見。最親愛的麗西，請想想看，這個說法讓達西先生看起來多麼可恥，竟然這樣對待他父親最疼愛的人——他父親還答應要讓他衣食無憂。這是不可能的。任何人只要還具備起碼的人性，還珍視自己的品格，都做不出這種事情。他若是這種人，有可能徹底騙過他最親近的那些朋友嗎？喔，不可能的。」

「要我想像賓利先生被騙了，會比想像威克姆先生昨晚跟我講的話全都是憑空捏造來得容易——人名與事實俱在，事事都講得毫無矯飾。如果事實並非如此，就讓達西先生來反駁吧。此外，他的表情看起來很真誠。」

「這件事真的很難決定——很令人難過，讓人不知道該怎麼想才對。」

「請妳見諒，但誰都知道應該怎麼想才對。」

可是珍只對一件事有把握：就是賓利先生如果**先前一直**受到矇騙，在這件事公諸於世的時候，會非常傷心。

兩位年輕女士原本躲在矮樹林裡聊這件事，卻有人來喚她們回屋裡，因為某些她們正好提過的人來了。賓利先生跟他的姊妹親自來送請帖，邀她們參加盼望已久的奈德菲舞會，時間就訂在下個星期二。賓利姊妹很高興再度見到她們親愛的朋友珍，聲稱從她們上次見面以後好像已經過去一年了，還反覆問起在她們分別之後，珍的身體狀況如何。她們不太搭理這一家的其他成員，盡可能避開班奈特太太，對伊麗莎白只有寥寥數語，對其他人則徹底不理不睬。很快的，她們就又離開了——她們突然從椅子上站了起來，接著就匆匆往外走，像是要逃開班奈特太太的種種客氣表現，讓她們的兄弟嚇了一跳。

對奈德菲舞會的期待，讓家中的所有女士都開心得不得了。班奈特太太硬是把這場舞會想成是對她家長女獻殷勤，而且賓利先生本人親自送來請帖，沒有按照一般禮節送個邀請卡來，又讓她覺得特別高興。珍想像自己有兩位朋友作伴，又得到她們的兄弟關照，將會度過一個愉快的夜晚；伊麗莎白則愉快地想著要跟威克姆先生跳上許多支舞，還要從達西先生的外表與行為上，看到一切屬實的證據。凱薩琳與莉迪亞所期待的快樂，不是仰賴任何個別事件或個人；因為她們雖然都像伊麗莎白一樣，希望能有半個晚上都跟威克姆先生共舞，他卻不是唯一能夠讓她們滿意的舞伴，而且無論如何，舞會就只是舞會，就連瑪麗都可以向她的家人保證，她不反對參加舞會。

她說：「我能夠運用整個白天的時間，這樣就夠了。我想偶爾參與晚間娛樂活動，不算是犧牲。我們都該參加社交活動；而且我要聲明，我自己就跟某些人一樣，認為參與休閒娛樂活動對每個人來說都很值得。」

這次舞會讓伊麗莎白心情大好，所以她雖然鮮少在不必要的時候跟柯林斯先生說話，她還是忍不住問他是否打算接受賓利先生的邀請？如果他確實接受了，會不會覺得參與夜間娛樂活動不妥當？她頗為訝異地發現，他對此事無論如何沒什麼顧慮，而且一點都不怕他大膽地跳起舞來，會受到坎特伯利大主教[13]或卡瑟琳．狄柏夫人的譴責。

他說道：「我向妳擔保，我絕對不認為這種類型的舞會——由一位品德良好的年輕男士主辦，讓正派人士參加——會帶來什麼不良影響；我更不反對自己也去跳舞，同時我希望有幸能夠在當晚跟每位美麗的表妹共舞。此外，我還要趁此機會特別請求妳，伊麗莎白小姐，把頭兩支舞留給我；我相信珍表妹會明白我這番偏愛有其正當理由，並不是對她的不敬。」

伊麗莎白覺得自己上了大當。她原本想把那兩支舞留給威克姆，結果卻得到柯林斯先生這種舞伴！——她挑了個最糟糕的時機，來發揮她活潑好問的精神。然而現在已經無法補救了。威克姆先生與她自己的幸福，非得延後一些時候不可了，她盡可能風度優雅地接受了柯林斯先生的邀請。他的殷勤顯示他還有更進一步的打算，她並未因此覺得更高興。現在她第一次起了這個念頭：在她家的姊妹之中，是**她**被相中要當杭斯佛德牧師公館的女主人，而且要是羅辛斯莊園沒有更夠格的賓客，她就要幫忙湊足人數，玩「四十張」牌戲。她的想法很快就獲得

13. 坎特伯利大主教（the Archbishop）是英國國教最高領袖；這裡是半開玩笑地這樣說。

證實，因為她觀察到他對她越來越客氣多禮，又常常聽到他設法恭維她的機智與活力。雖然她的魅力有這番效果讓她驚大於喜，但不久她就從母親那裡理解到，他們結婚的可能性讓**她母親**大喜過望。然而伊麗莎白選擇不理會這種暗示，她很清楚，要是有所回應，結果必然會引起嚴重的爭執。柯林斯先生可能永遠不會求婚，在他開口以前就為他吵架毫無意義。

要不是有個奈德菲舞會可以準備、可以談論，此時年紀輕些的兩位班奈特小姐就處境堪憐了。因為從受邀的那天開始，到舞會當日為止，每天雨都下個不停，她們沒有一次去得成馬里頓。見不到姨媽，見不到軍官，打探不到任何消息——連去奈德菲舞會要用上的鞋頭緞帶花，都是別人幫忙買的。就連伊麗莎白都覺得天氣對她的耐性造成些許考驗，因為這種天氣徹底延後了她跟威克姆先生進一步認識彼此的機會；對於吉蒂和莉迪亞來說，就只有下星期二的舞會，才能夠讓她們捱過這樣的星期五、星期六、星期天和星期一。

# 18

伊麗莎白走進奈德菲大宅的客廳，在成群的紅外套軍裝男子之間尋找威克姆先生卻徒勞無功，在此之前，她根本沒想過要懷疑他是否會出席。回想他們先前的談話，即使其中有任何內容讓她起了合理的警覺之心，她也一直認為他一定會來。她比平常更用心打扮著裝，興高采烈地做好準備，要征服他心中還未臣服的部分——她相信這一晚肯定就能贏得全局。她心中起了一個可怕的疑慮：說不定賓利發請帖給軍官們的時候，為了討好達西先生就刻意不邀請威克姆，但就在這一刻，他的朋友丹尼先生就對急切詢問的莉迪亞宣布，他確實不來了。丹尼還告訴她們，威克姆前一天有事情非得去倫敦不可，目前還沒回來。他還帶著意味深長的微笑，補上一句：

「如果他不是期望避開這裡的某位紳士，我猜他不會剛好現在就有事得離開。」

雖然莉迪亞沒有聽到他提供的這一部分訊息，伊麗莎白卻聽到了。這件事讓她確定，雖然她起初的猜測並不公平，達西還是要為威克姆的缺席負起責任，而她此時此刻的失望，都讓她對達西的反感變得更尖銳。所以達西緊接著過來，彬彬有禮地問候她時，她幾乎無法客氣回答。對達西表示眷顧、寬容、耐性，就是傷害威克姆。她下定決心不跟他對話，轉身離開的時候心情惡劣，甚至在跟賓利先生說話的時候也仍餘怒未消，因為他對朋友的盲目偏愛激怒了她。

可是伊麗莎白不是生來就適合壞心情的人，雖然她自己對今晚的所有期待都被毀了，她的壞情緒卻沒有維持太久。她把所有難過的事情都告訴睽違一週的夏洛特．盧卡斯以後，很快就能夠自動轉換心情，談起她那位表哥的種種怪異情狀，然後把他指出來給盧卡斯小姐看。然而頭兩支舞，又讓她心情變得悲慘：舞跳得尷尬至極。笨拙又嚴肅的柯林斯先生沒有小心腳步，卻只是一味道歉，常常跳錯方向卻渾然不覺，讓她在兩支舞的時間裡，受盡了差勁舞伴能夠帶來的種種恥辱與慘狀。她從他身邊解放的時候，簡直欣喜若狂。

她接下來跟一位軍官共舞，跟他談起威克姆、還聽說大家都喜歡他，讓她精神一振。在那幾支舞結束以後，她回到夏洛特．盧卡斯身邊跟她聊天，這時候她突然發現達西先生對她開口了，他突然邀她共舞，把她嚇了一大跳，而她在慌亂之際，竟然答應了他。他立刻就又走開了，留下她懊惱著自己為什麼失去鎮靜，夏洛特則試著安慰她。

「我相信妳會發現他非常討人喜歡。」

「上天不准這種事發生！**那樣**就倒楣到家了！發現妳決心痛恨的人非常討人喜歡！別期望我碰上這麼糟糕的事。」

然而在舞蹈重新開始的時候，達西走過來請她跳舞，夏洛特忍不住要悄聲警告她別犯傻，別因為她對威克姆有好感，就對一個地位比他高十倍的男人擺臉色。伊麗莎白沒有回答，就在舞蹈的人群中間站定位置，然後訝異地發現她獲准站在達西先生對面顯得多麼尊貴，也從左右眾人的眼神中發現他們同樣感到驚訝。他們站了好一會，卻沒說一句話，她開始假定，他們的沉默會延續整整兩支舞的時間。起初她決心別打破這片寧靜，但到最後她突然有個念頭，認為逼她的舞伴講話會是對他最大的懲罰，所以她說了幾句無關痛癢的話，描述她對舞蹈情況的觀察。他也回答了，然後又陷入沉默。停頓了幾分鐘以後，她再度開口對他說道：

「現在輪到**你**說幾句話了，達西先生。既然**我**談過了這支舞，**你**就該針對房間大小或跳舞的人數評論幾句。」

他微微一笑，然後向她保證不管她希望他說什麼，他都會照辦。

「非常好，現在這樣就夠了。或許不久以後，我就會表示私人舉辦的舞會比公共舞會更令人愉快，但**現在**我們可以安靜一會。」

「在妳跳舞的時候，妳都照著規則說話嗎？」

「有時候是。你明白的，人總是必須說點話。在一起半小時卻徹底沉默，看起來會很奇怪。然而為了**某些人**好，對話應該經過安排，方便他們盡可能降低講話的麻煩。」

「以現狀來說，妳是根據自己的感覺表示這番意見，還是自認為在體貼我的感受？」

「兩者皆是，」伊麗莎白淘氣地說道：「因為我總是發現，我們的思緒變化極其相似。我們都有不愛交際、緘默寡言的性情；除非我們預料可以一出口就語驚四座，還能夠被當成格言名垂千古，否則就不願開口。」

他說道：「我確定，妳自己的性格並不怎麼像是這樣，至於**我的性格**有多接近這番話，我不敢置喙。毫無疑問，**妳**認為這是很忠實的寫照。」

「我當然不能評判自己的表現。」

他沒有回答，他們又再度陷入沉默，直到他們走到跳舞行列的最後一個位置就位時，他才開口問起她跟家中姊妹是否經常徒步前往馬里頓。她做出肯定的答覆。隨後她抵擋不住誘惑，又補上一句：「前幾天你遇到我們的時候，我們剛好交了一位新朋友。」

這句話立即見效。他臉上的表情更加高傲了，但未置一詞。伊麗莎白雖然責備自己向弱點屈服，卻也無法繼續說下去。最後達西勉強開口說道：

「威克姆先生得天獨厚，有著令人愉快的風度，可以確保他**交得到**朋友；但他是否同樣能夠**留得住**朋友，可就不一定了。」☆7

「他運氣不佳，所以失去了**你的**友誼，」伊麗莎白回答時還特別強調：「而且失去的方式很有可能讓他終身受苦。」

達西沒有回話，似乎很想改變話題。這時，威廉．盧卡斯爵士在他們身旁出現了，打算要穿過跳舞的人群走到房間另一頭去。但一看到達西先生，他就停了下來行了個大禮，恭維他的舞姿和他的舞伴。

「親愛的先生，我心中充滿感恩，像這樣優越的舞姿可不常見啊。很顯然你屬於第一流人物。不過請容我這麼說，你美麗的舞伴也不遜色。伊麗莎白小姐，我必須期望能夠常常重溫這種樂趣，特別是在某個令人期待的喜事（他瞥向伊麗莎白的姐姐與賓利）發生的時候。到時候會有多少人祝賀他們啊！我要請求達西先生——不過我還是別打斷你了，先生。——你不會感謝我打擾了你和那位年輕小姐讓人心醉神迷的談話，她明亮的雙眸也在責備我呢。」

這番長篇大論的後半段，達西幾乎沒聽見；但威廉爵士對他朋友的暗示似乎讓他大為訝異，他帶著非常嚴肅的表情，把視線投向賓利與珍，他們現在正一起跳著舞。然而他很快就回過神，轉向他的舞伴說道：

「威廉爵士打斷了談話，讓我忘記我們剛才在聊什麼了。」

☆7
*Mr. Wickham is blessed with such happy manners as may ensure his making friends--whether he may be equally capable of retaining them, is less certain.*

「我認為我們根本沒聊什麼。如果房間裡的兩個人彼此無話可說，威廉爵士是不可能打斷他們的。我們已經嘗試過兩三個話題都不成功，接下來要聊什麼，我可想像不到。」

「妳對書本有什麼看法？」他說著，露出微笑。

「書本──喔，不成！──我確定我們讀的書永遠不會一樣，至少不會以同樣的感受閱讀。」

「很遺憾妳這麼想。不過如果狀況如此，至少不缺主題。我們可以比較我們的不同意見。」

「不──我不想在舞廳裡談論書本，我腦袋裡充滿了別的事情。」

「在這種情境下，妳心裡總是想著**現在**──是嗎？」他臉上帶著懷疑的表情說道。

「對，總是如此，」她這樣回答，卻不知道自己是什麼意思，因為她的思緒已經脫離這個話題，飄得老遠。到底飄向何處，很快就顯示出來了──她突然大聲說道：「達西先生，我記得有一次聽你說，你很難寬恕別人，而且你一旦心生怨恨，就難以平息。所以我猜你非常謹慎，不輕易**生怨**吧？」

「我是很謹慎，」他聲調堅定地說道。

「而且絕對不容自己受到偏見的蒙蔽嗎？」

「我希望我不會。」

「絕對不改變看法的人有特別重大的義務，從一開始就要確定自己判斷得當。」

「我能不能請問，這些問題的目的是什麼？」

「只是想描繪出**你的**性格，」她盡力擺脫自己嚴肅的態度，說道：「我嘗試要弄清楚。」

「那麼妳有多成功？」

她搖搖頭。「我根本搞不清楚。聽說了這麼多關於你的不同描述，讓我非常困惑。」

「我不難相信這點，」他嚴肅地回答：「關於我的種種說法，出入可能很大。班奈特小姐，我希望妳不要現在就描繪我的人格，因為我有理由擔心，這樣做的結果對我們兩人都不公平。」

「但如果我不現在就畫出你的人格肖像，以後可能再也沒機會了。」

「那麼我絕對不會阻撓妳的興致，」他冷冷地回答。她沒再多說，他們就這樣跳完了另一支舞，然後默默地分開了。雙方都覺得不滿意，雖然程度不同。因為達西心裡對她有一股相當強烈的好感，他很快就原諒了她，並且把他所有的怒火都導向了另一個人。

他們分開沒多久，賓利小姐就走到她身邊來，一臉假裝客氣的輕蔑表情，對她說道：

「伊莉莎小姐，我聽說妳相當喜歡喬治・威克姆？妳姊姊跟我談到了他，還問我一大堆問題。我發現那位年輕人跟妳說了許多話，卻忘記告訴妳，他父親老威克姆是已故老達西先生的總管。不過，身為朋友，就讓我提醒妳，不要對他所有的說詞照單全收。因為他說達西先生待他不義，全都是假話。事實正好相反，他一直對喬治・威克姆相當仁慈，但威克姆卻用最可恥的方式對待達西先生。我不知道細節，不過我很清楚，達西先生絕對無可譴責，他根本不能忍受別人提起喬治・威克姆。雖然我哥哥認為他免不了要把威克姆納入他的軍官邀請名單，卻如釋重負地發現威克姆自己避開了。他竟敢來到這個地區，真是相當厚顏無恥，我很納悶他怎麼能夠這樣膽大妄為。伊萊莎小姐，我憐憫妳，竟然發現妳最喜歡的人有這種過錯。不過說真的，想想他那種出身，我們很難指望他有更好的表現。」

「照妳的說法，他的過錯就在於他的出身，」伊麗莎白憤怒地說道：「因為除了他身為達西家總管的兒子以外，我沒聽到妳指控他做出什麼更糟的事。至於**他的出身**，我可以向你保證，他告訴過我了。」

「請妳見諒，」賓利小姐回答，同時冷笑著轉身走開。「抱歉多管閒事了，我是出於善意。」

「無禮的女孩！」伊麗莎白心中暗想，「如果妳認為這種低三下四的攻訐就能影響我，妳真是大錯特錯。這種作法只讓我看到妳自己的任性無知，還有達西先生的惡意。」她隨後就去找她姊姊，她先前負責問賓利同一件事的原委。珍見到她的時候臉上帶著非常甜美滿足的微笑，表情幸福得光彩照人，足以顯示出她這個晚上過得多麼滿意。伊麗莎白立刻解讀出她的感受。在那一瞬間，對威克姆的關懷、對他仇敵的怨恨以及其他的一切，都被她拋諸腦後，只想著珍有希望得到至高的幸福了。

「我想要知道，」她臉上帶著不遜於姊姊的盈盈笑意，開口說道：「關於威克姆先生妳探聽到什麼了。不過或許妳參與的活動太愉快了，讓妳想不到別的人，如果是這樣，我肯定會原諒妳。」

「不，」珍答覆道：「我沒有忘記他，不過我沒什麼令人滿意的答案可以告訴妳。賓利先生不知道他過去的全盤故事，也完全不知道主要冒犯到達西先生的情況是什麼？不過他願意擔保他朋友的良好品德、誠實正直和榮譽感，他也完全相信達西先生對威克姆先生已經仁至義盡，甚至對他太好了。而且我要很抱歉地說，根據他還有他妹妹的說法，威克姆先生絕對不是一位值得敬重的年輕人。恐怕他曾經非常魯莽無禮，會失去達西先生的關照也是事出有因。」

「賓利先生自己並不認識威克姆先生。」

「不認識。在那天早上在馬里頓見面以前，他從沒見過威克姆先生。」

「那麼這番敘述是他從達西先生那裡聽來的了。我的好奇心完全滿足了。不過他對牧師職位的事情怎麼說？」

「他無法確切回想起來當時的情況，雖然他記得聽過達西先生提起不只一次，不過他相信那個職位只是**有條件的**遺贈。」

「我毫不懷疑賓利先生的真誠，」伊麗莎白口氣激動地說道：「但是妳得原諒我，我無法光靠保證就相信。我會說賓利先生對他朋友的辯護非常有力，但既然他對於這個故事的許多細節都不清楚，又是從他朋友口中得知剩下的部分，我會冒險對這兩位紳士維持跟先前一樣的看法。」

接著她把話題轉向對雙方都比較愉快，也都有相同感受的方向。伊麗莎白欣喜地聽珍描述賓利的青睞讓她產生哪些美好而適當的期望，並且盡可能說些話來加強珍的信心。賓利先生本人來跟她們會合的時候，伊麗莎白抽身去找盧卡斯小姐。她問起伊麗莎白的上一個舞伴是否令人愉快，伊麗莎白還來不及回答，柯林斯先生就來到她們身邊，並且用興高采烈的態度對她說，他剛剛運氣極好，有一個非常重大的發現。

「由於一個奇妙的巧合，」他說：「我剛剛發現我贊助人的某位親戚就在這個房間裡。我正好聽到那位紳士本人，對這間宅邸尊貴的年輕女主人提起他表妹狄柏小姐，還有小姐的母親卡瑟琳夫人。多麼神奇啊，這種事情竟然發生了！誰想得到在這個舞會裡，我能夠遇上或許是卡瑟琳．狄柏夫人外甥的人！真是謝天謝地，我及時發現此事，來得及去向他致敬。現在我就要這麼做，我相信他會諒解我先前沒去拜見。我本來完全不知道這層親戚關係，這一定可以為我的疏忽做開脫。」

「你該不會要自己去結識達西先生吧？」

「我確實要這麼做。我會請他寬恕我沒有早點去見他。我相信他是卡瑟琳夫人的**外甥**。我可以向他保證，一週前的星期一，夫人身體還相當健康。」

伊麗莎白努力想要說服柯林斯先生別做這種事，還向他保證，達西先生會認為他未經介紹就冒昧攀談是放肆無禮的行為，而非對他姨媽的讚美；雙方完全不需要彼此相認，而且就算有這種必要，也必須由地位較高的達西先生採取主動，表示要結識他。柯林斯先生聽她說話時，滿臉堅定不移，等她說完話以後，他就回答：

「親愛的伊麗莎白小姐，在妳所知範圍內的所有事情，我都對妳優秀的判斷力有著至高的評價，然而請容我這麼說：規範俗人的既有社交禮儀，跟規範神職人員的禮節有很大的不同。請容我說明一下，我認為神職人員的尊貴程度，可以跟這個王國的最高階級並駕齊驅——只要行為上同時保持著適當的謙遜就行了。所以在這個場合，妳必須讓我追隨我的良心指示，引導我去履行我心目中的義務。請原諒我沒有遵從妳的建議，雖然在其他每一件事情上，妳的建議永遠都指引著我。不過在目前的狀況下，我認為我所受的教育，與我習慣做的研究，都讓我比妳這樣的年輕女士更適合決定怎麼做才好。」他深深一鞠躬，然後就從她身邊走開，去糾纏達西先生了。

她焦急地觀察達西怎麼應付柯林斯的進犯。有人這樣貿然攀談，達西顯然非常驚訝。她的表哥以嚴肅的一鞠躬開始他的談話；雖然她一個字都聽不清楚，她還是覺得彷彿全都聽見了，還看到他的嘴唇挪動著，擠出「致歉」、「杭斯佛德」與「卡瑟琳．狄柏夫人」的口形。看著表哥在這樣身分的男人面前自曝其短，真讓她氣惱。達西先生看著他，毫不掩飾自己的訝異。在柯林斯先生總算讓他有機會開口的時候，達西先生回答的口氣疏遠客套。然而柯林斯先生卻毫不氣餒地再度啟口，隨著他的第二段話越說越長，達西先生的輕蔑之情似乎也越來越強。等他把話講完，達西先生只是微微欠身，然後就走開了。隨後柯林斯先生就回到伊麗莎白旁邊。

他說道：「我可以向妳保證，對於我所受到的對待，我沒有理由感到不滿。達西先生似乎很高興我這樣殷勤。他用最有禮貌的態度回答我，甚至還恭維我，說他非常相信卡瑟琳夫人的識人能力名不虛傳，她絕對不會偏愛不值得喜愛的人。這真是非常慷慨寬大的想法。整體來說，我非常喜歡他。」

既然伊麗莎白自己已經別無所求，她把注意力幾乎都放在她姊姊跟賓利先生身上。而她的觀察所催生出的種種愉快念頭，或許讓她幾乎跟珍一樣快樂了。她很清楚地看到，她母親的想法也有同樣的傾向，而她決定不要冒險走近母親，免得自己會聽到太多不想聽的話。所以在她們坐下來吃宵夜的時候，她覺得母女之間偏偏只隔一個人，誠屬不幸。她又深切懊惱地發現她母親對那個人（盧卡斯夫人）毫無顧忌地大鳴大放，不說別的，就光說她預料珍很快就會嫁給賓利先生。這是個讓人激動興奮的題目，而班奈特太太在細數這樁姻緣的好處時，似乎永遠講不累。他是個這麼迷人的年輕男士，又這麼富有，住處離她們家又只有三哩遠，這是第一批值得額手稱慶的優點；然後想到那兩姊妹有多喜歡珍，又是多麼令人安慰，她們肯定都像她一樣樂見其成。更進一步來說，這件事對她更小些的女兒來說也很令人期待，因為珍既然嫁得這麼好，一定會幫助她們認識其他富有紳士；最後一點是，在她有生之年能夠把其他未婚女兒交給她們的姊姊來照料，實在太令人高興了，這樣她就不必違背自己的心意，老是陪著她們。在這種狀況下，把在家享清福當成一樁樂事是必要的，因為這是禮貌。不過無論何時，班奈特太太其實都比別人更不喜歡在家裡閒著。到最後，她給盧卡斯夫人許許多多的祝福，希望她很快也能交上同樣的好運，雖然她顯然得意洋洋地相信絕無可能。

伊麗莎白徒勞無功地想要制止她母親的快嘴，或者說服她用比較不易聽見的悄悄話來描述她幸福無邊的感受。因為讓她氣悶的是，她可以察覺到大半內容都被達西先生順耳聽去了，他正好坐在她們對面。她母親唯一的反應就是責備她犯傻。

「請問妳，達西先生對我有什麼意義，我為什麼非得怕他不可？我確定我們沒必要對他特別禮遇，還要被逼著不准說任何**他**可能不愛聽的話。」

「看在老天份上，母親，聲音低些。——要是妳冒犯了達西先生，對妳有什麼好處？——妳這樣做，絕對不會讓他的朋友更看得起妳。」

然而她說什麼都起不了任何作用，她母親照樣用清晰可聞的音量說明她的看法。伊麗莎白一再因為羞愧困窘而臉紅。她的視線忍不住頻頻飄向達西先生，雖然每看一眼，她就更確定她的恐懼成真：因為他雖然沒有一直看著她母親，她卻可以確定，他的注意力一直都放在她身上。他臉上的表情逐漸從義憤填膺的蔑視，變成冷靜穩重的嚴肅神情。

到最後，班奈特太太終於沒別的話要說了。盧卡斯夫人聽著她無緣分享的欣喜言詞一再重複，早就哈欠連連，現在終於得空可以享受冷火腿與雞肉的安慰。伊麗莎白現在恢復了活力。不過這段平靜的插曲維持不長，因為在宵夜結束以後，有人提議要來唱唱歌，然後伊麗莎白就羞愧地看到，別人才隨口鼓勵了一兩句，瑪麗就準備好順從大家的要求了。她拋去許多別有深意的眼神和沉默的懇求，努力想要阻止瑪麗太過「善體人意」，卻全然白費力氣。瑪麗不會理解這些暗示的用意，對她來說，能夠表現自己是很愉快的事，她開口就唱了起來。伊麗莎白的目光凝視著她，感覺心痛至極，她滿心不耐地看著瑪麗唱了幾個小節，等到這首歌唱完以後，災難卻還沒結束；因為桌邊眾人除了感謝她的表演以外，還有人暗示希望她願意再多唱幾首，瑪麗就在暫停半分鐘以後，又唱起另一首歌。瑪麗的歌喉卻絕不適合這種表演，她的聲音薄弱，台風又造作。伊麗莎白苦惱得不得了。她望向珍，想看她如何承受這一切，但珍此時態度安然地在跟賓利聊天。她望向賓利的兩個姊妹，發現她們互相使眼色，一臉嘲弄；然而她看著達西的時候，發現他的表情仍舊深沉嚴肅。她注視著她父親，想請求他加以干預，免得瑪麗唱上一整晚。他收到了暗示，就在瑪麗唱完第二首歌的時候，大聲說道：

「孩子，唱得實在很好了。妳已經娛樂我們夠久了，讓其他小姐也有機會表現一下吧。」

瑪麗雖然假裝沒有聽見，卻顯得有些氣餒。伊麗莎白為她感到難過，也為她父親的措詞而難受，惟恐她先前的憂心忡忡沒帶來任何好處——現在換成聚會上的其他人受邀唱歌了。

柯林斯先生說道：「如果我有幸具備唱歌的才能，我肯定會非常樂意唱一首小調來娛樂大家；因為我認為音樂是非常純真無邪的消遣，跟牧師的職責毫無衝突。然而我並不認為奉獻太多時間給音樂也是正當的，因為肯定有其他事情必須關注。主管一個教區的牧師，有許多要做的事。首先，他必須安排好如何收取什一稅，讓這件事一方面對他有利，另一方面又不至於冒犯他的贊助人。他還必須替自己寫佈道詞，所剩無幾的時間還要為教區服務，並且維護、改進他的居住環境——他當然要讓這個地方盡可能舒適。我認為同樣不可小看的是，他也應該對每個人都體貼周到，尤其要善待那些讓他得到這份美差的人；我認為他不能擺脫這個責任，而要是他沒把握機會，向贊助人的任何親友表明他的敬意，我也會認為他做得不對。」他向達西先生一鞠躬，結束了這番談話；他的音量大到半個房間都聽得見。許多人瞠目結舌，還有許多人笑了，不過看來班奈特先生被逗得最開心。這時他太太卻認真地稱讚柯林斯先生說得真有道理，還用只有一半像是耳語的音量對盧卡斯夫人說，他是個相當聰明又優秀的年輕人。

在伊麗莎白看來，就算她的家人早就串通好了要趁今晚盡可能丟人現眼，他們也不可能發揮得比現在更淋漓盡致、獲得更大的成功。而她想起來還替賓利跟她姐姐高興的是，有某些醜態逃過了他的注意，至於另一些他必定看在眼裡的愚行，又沒那麼容易對他的情緒造成困擾。不過，他的兩位姊妹與達西先生竟然有機會嘲弄她的親人，就已經夠糟了；她無法決定，到底是那位紳士沉默的蔑視，還是那兩位女士傲慢的微笑，比較讓人難以忍受。

這一晚剩下的時光沒帶給她多少快樂。柯林斯先生一直在糾纏她，用最堅決的態度黏在她旁邊。雖然他沒辦法說服她再與他共舞，卻也讓她無法跟別人共舞。她想請他跟別人跳舞，還提議要介紹他認識房間裡的其他年輕小姐，卻不管用。他向她保證，他對跳舞這件事情完全沒興趣；他的主要目的，是透過體貼殷勤的照顧，在她面前凸顯自己的好處，所以他下定決心，整個晚上都要待在她左右。對於他的計畫，爭辯是沒用的。這時候她極度感激她的朋友盧卡斯小姐，她常常來到他們身邊，態度柔和地把柯林斯先生的對話引到她那方去。

但至少達西先生沒有進一步冒犯她；雖然他常常站在離她很近的地方，看起來相當無所事事，卻從來沒有近到足以開口說話。她認為這可能是因為她在話中隱約提及威克姆先生，不禁高興起來。

龍柏園一家是所有人之中最晚離開的。在班奈特太太的算計下，每個人都走了以後，他們還得多花一刻鐘等馬車，讓他們有時間可以觀察東道主一家的某些人有多希望他們快走。赫斯特太太跟她妹妹除了抱怨疲倦以外，幾乎沒有開口，顯然急著要送客了。班奈特太太每次企圖跟她們攀談，都受到冷淡的排斥，這種態度讓所有人都意興闌珊。柯林斯先生冗長的發言更是於事無補，他連連恭維賓利先生跟他的姊妹們安排的娛樂活動非常優雅，待客的方式顯然非常好客有禮。達西什麼話都沒說。班奈特先生同樣沉默，卻很享受這個場面。賓利先生與珍站在離其他人稍微遠一點的地方，只管彼此聊天。伊麗莎白就像赫斯特太太或賓利小姐一樣堅定地保持沉默；就連莉迪亞都累到只能偶爾喊幾句「天啊，我累壞了！」跟著又打了個大哈欠。

在他們終於起身離開的時候，班奈特太太用最急切而客氣的態度，表示希望很快就能在龍柏園看到賓利全家人；她還特別對賓利先生保證，就算沒有正式發函邀請，他隨時來龍柏園跟他們共進家庭晚餐，全家人都會很高興。賓利非常感激又高興，立刻答應等他從倫敦回來以後，要儘快去拜訪她，但他第二天必須去倫敦待一小段時間。

班奈特太太完全心滿意足了，離開大宅時喜上眉梢，確信只要對財產安排、新馬車和嫁衣做好必要準備，她無疑可以在三、四個月內見到女兒定居在奈德菲。她也同樣確定另一個女兒會嫁給柯林斯先生，對此她也相當高興，雖然程度略遜一籌。在她的孩子之中，伊麗莎白最不得她寵愛；雖然那位男士與那樁婚事對**伊麗莎白**來說已經夠好了，兩者的價值卻都及不上賓利先生與奈德菲莊園。

# 19

第二天在龍柏園發生了一件新鮮事。柯林斯先生正式求婚了。因為他向教區請假只請到星期六，他決心不浪費任何時間，馬上行動。而就算在這種時候，他也自信滿滿，不認為會有對他不利的結果，所以他採取的作法非常按部就班，遵守他視為求婚慣例的一切規範。

早餐後不久，他發現班奈特太太、伊麗莎白跟她的一個妹妹正好在一起，他就對做母親的說道：「夫人，有鑑於您身為人母，對您美麗的女兒伊麗莎白很有影響力，今天早上是否能夠請您恩准，讓我與令嫒私下一談？」

伊麗莎白除了驚訝得一陣臉紅外，還來不及說任何話，班奈特太太就立刻應聲了：「喔，天啊！可以，當然可以。我確定麗西會非常樂意——我確定她不會反對。來，吉蒂，我要妳到樓上來。」然後就把她手邊的女紅活收拾好，匆匆地走開了。

這時伊麗莎白喊道：「親愛的媽媽，請別走，我請您別走！柯林斯先生一定能夠體諒，他沒有要說什麼別人不能聽的話。我自己也要走了。」

「不行、不行，別傻了，麗西。我要妳留在這裡。」她看到伊麗莎白一臉氣惱困窘，似乎真的打算逃走，就補上一句：「麗西，我**堅持**妳一定要留下來聽柯林斯先生說話。」

伊麗莎白無法對抗這樣的命令。再想了一下，她也領悟到盡可能安靜迅速地把這件事情熬過去，會是最聰明的作法，她就再度坐下來，試著讓自己雙手保持忙碌，藉此隱藏介於難過與魂不守舍的心情。班奈特太太跟吉蒂走開了，她們一走，柯林斯先生就開口了：

「請相信我，親愛的伊麗莎白小姐，妳的端莊羞怯不但對妳完全無傷，還讓妳其他的美好特質更錦上添花。要是**沒有**這樣輕微的不情願，妳在我眼中就沒這麼迷人可愛了。但請容我向妳保證，我現在要說的話已經得到令堂的允許。無論妳天生的謙遜讓妳如何否認事實，妳都不可能懷疑我這番話的目的。我的一片心意太過明顯，不可能誤解。我幾乎才一走進這棟房子，就選中妳作為我未來的人生伴侶了。但在我盡情宣洩這方面的感情以前，或許我最好先陳述我結婚的理由——還有我當初來到賀福德郡擇偶的計畫，後來我確實就是這麼做的。」

這樣嚴肅冷靜的柯林斯先生竟然會「盡情宣洩」他的感情，這個想法讓伊麗莎白差點笑出來，結果就來不及趁他暫停的片刻阻止他往下講，他就繼續說了下去：

「我要結婚的頭一個理由是，我認為每個生活條件寬裕的神職人員（好比說我），都該在他的教區裡樹立婚姻典範；其次，我確信這樣做對我的福祉大有助益；再者，我或許早該提及這件事，我有幸稱為贊助人的那位高貴女士特別建議、鼓勵我這麼做。她有兩次以其尊貴之身，在這個話題上給我意見（而且還是主動開口！）。就在我離開杭斯佛德的那個週六夜晚——就在我們玩四十張牌的牌局空檔，詹金森太太正在替狄柏小姐擺好墊腳凳的時候——她說道：『柯林斯先生，你一定要結婚。像你這樣的牧師非結婚不可。你要謹慎選擇，為了**我**還有你自己好，請選擇一位淑女。要選擇一位性情活潑又能幹的人，不能太過養尊處優，要能夠妥善利用小筆收入。我的建議是，你要儘快找到像這樣的女人，然後把她帶來杭斯佛德，我會去拜訪她。』我美麗的表妹，請容我順便一提，我認為卡瑟琳．狄柏夫人的照拂與慈愛，也是我能夠提供的一大好處。妳會發現她的風度之佳，遠遠超越我所能形容。而我認為她一定也樂於接納妳的機智與活力，特別是她的高貴地位免不了會引起沉默與尊敬，會讓妳的表現更有所節制。這就是我之所以贊成結婚的整體理由。我還要說明我為何在龍柏園擇偶，而不是在我自己居住的地方。我可以肯定地告訴妳，那裡也有許多親切可愛的年輕女士。但事實是，在令尊過世之後（不過他可能還會活上許多年），我即將繼承這片地產，要是我沒選擇他的一位女兒為妻，盡可能減少她們在不幸發生之後的損失，我就不會覺得滿意——不過我已經說過了，那種事可能要好幾年以後才會發生。美麗的表妹，這就是我的動機，而我自認為這樣並不會減少妳對我的敬意。現在我沒別的話要說了，只能用最生動的言語，讓妳確信我的感情如何地澎湃。我徹底不在乎嫁妝，也不會對妳父親提出那方面的要求，因為我很清楚，不可能湊得出來。要到妳母親過世以後，妳才可能拿得到一千鎊公債裡的百分之四利息，這就是妳有權取得的全部了。所以在這方面，我自始至終都會保持沉默。妳可以確定，在我們結婚的時候，我不會說出任何刻薄的譴責。」

現在絕對必須打斷他的話了。

「先生，你太急躁了，」她喊道：「你忘記我還沒答覆呢。請讓我立刻回答，不進一步浪費時間了。你這樣恭維我，請接受我的謝意。我很清楚你向我求婚是我的榮幸，但除了拒絕你的好意，我不可能有別的作法。」

「我不是現在才知道，」柯林斯先生一本正經地揮揮手回答道：「通常在男士初次向年輕小姐求婚的時候，她們都會拒絕這番要求，雖然她們內心深處是想要接受的；有時候她們還會拒絕第二次，甚至第三次。所以，妳剛才說的話絕對不會讓我感到挫折，而且我希望很快就能帶著妳走到聖壇之前。」

「我是說真的，先生，」伊麗莎白嚷道：「在我的聲明以後你還表達這種希望，實在相當不尋常。我真的要向你保證，如果真有那種年輕小姐，大膽到敢拿她們的幸福來冒險，試試看對方會不會二度求婚，我也不會是其中之一。我的拒絕非常認真。你不可能讓我幸福快樂，我也深信我是全天下最不可能讓你幸福的女人。不，要是你的朋友卡瑟琳夫人認識我，我也相信她會認為我在各方面都不適合你。」

「如果確實不適合，卡瑟琳夫人就會這麼想吧，」柯林斯先生十分嚴肅地說道：「但我想像不出夫人怎麼會不認可妳。而妳可以肯定，要是我有幸再見到她，我就會大大讚揚妳的端莊、節儉，還有其他親切可愛的美德。」

「說實在的，柯林斯先生，對我的所有讚揚都不必要。你必須讓我自己做判斷，要恭維我就相信我說的話吧。我真心希望你能夠非常幸福、非常富有，而且藉著拒絕你的求婚，我已經盡全力避免讓你不幸福也不富有了。既然你向我求過婚了，你打算顧全我家的體諒之心一定已經獲得滿足，在龍柏園產業落到你手裡的時候，你可以心安理得地收下。所以，我們可以認為這件事已經塵埃落定。」她說著就站了起來，本來就要走出房間，但柯林斯先生又這樣對她說道：

「等下次我有幸再對妳提起這個話題的時候，我希望我會得到比現在更正面的答覆。不過我絕對不是在指責妳現在的行為很殘酷，因為我知道妳們女性既有的習慣，就是拒絕男性的初次求婚。而且妳現在說的話，或許更鼓勵我繼續追求，因為這番話跟女性真正的謙遜性格很一致。」

「柯林斯先生，我說真的，」伊麗莎白有些動怒了：「你讓我十分困擾。如果我到目前為止說的話，在你看來竟然可以當成鼓勵，我就不知道我要如何表達，才能讓你相信我確實拒絕了你。」

「親愛的表妹，妳必須諒解我這樣擅自認定，妳拒絕我的求婚當然只是表面如此。我這樣相信的理由，簡單說來如下：我看不出我有哪裡不配讓妳接受，也不認為我能提供的保障有哪裡不讓人夢寐以求。我的財產地位，我跟狄柏家族的關係，還有我跟妳家的關係，都是對我十分有利的條件。妳還可以進一步考量，除了妳多方面的魅力以外，妳完全無法確定會再有別人向妳求婚。說來不幸，妳的嫁妝太少了，從各方面來看都會抵消妳種種親切可愛的優點。所以我必須做出這樣的結論：妳不是真心要拒絕我，我會認為妳這樣做只是欲擒故縱，以優雅女性的常見技巧，來增添我的愛意。」

「先生，我認真向你保證，我完全無意裝出那種折磨體面紳士的『優雅』態度。我寧願你給我這份榮幸，相信我是真心誠意的。我要一而再、再而三地感謝你這樣看得起我，還向我求婚，但是我絕不可能接受。我每一方面的感情都禁止這一點。我可以說得更坦白一點嗎？現在請別把我想像成一位企圖折磨你的優雅女性了，把我當成一個打從心底實話實說的理性生靈吧。」

「妳始終都是這麼迷人！」他用一種笨拙的殷勤態度說道：「而我現在深信，在妳優秀的雙親，以他們的權威表示明確的許可以後，妳就會接納我的求婚了。」

面對這樣堅持到底的自我欺騙，伊麗莎白無話可說，立刻默默地抽身離開。她下定決心，如果他還繼續認為她的拒絕只是變相的鼓勵，她就要請父親幫忙，他可以用絕對果斷的方式表示否定，至少他的行為不會被誤解成「優雅女性」的裝腔作勢與賣弄風情。

# 20

柯林斯先生沒多少時間可以獨自思索他成功的感情生活。因為班奈特太太在前廳徘徊，密切注意這段會談何時結束，她一看到伊麗莎白開了門，快步經過她身邊朝樓梯走去，她就走進了早餐室，同時熱烈祝賀自己還有柯林斯先生的幸福前景，他們就要變成關係更近的親戚了。柯林斯先生用同樣喜悅的態度接受並回應了這些祝賀之詞，然後繼續說明他們剛才談話的細節。他確信自己很有理由滿足於這個結果，他表妹會堅持拒絕，當然是因為她羞怯又端莊，性情又著實謙遜。

然而這個消息卻讓班奈特太太大為震驚。她巴不得同樣心滿意足地認為，她女兒打算用抗拒求婚來鼓勵他，但她不敢相信是這麼回事，也忍不住照實說了。

「不過柯林斯先生，信我這句話，」她補充說明：「麗西會恢復理智的。我會親自跟她說清楚。她是個非常固執又愚蠢的女孩子，不知道怎麼樣對她自己才有利；不過我會**讓**她知道的。」

「夫人，請原諒我打斷妳的話，」柯林斯先生嚷道：「但是如果她真的這樣固執又愚蠢，我就不知道對我這種地位的男人來說，她到底是不是個很理想的妻子。所以，如果她真的是要堅拒我的追求，或許別逼她接受我比較好，因為如果她的脾氣有這種缺陷，對我的幸福就不會有太大的貢獻了。」

「先生，你大大誤會我的意思啦，」班奈特太太緊張地說道：「麗西只有在這種事情上才會固執己見。在其他方面，她是最溫和順從的女孩子。我會直接去找班奈特先生，我敢保證，我們很快就會跟她講好這件事。」

她不讓他有機會回話，就立刻匆匆奔向她丈夫，她一走進書房就喊道：

「喔，班奈特先生，你得馬上就來，我們全都亂成一團了。你一定要來說服麗西嫁給柯林斯先生，因為她發誓絕不嫁他。如果你不快點行動，他就會改變心意，不肯要**她**啦！」

班奈特先生在她進房時從書本裡抬起頭來，用一種冷靜漠然的態度注視著她的臉。而她所說的話，一點都沒有改變他的態度。

在她講完以後，他說道：「不幸我沒聽懂妳的話，妳到底在講什麼？」

「我在說柯林斯先生跟麗西。麗西宣稱她不要柯林斯先生，柯林斯先生也開始說他不要麗西了。」

「那在這種狀況下，我還能怎麼做？看起來一切都沒指望了。」

「你跟麗西談談吧，告訴她你堅持要她嫁給他。」

「那叫她下樓來吧。她會聽到我的意見。」

班奈特太太拉了叫人鈴，伊麗莎白小姐就被人叫進書房了。

「孩子，過來，」她一出現，她父親就喊道：「我叫妳過來是要談一件很重要的事情。就我所知，柯林斯先生向妳求婚了。這是真的嗎？」伊麗莎白做出肯定的答覆。「非常好——那麼妳已經拒絕這次求婚了？」

「先生，我拒絕了。」

「很好。現在我們講到重點了。妳母親堅持妳應該接受。是不是這樣，班奈特太太？」

「就是這樣，要不然我再也不要見她了。」

「伊麗莎白，妳現在必須做很不愉快的選擇。從今天起，妳必須跟妳的雙親之一決裂。如果妳**不**嫁給柯林斯先生，妳母親就再也不見妳；但如果妳**要**嫁給柯林斯先生，我就再也不見妳了。」

這件事有那麼糟糕的開端，卻有這樣的結果，讓伊麗莎白忍不住露出微笑。班奈特太太卻失望至極，她本來以為她丈夫對這件事的看法跟她期待的一樣。

「班奈特先生，你這樣講是什麼意思？你答應我要**堅持**她嫁給他！」

「親愛的，」她丈夫回答：「我有兩個小小的要求。首先，在目前的狀況下請讓我自由運用我的智力，其次，請讓我自由運用我的房間。我希望儘快讓我的書房恢復清靜。」

班奈特太太雖然對丈夫失望了，卻還沒放棄這件事。她一再說服伊麗莎白，又是哄騙又是威脅。她努力要說服珍站在她這邊，但珍盡可能地婉拒介入；伊麗莎白面對她的口頭攻勢，有時認真應對，有時嘻笑逃避。雖然她的方法常常改變，她的決心卻從來不變。

在此同時，柯林斯先生獨自思考著先前發生的事。他把自己想得太好了，以至於不能理解表妹拒絕他的動機是什麼。他的自尊雖然受了傷害，其他方面卻毫髮無損。他對她的偏愛純屬想像，光想到她可能會被母親罵上一頓，他就覺得了無遺憾了。

在一家人亂成一團的時候，夏洛特．盧卡斯來串門子了。她在門廳遇到莉迪亞，她衝向盧卡斯小姐，用別人聽得見的「悄悄話」說道：「我很高興妳來了，我們這裡可好玩了！妳猜，今天早上發生了什麼事？柯林斯先生對麗西求婚了，她說她不要嫁。」

夏洛特還來不及回答，吉蒂就過來了，要講的也是同一則消息。她們才進了早餐室，原本獨自待在這裡的班奈特太太也開口講起同一件事，要爭取盧卡斯小姐的同情，還要她說服她的朋友麗西遵從全家人的願望。「親愛的盧卡斯小姐，請幫幫忙吧，」她用鬱鬱寡歡的口氣補上一句：「因為沒有人站在我這邊，沒有人支持我，他們待我好殘酷，沒有人體貼我衰弱的神經。」

珍跟伊麗莎白進來了，替夏洛特省掉了回答的麻煩。

「唉，她來啦，」班奈特太太繼續說道：「看起來這麼無動於衷，要是讓她自行其是，她根本就不會理睬我們，就好像我們遠在約克郡似的。不過我跟妳說，麗西小姐，如果妳鐵了心，要用這種方式拒絕每個人的求婚，妳永遠都嫁不出去的——而且我敢肯定地說一句，等妳父親死掉以後，我不知道有誰要供養妳。我可養不起妳，我已經警告妳了。我就忍妳忍到今天為止。妳知道，我在書房裡講過了，我再也不會跟妳講話了，妳會發現我說到做到。跟不孝的女兒講話，我快活不起來。老實說，這不表示跟別人講話會讓我快活。像我這樣苦於神經衰弱問題的人，根本沒辦法在談話裡得到多少樂趣。沒有人看得出我受了多少苦！但事情總是這樣，不抱怨的人就永遠得不到憐憫。」

她的女兒們靜靜地聆聽這番激烈的控訴，她們都知道，試著跟她講道理或安撫她，都只會讓她更惱怒。所以她繼續滔滔不絕地講下去，沒有人打斷她，直到柯林斯先生也來了為止。他帶著比平常更莊嚴的態度進了房間，班奈特太太一看見他，就對女士們說道：

「現在我得堅持了，妳們所有人都住口，讓柯林斯先生和我稍微談談。」

伊麗莎白靜靜地走出房間，珍與吉蒂也跟著出去，但莉迪亞堅守陣地，決心盡可能多聽一點。夏洛特一開始被柯林斯先生的多禮給拖住了，他隨口問候了她和她的家人幾句微不足道的話，後來她起了一點好奇心，為了得到滿足，就走到窗口邊假裝自己沒在聽。班奈特太太用悲傷的口吻開始了準備好的談話：「喔，柯林斯先生。」

「親愛的夫人，」他回答：「我們以後就絕口不提此事吧。我絕對不會，」他立刻繼續說下去，聲音裡明顯透露出他的不快：「對令嬡的行徑心生怨恨。對於無可避免的壞事，抱著逆來順受的態度，是我們大家的義務。對於像我這麼幸運，提早發達的年輕男士來說，更是有這種特別的義務，我想我是承受下來了。要是我美麗的表妹接受了我的求婚，或許我還是免不了要懷疑，我是否能夠幸福，因為我經常注意到，得不到的福份在我們眼中開始失去幾分原有的光彩時，逆來順受的精神才會臻於完美[14]。親愛的夫人，我希望妳不至於認為，我沒有恭請妳和班奈特先生利用父母的權威為我說項，就撤銷我對令嬡的求婚宣言，是對妳們一家的不敬。從令嬡口中而不是您口中接受我的失敗，恐怕是不太恰當的行為，但我們全都是容易犯錯的凡人。在這整件事裡，我當然用意良善。我的目的是要確保自己有一位可愛的伴侶，同時顧全你們全家的利益。要是我的**舉止**真有什麼該受譴責之處，要請你們見諒。」

# 21

柯林斯先生求婚引起的議論現在差不多結束了，伊麗莎白要忍受的只有必然會有的不自在，還有她母親偶爾心懷不滿地含沙射影。至於那位紳士本人，**他**主要的感受並不是尷尬或沮喪，也沒有試圖避開她，只是舉止僵硬死板，心懷怨恨地保持沉默。他幾乎不跟她說話。他自己充分意識到的那種周到殷勤，後來都轉向了盧卡斯小姐，她客氣地聽他說話。這對他們所有人來說不啻為一種解脫，對她的朋友尤其如此。

到了第二天，班奈特太太惡劣的身心狀況都沒有好轉。柯林斯先生也還處於同樣氣憤又傲慢的狀態。伊麗莎白原本期望他的怨恨可能會縮短他的訪問，然而他的計畫似乎一點都不受影響。他一直打算週六才動身，現在也還想待到週六為止。

早餐之後，女孩子們徒步前往馬里頓，一方面問問威克姆先生回來沒有，一方面想哀嘆他沒出現在奈德菲的舞會上。她們一進鎮上，他就來跟她們會合了，還陪著她們去姨媽家。他的悔恨懊惱與所有人的關切之情，都在這裡得到充分表達的機會。然而他主動對伊麗莎白承認，**是**他自己決定他必須缺席。

他說道：「隨著時間越來越近，我發現我最好別跟達西先生碰面——因為跟他待在同一個房間裡、跟同一群人共處好幾個小時，我可能承受不住，而且那種場面可能會讓我以外的其他人也覺得不快。」

她非常贊許他的忍耐精神；在威克姆與另一位軍官陪她們走回龍柏園的時候，他們有時間可以充分討論這件事，又能客氣地讚美彼此。而且這一路上，他都特別關照她。他的陪伴有雙重好處：她覺得這是對她個人的恭維，又製造出最合適的機會，把他介紹給她的父母親

14. 按照柯林斯的看法，如果我們開始覺得失去的東西不痛不癢，我們逆來順受的精神就達到前所未有的最高境界——因為已經沒有什麼要忍耐的了。換句話說，他只是酸溜溜地表示求婚失敗沒啥了不起，他很快就不會在乎，而且等他不在乎的時候，他還可以恭維自己很能夠逆來順受。

認識。

她們回來以後不久，就有人從奈德菲送信來給班奈特小姐，她立刻就拆了信。信封裡有小小一張燙平的優雅信紙，上面寫滿了一位淑女漂亮流暢的字跡。伊麗莎白看著姐姐讀信，卻發現她臉色變了，還看到她特別專注地看著特定的幾個段落。珍很快就鎮定下來，然後把信放到一旁，試著保持平常的愉快心情，加入大家的對話。但伊麗莎白卻因此感到焦慮，她的注意力甚至從威克姆身上移開了。他跟他的同伴一走，珍就對伊麗莎白使了個眼色，要她跟在後面上樓。她們回到自己房裡以後，珍就拿出她的信說道：「這是卡洛琳．賓利寫的信，信裡的內容讓我非常驚訝。現在他們所有人都已經離開奈德菲，要前往倫敦了，而且他們沒有計畫要再回來。妳應該聽聽她說了什麼。」

隨後她就朗讀出信上的第一句話，其中包含的訊息是，她們剛剛決定跟著他們的兄弟直接前往倫敦，當晚就要在葛洛斯維納街用晚餐，赫斯特太太在那裡有棟房子。接下來寫的是這些話：「親愛的朋友，除了妳的陪伴以外，我不打算假裝離開賀福德郡讓我留下任何遺憾；不過我們希望將來有機會，可以一再重溫我們熟悉的愉快談話。在這段時間裡，靠著非常頻繁又最為坦率的信件往返，或許能夠減少分離的痛苦，我就指望妳了。」對於這些漂亮的空話，伊麗莎白抱著不信任的心情聽聽就算。雖然他們驟然離去讓她訝異，她卻看不出其中有什麼真正值得難過的地方。她們不在奈德菲，並不等於賓利先生不能到這裡來；而且她深信只要有賓利作陪，珍很快就不會在意失去她們的陪伴。

在一小段停頓以後，她說道：「真可惜，妳竟然不能在妳的朋友離開鄉下以前見見她們。不過我們不能寄望將來的快樂時光嗎？賓利小姐期盼的再相聚，或許比她認為的還要更早發生，妳們身為朋友時常有的愉快談話，在妳們成為姑嫂以後，不會更讓人心滿意足嗎？賓利先生又不會被她們留在倫敦。」

「卡洛琳堅決地說今年冬天不會有人回到賀福德郡。我會把這一段唸給妳聽。

「『我哥哥昨天先離開了我們，他認為他要去倫敦辦的事情，大概會在三四天內辦完，不過我們確定這是不可能的，我們也深信查爾斯一到城裡，就不會急著再度離開。我們已經決定要跟著他去，這樣他就不必在不舒適的旅館裡打發空閒時間。我們的許多相識都已經到那裡準備過冬了；親愛的朋友，我真希望能夠聽說妳也有意來訪，不過我對此是不抱指望了。我誠心希望妳在賀福德過的聖誕節，充滿這個時節通常會帶來的種種喜悅，還有許許多多時髦男士陪伴妳，讓妳不至於感受到我們害妳失去三位男性友人。』」

「這話說得夠明顯了，」珍補充說明：「他今年冬天不會回來。」

「唯一明顯的是賓利小姐認為他**不應該**回來。」

「為什麼妳會這麼想？這一定是他自己的意思；他自己當家作主。但是妳還不知道**全部內容**。我會把讓我特別難過的段落讀給妳聽。對**妳**我不會有所保留。『達西先生急著想見他妹妹，而且說實話，**我們**幾乎也一樣渴望再見到她。我真心認為，喬治安娜．達西的美麗、優雅與才華是無人能及的；她在路易莎和我身上激起的感情，現在又更上一層樓，因為我們大膽地期望著她日後能夠成為我們的嫂嫂。我不知道以前是否跟妳提過我對此事的感受，但我不會隻字不提就離開鄉下，我相信妳不會認為我這樣做不合情理。我哥哥已經十分仰慕她。從現在起，他會常有機會站在最親近的立場上去探望她。她的親屬全都像他的親屬一樣，期望這次聯姻。我想，如果我說查爾斯能夠贏得任何女性青睞，我並沒有受到手足之情的誤導。所有條件都對這段感情有利，又沒有任何阻礙，親愛的珍，如果我滿心期望著這件能夠鞏固許多人幸福的喜事，有什麼不對呢？』親愛的麗西，妳怎麼看待**這句話**？」珍唸完信以後說道。「這樣還不夠清楚嗎？卡洛琳在信裡不就明白宣布，她不期待也不希望我成為她的嫂嫂，而且她深信她哥哥對我並沒有意思。而如果她懷疑到我對他的感情是什麼性質，她（抱著最大的善意！）要提醒我注意。對於這件事，還能有別的看法嗎？」

「當然能。因為我的看法就完全不同。妳要聽聽嗎？」

「再樂意不過。」

「妳會聽到我用幾句話交代完畢。賓利小姐看出她哥哥愛上妳了，卻希望他會娶達西小姐。她跟著他去倫敦，希望能把他留在那裡，並且試圖要說服妳他並不在乎妳。」

珍搖搖頭。

「珍，妳真的應該要相信我。任何見過你們在一起的人，都無法懷疑他的感情，我確定賓利小姐也不能，她不是那種傻瓜。她要是能從達西先生眼中看到一半程度的愛意，她就會去訂製嫁衣啦。但目前的狀況是這樣：對她們來說，我們不夠富有，不夠高貴，她又比較急著替她哥哥娶到達西小姐，因為她認為兩家之間只要有了**一次**聯姻，她要親上加親就會比較容易。這個想法的確頗有新意，要是沒有狄柏小姐擋道，我認為會成功的。可是我親愛的珍，妳不能因為賓利小姐跟妳說她哥哥十分仰慕達西小姐，就認真以為現在他對**妳**的好感，已經比星期二離開妳的時候少了任何一丁點，也別認為她有能力說服他，他沒有愛上妳，反而深深愛上她的朋友。」

珍回答：「如果我們對賓利小姐有同樣的看法，妳對這一切的說明就有可能讓我寬慰多了。不過我知道這番說明的基礎並不公正。卡洛琳不可能刻意矇騙任何人。在這件事情上，我唯一的希望就是她在自我欺騙。」

「這就對了。既然妳不肯從我的想法裡尋求安慰，妳的想法不可能有比這更愉快的出發點了。盡全力相信她是在自欺欺人吧。妳現在已經盡了對她的義務，絕對不能再繼續煩惱了。」

「可是親愛的妹妹啊，如果這位男士的姊妹與朋友全都希望他娶別人，我真的可以快快樂樂地接納他，甚至假定會有最好的結果嗎？」

「妳必須自己決定，」伊麗莎白說道：「而且要是經過深思熟慮以後，妳發現拂逆他那兩位姊妹的不幸，勝過成為他妻子的幸福，我就會全心全意建議妳拒絕他。」

「妳怎麼能這麼說？」珍說話時臉上有著淡淡的笑意。「妳一定知道，雖然她們不贊同我會讓我非常難過，我卻不可能因此猶豫。」

「我也不認為妳會這樣。既然如此，我就沒辦法滿懷同情地考量妳的處境啦。」

「但如果他這個冬天不再回來，我就永遠不必選擇了。六個月內可能會發生多得不得了的變化。」

伊麗莎白認為，他不會復返的想法根本不值一哂。在她看來，這只表示卡洛琳自私的願望。不管那些願望表達得多露骨，或者多機巧，她一刻都不認為有可能影響到一個徹底獨立自主的年輕男子。

她盡可能強力地向她姊姊說明她對此事的看法，也很快就有幸看到這番陳述的美好效果。珍的性情不易垂頭喪氣；在伊麗莎白的引導下，她逐漸往好處想，認為賓利會回到奈德菲，回應她內心深處的所有期盼——雖然有時候欠缺自信造成的影響，會壓倒那股希望。

她們同意應該只告訴班奈特太太賓利一家離開了，卻不必拿那位紳士採取行動的理由來驚動她。但就連這樣有所保留的通信內容，也讓她大為憂慮，哀嘆著實在太不走運，這兩位小姐竟然在他們全都變得如此親密的時候就走了。然而在她花了不少時間長吁短嘆以後，她卻在另一個想法裡找到安慰：賓利先生很快就會再來，很快就會到龍柏園吃晚餐。最終她安心地宣布，雖然只會請他來吃一頓家庭晚餐，她還是會吩咐做兩套全席大菜[15]。

# 22

班奈特家約好了跟盧卡斯家吃晚餐。這天大部分時候，盧卡斯小姐再度好心地聆聽柯林斯先生說話。伊麗莎白找了個機會感謝她。她說：「妳讓他維持好心情，我對妳的感激實在難以言傳。」夏洛特向她的朋友保證，她很滿意自己能夠有幫助，她犧牲了一點點時間卻有了莫大的回報。這樣做實在非常仁慈，不過夏洛特的好意，卻強烈到伊麗莎白全沒想像到的程度——她的目標就是把柯林斯先生的話頭都攬到自己這邊，確保他不會再去討好伊麗莎白。盧卡斯小姐的計畫看起來進展順利，在他們夜裡分別的時候，她幾乎可以確定，要不是因為他這麼快就要離開賀福德郡，她已經成功了。不過她錯估了他的個性多麼強烈又有主見。因為這樣的性格，他第二天一早就以令人佩服的狡獪溜出龍柏園宅邸，匆匆趕到盧卡斯小築去向她下跪求婚。他緊張兮兮地避開表妹們的注意，因為他確信，如果她們見到他離開，就會猜中他的目的，而他在確定自己成功以前，絕不願讓別人知道他有此嘗試。雖然他自覺幾乎十拿九穩，又很有理由這麼想，因為夏洛特給他不少鼓勵。但自從星期三貿然行動以後，他的自信心就稍微降低了一點。然而他所得到的接待，卻讓人面子十足。盧卡斯小姐從樓上的窗戶看到他走向主屋，就立刻往外走，這樣才能「碰巧」跟他在小路上相遇。但她本來可不敢想像，會有那麼多滔滔不絕的情話在等著她。

在柯林斯先生發表完長篇大論所需的最短時間裡，他們兩個人商量好了一切，雙方都覺得很滿意。在他們走進屋裡的時候，他誠心請她指定一個日子，讓他成為世界上最幸福的新

15. 就當時的習慣，一套course就包括好幾道不同的菜餚，可以餵飽很多人，所以要出兩套courses是超豐盛的大餐。

郎；而這位女士現在雖然必須擱置他的請求，她卻無意拿他的幸福開玩笑[16]。他得天獨厚的笨拙天性，讓他的求愛方式顯得毫無魅力，不至於讓女性期待他繼續表現；而且盧卡斯小姐之所以接納他，就只是因為她純粹而無私地希望能夠早日成家，成家的速度有多快，她並不太在乎[17]。

他們立刻去請求威廉爵士與盧卡斯夫人的同意，他們極其欣喜地迅速同意了。柯林斯先生現在的條件，讓他成為他們家女兒最合適的對象，因為他們能給她的嫁妝極少，他未來發財的指望又極度看好。盧卡斯夫人帶著前所未有的興奮態度，直接開始計算班奈特先生還有多少年壽命；威廉爵士則果斷地表示，等到柯林斯先生繼承龍柏園地產時，他跟他妻子進詹姆士宮晉見國王都會變得十分方便。簡而言之，全家人對此事都理所當然地欣喜若狂。年紀小的妹妹們開始編織提早一兩年**進入社交界**的期望；弟弟們則如釋重負，他們本來惟恐夏洛特到死都還嫁不出去。夏洛特自己還頗為平靜。她得償所願，還有時間可以思量一番。整體來說，她對反省所得的結果很滿意。的確，柯林斯先生不聰明也不討人喜歡，有他為伴還頗令人厭煩，他對她的愛意一定是想像出來的。不過他還是會成為她的丈夫。她對男人或者婚姻都沒有太崇高的想法，但結婚一直是她的目標：對於一個缺乏財富、教養良好的年輕女性來說，這是唯一體面的謀生之道。而且無論多麼不確定會得到幸福，她們若想免於貧困，最愉快的自保方式就是婚姻了。現在她已經得到不愁吃穿的辦法，年紀已經二十七歲，又從來不曾美貌過，竟能結婚讓她自覺十分幸運。這件事情裡最讓人不快的部分，就是伊麗莎白・班奈特必然會產生的驚訝之情，因為在所有人之中，夏洛特最珍惜她的友情。伊麗莎白會大感訝異，甚至還可能會責備她；雖然她的決心不會為此動搖，沒有得到贊同卻肯定會讓她傷心。她決心自行通知這個消息，所以她囑咐柯林斯先生，在他回龍柏園吃晚餐的時候，不要對任何家人暗示先前發生的事。柯林斯先生當然忠實地遵守這個祕密協議，卻保密得很辛苦；因為他長時間不在場引起的好奇心，在他回來的時候，藉著非常直接的問題一股腦兒爆發開來，他必須花點巧思才能閃避，也做出了相當大的自我犧牲，因為他亟欲把他開花結果的感情生活公告周知。

因為第二天他預定的出發時間太早，會來不及跟任何家人告別，送別的儀式就提早在女士們回房睡覺之前進行。班奈特太太十分多禮又親切地表示，只要他在忙碌之餘還能再來拜訪他們，他們會很樂於在龍柏園再度接待他。

「我親愛的夫人，」他回答：「這個邀請特別令人感激，因為我正希望能夠接到這種邀請。您大可以放心，我會儘快找時間再來。」

16. 如果盧卡斯小姐是存心拖延，那就是「拿他的幸福開玩笑」（因為他顯然急著要當最幸福的新郎），但她沒有那個意思，沒馬上指定只是因為還不方便（尚未稟報父母）。下一句話又進一步說明，她完全沒有理由拖著不指定結婚日期——畢竟柯林斯先生的情話很無聊，拖時間只會多聽到很多廢話。

17. 「純粹無私」是反諷（盧卡斯小姐的結婚動機就是為了經濟保障，不純粹也不無私）；後面那句話強調的其實是，結婚速度就算快得不成體統（比方說第二天立刻進禮堂之類），她也不會在意，只要確定可以結婚就好。

他們全都為之一驚。班奈特先生無論如何不希望這位客人迅速地再度登門，立刻就說道：「可是親愛的先生，在這方面難道沒有招致卡瑟琳夫人反對的危險嗎？你最好對你的親戚輕忽些，別冒險得罪你的贊助人。」

「親愛的先生，」柯林斯先生回答：「我要特別感謝您這樣友善的提醒，而且你可以相信，要是沒有得到夫人的贊同，我不會做出這樣重要的決定。」

「你再怎麼小心都不為過。你什麼險都可以冒，就是別冒險惹她不悅。要是你發現再來拜望我們可能會提高這種風險——我認為這種可能性非常高——你就靜靜待在家裡吧，**我們**不會覺得受到冒犯，你可以安心。」

「親愛的先生，請相信我，您這樣情深意重，讓我的感激之情更加熱烈；而且請相信我，你們很快就會接到我的致謝函，感謝您的這番好意，還有我在賀福德居住期間所感受到的每一種顯著關照。至於我美麗的表妹們，雖然我不在的時間可能不長，這樣做或許沒有必要，但我現在還是想藉機祝福她們健康快樂，伊麗莎白表妹也不例外。」

行禮如儀之後，女士們告退了。發現他竟然想要儘快再上門，她們每個人都一樣驚訝。班奈特太太一廂情願的理解是，他打算向她另外幾個比較年輕的女兒求婚，瑪麗可能最樂意接受他。她比其他人更看重他的能力：他的思考方式穩健紮實，常常讓她印象深刻；雖然他不如她聰明，她卻認為如果鼓勵他效法她，多多閱讀並力求進步，他可能就會成為非常令人愉快的伴侶。不過在第二天早上，這種性質的願望全都落空。

盧卡斯小姐在早餐之後迅速來訪，她跟伊麗莎白私下晤談，把前一天發生的事解釋給她聽。

在前一兩天，伊麗莎白一度考慮過柯林斯先生自以為愛上她朋友的可能性，但夏洛特竟然會鼓勵他，看來幾乎就跟她自己會鼓勵他一樣不可能，所以她大為震驚，剛開始竟然不顧禮節規範，忍不住喊道：

「跟柯林斯先生結婚！親愛的夏洛特，不可能吧！」

聽到這樣直接的譴責，盧卡斯小姐講述來龍去脈時的平靜表情，瞬間變成了困窘慌亂。然而這不脫她原先的預期，於是她很快就恢復鎮定，冷靜地回答：

「親愛的伊萊莎，妳為什麼要驚訝呢？就只因為柯林斯先生不幸沒有博得妳的好感，妳就認為他不可能得到任何女性的好感嗎？」

不過現在伊麗莎白也恢復了冷靜，經過一番努力，還能夠用尚稱堅定的態度向她保證，她非常看好他們這樁婚事的前景，她要祝福她得到所有想像得到的幸福。

「我知道妳有什麼感覺，」夏洛特回答：「妳一定覺得驚訝，非常非常驚訝，畢竟柯林斯先生最近才表示希望能夠娶妳。但是等妳有時間通盤思考一遍的時候，我希望妳會對我的作法。妳知道的，我不是想法浪漫的人，從來就不是。我只要求有個舒適的家；再想想柯林斯先生的人格、社會關係與地位，我相信我跟他一起獲得幸福的機會，就跟大多數踏入婚姻的人所能吹噓的一樣高。」☆8

伊麗莎白低聲回答，「無疑如此。」在一陣尷尬的停頓之後，她們回到其他家人身邊。夏洛特沒再久留，所以伊麗莎白就有了空閒，可以再思考她聽到的話。過了好一段時間她才

☆8
*I ask only a comfortable home; and considering Mr. Collins's character, connection, and situation in life, I am convinced that my chance of happiness with him is as fair as most people can boast on entering the marriage state.*

真正釋懷，接受了這樣不相配的婚事。就算柯林斯先生在三天之內兩度求婚有什麼古怪之處，都比不上他現在當真被人接納了更古怪。她一直覺得夏洛特的婚姻觀點跟她自己不太一樣，但她始料未及的是，在付諸行動時，她真的有可能犧牲每一種比較明智的感受，向世俗的利益讓步。夏洛特，柯林斯先生之妻，這真是最屈辱的一幅肖像！除了一位朋友自貶身價、放棄自尊帶來的痛楚以外，她還痛心地相信，這位朋友不可能在她自己選擇的命運裡，得到還算過得去的幸福。

# 23

伊麗莎白跟她母親還有姊妹們坐在一起，一邊回想她聽到的話，一邊懷疑她是否有權提起那樁婚事。這時候威廉．盧卡斯爵士本人出現，他女兒要他來這裡向班奈特一家宣布她訂婚了。他連連恭維班奈特家，又對兩家聯姻的前景表示深感慶幸，就這麼公布了婚事——然而他的聽眾不只覺得奇怪，還覺得難以置信；因為班奈特太太態度堅決到有失禮儀地反駁，他一定完全弄錯了。總是態度輕率、常常出言不遜的莉迪亞，更大聲喊道：

「老天啊！威廉爵士，你怎麼能編出這種故事？你不知道柯林斯先生想娶麗西嗎？」

在這種時候，除非你有朝廷大臣的圓滑身段，才能不帶怒氣地隱忍下來；不過威廉爵士的良好風度，讓他忍下了這一切。雖然他請求大家相信他的消息絕對屬實，他也用最寬容的文雅態度，聆聽她們有失禮數的所有反應。

伊麗莎白自覺有責任讓他擺脫這種不快的處境，就出面證實他所說的話，說她剛才就聽到夏洛特本人親口提起這件事了。接下來，為了制止她母親和姊妹們的驚呼，她真誠地向威廉爵士道喜，珍也立刻跟著祝賀。她們說了各種好話，預測這樁婚事將來會帶來多少幸福、柯林斯先生的人品有多優秀，還有杭斯佛德跟倫敦之間的距離多麼方便等等。

威廉爵士還在的時候，班奈特太太心裡其實非常激動，所以話說得不多。他人才剛走，她的情緒就迅速爆發了。首先，她堅決不信這整件事；其次，她非常確定柯林斯先生被騙了；第三，她相信他們在一起永遠不會幸福；第四，這樁婚事還是可能告吹。然而這一切還是讓她推演出兩個清楚明瞭的結論：其一，所有倒楣事的真正禍源就是伊麗莎白；其二，他們全部人聯合起來，蠻橫地虐待她。接下來的時間裡，她主要抱怨的就是這兩件事。什麼都無法給她安慰，什麼都不能讓她消氣。拖了一星期，她見到伊麗莎白的時候才能忍住不罵她；過了一個月，她對威廉爵士與盧卡斯夫人說話才不再粗魯無禮；又過了好幾個月，她才有辦法徹底原諒他們家的女兒。

班奈特先生面對此事的情緒則冷靜得多，甚至還聲稱他覺得這件事情非常令人愉快。他說，他原本認為夏洛特・盧卡斯還頗為聰明伶俐，發現她竟然跟他太太一樣傻，又比他女兒更傻得多，讓他覺得心滿意足！

珍坦承這件婚事讓她有點驚訝；不過她不怎麼提起她的震驚，反而比較強調她誠心期望他們婚姻幸福；伊麗莎白也無法讓她相信這不可能。吉蒂和莉迪亞一點都不會羨慕盧卡斯小姐，因為柯林斯先生不過是個牧師，這個消息對她們的影響，就只是在馬里頓散布的消息又多了一條。

盧卡斯夫人能夠反擊班奈特太太，誇耀自己有個女兒嫁得好，不禁感到得意。她比往常更頻繁地造訪龍柏園，就為了講她有多麼幸福快樂，雖然班奈特太太酸溜溜的表情跟惡意的評論，本來就可能足以嚇跑那股幸福快樂。

伊麗莎白與夏洛特之間有一股拘謹的氣氛，讓她們雙方都對這個主題保持沉默；而且伊麗莎白很確信，她們之間再也不會有真正的信賴了。她對夏洛特的失望，讓她轉而更珍惜跟姊姊之間的情誼；她確定以姊姊的正直與品德，見解肯定堅定不搖。然而她一天比一天更擔憂姊姊的幸福，因為賓利已經離開一星期了，她完全沒聽說他要回來。

珍早就已經回覆了卡洛琳的信，正在計算著還要幾天才能合理地期待收到回音。柯林斯先生答應要寫的感謝函在星期二送到，收信人是她們的父親。信中一本正經的百般感謝，簡直像是在別人家住了一整年才會有的。在這方面滿足他的良心以後，他就接著用上許多欣喜若狂的字句，通知他們他幸運地博得他們那位可愛的鄰居，盧卡斯小姐的歡心，然後解釋說，就只是看在能夠有她相伴的份上，他先前才會這麼迅速答應他們善心的期望，要他再來造訪龍柏園。他希望能夠在兩週後的星期一再度登門，還補充說明，這是因為卡瑟琳夫人熱烈贊同他的婚事，甚至希望他儘快舉辦婚禮。他相信他心愛的夏洛特不會反對早日擇定良辰吉時，讓他成為最幸福的男人。

柯林斯先生重回賀福德郡，對班奈特太太來說再也不是一樁樂事。相反地，她變得跟她丈夫一樣愛抱怨這件事。真是怪了，他竟然住到龍柏園來，而不是去住盧卡斯小築；這樣做讓人很不方便，又麻煩得很。在她的健康狀況只能說是勉強過得去的時候，她不喜歡家裡有客人，戀愛中人又是所有客人之中最惹人嫌的。班奈特太太低聲嘟噥的就是這些事，只有更大的不幸——賓利先生的持續缺席——才能夠讓她停止嘮叨。

不管是珍還是伊麗莎白，碰到這個話題都很不自在。日子一天天過去，卻沒帶來他的音訊，只有一則消息後來很快傳遍了馬里頓：這整個冬天他都不會再回到奈德菲。這個消息大大激怒了班奈特太太，她每次聽到都會反駁，說這是最可恥的假話。

就連伊麗莎白都開始害怕了，不是怕賓利對她姊姊無動於衷，而是怕他的姊妹能夠成功地阻止他。雖然她不願意承認這種想法，這樣會毀了珍的幸福，也侮辱了她那位戀人堅貞的程度，但她卻免不了經常這麼想。有他那兩位冷酷的姊妹與強勢的朋友同心協力，再加上達西小姐的諸般魅力與倫敦的種種娛樂，她很擔心他的情意能有多堅定。

至於珍，她在這種懸宕狀態下，當然比伊麗莎白更憂心忡忡；但不管她有什麼感覺，她都亟欲隱藏，所以她跟伊麗莎白兩人從來沒有提到這個話題。但她母親就沒有這麼細心體貼，她鮮少有一刻沒提起賓利，她表示急著想見到他來，甚至要求珍老實說，要是他沒有回來，她會不會覺得自己深受辜負。珍必須使盡全力維持她堅定的溫柔態度，才能夠尚稱平靜地忍受這些攻擊。

兩週後的星期一，柯林斯先生非常準時地來了，不過他在龍柏園受到的接待，不像他第一次上門時那樣親切和藹了。但他心情太愉快了，所以不需要太多照料；而且他的求愛活動讓其他人有幸得到豁免，大部分時間不必有他相伴。他每天大半時間都待在盧卡斯小築，有時他回到龍柏園的時間之晚，只能讓他在全家人上床睡覺前為自己的缺席致歉。

班奈特太太的處境確實非常可憐。只要提及關於那樁婚事的任何事，都會讓她心痛得陷入低潮，但不管她往哪去，一定都會聽到別人提及此事。她痛恨看到盧卡斯小姐。盧卡斯小姐是她這棟房子的繼承人，讓她妒火中燒、深惡痛絕。每次夏洛特來見他們，班奈特太太都認定她是在期盼著擁有這裡的那一天；每次她低聲對柯林斯先生說話，她都確信他們正在談龍柏園的地產，還下定決心要在班奈特先生死後立刻把她們母女轟出去。她口氣尖酸地對她丈夫抱怨這一切。

「千真萬確，班奈特先生，」她說道：「夏洛特．盧卡斯竟然要變成這裡的女主人，**我**竟然被迫要把位置讓給**她**，還要眼睜睜看著她取代我在這裡的地位，這種想法實在很難接受！」

「親愛的，請別去想這樣灰暗的念頭，咱們就往好處想吧。我們可以這樣安慰自己：或許**我**會活得比妳久。」

這個想法對班奈特太太起不了多大的安慰作用，所以她沒有回答這句話，只是維持先前的論調。

「他們竟然要把整片地產拿走，我受不了這個念頭。如果不是因為限定繼承，我就不會介意了。」

「妳不會介意什麼？」

「我什麼都不會介意。」

「那就讓我們心懷感謝，還好妳不至於陷入那種不理智的狀態。」

「班奈特先生，只要是有關於限定繼承的事情，我都沒辦法心懷感謝。我不能理解，一個有良心的人怎麼能夠任由財產從自己女兒手上流落出去，而且這一切都只是為了柯林斯先生！為什麼偏偏是**他**拿到，不是別人拿到？」

「這點我就留給妳自己去決定了。」班奈特先生說。

# 第二部

# 1

賓利小姐的來信結束了所有的疑慮。信上第一句話就表達他們肯定都會在倫敦過冬，那句話的結尾則說明她哥哥覺得很遺憾，在離開鄉下以前沒有時間先對他的朋友們致意。

希望都沒了，完完全全沒了。在珍能夠繼續閱讀信件其他部分的時候，除了來信者自稱的深厚友情以外，她沒得到多少安慰。信件大半的內容是對達西小姐的稱讚。信中再度細細描述她的許多迷人之處；卡洛琳還喜孜孜地誇口說，她們變得越來越親密，還大膽預測她在上一封信裡表達的願望就快達成了。她也非常開心地寫到她哥哥現在住在達西先生家，更欣喜若狂地提到達西先生有意添購一些新家具。

珍很快就對伊麗莎白說出信件的大部分內容，她則在義憤填膺的沉默中聽著這一切。她的心有一半為姊姊擔憂，另一半則怨恨所有其他的人。卡洛琳斬釘截鐵地說她哥哥鍾情於達西小姐，伊麗莎白卻一點都不相信。她跟過去一樣，毫不懷疑他真心喜歡珍。她過去一直喜歡他隨和的脾氣，現在想起來卻不能不生氣，也很難不覺得輕蔑，因為在必須適時表現決心的時候，他卻被工於心計的朋友牽著鼻子走，為他們反覆無常的喜好犧牲自己的幸福。如果犧牲的只是他自己的幸福，他認為怎樣做最好，是可以隨他高興；但她姊姊的幸福也牽涉在內，她認為他一定也知道。簡而言之，這件事情肯定會讓人思索良久，結果卻必然徒勞無功。她想不到別的事情了；但無論賓利的情意是否在親友干涉下消失或受到壓抑，不管他先前是否已經察覺珍的心意、還是完全沒看出來，這些問題的不同答案，雖然肯定會大大影響她對賓利的看法，卻無論如何都不會改變她姊姊的處境，她心靈的平靜同樣受到了傷害。

過了一兩天，珍才有勇氣對伊麗莎白說明她的感受。班奈特太太花了比平常更久的時間，惱怒地抱怨奈德菲莊園與它的主人以後，終於留下她們獨處，這時珍才忍不住說道：

「喔！要是我們親愛的媽媽能克制住自己就好了，她根本不知道她一直惦念著他，帶給我多少痛苦。不過我不會再埋怨了。這種狀況不可能長久的。他會被遺忘，我們全都會恢復過去的生活。」

伊麗莎白懷疑而憂心地望著她姊姊，卻什麼話都沒有說。

珍的臉色微微地變了，她喊道：「妳懷疑我，但妳真的沒有理由要懷疑。他可能會活在我的記憶裡，被我視為友人之中最親切和藹的男士，但至多只有這樣了。我既不抱希望，也不帶恐懼，更沒有什麼可以責怪他的地方。感謝上帝，我沒有**那麼**痛苦。所以，只要經過一點時間——我肯定就會試著克服這種感受。」

她很快就用更堅強的聲音補上：「我馬上就覺得很欣慰，這件事不過是我自己異想天開弄錯了，除了我自己，沒有別人受到傷害。」

「親愛的珍，」伊麗莎白喊道：「妳太善良了。妳溫柔無私的性格真的有如天使，我不知道要對妳說什麼了。我覺得自己好像對妳從來不夠好，愛妳愛得不夠深。」

班奈特小姐極力否認她有這一切異乎尋常的美德，反而說妹妹溫暖的手足之愛才配得上這些稱讚。

「別這樣說，」伊麗莎白說道：「這樣不公平。**妳**希望把全世界都想得可敬體面，如果我說了任何人的壞話妳就傷心。**我**只想要認為**妳**是完美的，妳卻堅決反對。就別怕我會做過了頭，侵犯到妳對所有人心懷善意的特權。妳不必如此。我真心愛著的人沒有幾個，我看得起的人又更少了。我見到的世界越遼闊，我對這個世界就越不滿意。每一天，我的信念都變得更加堅定，所有人的品格都反覆無常，無論美德還是理智，光看外表都靠不住。我最近已經碰到兩個例子了：其中之一我不會提起，另一個就是夏洛特的婚事。這真是讓人難以理解！從每一方面來說，都難以理解！」

「親愛的麗西，請別向這種感受讓步，這樣會毀滅妳的幸福。妳對不同的狀況與脾氣不夠寬容。想想柯林斯先生體面的名聲，還有夏洛特謹慎可靠的人格。請記得她是一個大家庭的成員。在財富上，這是最相稱的姻緣。為了大家好，請立刻相信她可能對我們的表哥有某種程度的關懷與尊重。」

「為了聽妳的話，我幾乎什麼都願意相信，可是這種信念無法讓任何其他人受益。因為我要是相信夏洛特對他有任何真情，我現在就會認為她的理智比她的情感還要糟糕。親愛的珍，柯林斯先生是個自負、浮誇、心胸狹窄又愚蠢的男人。妳跟我一樣，知道他是什麼樣的人，而且妳一定像我一樣，覺得嫁給他的女人腦筋肯定糊塗了。雖然她是夏洛特．盧卡斯，妳也不能為她辯護。妳不能為了一個人就改變原則與正直品格的意義，也不能硬是要說服妳或我，自私等於謹慎，對危險渾然不覺、只求生活保障就是幸福。」

「我真的認為妳講到他們兩人的時候語氣都太重了，」珍回答：「我希望妳將來能夠看見他們快快樂樂，因而相信我的話。但這件事情我們已經談夠了，妳還暗指了別的事情。妳提到了**兩個**例子。我不可能誤會妳的意思，但是親愛的麗西，我請求妳別讓我痛苦，別讓我認為應該責怪**另一個人**，別說妳對他失望了。我們不能這樣急著認定自己受到別人刻意傷害。我們絕對不能期待一個生性活潑的年輕男士永遠都那麼謹言慎行、小心翼翼。這種事情很常發生，我們只是被自己的虛榮心給誤導了，女人會幻想仰慕之情有超乎實質的意義。」☆9

「男人則設法維持這種幻想。」

「如果這是刻意造成的，他們的作法不正當。但我根本不認為這世界像某些人幻想的一樣，有那麼多陰謀詭計。」

「我絕對不是把賓利先生的任何行徑歸諸陰謀詭計，」伊麗莎白說道：「但就算沒有做惡或者讓別人陷入不幸的陰謀，可能還是會產生錯誤與苦難。思慮不周、不顧別人的感情又缺乏決心，就足以釀成遺憾了。」

「妳把這件事歸咎於其中一個因素嗎？」

「是的，我歸咎於最後一個因素。但如果我繼續說下去，我就會說出我對妳尊重的人有什麼看法，那樣會讓妳不快。在妳還有辦法的時候就阻止我吧。」

「所以說，妳堅持要假定他的姊妹影響了他。」

「對，還跟他的朋友聯手。」

「我無法相信。為什麼他們會想要影響他？他們只可能希望他幸福快樂；如果他鍾情於我，就沒有其他女性能夠確保他的幸福了。」

☆9
*It is very often nothing but our own vanity that deceives us. Women fancy admiration means more than it does.*

「妳的第一個假定是錯的。除了他的幸福，他們可能有許許多多的希望；他們可能希望他的財富增加，地位提高；他們可能希望他娶一個有大筆財富、家世顯赫又驕傲的女孩。」

「毫無疑問，他們確實希望他選擇達西小姐，」珍回答：「但這或許是出自超乎妳想像的感情。他們認識她的時間，比認識我的時間來得長，無怪乎他們比較偏愛她。可是不管她們自己可能有什麼願望，她們竟然會違背自己兄弟的願望，是非常不可能的。除非有什麼讓人非常反感的事情，否則什麼樣的姊妹會自以為有權僭越？如果他們相信他愛上了我，他們就不會想要拆散我們；如果他真的愛我，他們不可能成功的。妳假定他有這種感情，就讓每個人的行徑都顯得不自然又不正當，還讓我極端不快樂。請不要用這種想法讓我難過了。我並不會以自己曾經誤解為恥——或者說，至少這是小事，這種痛苦遠遠及不上要我認定他跟他的姊妹犯了錯。讓我在能夠理解的範圍內，朝著最好的方向去想吧。」

伊麗莎白無法違背這樣的願望。從這時起，兩人之間幾乎沒再提起賓利先生的名字。

班奈特太太仍然繼續納悶、埋怨著他不再回來。雖然伊麗莎白幾乎天天都清清楚楚地解釋給她聽，她因此不再困惑的可能性，似乎還是相當渺茫。伊麗莎白努力要母親相信她自己並不相信的事情：賓利對珍的殷勤只是普通程度、轉瞬即逝的喜歡而已，一旦他不再見到她就停止了。但就算她一時承認這種說法有可能成立，她還是每天都重複同樣的話。班奈特太太最大的安慰是，賓利先生夏天的時候肯定會再來。

班奈特先生卻對此事有不同的態度。有一天他這麼說：「麗西，我發現妳姊姊的愛情不順遂。我恭賀她，因為除了結婚，女孩子最喜歡的就是偶爾失戀一下。這樣讓她有點事情可以想，還讓她在同儕之中顯得與眾不同。什麼時候會輪到妳？妳大概不能忍受長期被珍贏過吧。現在妳的時候到了。馬里頓的軍官多到可以讓鄉下的所有年輕小姐心碎。就讓威克姆當妳的心上人吧，他是個討人喜歡的年輕人，讓他拋棄妳挺有面子的。」

「謝謝您，父親，不過沒那麼討喜的男士就可以滿足我啦。我們不能全都期待有珍那樣的好運。」

「說的是，」班奈特先生說道：「不過想想看，不管妳交上的是哪種好運，妳都有個深情慈愛的母親，她總是會把這種運氣發揮到極致。」

威克姆先生的陪伴頗有實質效果，驅散了最近籠罩在龍柏園一家許多人身上的陰霾。他們經常見到他，在他的諸多優點之上又發現一個新的好處：他對大家都態度坦蕩。伊麗莎白已經聽過的全部內情——他對達西先生應有的權利，以及達西讓他吃的所有苦頭——現在已經人盡皆知，大家還公開討論。每個人都愉快地想著，他們對這件事還一無所知的時候，就已經很討厭達西先生了。

只有班奈特小姐還能認為，箇中或許還有某種情有可原之處，是賀福德郡眾人所不知道的。她溫和堅定的公正性格，總是請求大家退一步想，還極力主張其中可能有錯誤，但是其他人全都譴責達西先生是最惡劣的人。

# 2

花了一星期傾吐愛意、規劃未來的幸福之後，星期六到了，柯林斯先生得要離開他親愛的夏洛特了。然而準備迎接新娘，可能會緩和他的分離之痛。因為他有理由期待，等他下次回到賀福德郡之後不久，就會確定他在哪一天成為最幸福的男人。他像過去一樣嚴肅地辭別了龍柏園的親戚，再度祝福他美麗的表妹們健康又快樂，還答應要再寄一封感謝函給她們的父親。

下個星期一，班奈特太太有幸接待她弟弟跟弟媳，他們像往常一樣，到龍柏園來共度聖誕節。嘉迪納先生是一位通情達理、有紳士風度的男士，在天性與教育上都比他姊姊優越許多。奈德菲莊園的女士們會很難相信，一位靠著經商營生，整天都看著自家倉庫的男士[1]，竟然能夠這樣舉止得體、風采迷人。嘉迪納太太比班奈特太太和菲利普斯太太年輕幾歲，是一位親切、聰慧又優雅的女性，她在龍柏園的外甥女都非常喜歡她；尤其在她和她最年長的兩位外甥女之間，有一種特別的情誼。她們經常到倫敦去跟她住上一陣子。

嘉迪納太太一抵達，第一件事就是分發她帶來的禮物，以及描述最新的流行時尚。等她講完了，就輪到她聆聽，扮演比較靜態的角色。班奈特太太有很多傷心事要說，也有很多事要抱怨。從她上次見到她弟媳以後，他們一家全都受了很大的委屈。她的兩個女兒本來幾乎要結婚了，但到頭來一切都落空了。

「我不怪珍，」她繼續往下說：「因為只要珍辦得到，她就會把握住賓利先生。可是麗西就不一樣了！喔，弟媳啊！要不是因為她個性那麼倔，她本來可以成為柯林斯先生的妻子，現在想起這件事還是讓我非常難受。他就在這個房間裡向她求婚了，她卻拒絕了他。結果就是盧卡斯夫人會比我早嫁出一個女兒，龍柏園的產業就像以前一樣，註定要限定繼承給外人。說真的，弟媳，盧卡斯一家人都很工於心計，他們會全力爭取他們可能得到的一切。要這樣講他們讓我很抱歉，不過事情就是這樣。我自己的家人給我這麼大的挫折，又有這樣只顧自己不顧別人的鄰居，讓我神經衰弱得很，健康狀況又很差。不過妳在這時候來了真是莫大的安慰，而且聽妳對我們提起長袖衣服的流行，讓我覺得很高興。」

嘉迪納太太先前已經透過她跟珍還有伊麗莎白的信件往返，知道了這則消息的主要內容，她簡單回答了大姑幾句話，隨後基於對外甥女的同情，就引開了話題。

後來她跟伊麗莎白獨處的時候，又對這個話題多表示了一些意見。「看來這樁婚事本來對珍挺理想的，」她說道：「沒有成事讓我很遺憾。可是這種事情發生得好頻繁啊！一位年輕男士，就像妳描述中的賓利先生，很容易就會愛上一個年輕女孩幾星期，但後來意外拆散了他們，他又會非常輕易地忘記她，這類反覆無常的行為相當常見。」

「這番話算是自成一格的絕妙安慰吧，」伊麗莎白說道：「可是對**我們**來說不會有用。

1. 嘉迪納先生整天都看得到自家倉庫，表示他就住在商業區，而不是有錢到可以在住宅區買房子，比較有錢的賓利姊妹很可能會因此看不起他。

我們所受的傷害並非意外導致。一個財務獨立自主的年輕男士，幾天前還熱戀著一個女孩，卻在親友的干涉遊說之下就不再去想她，這種事情可不常發生。」

「但是『熱戀』這種說法實在太陳腐、太可疑又太不明確了，我很難有個清楚的概念。只認識半小時就產生的感情，或者是真正強烈的愛意，都一樣常用上這種說法。請告訴我，賓利先生的愛情有多**熱烈**？」

「我從來沒見過比這更有希望的戀情了，他漸漸變得不大理睬別人，把所有心思都放在她身上。每次他們見面的時候，那股感情就變得更確定、更明顯。在他自己辦的舞會上，他冒犯了兩三位年輕小姐，因為他沒去邀她們共舞；我有兩次對他說話，他卻沒有回答。還可能有比這更清楚的徵兆嗎？對一般大眾有失禮儀，不就是愛到極致的表現嗎？」

「喔，是啊！我想他確實感覺到那種愛了。可憐的珍！我為她感到遺憾，因為以她的天性，她可能不會立刻就克服這種痛苦。麗西，這種事情要是發生在**妳**身上會好些，妳會靠著取笑自己而早一點恢復。但妳覺得能不能說服她跟我們回去？改變環境可能會有效果，而且稍微離家放鬆一陣，或許最能夠見效。」

伊麗莎白非常喜歡這個提議，她很確定姊姊會立刻聽從。

嘉迪納太太補上一句：「我希望關於這位年輕男士的顧慮，不至於影響到她。我們在倫敦所住的地區很不一樣，所有的往來對象也大不相同，而且就如同妳熟知的一樣，我們鮮少外出，他們不大可能碰到面，除非他真的來見她。」

「**那種事**倒是相當不可能。因為他現在在他朋友的監管之下，而且達西先生絕對無法容忍讓他去倫敦的那一區拜訪珍！親愛的舅媽，妳怎麼能這麼想？達西先生也許**聽說過**叫做慈恩教堂街的地方，但他要是踏進去了，他會覺得洗上一個月的澡都不見得能洗掉那股汙穢之氣。信我這句話，要是沒他陪伴，賓利先生動都不會動一下。」

「這樣更好。我希望他們徹底見不著面。不過珍不是跟他妹妹有書信往來嗎？**她**不可能不來拜訪呀。」

「她會完全斷絕來往吧。」

然而就算伊麗莎白這樣主張的時候表現得很篤定，對於另一個影響更重大的論點——賓利被人扣住了，沒辦法來見珍——也看似確信不疑，她卻為此暗中焦急，因為她在仔細思考以後，並不覺得一切都全然絕望了。她覺得有可能——有時候甚至覺得希望不小——他的感情可能會復甦，珍的魅力會帶來比較自然的影響，成功地擊退他那些朋友的影響力。

班奈特小姐很樂意地接受了舅媽的邀請；而在她考慮到賓利一家的時候，她只想到卡洛琳並不是跟哥哥住在同一處，所以她希望能夠偶爾跟卡洛琳消磨一早上，卻不會有見到他的危險。

嘉迪納夫婦在龍柏園待了一星期，他們每天都跟菲利普斯家、盧卡斯家和軍官們有約。班奈特太太非常細心地為她弟弟和弟媳安排娛樂，以至於他們竟然沒有一次坐下來吃一頓只有自家人的晚餐。在這些約會訂在家裡的時候，總是會有些軍官來同樂，威克姆先生肯定是其中一人；在這些場合，伊麗莎白總是熱烈讚揚威克姆先生，讓嘉迪納太太起了疑心，就仔細地觀察他們兩人。根據她所見的狀況，她不認為他們很認真在談戀愛，但他們對彼此的偏愛，就足以讓她感到有些不自在。她決心在離開賀福德郡以前，跟伊麗莎白談談這個話題，而且要對她明言鼓勵這種親暱情感並不謹慎。

對於嘉迪納太太，威克姆有一種辦法可以讓她開心，卻跟他應對眾人的能力並無關係。大約十或十二年前，嘉迪納太太還未出嫁時，曾在達比郡某一區生活過相當長的時間，威克姆正好就是當地人，所以他們有很多共同的舊識。而且雖然威克姆從達西的父親在五年前過世以後就鮮少回去，關於她那些舊識，威克姆能提供的消息還是比她自己能得知的更新。

嘉迪納太太參觀過潘伯利，很清楚已故老達西先生的名聲，所以，他們對此有說不完的話題。她比較她對潘伯利的回憶與威克姆能夠提供的細節描述，還對已故屋主致上敬意，頌揚了一番，讓他們兩個人都很高興。獲悉現任的達西先生如何對待他以後，她便試著回想那位紳士還是少年的時候，大家對他的性格的看法，是否跟威克姆的說法相符。最後她總算肯定，她記得以前聽別人說過，斐茲威廉・達西先生是個非常驕傲、個性惡劣的少年。

# 3

嘉迪納太太一有適當機會跟伊麗莎白私下單獨談話，就立刻態度和藹地警告了她。她把自己的想法坦白告訴外甥女以後，又接著說道：

「麗西，妳是個非常理智的女孩子，所以不會只因為有人警告妳別這麼做，就硬是要墜入愛河，所以，我不怕直接對妳開誠布公。我是認真要妳提高警覺。陷入缺乏金錢後盾的戀情是非常不智的事，所以妳別陷下去，也要努力別讓他陷下去。我對**他本人**沒什麼要反對的；他是非常有意思的年輕男士，如果他得到了他應有的財產，我就會認為妳的選擇好得不能再好。但事實是，妳絕對不能放任妳的綺想帶著妳魯莽行事。妳頭腦清晰，我們全都期望妳好好利用。我確定妳父親很信賴**妳的**決定與良好品德。妳絕對不能讓妳父親失望。」

「我親愛的舅媽，妳這樣說確實很認真呢。」

「對，而且我希望妳也能同樣認真以對。」

「好吧，那妳就不必緊張了。我會看好自己，也會看好威克姆先生。如果我阻止得了，他就不會愛上我。」

「伊麗莎白，妳現在態度就不認真了。」

「請您見諒，我會再努力一次。現在我並沒有愛上威克姆先生，不，我肯定沒有。但他是我生平見過最討人喜歡的男士，沒有人可以相比——而且如果他真的漸漸愛上我了——我相信他還是別那樣比較好。我看得出那樣有多不智。喔，**那個**可惡的達西先生！我父親對我的看法，對我來說是最高的榮譽，要是失去這種好評，我會覺得很悲哀。不過，我父親還滿喜歡威克姆先生的。簡而言之，親愛的舅媽，我要是讓你們之中任何人難過，都會覺得非常遺憾。但既然我們每天都會看到這種例子——年輕男女之間只要有情，鮮少會因為現在阮囊羞澀就避免訂婚，如果我受到誘惑，我怎麼能夠承諾我會比我的同輩更聰明些呢？甚至進一步說，我怎麼能夠知道抗拒訂婚就是明智的呢？所以我只能答應妳，我不會倉促行事。我不會匆匆忙忙就相信我是他的第一目標。在我跟他相伴的時候，我不會有這種期望。總之，我會盡最大的努力。」

「如果妳勸阻他別這麼常來訪，或許就算是盡了最大努力吧。至少妳不該**提醒**妳母親邀他來。」

「我前幾天就那樣做了，」伊麗莎白帶著心知肚明的微笑說道：「說得很對，要是我沒有**那樣做**，我就算是很明智了。可是妳別以為他一直常到這裡來。是因為妳的緣故，他這星期才會這樣頻繁地受到邀請。妳知道我母親的想法，她認為她的朋友必須經常有人陪伴。可是說真的，我以名譽發誓，我會試著做我認為最明智的事。現在我希望妳覺得滿意了。」

她舅媽向她保證已經心滿意足。伊麗莎白謝過她這番暗示的慈愛心意以後，她們就分開了。在這種狀況下給予的建議，竟能得到毫無怨言的接納，這可算是絕佳的典範。

柯林斯先生在嘉迪納夫婦跟珍離開之後，很快就再度回到賀福德郡。但因為他去跟盧卡斯一家人同住，他的到訪就沒有對班奈特太太帶來太大的不便。他的婚禮現在迅速迫近了，班奈特太太總算放棄，認為這件事反正無法避免，甚至用惡毒的語氣一再地說，她「**但願**他們真能幸福快樂」。星期四就是大喜之日，所以盧卡斯小姐在星期三來辭別。在她起身要離開的時候，伊麗莎白一方面對母親缺乏禮貌又不情不願的祝福感到羞恥，另一方面又真的感觸良多，就陪著盧卡斯小姐走出房間。

在她們一起下樓的時候，夏洛特說道：「我相信妳會常常寫信給我，伊萊莎。」

「妳可以確信**這一點**。」

「我還有另一個不情之請。妳會來看我嗎？」

「我希望我們會常常在賀福德郡見面。」

「我會有一段時間不太可能離開肯特郡。所以答應我吧，到杭斯佛德來。」

伊麗莎白不能拒絕，雖然她可以預料那樣的訪問中不會有多少樂趣。

「我父親跟瑪利亞在三月會來看我，」夏洛特補上這句話：「我希望妳同意跟他們一起來。說真的，伊萊莎，我對妳，就像對他們兩人一樣歡迎。」

婚禮舉行了：新娘跟新郎從教堂門口出發前往肯特郡，每個人都一如往常，對這個話題都有很多感想要交流。伊麗莎白很快就從她的朋友那裡收到消息，她們的通信就像過去一樣規律而頻繁，但要像過去那樣毫無保留卻不可能了。伊麗莎白每次寫信給她的時候，都不能不感到所有自在親暱的感覺都已經告終，雖然她決心不要疏於回信，卻是為了舊日的情份，而不是為了現有的交情。她非常渴望收到夏洛特的第一批來信：她不可能不好奇夏洛特會怎麼說起她的新家、她喜不喜歡卡瑟琳夫人、還有她敢如何誇口自己有多幸福。雖然實際讀信的時候，伊麗莎白覺得夏洛特表達的心聲在各方面都跟她預測的差不多。她寫信的語調輕快，身邊似乎都是舒適方便的設備，而且她提起每樣東西都讚不絕口。房舍、家具、鄰近地區跟馬路，全都符合她的喜好，而且卡瑟琳夫人的舉止極為友善親切。這就是柯林斯先生勾勒出的杭斯佛德與羅辛斯莊園，只是描述得比較合理不誇大；伊麗莎白明白，她必須等到自己造訪的時候才能了解其餘部分。

珍已經寫了幾句話的短信給妹妹，宣布他們平安抵達倫敦。伊麗莎白希望她再度來信的時候，就有關於賓利一家的事情可說了。

她急躁不耐地期盼著第二封來信，而她所得到的回報，就跟大部分急躁不耐的人一樣[2]。珍已經在倫敦待了一星期，卻沒有見到或聽說卡洛琳捎來的信息。不過她卻為此事找了個解釋，假定她從龍柏園寄給她朋友的最後一封信意外地寄掉了。

她繼續寫道：「舅媽明天要去倫敦城的那一區，我會順道去葛洛斯維納街拜訪。」

她去拜訪過以後又寫了信來，說她已經見到賓利小姐。她的說法是：「我想卡洛琳心情不怎麼振奮，不過她很高興見到我，還責備我怎麼沒通知她我到了倫敦。所以我還是對的，她沒收到我的上一封信。當然，我問候了她哥哥。他很好，不過他跟達西先生有這麼多事要忙，所以她們幾乎見不著他。我發現她們預定要跟達西小姐吃晚餐，我真希望能夠見到她。我的拜訪為時不長，因為卡洛琳跟赫斯特太太有事要出門。我認為我很快就會見到她們來訪。」

伊麗莎白看著這封信搖頭。這封信讓她確信，除非機緣巧合，否則賓利先生不可能知道她姊姊在城裡。

四個星期過去了，珍一次也沒見到他。她設法說服自己，她對此並無悔恨，不過她無法再無視於賓利小姐疏遠怠慢的態度了。珍每天早上都在家裡枯等賓利小姐，每天晚上都在找新藉口替她開脫，過了兩星期以後，訪客才終於上門，但她的停留時間甚短，而且更重要的是態度丕變，讓珍無法再自我欺騙。這回她寫給妹妹的信，證明了她的感受：

「賓利小姐對我的關懷完全是騙人的，在我對自己老實承認這一點的時候，我可以確定，我親愛的麗西無法因為她的見解比較高明而感到高興。可是我親愛的妹妹，雖然這件事證明妳是對的，如果我還是主張從她過往的行為來考慮，我對她的信心跟妳對她的疑慮其實一樣自然，請不要認為我太固執。我完全不明白她基於什麼理由希望跟我親近；可是，如果相同的狀況重演，我確定我還是會再度受騙。卡洛琳直到昨天才回訪我，在這段時間裡，我連一張紙條、一句話都沒收到。她真的來看我的時候，顯然沒有從中得到任何樂趣。對於沒有早點來訪，她只在形式上隨口道了個歉，也沒說她希望再見到我，在各方面來說，都完全變了個人。在她離開的時候，我徹底下定決心，不再繼續跟她往來了。我憐憫她，雖然同時我也忍不住要責備她。她以前這樣特別抬舉我是很不對的；我可以擔保，每次我們的交情更進一步，都是由她採取主動。但我憐憫她，因為她一定感覺得到她做錯了，也因為我非常確

2. 大部分時候「欲速則不達」，越急著看到某種結果就越等不到；所以這句話暗示伊麗莎白沒有等到讓她滿意的答覆。

定起因在於她擔心著她哥哥。我不必再進一步解釋我的想法了。雖然**我們**知道這種憂慮相當不必要，但如果她有這種感受，就能夠輕易解釋她對我的行為。對於他妹妹來說，他確實就是這麼值得珍視，無論她為了他有多心急焦慮，都很自然也很友愛。可是我忍不住要覺得納悶，她現在為什麼這麼害怕？因為他如果對我有任何一點愛意，我們一定早就見面了。根據她自己說過的某些話，我很確定他知道我就在城裡；然而從她說話的方式來看，卻看似她想說服自己，他真的偏愛達西小姐。我無法理解。要是我不怕自己下判斷太過嚴厲，我幾乎想要說，其中有詐的跡象相當強烈。不過我會努力袪除每個令人痛苦的念頭，只想著會讓我快樂的事情，想著妳的手足之愛，還有我親愛的舅舅跟舅媽不變的仁慈和藹。請讓我儘快接到妳的消息。賓利小姐說了些話，表示他永遠不會重回奈德菲，還會放棄那棟宅子，卻說得不很肯定。我們最好別提起這件事。我非常高興妳從我們在杭斯佛德的朋友那裡，得到那樣美妙的描述。請妳去看他們吧，跟著威廉爵士還有瑪利亞一起去。我確定妳在那裡會非常賓至如歸。妳親愛的姐姐，下略。」

這封信讓伊麗莎白覺得有些心痛，不過她一想到珍至少不會再受到那位妹妹的矇騙，心情就恢復了。對於那位兄長的所有期待，現在都徹底結束了，珍甚至不希望他再恢復對她的眷顧。每次回想，他的人格就顯得更失色一些。伊麗莎白認真地期望他早日迎娶達西先生的妹妹，因為按照威克姆的描述，她會讓他萬分惋惜自己拋棄的機會，這樣既是對他的懲罰，對珍可能也有點好處。

大約在此時，嘉迪納太太也提醒伊麗莎白，她曾經答應要怎麼面對那位紳士，並且要求伊麗莎白告訴她後續狀況；而她能夠提供的消息，與其說是讓她自己滿意，還不如說是讓她舅媽滿意。他顯著的偏愛止息了，他的種種殷勤也告一段落，他的愛慕對象換成了別人。她的內心只有過很輕微的觸動，而她相信自己要是有錢的話，**她**會是他唯一的愛慕對象，這就可以滿足她的虛榮心了。他現在費力取悅的那位年輕女士，最顯著的魅力在於突然繼承了一萬鎊財產。然而伊麗莎白看待他的狀況時，眼光不像看待夏洛特時那樣透徹。她對於他尋求財務獨立的願望沒什麼意見，反而覺得再自然不過。而且既然她能想像他掙扎了一陣才放棄她，她很快就承認這對雙方來說都是讓人滿意的明智作法，還能非常誠摯地祝他幸福。

她把這一切告訴嘉迪納太太，而在說明過這些情況以後，她接著說道：「親愛的舅媽，我現在確信，我從來沒有深陷愛河。因為要是我真的體驗過那種純粹而崇高的激情，我現在應該會對他的名字深惡痛絕，希望他承受千萬種厄運。可是我不但對**他**保持友善的感情，就連對金小姐也很有好感。我一點都不恨她，即使要把她想成一個非常好的女孩，我也不會有任何一絲不情願。我的這些感受之中，不可能有愛情的成分。我的小心謹慎奏效了；雖然對認識我的所有人來說，要是我瘋狂地跟他墜入愛河，會讓我變成比較重大的話題，但我現在沒那麼重要，卻不會讓我感到遺憾。有時候，成為重要話題要付出的代價太大。吉蒂跟莉迪亞比我更在意他變心的事實。她們還太年輕，不識世道人心，所以還無法敞開心胸，接受這個讓人感到屈辱的信念：俊美青年就跟普通人一樣，非得有活下去的手段才行。」

# 4

對龍柏園的這一家人來說，最重要的事件就是這些了；其他方面變化不大，只是她們會冒著有時泥濘、有時寒冷的天氣散步去馬里頓，一月跟二月就這樣過去了。三月到了，伊麗莎白將動身前往杭斯佛德。她起初並沒有很認真想去那裡。不過她很快就發現，夏洛特很認真看待這個計畫，於是她也逐漸改變自己的想法，更有興趣也更確定要前往一遊。久別強化了她想再見夏洛特一面的心情，也削弱了她對柯林斯先生的厭惡。這個計畫有其新穎之處，而且她有那樣的母親與那些難以為伴的妹妹，家居生活很難說是完美無缺，來點小變化本來就很吸引人。而且，這趟旅行讓她可以去探望一下珍。簡而言之，在出發時間逼近的時候，她覺得要是有任何延遲，都會讓她很遺憾。然而一切進展順利，到最後行程就按照夏洛特最初規劃的那樣確定下來。她會陪著威廉爵士與他的次女同行。在倫敦過一夜的行程及時加入，讓這個計畫變得十全十美。

唯一痛苦的事情是要離開她父親，他肯定會想念她。在必須告別的時候，他實在非常不願意讓她走，因此還叫她要寫信給他，還差點答應要回信給她[3]。

她跟威克姆先生相當友好地分別了，他那方表現的善意甚至更強烈。他現在的追求對象無法讓他忘記，伊麗莎白是第一個引起他注意、也值得他關懷的人，是第一個傾聽他心聲又同情他的人，還是他第一個愛慕的對象。他祝福她能享受到一切樂趣，還提醒她在卡瑟琳・狄柏夫人身上能夠期待看到什麼，他相信他們對她的看法——還有對所有人的看法——總是會恰好一致，而在他告別的方式之中，有一種掛念與關注，讓她覺得一定要對他保持最誠摯的關懷之意。她跟他分別的時候心中確信，不管結了婚還是維持單身，他一定永遠都是她心中親切愉快的人格典範。

她第二天的旅伴，並無法讓她淡忘威克姆討人喜歡的地方。威廉・盧卡斯爵士與他的女兒瑪利亞——一個脾氣溫和，卻像父親一樣頭腦簡單的女孩——說不出什麼值得一聽的話，他們的言論聽起來差不多就跟馬車的隆隆響聲一樣「有趣」。伊麗莎白熱愛觀察荒謬的言行，但她已經認識威廉爵士太久了。對於入宮晉見獲得爵位的種種驚人見聞，他已經沒有什麼新鮮見解可以告訴她，而他的文雅言詞，就像他提供的消息一樣，顯得老套了。

這趟旅程只有二十四哩路，他們又很早出發，所以中午就到了慈恩教堂街。在他們的馬車駛到嘉迪納先生家門口時，珍就在客廳的窗前看著他們抵達。在他們進入走廊的時候，她就在那裡迎接他們。伊麗莎白認真地注視著珍的臉，而她很高興地發現那張臉就像過去一樣健康而迷人。在樓梯上有一大群小男孩跟小女孩，他們急著想見到表姊，所以沒辦法安份地在客廳裡等候，但他們已經一年沒見她了，怕生羞怯讓他們無法再靠得更近。所有人都開開心心、態度親切。這一天過得極其愉快：白晝大家鬧哄哄地寒暄和出門購物，晚上則在一家

3. 班奈特先生其實很不愛寫信。柯林斯先生第一次寫信給他的時候，他聲稱那是比較急的信，所以他比較早回，但他還是放了兩個星期才回。

戲院裡度過。

伊麗莎白那時想辦法坐到舅媽身旁。她們談到的第一個話題是她姊姊，在她細膩深入的探問之下，她悲傷卻不訝異地從舅媽的答覆中得知，儘管珍一直努力打起精神，還是不時感到心灰意冷。然而可以合理地期待，這種情緒不會持續太久。嘉迪納太太也告訴她賓利小姐來慈恩教堂街拜訪時的細節，並且重複了她自己跟珍在不同時候聊過的話，這些話都證明了珍打從心底放棄了那位朋友。

嘉迪納太太隨後拿威克姆先生變心的事情打趣外甥女，還稱讚她實在很能忍耐。

「可是我親愛的伊麗莎白，」她又補上這句話：「金小姐是什麼樣的女孩呢？要把我們的朋友想成唯利是圖的人，我會很遺憾的。」

「親愛的舅媽，請妳想想，唯利是圖與謹慎行事的婚姻之間有何差別？考慮周詳的界線到哪為止，貪得無饜的界線又從哪開始？去年耶誕節妳還怕他會娶我，因為那樣做不謹慎；現在，因為他想娶一個只有一萬鎊收入的女孩，妳就想說他唯利是圖。」

「只要妳告訴我金小姐是什麼樣的女孩，我就知道該怎麼想啦。」

「我相信她是很好的女孩子，我沒聽說過她有什麼不好的地方。」

「但在她祖父過世，讓她成為那筆財產的主人以前，他一點都不注意她？」

「一點都不——他為什麼要注意呢？如果因為我沒有錢，他就不能來贏得**我的**青睞，那他怎麼可能去追求一個同樣貧窮、又不得他喜愛的女孩呢？」

「可是在繼承財產以後，他這麼快就對她獻殷勤，這樣做似乎太過露骨。」

「處境艱難的男士可沒時間考慮別人可能注意的所有優雅禮貌。如果**她**不反對這樣，**我們**又何必？」

「**她**不反對並不表示**他**這樣做就是對的。這只表示她自己也有所欠缺——少了理智或感情。」

「這樣嗎？」伊麗莎白喊道：「妳可以選擇這樣想。**他**唯利是圖，**她**則愚昧無知。」

「不，麗西，我選擇**不**去想這個。妳明白的，要我把一個在達比郡住了那麼久的年輕人想得這麼壞，會讓我很難過。」

「喔，如果事情就是這樣，我會對住在達比郡的年輕男士們有非常糟糕的看法，但他們住在賀福德郡的密友也沒有優越多少。他們全都讓我生厭。感謝上天！我明天要去的地方，可以找到一位沒半點討人喜歡的男士，他既沒有風度也沒有頭腦能夠引以為傲。反正只有愚蠢的男人才值得認識。」

「小心，麗西，這番話聽起來充滿了強烈的失望之情。」

在這齣戲落幕，他們彼此分別之前，她得到一個意外的驚喜：她舅舅跟舅媽邀她跟他們一起出門遊山玩水，他們打算在夏天啟程。

「我們還沒有完全決定這趟旅行會把我們帶到哪去，」嘉迪納太太說道：「不過，或許會去大湖區吧。」

對伊麗莎白來說，沒有一個計畫比這更讓人開心了，她非常迅速也非常感激地接受了這個邀請。「最親愛、最親愛的舅媽，」她欣喜若狂地喊道：「多讓人開心、多幸福啊！妳給我新的生活與精力了。失望與憂鬱，再見了。比起岩石和山岳，男人算什麼？喔，我們會度過多少快樂無比的時光啊！而且在我們**真的**回來的時候，我們不會跟其他旅人一樣，對於見識的任何事物都沒有清楚的概念。我們**會**知道我們去過哪些地方——我們**會**憶起我們曾經見過什麼。湖泊、山岳與河川，在我們的想像中不會全部混在一起；在我們試圖描述任何特定景物的時候，我們也不會開始對它們的相對位置爭論不休。就期望**我們**初次吐露的遊歷感想，比大多數旅人更有根據些吧。」

## 5

對伊麗莎白來說，次日旅程中的一切都很新鮮有趣，她也興高采烈，因為她見到姊姊看起來狀況很好，就不再擔憂她的健康。此外，她對於北方之旅的期待，也是持續不斷的喜樂泉源。

在離開大路，轉進通往杭斯佛德的小巷時，每個人的眼睛都在找尋著牧師公館，每過一個轉角，他們都期待見到它映入眼簾。他們所走的路線，其中一側就是以羅辛斯莊園的圍籬為界，伊麗莎白帶著微笑，回想她對此地居民所知的一切。

最後，牧師公館終於在望。花園傾斜著接到路面上，房舍坐落於其中，外面則是綠色的柵欄與月桂樹構成的樹籬，一切都宣布他們已經到達目的地。柯林斯先生與夏洛特出現在門口，馬車則在所有人互相點頭微笑的當兒，停在小小的正門前面，從這裡開始，有一條鋪了碎石的短徑通往屋子。柯林斯太太喜不自禁地迎接她的朋友，伊麗莎白發現自己受到這樣熱情的接待，愈發覺得自己來對了。她立刻看出婚姻並沒有改變她表哥的言行舉止，他一本正經的客套態度，就跟過去一樣；他把她留在門口好幾分鐘，就為了聽他問候她全家人，直到他滿意才罷休。隨後除了看他指出門口有多麼乾淨整潔，他們沒再碰上別的阻礙，就被帶進了屋裡。而他們一走進客廳，他就再度以誇張的客套態度，歡迎他們光臨他簡陋的小地方。每次他妻子敦促大家吃些點心零食，他就立刻跟著重複。

伊麗莎白早有準備要看他自鳴得意，而她忍不住會想像，他在展示房子的良好比例、炫耀裝潢與家具的時候，是特別針對她說的，好像希望她感覺到拒絕他造成了多少損失。不過，雖然一切看起來整潔又舒適，她卻無法發出任何悔恨的嘆息來讓他滿意。她反而訝異地看著她的朋友，她有這樣的伴侶，竟然還能顯得這樣喜悅。每當柯林斯先生說出某些話，可能讓他妻子有理由感到羞慚的時候——這種事情肯定不少見，她就會不由自主地把視線轉向夏洛特。有一兩次，她可以看出夏洛特臉上出現一抹淡淡的紅暈，但整體來說，她都睿智地聽而不聞。他們坐得夠久，把從餐具櫃到暖爐圍欄在內的所有室內家具都稱讚完一通，他們的旅程與在倫敦發生的所有事情也都描述過一遍，柯林斯先生就邀請他們去花園逛逛。花園佔地甚廣，規劃得很好，而且由他親自照料。在他的花園裡工作，是他最體面的一項休閒娛樂。在夏洛特說起這項活動多麼有益健康，還承認她盡可能鼓勵他多多從事時，伊麗莎白真佩服她如此神態自若。他在花園裡帶著他們穿越每條小徑和岔路，幾乎不讓他們有機會應他的要求讚嘆幾句，就鉅細靡遺地指出每處值得一看的風景，卻完全講不出美在哪裡。他可以從每個方向細數有多少田地，還能夠分辨在最遠的一團樹叢裡有多少棵樹。但是他的花園、這片鄉間、或者整個國家能夠引以為傲的所有美景，全都比不上羅辛斯大宅的景致；莊園周圍的樹林幾乎就正對著他家前方，從那裡的空隙就可以看見宅邸。那是一棟漂亮的現代建築，位置良好，坐落在一片高地上。

柯林斯先生原本打算帶著他們從花園走到他的兩塊草皮，但是女士們的鞋子碰不得地上剩下的一點白霜，就回去了。有威廉爵士跟他作伴，夏洛特就帶著她的妹妹跟朋友回屋裡了，有機會可以不用丈夫幫忙來介紹這棟房子，或許還讓她大喜過望。這裡相當小，卻蓋得很牢靠又便利，一切都整理安置得整齊又協調，伊麗莎白把這些都歸功於夏洛特。在可以忘記柯林斯先生的時候，這裡確實處處都有一種美好的舒適氣氛。從夏洛特明顯的愉快神情來看，伊麗莎白認為柯林斯先生一定常被拋諸腦後。

她已經知道卡瑟琳夫人仍在鄉間。晚餐之際，這件事再度被提起，這時柯林斯先生加入對話，說道：

「是的，伊麗莎白小姐，星期天妳將有幸在教堂裡見到卡瑟琳・狄柏夫人，不消說，妳見到她會很愉快的。她就是和藹可親、謙和待下的典範，我毫不懷疑，在禮拜結束以後，妳會很榮幸地得到她的些許關注。我幾乎可以毫不猶豫地說，你們待在這裡的期間，只要她賞臉邀請我們，她就會一併邀請妳跟我的小姨子瑪利亞。夫人用十分迷人的風度舉止，對待我親愛的夏洛特。我們一週在羅辛斯吃兩次晚餐，夫人從來不讓我們自己走回家，總是會替我們叫來她的馬車。我**應該**說是夫人的其中一輛馬車，因為她有好幾台。」

「卡瑟琳夫人的確是非常可敬又睿智的女士，」夏洛特說：「也是最體貼的鄰居。」

「說得真對，親愛的，我就是這麼說。像她這樣的女性，再怎樣敬重都不為過。」

這天晚上主要都在談賀福德郡發生的新鮮事，並且再說一遍信上已經寫過的話。那一晚結束以後，在房裡獨處的伊麗莎白必須回想夏洛特有多麼心滿意足，才能了解她怎樣巧妙地引導她丈夫，又冷靜地容忍他，也才能承認這一切全都做得非常漂亮。她也不得不預先想到她這趟拜訪行程會如何度過，他們平常的活動會多麼平靜地進行，柯林斯先生會怎樣煩人地頻頻插話，還有他們跟羅辛斯莊園的往來會有多愉快。她活躍的想像力，很快就把一切都想清楚了。

第二天接近中午的時候，她在房間裡準備好出門散一會兒步，樓下突然傳來一陣吵雜的聲音，似乎整棟屋子上下都亂成一團。聆聽一會以後，她就聽到某人急如星火地衝上樓，大聲叫喚她。她打開門就看見瑪利亞站在樓梯平台上，激動得喘不過氣來，大聲喊道：

「喔，親愛的伊萊莎！動作請快一點，到餐廳來吧，現在有好驚人的景象可看！我不會先告訴妳是什麼，請快一點，現在就下樓吧。」

伊麗莎白怎麼問都得不到回答，瑪利亞什麼都不肯再多說，她們奔進正面對著小路的餐廳裡，要看看這一幕奇景——只見兩位女士坐在一輛低車身的輕馬車裡，停在花園大門口。

「就這樣嗎？」伊麗莎白喊道：「我本來期待至少有豬群闖進花園裡，但這裡不過就是卡瑟琳夫人跟她女兒罷了！」

「天啊！親愛的，」瑪利亞對於這番誤認相當震驚，她說：「這不是卡瑟琳夫人，這位老夫人是詹金森太太，她跟她們住在一起。另一個人是狄柏小姐。妳只要看看她就好，她真是嬌小玲瓏。誰會想到她竟然這麼瘦小！」

「風這麼大，她還讓夏洛特在門外吹那麼多風，真是無禮得可惡。她為什麼不進來呢？」

「喔，夏洛特說她幾乎從來不進來的。狄柏小姐要是真的進屋來坐，是最大的榮幸。」

「我喜歡她的外表，」伊麗莎白說著，心裡想到別的念頭了。「她看起來病懨懨的，脾氣又不太好的樣子。對，她對他來說非常好。她會是他非常合適的妻子。」

柯林斯先生跟夏洛特兩人都站在門口，與那兩位女士談話。威廉爵士就站在門口徘徊，讓伊麗莎白大大分神。他嚴肅地看待貴人當前的事實，每次狄柏小姐轉向這裡，他就一定要鞠躬為禮。

最後他們沒別的話要說了，女士們繼續驅車前行，其他人則回到屋裡。柯林斯先生一見到兩位小姐就開始恭賀她們運氣好，夏洛特則做了解釋，讓他們知道所有人都受邀第二天去羅辛斯吃晚餐。

# 6

得到這次邀請，讓柯林斯先生得意到頂點。他原本就希望能夠向他好奇的賓客們炫耀一下他那位贊助人的莊嚴氣派，又想讓他們看看她對他們夫婦有多麼客氣多禮；而他竟然這麼快就有機會可以這樣做，證實了卡瑟琳夫人何等體恤下情，他都不知道要如何讚頌才夠了。

他說道：「我要坦承，要是夫人在星期天邀我們去羅辛斯喝茶、消磨一晚，我本來完全不該感到意外。我知道她有多麼慈祥和藹，所以我反而預期會有這樣的事情發生。不過誰想得到會有這般的榮寵？誰想像得到，我們竟然會受邀去那裡吃晚餐——更有甚者，這份邀請可是擴及全體，你們才剛到不久呢。」

威廉爵士回答：「我對發生的事情倒是沒那麼驚訝，因為我的社會地位，我已經知道真正的貴人是何種舉止風度。在宮廷之中，這種優雅教養的典範不能說不常見。」

那一整天跟第二天的白晝，他們幾乎都不談別的，只管講他們的羅辛斯莊園之行。柯林斯先生小心翼翼地指示他們該有什麼樣的心理準備，免得看到那樣的房間、那麼多的僕人跟那樣豐盛的晚餐，會覺得徹底手足無措。

女士們要各自去著裝的時候，他對伊麗莎白說道：

「親愛的表妹，妳犯不著對妳的裝扮太不自在。卡瑟琳夫人並不要求我們穿上只適合她跟她女兒的那種優雅服裝。我會建議妳，只要穿上妳最好的衣服就成了，沒必要再更雕琢。

卡瑟琳夫人不會因為妳衣著簡單，就對妳有不好的看法。她喜歡維持應有的階級界線。」

她們換衣服的時候，他三番兩次來到她們各自的房門口，建議她們動作快一點，因為卡瑟琳夫人非常不喜歡等晚餐開飯。對於夫人本人和她生活方式的嚇人描述，讓原本就不習慣社交活動的瑪利亞．盧卡斯相當害怕。她期待在羅辛斯莊園獲得接見的心情，就像她父親當年等著進詹姆士宮一樣戒慎恐懼。

天氣很好，他們便愉快地走了大約半哩路穿過莊園。每個莊園都有自身的美感與景致，伊麗莎白也看到許多賞心悅目的風景，但她卻無法像柯林斯先生期待的那樣，在美景的刺激下顯得喜不自勝。他列舉屋子前面有多少扇窗戶，又說明安裝這些玻璃本來花了路易斯．狄柏爵士多少錢，這對伊麗莎白來說也起不了多大作用。

爬上通往大廳的台階時，瑪利亞變得越來越驚慌，就連威廉爵士看起來也不完全鎮定。伊麗莎白的勇氣倒沒有棄她而去。她沒聽說過卡瑟琳夫人有什麼不尋常的才智或神奇的美德，足以讓她心生敬畏。光是財富傲人、地位堂皇，她想她能夠毫不驚慌地親眼見證。

柯林斯先生欣喜若狂地指出入口大廳的空間配置良好、裝潢完美，而他們就從這裡跟著僕人穿過前廳，走到卡瑟琳夫人、她女兒跟詹金森太太坐著的房間裡。夫人以非常紆尊降貴的態度，起身迎接他們。先前柯林斯太太就跟丈夫說好介紹賓客的責任應該交給她，此時她便按照恰當的禮節做了介紹，省去了她丈夫以為非有不可的種種道歉與致謝之詞。

雖然進過詹姆士宮，威廉爵士還是對他周遭的富麗堂皇徹底感到敬畏，因此他只有勇氣深深一鞠躬，然後便一語不發地就座；而他女兒幾乎嚇得神智不清了，坐在她的椅子邊緣上，不知道視線該往哪放才好。伊麗莎白發現自己面對這種場面還頗為鎮定，還能冷靜地觀察她面前的三位女士。卡瑟琳夫人是個高大魁梧的女人，有著特徵強烈的五官，過去可能曾經很美麗。她的氣質並不太能安撫人心，她接待他們時的舉止，也無法讓她的賓客忘記自己地位低微。她並非以沉默來讓人生畏，不管她說什麼，語調都非常權威，顯示出她多麼自以為是。這讓伊麗莎白立刻想起了威克姆先生，而從她這一天的整體觀察來看，她相信卡瑟琳夫人正是他說的那個樣子。

仔細觀察以後，她很快發現了這位母親在容貌與儀態上跟達西先生有幾分相似，然後就把目光轉移到女兒身上，這時她幾乎跟瑪利亞一樣訝異於她瘦小的身材。這兩位女士在體態跟臉龐方面都沒有相似之處。狄柏小姐蒼白得像是有病在身。她的五官雖然不算平凡，卻不太引人注目；她鮮少開口，只會低聲對詹金森太太說話，而這位太太的外表更無可觀之處。她全神貫注地在聽狄柏小姐說話，還在適當方位擺了座屏風，擋在小姐的眼睛前面。

坐了幾分鐘以後，他們全都被帶到其中一扇窗前欣賞風景，柯林斯先生在旁指點他們到底美在何處，卡瑟琳夫人則好心地告訴他們，這裡的夏天欣賞價值高得多了。

晚餐極其精緻，柯林斯先生先前預告過的所有僕役與各種餐盤都一應俱全。而正如他先前同樣講過的，在夫人的要求之下，他在桌子末端就座，看起來就好像此生再也沒有更大的願望了。他輕快活潑地切割菜餚、進食，又大加稱讚；每道菜都由他率先稱讚，再輪到威廉爵士讚美，他現在恢復到可以附和女婿所說的每句話，那種態度讓伊麗莎白很納悶卡瑟琳夫人如何忍得下去。不過他們過火的讚賞似乎讓卡瑟琳夫人十分受用，她露出最為親切的微笑，在事實證明他們從未見過桌上的某道菜時，又更是如此。這群人之間並沒有太多對話，如果有人起個頭，伊麗莎白就準備接腔，但她坐在夏洛特與狄柏小姐中間——夏洛特忙著聽卡瑟琳夫人說話，而狄柏小姐整頓晚餐時間都沒說半句話。詹金森太太主要專注於觀察狄柏小姐的食量有多小，力勸她嘗嘗看其他菜餚，還擔心她是否身體不適。瑪利亞認為不宜開口，紳士們則只管吃跟讚美，其他全不提。

在女士們轉往客廳的時候，沒什麼事情好做，只能聽卡瑟琳夫人講話，而她一直講到上咖啡。她對每個話題發表意見時，態度都如此斬釘截鐵，無異證實了她不習慣有人違背她的判斷。她細微深入地探詢夏洛特如何操持家務，還給她一大堆處理所有事情的建議。她告訴夏洛特應該如何管理她這樣一個小家庭，還指導她怎麼照料母牛跟家禽。伊麗莎白發現，無論什麼事，只要能給這位貴婦人理由去指揮別人，她都要去關照。在她跟柯林斯太太談話的空檔中，她對瑪利亞跟伊麗莎白問了各式各樣的問題，但針對伊麗莎白問得特別多，因為她最不清楚後者的親屬關係。她對柯林斯太太說，伊麗莎白是非常文雅美麗的女孩。她分別在不同的時候問伊麗莎白共有幾位姊妹、年紀比她大還是比她小，她們之中是不是有哪一位快要出嫁了，是不是容貌美麗，是不是受過教育，她父親有幾輛馬車，還有她母親的娘家姓什麼？伊麗莎白覺得她所有的問題都很無禮，卻非常冷靜地一一作答。

卡瑟琳夫人接著問道：「我想，妳父親的地產限定繼承給柯林斯先生了？」她轉頭對夏洛特說道：「因為妳的緣故，我會對此感到高興，否則我看不出來為什麼不能限定繼承給女性後裔。路易斯．狄柏爵士的家族就不認為有此必要。班奈特小姐，妳會彈琴唱歌嗎？」

「稍微會一點。」

「喔，那麼——我們會很樂意找個時間聽妳表演。我們的鋼琴很好，可能更勝過[4]——總之妳應該找一天來試彈一下。妳家的姊妹也彈琴唱歌嗎？」

「其中一位會。」

「妳們為什麼不全都學學？妳們全都應該要學的。韋伯家的小姐全都會彈琴，她們父親的收入還比不上妳父親。妳畫畫嗎？」

「不，完全不會。」

「怎麼，妳們沒一個會？」

「全都不會。」

「這樣真是奇怪。但我猜妳們是沒有機會。妳母親應該在每年春天帶妳們進城尋訪名師。」

「我母親不會反對，但我父親討厭倫敦。」

「妳們的女家教離開了嗎？」

「我們從來沒有過。」

「沒有女家教！那怎麼可能？在家裡帶大五個女兒，卻沒雇用家教！我從來沒聽說過這

4. 這句話夫人講到一半就打住不講了，可能發現炫耀自己家的鋼琴比別人家的好不太妥當。

種事。妳母親為了妳們的教育一定忙壞了。」

伊麗莎白忍不住露出微笑，並向夫人保證不是那麼回事。

「那麼誰來教育妳們？誰來照顧妳們？少了家庭教師，妳們一定受到忽略。」

「跟某些家庭相比，我相信我們確實是受了些忽略；但我們之中如果有人想學習，絕對不欠辦法。我們總是被鼓勵要閱讀，在必要的時候也都有老師教。選擇懶散度日的人，確實有可能偷懶。」

「哎，毫無疑問。不過那就是家庭教師能夠預防的，我要是認識妳母親，我就會建議她要盡全力找來一位。我總是說，少了堅定和規律的指導，教育就會一事無成，而除了家庭教師，沒有人能夠給予這種指導。說來很神奇，我曾經在這方面幫助了許許多多家庭。我一直很樂於替年輕人找個好職位。透過我的介紹，詹金森太太的四位姪女都非常高興地找到了工作。而前幾天我才剛剛推薦另一位年輕人就職——我只是意外聽人提起她，而那一家人相當喜歡她。柯林斯太太，我有沒有跟妳提過麥卡芙夫人昨天上門來向我致謝？她覺得波普小姐是寶貴的人才。她說：『卡瑟琳夫人，妳給我一位寶貴的人才。』班奈特小姐，妳有哪位妹妹出來參與社交活動了嗎？」

「是的，夫人，全都出來社交了。」

「全部！怎麼，五位全都一起進入社交界了？而妳只是居次的女兒。妹妹們在姊姊出嫁以前都出來參與社交活動！妳的妹妹們想必都非常年輕了？」

「對，我最小的妹妹還不到十六歲。或許**她**太年輕了，不宜多出門社交。不過說真的，夫人，我認為要是因為姐姐們沒有辦法或不打算早早出嫁，妹妹就不能享受交際娛樂，那對做妹妹的來說太苛求了。么女就跟長女同樣有權享受年輕人的快樂。要是因為**這樣**的理由就受到拘束，我想這樣很難增進姊妹的感情或心靈的修養。」

「哎呀，」夫人說道：「妳年紀這樣輕，提出個人意見的時候倒是非常堅決。請說說妳幾歲了？」

「我有三個妹妹已經成人了，」伊麗莎白微笑著回答：「夫人，妳很難期待我承認我的年紀。」

卡瑟琳夫人沒有馬上獲得直截了當的回答，看來相當震驚。伊麗莎白則懷疑，她是有史以來第一個膽敢以玩笑話對抗這位無禮貴婦的人。

「我可以確定，妳不可能超過二十歲——所以妳不必隱瞞妳的年紀。」

「我不到二十一歲。」

在紳士們過來加入她們，晚茶也喝完之際，牌桌就擺出來了。卡瑟琳夫人、威廉爵士和柯林斯夫婦坐下來玩起了四十張；狄柏小姐則選擇玩卡西諾[5]牌戲，另外兩位小姐則有幸協助詹金森太太湊成一桌。她們這一桌相對來說很無趣，除了跟遊戲有關的話以外，她們幾乎一聲不吭，只有詹金森太太偶爾會說她擔心狄柏小姐太熱或太冷，或者照到的燈光太強或

5. 卡西諾牌（cassino）：二至四個人玩，將手中牌與桌上的牌配對的紙牌遊戲。

太弱。另一桌的交流可就熱絡多了。通常是卡瑟琳夫人在說話：指出另外三人的錯誤，或者講起有關她自己的軼事。柯林斯先生忙著對夫人說的每句話都表示贊同，每贏得一點就感謝她，如果覺得自己贏得太多了便開口道歉。威廉爵士沒說太多話。他在努力牢記那些軼事與尊貴的姓氏。

等到卡瑟琳夫人跟她女兒玩夠了，牌桌解散了，她便提議替柯林斯太太叫馬車。柯林斯太太一答應，她便立刻吩咐備車。然後所有人便聚集到火爐邊，聽卡瑟琳夫人判定明天的天氣如何。他們正在恭聽她對天氣的指示時，馬車抵達了。柯林斯先生致上許多謝辭，威廉爵士則頻頻鞠躬，他們就這樣作別了。一從門口駛離，伊麗莎白的表哥就問她，對於在羅辛斯莊園所見的一切有何感想，她為了顧及夏洛特的顏面，就說得比實際上更好些。不過，她的稱讚雖然讓她花了些力氣，卻絕對滿足不了柯林斯先生，很快他就被迫自己來頌揚夫人了。

# 7

威廉爵士在杭斯佛德只待了一星期，不過他這次拜訪的時間已經長到足以讓他相信，他女兒是在最舒適的狀況下安定下來，也相信她把握了這麼好的丈夫、這麼好的鄰居，很不可多得。威廉爵士還跟他們在一起的時候，柯林斯先生每個白天都用無頂輕馬車載著老丈人出門，向他展示鄉間的景色。不過在他離去以後，全家人就都回歸日常事務。伊麗莎白很感激地發現，在這種變化之後，她們不必經常見到她表哥；因為在早餐與晚餐之間的大半時間，他不是在花園裡工作，就是在閱讀與寫作，還有從他自己面對馬路的書房裡往外張望。女士們的起居室則是面對屋子後方。起初伊麗莎白很納悶，夏洛特為什麼不選擇晚餐室作為日常起居空間：晚餐室的空間大小比較合適，還有更令人喜愛的地方，但她很快就看出她朋友這樣做其實有絕佳的理由，因為要是她們待的地方跟柯林斯先生的書房一樣生氣勃勃，他待在書房裡的時間肯定會更少得多。她很佩服夏洛特做了這樣的安排。

她們從客廳裡不可能看到小徑上的任何東西，所以要靠柯林斯先生才知道有什麼樣的馬車來往，特別是狄柏小姐有多常搭著她的輕馬車經過——他從來不忘來通知她們，雖然這種事幾乎天天發生。她不時在牧師公館停留一會，跟夏洛特聊個幾分鐘，不過她幾乎從沒被說動而踏出車外。

柯林斯先生沒步行到羅辛斯的日子屈指可數，而他妻子也鮮少認為她不必同行。直到伊麗莎白想到狄柏家族可能還掌握著其他牧師俸祿以前，她還真不明白為什麼他們夫婦要犧牲這麼多時間。夫人偶爾會賞光來拜訪他們，在她來訪時，房間裡的一切變化都逃不過她的法眼。她仔細檢視他們的日常作息，查看他們的工作與家務，建議他們採取不同的作法；挑剔家具的擺設方式，或者揪出女僕的疏忽；如果她肯接受任何點心款待，似乎也只是為了趁機看看柯林斯太太是不是把肉切得太大塊，不利於家庭收支。

伊麗莎白很快就察覺到，雖然這位貴婦人並未奉派維持此地的和平，她卻是這個教區最活躍的治安官。即使是最為不足道的糾紛，柯林斯先生都會向她回報。每次有任何村民顯得太愛爭吵、太過不滿或太過窮苦，她就會進村去排解他們的歧異，制止他們的抱怨，把他們罵到願意息事寧人、自認為富足為止。

到羅辛斯用晚餐這種消遣，大致上每週重複兩次。因為少了威廉爵士，晚上只能湊一張牌桌，而每次的餘興節目都跟第一週相去不遠。他們少有其他邀約；因為這一區大部分人的生活水準，是柯林斯夫婦及不上的。然而這對伊麗莎白來說不算是壞事，整體來說，她打發時間的方式是夠舒服的了；她可以不時跟夏洛特愉快地聊上半小時，這個季節的天氣又這麼好，讓她常有機會在戶外享受很大的樂趣。在其他人去拜訪卡瑟琳夫人的時候，她經常沿著她最喜歡的散步路線走，沿著莊園邊緣有一片開闊的小樹叢，那裡有一條樹蔭正好的小徑，除了她，似乎沒人懂得欣賞，而且她覺得在這裡不會受到卡瑟琳夫人的好奇心干擾。

她這次拜訪的前半個月，就這樣平靜地度過。復活節快要到了，就在復活節前一週，羅辛斯這一家人添了新客人，在這樣狹小的生活圈裡想必是重要的大事。伊麗莎白到這裡以後很快就聽說，達西先生預計會在幾週內抵達。雖然在她認識的人之中，沒有幾個人比他更不得她歡心，他的來訪卻會讓羅辛斯的圈子至少有張比較新鮮的臉孔可看，而她或許可以觀察他對他表妹的態度——在卡瑟琳夫人眼中，他顯然註定要娶她了——並且從中發現賓利小姐對他下的功夫如何無望，以此自娛。卡瑟琳夫人一說到他要來訪，就顯得極其心滿意足，用最為激賞的口吻提起他，但她發現盧卡斯小姐跟伊麗莎白以前就常常見到他，似乎差點動怒了。

牧師公館這邊很快就知道他抵達了，因為柯林斯先生整個白天都在看得到門房小屋通往杭斯佛德小徑的路口徘徊，這樣才能保證他會第一個見到來客。在對著轉進莊園裡的馬車鞠躬以後，他就帶著這個重大情報匆匆趕回家。第二天早上，他急奔到羅辛斯去表示他的敬意。他要致敬的對象有卡瑟琳夫人的兩位外甥，因為達西先生帶著一位斐茲威廉上校同行，此人是他姨丈某某爵爺的幼子。而讓所有人大為驚訝的是，柯林斯先生回來時，那幾位紳士跟著他一起來了。夏洛特從她丈夫的房間裡見到他們越過馬路，立刻就奔向另一個房間，告訴兩位小姐可以期待貴客光臨，並補上一句：

「伊萊莎，他們這番禮貌我可要謝謝妳了。達西先生絕對不會這麼快來拜訪我的。」

伊麗莎白還沒時間全盤否認她有權接受這番恭維，門鈴就昭告他們已經到了，隨後三位紳士很快就進了房間。率先進門的是斐茲威廉上校，年約三十，不怎麼俊俏，但儀表談吐上都確實是個紳士。達西先生看起來就跟過去在賀福德郡一樣，他以往常的含蓄口吻，對柯林斯太太說了該說的恭維話。而無論他對她的朋友有什麼感覺，他跟她見面時看起來徹底冷靜鎮定。伊麗莎白就只是一語不發地對他行了個屈膝禮。

作為一個修養良好的男士，斐茲威廉上校迅速又輕鬆地直接開始跟他們聊天；但他的表親，除了對柯林斯太太輕描淡寫地講講他看到的房子跟花園以外，有好一會坐在那裡沒跟任何人說話。不過到最後，他作客的禮儀總算又活絡到可以問候伊麗莎白全家人是否健康。她用平常的方式回答了他，接著，在一陣停頓之後，她又補上一句：

「我姊姊這三個月都在倫敦。你在那裡剛好都沒見到她嗎？」

她很清楚他從來沒見到珍。不過她期望能夠看看他是不是洩漏出任何跡象，顯示他知道賓利一家跟珍之間的狀況。而她覺得，他回答說他從沒見到班奈特小姐的時候，看起來有點困擾。這個話題沒再繼續下去，不久這兩位紳士也就離開了。

# 8

牧師公館的眾人十分欣賞斐茲威廉上校的風度，女士們全都覺得，他一定能為他們在羅辛斯莊園的約會增添相當大的樂趣。然而過了好幾天，他們才受邀到羅辛斯，因為大宅裡有訪客的時候，他們可能就不那麼必要了。直到那兩位紳士抵達以後快一週的復活節當天，他們才在夫人離開教堂之際獲邀當晚前往羅辛斯。過去一星期裡，他們鮮少見到卡瑟琳夫人以及她女兒。斐茲威廉上校在這段時間裡不只一次到牧師公館拜訪，不過達西先生卻只出現在教堂裡。

當然，他們接受了作客的邀請，在適當的時刻，他們就跟卡瑟琳夫人家客廳裡的眾人會合了。夫人很有禮貌地接待他們，不過事情很明顯，在夫人有其他賓客時，他們的陪伴就沒那麼令人滿意了。實際上，她幾乎把全副精神都放在她的外甥們身上，都在跟他們說話，對達西說的話尤其多，超過了房間裡任何人。

斐茲威廉上校似乎真的很高興見到他們，對於身在羅辛斯的他來說，一切都是很令人愉快的紓解；至於柯林斯太太的漂亮朋友，又更得他歡心。他現在坐在她身邊，用很令人愉快的方式談起肯特郡與賀福德郡、出遊與居家的好處、還有剛問世的書與音樂等等。以前伊麗莎白在這房間裡享受過的樂趣，從來及不上現在的一半。他們的對話活潑又流暢，甚至引起卡瑟琳夫人的注意，達西先生也注意到了。**他的**目光很快就帶著好奇，一再轉向他們；夫人也有同樣的情緒，過了一會兒，她更加公開地承認了這一點，因為她毫無顧忌地喊道：

「斐茲威廉，你在說什麼？你們在聊什麼？你告訴班奈特小姐什麼事？讓我聽聽那是什麼。」

「夫人，我們在談音樂。」眼見再也無法避而不答，於是他答道。

「音樂！那麼請說大聲些。這是我最喜愛的話題。如果你們在談的是音樂，我一定有意見可以提供。我想，在英國沒有多少人比我更能夠真正享受音樂，或者具備更優越的天生品味。如果我曾經拜師學藝，我應該會非常出色；如果安妮的健康狀況許可，她應該也是如此。我很有信心，她的演奏會讓人非常愉快。達西，喬治安娜的琴藝進展如何？」

達西先生深情地稱讚妹妹技巧有多精湛。

「聽說她的琴藝如此精進，讓我非常高興，」卡瑟琳夫人說道：「請把我的話告訴她，如果她不大量練習，就不能指望自己傲視群倫。」

他則回答：「我向您保證，夫人，她不需要這樣的建議。她經常練習不輟。」

「這樣就好。練習得再多都不為過；下次我寫信給她的時候，我會吩咐她無論如何別疏忽。我常常告訴年輕小姐，少了持續的練習，就不可能達到音樂上的高超造詣。我已經告訴班奈特小姐好幾次，除非她多練習，否則她永遠不會真正彈得好；而柯林斯太太雖然沒有鋼琴，我常常告訴她，我歡迎她天天來羅辛斯，在詹金森太太房間裡彈鋼琴。你明白的，在房子的那一角，她不會礙著任何人。」

達西先生看起來對他姨媽無禮的言詞有些羞愧，沒有答腔。

在咖啡喝完以後，斐茲威廉上校提醒伊麗莎白答應過要為他們彈琴，她就直接在鋼琴前面坐定。他也拉了一把椅子靠近她身邊。卡瑟琳夫人聽了半首曲子，然後就像先前一樣，對她的另一位外甥說話，直到他從她身邊走開，用平常那種慎重的態度走近鋼琴，找了個好位置，讓自己能夠一覽無遺地看見這位表演者美麗的面容。伊麗莎白看到他所做的事，就趁機停下來，轉過頭去露出一個慧黠的微笑，說道：

「達西先生，你這樣一本正經地來聽我演奏，是想嚇唬我吧。不過就算你妹妹**確實**琴藝高超，我還是不會被嚇倒。我有一股頑強的精神，向來無法忍受被別人任意嚇唬。每次有人想要威嚇我的時候，總是會激起我的勇氣。」

「我不會說妳誤會了，」他回答道：「因為妳不可能真正相信我有任何嚇唬妳的計畫。

而我有幸認識妳的時間夠長，足以知道妳偶爾會故做驚人之語而從中作樂，實際上卻不是那樣想。」

伊麗莎白聽到自己被描述成這樣，就開心地笑了，然後對斐茲威廉上校說：「你的表弟會讓你對我有非常美妙的印象，還會教你不要相信我說的任何話。我真倒楣，碰到一個這樣善於暴露我真實人格的人，還剛好出現在這裡，我原本還期望在這裡為自己博取幾分信任呢。說真的，達西先生，你在賀福德郡得知了我的缺點，竟然在這裡全盤說出，真是太不厚道——而且，請容我這麼說，你也太不謹慎了——因為這樣會激起我的報復，而我講出來的這些事，可能會讓你的親戚很震驚。」

「我可不怕妳，」他微笑著說道。

「請讓我聽聽妳要指控他什麼，」斐茲威廉上校大聲說道：「我會很想知道他在陌生人之間的舉止如何。」

「那麼你就要聽到了——不過要有心理準備，你會聽到非常駭人聽聞的事。你要知道，我第一次在賀福德郡見到他，是在一場舞會裡——你猜猜他在舞會裡做了什麼？他只跳了四支舞！我很抱歉讓你心痛了，但事實如此。雖然那裡男士很少，他還是只跳了四支舞。我確定知道的是，不只一位年輕小姐沒有舞伴，只能乾坐。達西先生，你不能否認這個事實。」

「那時候除了我自己的朋友，我還沒有榮幸認識舞會中的任何女士。」

「說得是，這年頭沒有人能在舞會前先請人做介紹，認識新朋友了。那麼斐茲威廉上校，我接下來要彈什麼曲子？我的手指等候您差遣。」

達西先生說：「我要是請人為我做介紹，或許會是比較明智的作法，不過我很不擅長向陌生人自我介紹。」

「此事理由何在，我們是不是該問問你的表弟？」伊麗莎白說道，她仍然對著斐茲威廉上校發問。「我們是不是該問問他，一位有見識與受過教育，又見過世面的男士，為什麼會不擅長向陌生人自我介紹？」

「我可以回答妳的問題，」斐茲威廉說道：「用不著問他了。這是因為他不會這樣麻煩自己。」

「我確實缺乏某些人的天賦，」達西說道：「可以輕易地跟以前從沒見過的人攀談。我無法仿效我常見到的榜樣，去掌握別人談話的語氣，或者對他們關心的事情表示興趣。」

伊麗莎白說道：「我沒辦法像許多女士一樣，在鋼琴上用高超的技巧移動我的手指。我的手指不具備同樣的力量或敏捷，也無法製造出同樣的效果。但話說回來，我一直認為這是我自己的錯，因為我沒有下功夫去練習。我不相信自己的手指沒有向其他女士的卓越技巧看齊的能力。」

達西微笑著說道：「妳說得完全正確。妳利用時間的方式好得多了。有幸聽妳彈琴的人，沒有一位能發現有所欠缺。我們兩個就誰也不願在陌生人面前表現。」

這時候卡瑟琳夫人打斷了他們，她高聲要求知道他們在講什麼。伊麗莎白立刻又開始彈琴。卡瑟琳夫人走了過來，聽了幾分鐘以後就對達西說：

「如果班奈特小姐更常練習，又有倫敦名師指導的優勢，她的演奏就不太會有閃失了。

雖說她的品味比不上安妮，但她對指法有非常好的概念。要是安妮的健康狀況能讓她學琴，她會是非常受歡迎的演奏家。」

伊麗莎白望向達西，想看看他會多親切地附和對他表妹的稱讚。不過不管是當時還是其他時候，她都看不出任何愛戀的跡象；而從他對狄柏小姐的整體行為表現來看，她要替賓利小姐感到欣慰了，因為假使賓利小姐是他的親戚，他也同樣有可能娶**她**。

卡瑟琳夫人繼續批評伊麗莎白的演奏，間或加入許多對演奏技巧與品味的指導。伊麗莎白禮貌地容忍了一切，她在紳士們的要求之下繼續彈奏鋼琴，直到夫人的馬車準備好送他們所有人回家。

# 9

第二天早上，伊麗莎白獨自坐在家裡寫信給珍，柯林斯太太和瑪利亞則到村裡去辦事。這時，她被門鈴聲嚇了一跳，這表示有客人上門。她沒聽見馬車的聲音，而她認為不無可能是卡瑟琳夫人。惟恐如此，在門打開的時候，她就把寫了一半的信擱到一旁，心想或許就可以避免所有無禮的探問。然而她非常訝異地發現，走進來的是達西先生，而且就只有他一個人。

他似乎也一樣震驚地發現只有她一個人在家，就為他唐突來訪致歉，還告訴她，他本來以為所有女士都在室內。

然後他們便坐了下來，在她問候過羅辛斯莊園的人以後，他們似乎就有陷入完全沉默的危險。所以，想點別的話題是絕對必要的。在這種緊急時刻，她想起上次在賀福德郡見到他的**那個時候**，她很想知道他會解釋他們那樣匆促地離開，於是便說道：

「達西先生，去年十一月，你們所有人都那麼突然地離開了奈德菲！對賓利先生來說，看到你們這麼快就在他之後去了倫敦，一定是最讓人愉快的驚喜吧。因為要是我記得沒錯，他前一天才剛離開。希望你這回離開倫敦的時候，他跟他的姊妹都還安好？」

「相當安好，多謝妳。」

她發現自己不會聽到更多答覆了。經過一陣短暫的停頓以後，她補上一句：

「我想就我所知，賓利先生不太想重回奈德菲莊園？」

「我從來沒聽他這麼說過。不過，他將來可能不會在那裡度過太多時光。他有許多朋友，而他這個年紀正是朋友與社交往來會漸漸增加的時候。」

「如果他不打算多花時間在奈德菲，那麼他徹底放棄那裡對街坊鄰里來說還比較好，這樣我們就可以有另外一戶定居的家庭。不過賓利先生之所以租下那棟房子，考慮到的或許是他自己的，而非鄰居的方便；我們也必須期待他秉持同樣的原則，留住或退掉那棟房子。」

達西則說道：「要是有其他適合購買的房子，他放棄奈德菲，我也不會覺得意外。」

伊麗莎白沒有回答。她就怕談他朋友談得太久。既然沒別的話好說，她決心把找話題的麻煩事交給他。

他領會到這個暗示，很快就開口說道：「這棟房子似乎非常舒適。我相信在柯林斯先生剛到杭斯佛德的時候，卡瑟琳夫人做了很多的改善。」

「我相信是這樣——而且我敢肯定，她這番好意是賞賜給最知所感激的對象了。」

「柯林斯先生在擇偶時顯然非常幸運。」

「對，的確如此。他的朋友們或許會覺得很欣喜，在極少數願意接納他、或者能讓他幸福快樂的聰慧女子之中，他真的遇上了一個。我的朋友具備卓越的知性——雖然我不敢肯定地說，我認為她嫁給柯林斯先生是她生平最明智的決定，不過她似乎相當快樂。而且審慎地來看，這對她來說肯定是一樁好姻緣。」

「對她來說，能在距離自家親友那麼近的地方成家，一定非常愉快。」

「你說這是很近的距離？幾乎有五十哩遠啊。」

「五十哩狀況良好的道路算什麼？只是比半天多一點點的旅程。對，我會說這是非常近的距離。」

「我永遠不會把距離也算成這樁婚事的其中一項**優點**，」伊麗莎白大聲說道：「我永遠也不會說柯林斯太太定居的地方離她的家人很近。」

「這就證明妳自己對賀福德郡有多依戀。我想，只要不在龍柏園的鄰近範圍內，在妳看來就遠了。」

他說話時臉上帶著某種微笑，伊麗莎白猜想她懂得那是什麼意思。他一定認定她想到珍跟奈德菲莊園了，她紅著臉回答道：

「我並不是說女人不可能住得離家太近。遠近一定是相對性的，而且視許多不同的環境狀況而異。要是有足夠財富讓旅行開支變得無關緊要，距離就不是缺點了。但在**這裡**並不是這種狀況。柯林斯先生跟柯林斯太太有充分的收入，不過卻不是能夠常常旅行的那種財富——而我相信我朋友不會說她住得**靠近**她的家庭，除非兩地距離只有現在的**一半**。」

達西先生把他的椅子朝她那邊拉近了一點點，然後說道：「**妳**可不能這樣強烈地執著於一個地方。**妳**不可能永遠待在龍柏園。」

伊麗莎白看起來很驚訝。這位紳士的心情有了些變化，他把椅子拉回去，從桌上拿起一份報紙，大略瀏覽以後，用比較冷淡的聲調問道：

「妳喜歡肯特郡嗎？」

接著就是一段關於鄉間的簡短對話，雙方都態度冷靜、言簡言賅——而且他們的談話很快就被夏洛特跟她妹妹所打斷，她們剛剛散完步回來。這樣一對一的談話讓她們吃了一驚。達西先生說明了他因為誤解才打擾了班奈特小姐；他又多盤桓了幾分鐘，其間沒向任何人多說什麼，便離開了。

「這樣做是什麼意思呢？」他才一走，夏洛特便說道。「親愛的伊萊莎，他一定是愛上妳了，要不然他絕對不會這樣親切地上門拜訪我們。」

但伊麗莎白跟她說起他有多沉默，這時就算夏洛特再怎麼心懷希望，還是覺得似乎不太可能是這麼回事。她們考慮過各式各樣的猜測，最後只能猜想他來訪只是因為無事可做，窮極無聊，從季節來看滿有可能如此，所有在田野進行的活動都告終了。室內只有卡瑟琳夫人、書本跟一張彈子台，但紳士們不可能老是待在室內。牧師公館因為距離近，到那裡的路線又風景宜人，裡面的居民也討人喜歡，所以這對表兄弟覺得在這個季節散步到那邊去很有吸引力，幾乎天天前往。他們白天去那裡拜訪過很多次，有時是個別前往，有時同行，偶爾還有他們的姨媽相伴。對他們全體來說，斐茲威廉上校來訪很顯然是因為覺得跟他們作伴很愉快，這種信念無疑讓他更受牧師公館眾人歡迎；伊麗莎白有他陪伴感到很滿意，他也同樣明顯地愛慕她，這讓她想起了先前最得她歡心的對象，喬治．威克姆。雖然在比較他們的時候，她看得出斐茲威廉上校的舉止中少了一點迷人的溫柔，但她還是相信他有一流的頭腦。

但達西先生為什麼這樣常來到牧師宅邸，就比較難以理解。這不可能是為了交際，因為他經常坐在那裡整整十分鐘不開口。等他真正開口說話時，似乎又是因為必須如此，而不是因為他有話想說——這是為了舉止得體而作的犧牲，對他自己來說不算是樂趣。他很少顯得真正活躍，柯林斯太太不知道要怎麼對待他才好。斐茲威廉上校偶爾會取笑他變得傻呼呼的，這證明了他整個人有所不同，這是她無法從自己對他的認識裡推論出來的；既然她原本就很樂意相信這番變化是愛情的影響，而他愛上的就是她的朋友伊莉莎，她就認真設法要發掘真相。每次他們前往羅辛斯，還有他來杭斯佛德的時候，她就會觀察他，結果卻不太成功。他肯定常常注視著她的朋友，不過那種眼神的含意卻頗有討論餘地。那是一種認真又堅定的注視，但她常常懷疑其中到底有沒有愛慕的成分，有時甚至看起來只是一時失神而已。

她有一兩次提醒伊麗莎白，也許他對她情有獨鍾，伊麗莎白卻老是取笑這個想法。柯林斯太太也認為多談這個話題並不好，她惟恐這樣可能會引起期待，結果卻終究落空。在她看來，如果伊麗莎白認為他愛上她了，她對他的所有厭惡都會消失。

在她好心為伊麗莎白設想的時候，偶爾會計畫把她嫁給斐茲威廉上校。他是非常討人喜歡的男士，別人難以企及；他肯定仰慕她，而且他的社會地位最合適。不過，相對於這番優勢，達西先生在教會裡卻掌握了很多牧師職位，他的表哥肯定完全無法望其項背。

# 10

伊麗莎白在莊園裡漫步的時候，不只一次意外地碰到達西先生。來到這裡的不是別人，偏偏是他，讓她感覺到厄運真是徹底跟她作對。為了避免這種事再度發生，她一開始就小心地告訴他，她最喜歡在此地盤桓。所以，這種事竟有可能再發生一次，還真是非常古怪！然而確實如此，甚至還發生了第三次。這似乎像是刻意讓人不快，或者自願要贖罪；因為在這些時候，他們並不只是交換幾句形式上的問候、陷入一陣尷尬的停頓以後就各自離去，他實際上還覺得有必要轉身跟她一起走。他話從來就不多，她也不多費力氣說話或聆聽；不過在他們第三次見面的時候，她很驚訝地發現他問了一些古怪、不連貫的問題——她在杭斯佛德是否愉快，她為什麼喜歡獨自散步，還問她覺得柯林斯夫婦是否幸福。在講到羅辛斯莊園，還有她還不完全熟悉那棟房子的時候，他似乎期待她每次重回肯特郡的時候，也會住在**那裡**。他的話語裡似乎帶有這種暗示。他是想到了斐茲威廉上校嗎？她猜想，如果他的話有任何意義，他一定是在暗示上校那方有某種想法。這讓她有點難受，所以她很慶幸自己已經回到牧師公館對面的圍欄大門前。

有一天，她一邊散步，一邊全神貫注地重讀珍的上一封信，並且思索著信中的某些段落——那些段落證明珍寫信時情緒低落——她在這時抬起頭，沒有再被達西先生嚇一跳，因為迎面而來的是斐茲威廉上校。她立刻把信件收起來，硬逼自己露出一個微笑，然後說道：

「以前我並不知道你會來這裡散步。」

「我一向會周遊這個莊園，」他回答道：「通常每年都會這麼做，而且我打算以拜訪牧師公館作結。妳還要走更遠嗎？」

「不，我應該很快就要回頭了。」

她說著就回頭了，他們一起朝著牧師公館走去。

「你們確定要在星期六離開肯特郡嗎？」她問道。

「是的——只要達西沒有再延後啟程。不過我聽他差遣，他照他的意思來安排事務。」

「那麼就算他對於這些安排不滿意，至少能夠很高興地享受做選擇的權力。我不知道還有誰看來比達西先生更能夠隨心所欲，為所欲為。」

「他當然非常喜歡照自己的意思做，」斐茲威廉上校說：「不過我們全都是這樣。只是他比許多其他的人更有辦法這樣做，因為他很富有，許多人都窮困些。我這麼說是有感而發。妳明白的，么兒一定得習慣自我犧牲跟仰賴別人。」

「以我之見，一位伯爵較年幼的兒子對於自我犧牲或仰賴別人都所知甚少。現在我認真請問，你真的知道什麼叫做自我犧牲跟仰賴別人嗎？你曾經因為缺錢所以不能去你想去的地方，或者得不到你想要的東西嗎？」

「這些是最根本的問題——而我或許不能說我體驗過許多那種性質的痛苦。不過在比較重大的事情上，我可能就苦於經濟匱乏了：不是長子就無法任意娶妻。」

「除非他們愛上的正巧是富有的女士，我想他們常常都是這樣做。」

「我們的開支習慣讓我們太依賴別人，在我這個階級裡，沒有多少人有辦法不太考慮金錢就娶妻。」

伊麗莎白想道：「這話是講給我聽的嗎？」這個念頭讓她變了臉色。不過她立即恢復過來，用很活潑的語調說道：「請告訴我，一位伯爵的幼子通常值多少錢？除非兄長病得厲害，我猜你不會要價超過五萬鎊吧。」

他用同樣的開玩笑態度回答她，然後這個話題便被擱下了。沉默可能會讓他以為剛才的話題影響到她，所以她接著很快就說道：

「我想你的表弟帶你一起來，主要是為了有人可以讓他使喚。我覺得奇怪，他怎麼沒有結婚，這樣可以確保他長期都有人使喚。不過，現在他妹妹對他來說可能一樣方便。既然她由他一個人照管，他可以隨他的意思對待她。」

「不，」斐茲威廉上校說：「這種好處是他必須跟我共享的。我跟他共同監護達西小姐。」

「你真的跟他共同監護？那麼請告訴我，你是什麼樣的監護人？你的被監護人可有帶給你很多麻煩？她那個年紀的年輕小姐，有時候會有點難纏；如果她真的有達西家的精神，她可能也會喜歡為所欲為。」

在她說話時，她觀察到他嚴肅地注視著她。他馬上問她，為什麼她猜想達西小姐會讓他們不好管教，這種態度讓她相信她多多少少猜中了事實。她直接回答：

「你不用害怕。我從來沒聽過關於她的壞話，我會認為她是世界上最柔順的生靈。我認識的某些小姐，赫斯特太太跟賓利小姐，都極為喜歡她。我想我已經聽你說過你認識她們了。」

「我對她們所知不多。她們那位兄弟是個很討人喜歡、很有紳士風度的男士——他是達西的好朋友。」

「喔，是的，」伊麗莎白冷淡地說：「達西先生對賓利先生好得不尋常，還極端照顧他。」

「照顧他！對，我真的相信達西在他最需要照顧的時候，**確實**相當照顧他。在我們到這裡來的旅程中，他對我提到了某件事，讓我有理由認為賓利欠了他很大的人情。不過我應該請他原諒，因為我沒有權利假定賓利就是他講的那個人。這一切都只是猜測。」

「你指的是什麼？」

「達西當然不希望把那個情況弄得人盡皆知，因為話要是傳到那位女士家裡，會是非常令人不快的事。」

「你可以相信我不會提起。」

「而且請記得，我沒有太多理由可以假定當事人是賓利。他告訴我的事情只有這樣：他慶幸自己最近救了一位朋友，讓他不至於因為結下極不謹慎的婚事而造成不便，但他沒提起姓名或任何細節。我懷疑那是賓利，只是因為我相信他這種年輕男子就會陷入那種困境，也知道他們去年整個夏天都在一起。」

「達西先生可有告訴你，他這樣干涉的理由是什麼？」

「據我所知，那位女士有些非常讓人反對的地方。」

「那麼他是用什麼樣的技巧讓他們分開？」

「他沒告訴我他自己用了什麼技巧，」斐茲威廉微笑著說道：「他只跟我說了我剛才告訴妳的話。」

伊麗莎白沒有回答，只是繼續前行，她怒火中燒。觀察她一會以後，斐茲威廉問她為什麼如此若有所思。

「我在想你跟我說過的話，」她說道：「我心裡不贊同你表弟的行為。為什麼要由他來做裁判？」

「妳打算說他插手干涉是多管閒事嗎？」

「我看不出達西先生有何權力決定他朋友的喜好是否妥當；或者說，為什麼光憑他的判斷，他就可以決定並且指導那位朋友該以什麼方式得到幸福。」她克制住自己，繼續說道：「可是，既然我們不知道任何細節，責備他並不公平。想來在這個例子裡，雙方並沒有太深的情意。」

「這個假設並不算不尋常，」斐茲威廉說道：「但說來可悲，這樣我表親獲勝就沒那麼光榮了。」

這是玩笑話，但在她看來卻是對達西先生的公正描繪，以至於她不敢信任自己能鎮定回答。所以她突然間改變對話方向，講起了無關緊要的話題，直到他們抵達牧師公館。在她們的訪客離開以後，她立刻就關到自己房間裡，她在那裡可以不受打擾地回想她聽到的所有內容。怎麼想那些話都不是指別人，指的就是她的親人。在這個世界上，達西先生能夠施加這麼大影響力的男性**獨一無二**。她從不懷疑，他曾經採取某些手段來拆散賓利先生跟珍；但她一直認為賓利小姐才是主要設計、安排這些手段的人。然而，如果他自己的虛榮心沒有誤導他，珍從過去到現在都一直在承受的所有痛苦，主因就是**他**——就是他的驕傲與狡詐。他一時毀掉了世界上最深情、寬厚的心獲得幸福的所有希望；而且沒有人能說得準，他造成的禍害會延續多久。

斐茲威廉上校的說法是「那位女士有些非常讓人反對的地方」；而這些讓人非常反對的地方，可能就只是她有個姨丈是鄉下律師，舅舅則是倫敦的商人。

「至於珍本人，」她喊道：「不可能有引人非議的地方——她自始至終都可愛又善良！

她的才智優越，心靈修養不斷進步，風度又很迷人。也沒有任何事情能夠拿來反對我父親，他雖然有些怪癖，卻有些達西先生本人不能看輕的能力，還有他自己可能永遠並及不上的可敬之處。」的確，在想起她母親的時候，她的信心微微地動搖了；可是她不會承認**這方面**的任何反對意見對達西先生來說有任何實質重要性，因為她相信，以他的傲慢，他會覺得他朋友的姻親不夠顯赫比不夠明智更有損顏面。到最後，她相當肯定，他的作法有部分是受制於最糟糕的那種傲慢，另一部分則是因為他想把賓利先生留給他妹妹。

這時候宰制一切的激憤與淚水，讓她鬧起了頭痛。到了晚上，她的頭痛更為惡化，再加上她不願意見到達西先生，讓她決定不陪她受邀去喝茶的表親們去羅辛斯莊園。柯林斯太太看到她真的身體不適，就沒有勸她去，也盡可能阻止他丈夫勸她去；不過柯林斯先生無法掩飾他的憂慮，就怕卡瑟琳夫人因為她待在家裡會相當不悅。

# 11

在他們離開以後，伊麗莎白就像是要盡可能煽動自己對抗達西先生似的，她選擇利用這段時間來細讀她到肯特郡以後珍寄來的所有信件。信裡沒有真正的抱怨，沒有重提任何往事，也沒有訴說現在的痛苦。但整體來看，幾乎在每封信的字裡行間，都少了一股輕快愉悅——那是她過往信件的特色，出自一個自在而平靜、對人人都充滿善意、鮮少陷入憂鬱的心靈。伊麗莎白帶著初次讀信時幾乎沒有的那種細心，注意到每句話都傳達出她心中的不平靜。達西先生厚顏無恥地誇口說他有能耐造成多大的不幸，讓伊麗莎白更尖銳地感受到她姊姊所受的苦。想到他後天就要離開羅辛斯，讓她稍微覺得安慰了一些，而她自己再過不到兩週就可以再度跟珍團聚，能夠盡姊妹親情最大的力量，設法幫她恢復精神，又讓她覺得更加安慰。

她想到達西要離開肯特郡，就不能不同時想起他表哥也要跟他一起走，不過斐茲威廉上校已經表示得很清楚，他完全沒別的意圖，而他雖然如此討人喜歡，她卻沒打算為他怏怏不樂。

在想清楚這一點的時候，門鈴突然響起，驚動了她，她想來人可能是斐茲威廉上校，精神因此稍微振作了些。他有一次在時間稍晚的時候來訪，現在可能是特別來問候她的。不過這個想法迅速就被驅散了，她的心情則受到非常不同的影響，因為她看見達西先生走進房裡，讓她至為震驚。他立刻用匆促的口吻問候她的健康，表示他來訪的原因在於希望聽說她身體好些了。她用冷冰冰的客套口氣回答他。他坐下來一會，然後又站了起來，在房間裡踱步。伊麗莎白很驚訝，卻未置一詞。

在幾分鐘的沉默以後，他以激動的態度走向她，開口說道：「我徒勞無功地掙扎過，這樣是沒有用的。我的感情無可壓抑。妳一定要容許我告訴妳，我多麼熱烈地仰慕妳，愛戀妳。」

伊麗莎白的震驚無法言傳。她瞪著眼睛，漲紅了臉，滿心懷疑地保持沉默。這對他來說是充分的鼓勵，接著他便立刻坦承他長期以來對她的所有感受。他話說得很好，但除了細訴衷情以外還透露出別的感受，而他講起這些傲慢的話語時，流暢的程度可不輸給他的溫柔情話。他意識到她地位低微，與她結親是紆尊降貴，而家庭方面的障礙，讓他的判斷力總是反對他的心之所向。這些話說得激動，似乎是因為他自覺因此受到傷害，然而這樣卻不太可能幫助他求婚成功。

雖然她對他的厭惡根深柢固，她還是不能不感覺到這種男人的愛慕是一種恭維；雖然她的心意一刻都沒有改變，她起初還很遺憾讓他吃了這些苦頭，但後來他說的話激起了她的怨恨，她氣得失去所有的同情。但她還是試著保持冷靜，等著要在他講完以後有耐性地回答他。最後他告訴她，雖然他盡了一切的努力，他卻發現無法克服這股愛慕之情的力量；現在他希望她能夠接受他的求婚，讓他這片深情得到回報。在他這麼說的時候，她可以輕易看出他毫不懷疑自己會成功。他**口頭上**說他擔憂焦慮，但他的表情卻表現出真正的篤定。這種狀況只會更激怒她。在他講完以後，她臉頰泛紅地說道：

「我相信在這種狀況下，面對他人坦承的情意，不管回報可能如何地不相稱，既定的作法都是要表達一定程度的感激。我應該要覺得感激，這是很自然的，而我要是能夠**覺得**心懷謝意，現在就會感謝你。但我沒有辦法——我從來不想博得你的好感，而且你肯定是在最不情願的狀況下給予的。引發任何人的痛苦，都讓我感到抱歉；然而這都是徹底的無心之過，而且我希望影響為時不長。你告訴過我，有些感受讓你長時間阻止自己坦白你的心意，而在這番解釋之後，同樣的感受也不難讓你克服這種感情。」

達西先生靠在壁爐架上，目不轉睛地看著她的臉，聽到她的話以後，他的憤恨似乎不亞於訝異。他憤怒得臉色發白，心情的混亂溢於言表。他掙扎著維持表面的平靜，直到他確信自己控制住了才開口。就伊麗莎白的感覺來說，這一陣停頓讓人害怕。最後，他用勉強逼出來的冷靜聲音說道：

「這就是我有幸期待的所有答覆了！我或許能夠指望妳告訴我，妳拒絕我的時候為什麼這樣不願**費心**維持禮貌。不過這不怎麼重要了。」

「我也同樣想請問，」她回應：「你顯然有計畫要冒犯我、侮辱我，你為什麼要跟我說喜歡我違反你的意志、理性，甚至人格？如果我**確實**無禮，你這番說詞是否多少可以為我的無禮開脫？但還有其他事情激怒了我，你知道我有理由。就算我自己的感情不是斬釘截鐵地反對你，其實對你不冷不熱，或者甚至對你有好感，但你卻毀滅了我姐姐的幸福，可能讓她遺憾終生，你以為還有任何別的考量能讓我接受你嗎？」

在她說出這些話的時候，達西先生的臉色就變了，但那種情緒為時甚短，他繼續聽她往下說，沒有企圖打斷。

「我有全世界最充分的理由要厭惡你。沒有任何動機，能夠開脫你在那方面不公不義、心胸狹窄的作為。就算這不只是你一個人的作為，你不敢、也不能否認你就是主謀，把他們彼此拆散，讓世人責備一方善變不專一，又嘲弄另一方希望破滅，還讓他們兩個人都承受最尖銳的痛苦。」

她停頓了一下，然後怒氣不小地發現，他聆聽時的態度證明他完全無動於衷，沒有任何悔恨之意。他看著她的時候，甚至裝出一臉難以置信的微笑。

「你能否認你做過這種事嗎？」她又問了一遍。

接著，他以故作平靜的態度說道：「我一點都不想否認，我盡了全力拆散我的朋友跟妳的姊姊，也不否認我為自己的成功歡欣鼓舞。我對**他**比對我自己仁慈多了。」

伊麗莎白不屑表示她注意到這番措詞有禮的反省，但她並沒有忽略話中的用意，也不可能因此就平靜下來。

她繼續說道：「但我對你的厭惡之所以奠下基礎，原因不只有這件事。早在這件事發生以前，我對你的看法就已經確定。好幾個月以前，威克姆先生就詳細告訴我你有什麼樣的人格。在這個主題上，你還有什麼話好說？你可以用哪種想像出來的友愛之舉，來為你自己辯護？你能把這件事歸咎於別人的哪種誤解？」

「妳相當關注那位紳士的事情啊，」達西說，他的聲調沒那麼冷靜了，臉色變得更紅。

「要是知道他經歷過什麼樣的不幸，誰能夠忍得住不去關心他？」

「他的不幸！」達西先生輕蔑地重複一次：「對，他確實遭遇相當大的不幸。」

「而且是你所導致的，」伊麗莎白激動地嚷道：「你害他落入現在這樣貧窮的狀態——相對來說的貧窮。你扣住了你必然知道是為他謀畫好的利益。在他人生的菁華時期，你剝奪了他在法律上跟道德上都應該擁有的獨立財產。這一切都是你做的！你居然還能用輕蔑取笑的態度提及他的不幸。」

達西快步穿過房間，喊道：「這就是妳對我的看法！這就是妳對我做的評估！我感謝妳解釋得這麼完整。根據這番計算，我確實罪孽深重！」他停下腳步，轉向她這邊，然後補上一句：「但是，如果我沒有誠實地招認，種種顧慮讓我久久不願做出任何認真的計畫，或許前面那些冒犯妳都可以忽略。這些讓人痛心的指責本來或許可以受到壓制——要是我個性更圓滑些，藏起我內心的掙扎，哄著妳去相信驅策我的是無條件的純粹喜愛、是理性、是深思熟慮、是其他一切。但每一種偽裝都讓我厭惡。我也不覺得我吐露出來的感受有可恥之處，這些感受都自然而正當。妳難道期待我欣然接受妳那些親戚的低微身分嗎？要我慶幸有望跟社會地位徹底不如我的人成為姻親嗎？」

伊麗莎白覺得她每一刻都變得更加憤怒，然而她盡全力保持鎮靜，說道：

「達西先生，如果你的舉止更有紳士風度，我拒絕的時候可能會體諒你些；但你發表這番宣言的方式只會讓我省去這些顧慮。如果你以為這番作法會對我產生別的影響，那你就錯了。☆10」

她看到這句話讓他一驚，但他沒說什麼，她則繼續往下說：

「你做什麼都不可能誘使我接受你的求婚。」

這回他的訝異之色還是很明顯；他注視她的表情裡混和了難以置信與屈辱。她又接著說道：「我幾乎可以說，從一開始，從我認識你的那一刻起，你的舉止就讓我徹底相信你傲

☆10
*You are mistaken, Mr. Darcy, if you suppose that the mode of your declaration affected me in any other way, than as it spared me the concern which I might have felt in refusing you, had you behaved in a more gentlemanlike manner.*

慢、自負、自私地看輕別人的感受，這就形成了基礎，讓我對你不以為然，接下來的事件又在這個基礎上建立了十分難以動搖的厭惡；我認識你還不到一個月，就覺得我在這世界上最不願嫁的男人就是你。」

「小姐，妳說得很足夠了。我完全了解妳的感受了，現在只對自己曾有過的感受感到羞愧。請原諒我佔用了妳這麼多的時間，並且接受我最大的祝福，祝妳健康快樂。」

他說完這些話就匆促離開了房間，下一刻伊麗莎白就聽見他開了前門，離開了房子。現在她心頭的動盪不安大得令人痛苦。她不知道如何才撐得下去，因為確實覺得虛軟無力，她坐下來哭了半個鐘頭。她每回想一次剛才發生的事情，就覺得更加震驚。達西先生竟然向她求婚！他竟然愛上她這麼多個月了！儘管所有反對條件都讓他阻止他的朋友娶她姊姊，就他自己的狀況來說，反對力量少說也一樣大，他卻難以自拔到想要娶她，這多麼不可思議！無意中竟然激起這樣強烈的感情，真讓人覺得得意。可是他如此傲慢，他傲慢得可惡；他無恥地承認他對珍做了什麼，雖然他無法證明自己的行為正當，一口招認的時候卻表現出讓人難以原諒的自信；他還用無情的態度提起威克姆先生，也不打算否認他對威克姆很殘酷，這些感受很快就壓倒了他的愛戀在她心中一時激起的憐憫。

她非常激動地繼續回想著，直到卡瑟琳夫人的馬車聲響驚動了她，她才感覺到自己太不平靜，瞞不過夏洛特的眼睛，就匆忙地回自己房間了。

# 12

第二天早上伊麗莎白醒來的時候，腦中所思所想的都跟昨晚終於闔眼時一模一樣。她還沒有從昨天發生的驚人之事裡恢復過來，不可能去想別的事情。她現在完全不適合做任何正事，所以吃完早餐以後，她很快就下定決心盡情呼吸新鮮空氣、舒展筋骨。她直接走向她最喜愛的小徑，但她一想起達西先生偶爾會到那裡去就停下腳步，沒有走進莊園，反而轉向會讓她更遠離大道的小路。莊園的籬笆仍然畫出道路一側的界線，她很快就經過其中一扇通往園內的大門。

沿著這一段路來回走了兩三趟以後，在早晨的愉快氣氛誘惑之下，她停在大門前，往莊園裡張望。她已經在肯特郡待了五個星期，這段時間裡鄉間景致有了很大的改變；那些早生枝芽的樹木，一天天變得更加翠綠。她正要繼續散步的時候，瞥見一位紳士，站在莊園邊緣的一叢矮樹林之中，正朝著園門的方向走。她惟恐那是達西先生，就直接往後退。但那個走過來的人現在近得足以看見她了，還急切地走上前來，並呼喊她的名字。她本來已經轉過身了，但聽見有人叫自己的名字，雖然那人證實就是達西先生，她還是再度朝著園門走去。此時他也走到門邊了，他遞出一封信，她則出於本能接了過來，而後他表情高傲而冷靜地說道：「我已經走到矮樹叢邊好一會了，希望能夠見到妳。能否請妳給我這份榮幸，閱讀這封信？」然後他微微一鞠躬，就再度轉身閃進樹林裡，很快就不見人影。

伊麗莎白並不期待樂趣，卻帶著最強烈的好奇心打開了那封信，而讓她更加驚異的是，她看到信封裡有兩張信紙，用非常緊密的字跡寫得滿滿的。信封本身也寫滿了字。她沿著小路往回走，然後開始讀信。信上寫著早上八點在羅辛斯完成，內容如下：

女士，接到這封信請不要驚慌，不必擔心裡面的內容重複了昨晚讓妳厭惡的那些情感，或者重提了那些要求。我寫信時並不想再多提那些讓妳痛苦、讓我自貶的願望，為了雙方的幸福，再怎麼儘早忘記都不為過。要不是為了我的名譽，本來我們都可以省點力氣，我不必寫，妳也不必讀。所以，請妳一定要原諒我擅自如此要求妳。我知道，妳在情緒上必然很不樂意，但我請求妳公正看待這封信。

昨晚妳指控我犯下兩種性質非常不同，重要性也絕不相等的過錯。首先被提及的是，我不顧雙方的感情，拆散了賓利先生跟妳姊姊；另一個則是我無視於各種權益主張，無視於榮譽與人性，毀滅了威克姆先生及早出人頭地的希望，任性又惡意地拋棄了我少年時代的朋友、我父親公認的最愛，這位年輕男性除了我們的贊助外，幾乎別無依靠，而且本來我們就往這個方向栽培他；這樣做是一種墮落的惡行，拆散兩個感情不過培養了幾星期的年輕男女，根本無法與之相提並論。

不過關於這兩種情況，等妳讀過我如何剖白自己的行為與動機以後，我希望能夠確保日後我不會像昨晚一樣遭受毫無節制的嚴厲指控。在我解釋個人的想法時，如果我必須說明的感受可能冒犯到妳的情感，我只能說我很抱歉。既然這種作法的必要性無可避免，進一步道歉就很荒謬了。

我在賀福德郡停留未久，就跟其他人一樣，看出賓利喜歡妳姊姊勝過鄉間的其他年輕女士。不過直到奈德菲的舞會之夜，我才開始擔心他的感受是認真的愛戀。我以前常常見到他墜入愛河。在那場舞會裡，在我有幸與妳共舞的時候，首先是威廉·盧卡斯爵士偶然提供的訊息，讓我第一次了解到賓利對妳姊姊的心意，已經讓大家期待他們聯姻。他把這說成已經確定的事，就只差日子還沒訂而已。從那時起，我很仔細地觀察我朋友的行為；這時我就能夠察覺到他對班奈特小姐的偏愛，遠超過我過去在他身上見過的。我也觀察了令姊，她的外表與舉止都顯得很坦然、很愉快，一直都那樣迷人，卻看不出有任何特別鍾情的跡象。在那一晚仔細的審視之中，我還是深信她雖然樂於接受他的殷勤，自己卻沒有投入任何感情來招攬這番眷顧。

如果妳在這方面沒有弄錯，我一定看走眼了。妳對於令姊的認識較深，想來我弄錯的可能性一定比較高。如果事實如此，如果我被這種錯誤誤導，對她造成傷害，妳的怨恨就並非毫無理由了。不過我要拋開顧忌主張一件事，令姊容貌與氣質上的平靜表現，可能讓最敏銳的觀察者都深信，不管她的脾氣多麼令人喜愛，她的心卻不可能輕易受到觸動。我確實想要相信她其實無動於衷；不過我會大膽地說，我的調查與決定，並不常受到我個人希望或恐懼的影響。我不會因為我希望如此，就相信她並未動心；我相信我是出於無私的信念，就像我在理性上的期望一樣真摯。我之所以反對這樁婚事，並不只是因為我昨天承認的那些原因——以我自己而言，必須要有最強烈的激情才能無視於此——缺乏家世背景對我來說是個壞處，對我朋友而言就沒這麼嚴重。

不過，還有其他惹人反感的因素在作祟；雖然在兩樁婚事裡這些因素都存在，而且作用同樣強大，我還曾經讓自己盡力遺忘，因為這些因素並不是直接就在我眼前。我必須明講這些因素，但我會簡單帶過。妳母親的家族背景雖然會引起反對，但比起她自己、妳的三位妹妹一直頻頻表現出來的不當舉止，就根本不算什麼了，有時候甚至連妳父親都是這樣——請原諒我，要冒犯妳讓我心痛。但在妳擔憂最親近的家人具備這些缺陷，又對我這樣描述他們而感到不悅的時候，請讓下面的念頭安慰妳吧：妳與令姊的舉止完全避開了類似的責備，這就是大家對妳們姊妹的讚美，也是對妳們兩位的理智與性情表示敬重。

我只會再多說一件事：從那天晚上發生的種種事情以後，我對所有人的意見就已底定，從每一方面來說，我都有更高的誘因要阻止朋友締結我眼中最不幸的婚事。我確定妳記得，他在第二天就離開奈德菲前往倫敦，本來打算很快就回來。現在我必須解釋我扮演的角色。他的姊妹跟我一樣感到不安；我們很快就發現彼此湊巧有相同的感受，也同樣意識到要引開她們的兄弟，就不能浪費任何時間，我們很快就決定直接到倫敦去跟他會合，並且照計畫前往了——同時我立刻把責任攬在身上，向我的朋友指出這種選擇會有的一些不利之處。我認真地描述、堅持這些主張。但不管這種告誡可能怎樣動搖或延遲他的決定，要不是我毫不猶豫、充滿信心地繼續說我認為令姊並不在意他，我不認為我到最後真能阻止這件婚事。他原本相信她就算沒有像他一樣殷勤，至少也是誠摯地回應了他的感情。但賓利天性非常謙和，信賴我的判斷更勝於他自己的判斷；所以讓他相信他在自我欺騙，並非很難做到。在他確信如此以後，要說服他別重回賀福德郡幾乎易如反掌。

我無法為此責備自己。我在這整件事裡的種種舉措，只有一個部分讓我事後回想起來不太滿意，就是我竟然降格到採取狡詐的手段，向他隱瞞令姊在倫敦的消息。我自己知情，因為賓利小姐也知道此事，但她哥哥根本一無所知。他們見了面卻沒有不良後果，這種事情也不是不可能；但在我看來，他還不夠心如止水，見到令姊還是會有些危險。或許我這樣隱瞞與偽裝有失我的身分，但木已成舟，而且都是為了得到最好的結果。在這個議題上，我已經無話可說，也沒有其他的致歉之詞好講。

如果我傷害了令姊的感情，這是出於無知才犯下的過錯；雖然指引我這麼做的動機，在妳看來可能顯得不夠充分，妳會這麼想也無可厚非，但我還沒學會譴責自己的想法。

至於另一個更嚴重的指控，說我傷害了威克姆先生，我要反駁這一點，就只能把我的家族與他的關係始末都在妳面前攤開。他特別指控我哪些事情，我一無所知；不過我即將講到的真相，我可以找來不只一位誠信無可置疑的證人。

威克姆先生的父親是一位人格非常可敬的男士，他曾有許多年經管潘伯利所有的產業，他不負所託的良好品行，自然讓我父親願意為他效勞。正因如此，我父親對於他的教子喬治·威克姆總是慷慨而仁慈。我父親贊助他上學，後來還送他去念劍橋。這是最重要的幫助，因為威克姆的父親苦於妻子花費無度，總是鬧窮，沒有辦法給他紳士應有的教育。我父親不但喜歡這位年輕男士的陪伴——他的舉止總是非常迷人——也對他有非常高的評價，希望他能夠進入教會，並且打算栽培他擔任牧師。

至於我自己，從許許多多年前，我就開始用非常不同的眼光來看待他了。在最要好的朋友面前，他小心翼翼地掩飾他邪惡的性格傾向與缺乏原則的人格，卻無法避免一位年齡相近的年輕男子觀察到他的行徑，而且這個人還有機會看到他不設防的時刻，老達西先生卻不可能知道這一點。在此，我又會讓妳難過了——難過到什麼程度，就只有妳知道。然而不管威克姆先生曾經製造出何種情緒，我縱使懷疑這些情感的性質，還是無法阻止我揭露他的真實人格，這樣甚至讓我多了一個動機要揭發他。

德高望重的先父大約在五年前過世。到了最後，他對威克姆先生的關愛極其堅定，甚至在遺囑裡特別建議我，在他選擇職業所容許的範圍內，用最佳方式加速他的晉升。如果他接受了聖職，只要有俸祿豐厚的牧師職位出缺，就要儘快讓他補上。此外還有另外一千鎊的遺產是要留給他的。

他自己的父親並未比我父親長壽太多，在喪事後的半年內，威克姆先生就寫信通知我，他最後決定不要從事聖職，而且他期待能夠立刻得到一些金錢支援，以此取代他不可能獲得的教會職位；他希望我不會覺得這種期待不合情理。他又補充說明他有意攻讀法律，而我肯定明白，一千鎊的利息相當不足以應付求學開銷。

與其說我相信他是真心的，還不如說我期望如此；但無論如何，我相當迅速地同意了他的提議。我早知道威克姆先生不該成為牧師。所以這件事就塵埃落定了。就算將來他還有那麼一點可能處於能夠接受聖職的地位，他還是要放棄支援他進入教會的所有權利，以此交換三千鎊的現金。我們之間的所有交流都在那時冰消瓦解。我對他的看法太差，甚至不願邀他到潘伯利來，在倫敦也不跟他往來。我相信他主要住在倫敦，不過他所謂的研讀法律只是藉口；現在他擺脫了所有束縛，就過著懶散放蕩的人生。

有大概三年的時間，我鮮少聽說他的消息。但原本要留給他的牧師職位，因為現任牧師去世而出現空缺時，他又寫信請我推薦他。他向我保證他的處境窘迫潦倒，而我也不難相信事實如此。他發現法律是最無利可圖的學問，如果我願意薦舉他繼承那個職位，他現在就徹底下定決心要接受聖職——而他相信我一定會這麼做，因為他很確定我沒有其他人可用，又不可能忘記我可敬的父親有什麼想法。妳很難怪我拒絕屈從這種要求，或者每次聽他重提就繼續抗拒。他的處境越艱難，對我的怨恨就越高漲——而且毫無疑問，他對別人詆毀我的時候，就像直接譴責我一樣地激烈。

在這段時期以後，我們都放棄了這種表面上的交情。我不知道他怎麼過日子。但去年夏天，他再度用最令我痛苦的方式引起我的注意。我現在必須提到一個我自己都希望能夠忘卻的情況，若非為了現在的道義責任，什麼都無法誘使我向任何人透露。到目前為止，我已經說了這麼多，我想毫無疑問，妳可以保守祕密。

我的妹妹年紀比我小了十歲以上，由我母親的外甥斐茲威廉上校跟我共同監護。大約一年前，我們把她從學校接出來，在倫敦替她找了個住處。去年夏天，她跟負責照管她的女士去了蘭姆蓋特，威克姆先生也去了那裡，毫無疑問是有預謀的；因為事實證明他跟楊恩太太早就相識。我們不幸受騙，沒發現她真正的人格；而在她的奸計協助之下，他竟然去追求喬治安娜。而她溫柔深情的心一直記得，他對孩提時代的她很仁慈，所以她被說得相信自己墜入愛河，還同意私奔。

我必須為她開脫的是，她那時才十五歲。而且在說明她不謹慎的行為以後，我很樂意補充，這件事是她自己告訴我的。在預定私奔之前一兩天，我沒通知任何人就去了。當時喬治安娜不忍心讓她幾乎視為父親的兄長傷心憤怒，就把一切告訴了我。

妳可以想像我有什麼感覺，採取了什麼樣的行動。為了我妹妹的名譽跟感情著想，我沒有把此事公諸於世，卻寫信給威克姆先生，他立刻離開了當地，楊恩太太當然也被解雇了。威克姆先生的主要目標，無疑是我妹妹的三萬鎊財產；不過我忍不住猜測，他想報復我也是一個強大的誘因。他的報復本來真的要成功了。

女士，這是與我們兩人都有關的每一件事的忠實描述；如果妳沒有把這當成徹頭徹尾的假話，我希望妳會宣判我無罪，我並沒有殘酷地對待威克姆先生。我不知道他用什麼方式，對妳說了什麼樣的謊話；不過他會成功或許並不奇怪，因為先前妳對我們雙方的事情一無所知。妳沒有辦法探查這些事，懷疑別人又肯定不合乎妳的天性。

妳可能會疑惑我為何沒在昨晚告訴妳一切，但那時我的情緒還不夠自制，不知道能說什麼，或者該說什麼。對於這些話的真實性，我可以特別請斐茲威廉上校提出證詞，因為我們是近親，又有持續的親密私交，他更是我父親遺囑的執行人之一，免不了要知道這些事務往來的細節。如果妳對我的厭惡竟然讓我的聲明一文不值，同樣的理由卻不可能阻止妳相信我表哥。為了讓妳有機會徵詢他的意見，我會盡力找機會趁著早上把這封信交到妳手裡。現在我只要說一句，願上帝祝福妳。

# 13

如果說伊麗莎白在拿到達西先生給她的信件時，並不期待他會再度求婚，她也完全沒料到信裡面會是那些內容。不過，既然內容如此，不難想見她多麼急切地讀完全文，而這些內容又激起了多大的情緒衝突。她讀信時的心情，幾乎難以形容。她起初驚訝地想，他竟然相信他有辦法做任何辯解；而她堅信他不可能提出任何解釋，只要有點羞恥心就瞞不住實情。她帶著強烈的偏見，打算反駁他可能會說的任何話，就開始閱讀他對於奈德菲舞會的敘述。她讀得這樣急切，幾乎來不及看懂；因為急著知道下一句會寫什麼，根本無暇注意眼前這一句在說什麼。他自稱相信她姊姊並未動心，立刻被她認定是謊話；而他對這樁婚事最嚴重卻也很實在的反對意見，讓她太過憤怒，根本不想公正看待他。他對自己所做的事情，沒有表示出任何讓她滿意的悔恨之情；他的文字風格不是在悔過，反而傲氣十足，通篇都顯得傲慢無禮。

不過，在信件主題進展到他對威克姆先生的描述時，她已經是用比較清晰的思緒在閱讀了，這些相關事件如果屬實，她就必須推翻對他人格價值的每一分尊重，然而這些事情卻又跟他的自述相似得令人心驚——她的心情變得更加沉痛，也更難以描述了。震驚、擔憂、甚至恐怖，一起壓迫著她。她希望能夠徹底不信他的話，反覆地喊道：「這一定是假的！這是不可能的！這一定是最粗糙的謊言！」在她讀完整封信以後，雖然她幾乎不能理解最後一兩頁上面的任何內容，她還是匆促地把信放到一旁，在心中斷然聲明她才不管這封信，她永遠不會再讀一遍。

在這種心神不寧的狀態下，她的思緒無法集中在任何事情上，於是她就繼續散步。但這樣做也不成，不到半分鐘，那封信又被她打開了，她盡可能讓自己鎮定下來，又開始痛心地細讀所有跟威克姆有關的部分，同時還極力逼迫自己，要仔細檢視字裡行間的意義。信中描述了威克姆與潘伯利一家人的關係，講得就跟他自己說的一樣；已故老達西先生的仁慈，雖然她過去沒聽說是及於何種程度，卻跟他自己的話若合符節。到目前為止，每一段陳述都跟另一方的說法一致；不過在她讀到關於遺囑的部分時就大相逕庭了。威克姆對於那個牧師職位說過的話，對她來說記憶猶新；她想起他原來的說詞時，實在不可能不覺得其中一方肯定說了卑鄙的謊話，而有那麼一會，她還以為自己的期待不可能有錯。不過在她仔細專注地讀了又讀以後，看到威克姆拒絕了那個職位的任何權利以後，還收下總計三千鎊的豐厚款項作為替代，這樣具體的細節又逼得她不得不猶豫。她放下信件，打算公正無私地權衡一下每種狀況，深入思考每一段陳述的可能性，結果卻不怎麼成功。雙方提出的都只是一面之詞。她又再往下讀。她原本相信不可能有任何計謀手段，能讓達西先生的舉止顯得沒那麼缺德，然而信上的每一行字，都證明此事可能另有解釋，結果必定會讓他從頭到尾完全無可怪罪。

他毫無顧忌地指控威克姆先生花費無度、又有其他常見的放蕩行為，讓她震驚不已；更讓她吃驚的是，她甚至找不出證據來說這話不公正。在他來到某某郡民兵團以前，她從來沒聽說過他；而他是湊巧在倫敦遇到一位過去略有交情的年輕男子，才會被說服加入民兵團。對於他過往的生活方式，除了他自己透露的部分，賀福德郡沒有人知道。至於他的真實性格，就算她有辦法掌握任何消息，她也從來不想探究。他的面容、聲音與風度，立刻就把他塑造成一位具備所有美德的人了。她試著要回想一些他展現優點的實例，一些表現出正直或善良人格的突出特徵，這樣或許就可以讓他逃過達西先生的攻訐；或者，至少在他有顯著優點的狀況下，還可以補償過去偶然犯下的錯誤，而她會努力把達西先生描述中延續多年的懶散與惡習，全都歸咎於那些無心之過。可是她並沒想到這樣的例子。她可以立刻想像他就在眼前，具備每一分氣質與談吐上的魅力，但是除了街坊鄰里普遍的好評，還有他靠著社交能力在眾人之間贏得的關愛以外，她無法想起更多實質的優點。在這裡停頓了相當長的時間以後，她再度往下讀。

但是，唉！接下來的故事，關於他如何陰謀誘拐達西小姐，在斐茲威廉上校跟她前一天早上的交談內容中，已經證實了其中一部分；而且信件最後建議她向斐茲威廉上校本人確認每一項細節的真實性——先前她已經得知，他密切參與他表弟的所有事務，而且她沒有理由懷疑他的人格。一時之間，她差點決定要去問他，但去問這些事太過尷尬，讓她克制住這個想法，最後甚至完全打消，因為她相信達西先生如果不是完全確定表哥會證實他的說詞，就永遠不會冒險這樣提議。

她清楚記得在菲利普斯太太家，威克姆先生跟她第一次在晚會裡交談的內容。她還清楚記得他的許多措詞。她**現在**注意到對陌生人說起這些話題有多麼不得體，而且很納悶先前自己為何沒察覺。她看出他這樣自我標榜有其粗俗之處，而且他的言行彼此不一致。她記得他曾誇口說不怕見到達西先生——達西先生可以離開鄉間，不過**他**卻會堅持他的立場；然而他在下一週就避開了奈德菲的舞會。她也記得，直到奈德菲那一家人離開鄉間為止，除了她以外，他沒把他的故事告訴任何人；但在他們搬走以後，到處都在討論威克姆的故事，那時候他就毫無保留、毫無顧忌地詆毀達西先生的人格，雖然他曾經向她保證，他對那位父親的尊敬會讓他一直避免暴露兒子的短處。

現在跟他有關的一切，顯得差異多大啊！現在看來，他對金小姐的殷勤只是拜金的結果，而且相當可惡；她那筆看來普通的財富，不再證明他的願望很有節制，卻證明他有多急切想要發財，能掌握什麼都好。他對待她的行為，現在看來也沒有過得去的動機了；他要不是受人欺騙，錯估了她的財產，就是打算鼓勵她的好感（她相信自己不慎流露出來了），藉此來滿足自己的虛榮心。剩下來每一分想要支持他的努力，都變得越來越微弱；還有一件事，可以進一步為達西先生辯護，那就是她不得不承認，賓利先生在珍的詢問下，早就聲明過達西先生處事無可責備；他的舉止雖然傲慢又惹人反感，在他們相識的全部過程裡——這種交情讓他們後來經常相處，也讓她多少熟悉他的行事作風——她卻從來沒有看到任何事情，暴露出他缺乏原則或不公正，也沒有任何事情表現出他有不虔誠或不道德的習慣。在他自己的親友之間，他受人尊敬重視——就連威克姆也承認他是個好哥哥，她也經常聽他感情深厚地提起他妹妹，這證明了他有能耐表現出某些親切仁慈的感受。要是他的行為就如同威克姆的描述，嚴重地違背一切正道，他幾乎不可能欺瞞世人；而能夠做到這種事的人，跟賓利先生這樣親切的男士竟然能夠建立友誼，根本讓人無從理解。

她變得徹底對自己感到羞愧。她想起達西或威克姆的時候，都不能不感到自己昧於事實、不夠公正、充滿偏見又很荒謬。

「我先前的行為多麼卑劣！」她喊道。「我先前還對自己的洞察力引以為傲呢！我本來何等重視我的能力！我還常常輕視我姊姊天性慷慨坦誠，還藉著無用或可議的疑慮來滿足自己的虛榮心。這種發現多麼屈辱啊！不過，也只是覺得屈辱而已！就算我是在戀愛，也不可能盲目到比現在更悲慘的地步了。然而我的愚昧是在於虛榮，而非愛情☆11。從我剛認識他們開始，我就對其中一人的偏愛感到高興，被另一個人的忽視冒犯，在跟他們兩人有關的事情上，我招來了偏見與無知，卻把理智趕跑了。直到現在，我才了解自己。」

從她自己想到珍，再從珍想到賓利，她的思緒連成一氣，很快讓她回想起達西先生在**那方面**的解釋似乎非常不充分；她又讀了一次。第二次重讀的效果大不相同。她既然接受了他的其中一個主張，又怎麼能夠拒絕相信另一個呢？他宣稱他完全沒懷疑到她姊姊情有所鍾；她忍不住想起夏洛特一貫的看法。她也無法否認他對珍的描述是公正的。她覺得珍的感情雖然熱烈，卻鮮少顯露在外，而她的神情舉止一直顯得安然自足，通常大家不會把這種情緒跟

☆11
*But vanity, not love, has been my folly.*

強烈的感性連結在一起。

她讀到他論及她家人的部分，他的譴責讓人感到屈辱，卻理所當然，她因此感到十分羞愧。這番公正的指控太強而有力，讓她無法否認；而他特別指出發生在奈德菲舞會上的那些狀況，肯定了他起初所有的反對意見，而這些事情在她心頭留下的印象，比在他心裡留下的更深。

他對她和她姊姊的恭維，也讓她心有所感。這番恭維稍稍安慰了她，卻不可能完全撫平其餘家人自取其辱的傷痛。在她考慮到珍之所以失戀，事實上是被最親近的家人所害，又想到這樣不得體的行為必然損害到她們姊妹倆的信譽，她就覺得自己沮喪到前所未有的地步。

她沿著小徑漫步了兩小時，腦中轉過各式各樣的念頭，重新考慮種種事件，確定了各種可能性，並且盡可能讓自己適應這樣突如其來又極其重要的變化。隨後，她感到疲憊，又想起她已經出門很久了，才終於回家去。她走進屋內的時候希望自己看起來就像平常一樣活潑愉快，同時下定決心要忍著別再回想這些事，因為這樣一定會讓她不適合與人交談。

立刻就有人告訴她，在她出門的時候，羅辛斯莊園的兩位紳士分別來過；達西先生只坐了幾分鐘就走了，但斐茲威廉上校卻跟他們坐了至少一小時，希望等她回來，差點就決定跟著去散步，看看能否找到她。伊麗莎白只能**假裝**遺憾錯過了他，但她其實大為慶幸。斐茲威廉上校不再在她心中了，她想的只有她的信。

# 14

兩位紳士在第二天早上就離開了羅辛斯。柯林斯先生還在靠近門房小屋的地方等候，向他們獻上送別用的鞠躬大禮，還帶著一個大好消息回家：雖然不久前在羅辛斯莊園，他們才剛經歷過憂鬱的離別場面，但他們看起來身體非常健康，情緒也還差強人意。然後他立刻趕往羅辛斯莊園安慰卡瑟琳夫人及她的女兒。等他回來的時候，又非常滿足地帶回夫人的口信，表示她覺得百無聊賴，所以非常渴望能請他們來與她共進晚餐。

伊麗莎白一見到卡瑟琳夫人就忍不住會想，要是她有意，現在可能就會被當成未來的外甥媳婦介紹給她；她也忍不住要微笑著想像夫人會有多麼氣惱。「她會怎麼說呢？她會有什麼舉動？」她用這些問題來自娛。

席間第一個話題就是羅辛斯的人口變少了。「我向你們保證，我對此感觸很深，」卡瑟琳夫人說道：「我相信沒有人會像我一樣，深刻地感受到失去友伴的痛苦。但我對那兩位年輕男士特別有感情，我也知道他們同樣非常依戀我！他們要走的時候實在非常遺憾！不過他們總是如此。親愛的上校直到最後一刻，都還勉強打起精神，但達西似乎感受最強烈——我想比去年更強烈。他對羅辛斯的感情肯定是加深了。」

柯林斯先生在這裡加進了一句恭維和一句暗示，讓母女兩人都露出親切的微笑。

卡瑟琳夫人在晚餐之後指出，班奈特小姐似乎不怎麼有精神。然後她立刻擅自解釋，認定伊麗莎白不想這麼早回家去，便補上一句話：

「如果是這樣，妳就得寫信給妳母親，請求她讓妳待久一點。我確定柯林斯太太會很高興有妳相伴。」

「夫人這樣仁慈地邀請，我實在非常感激，」伊麗莎白回答：「可是我無法接受。我必須在星期六前往倫敦。」

「怎麼會這樣呢？無論如何，妳在這裡才待了六個星期。我本來預期妳會住上兩個月，在妳來以前，我就這樣對柯林斯太太說了。妳沒有必要這麼早走。班奈特太太肯定會讓妳多住兩週。」

「但我父親不會肯的。他上星期寫信催促我快點回去。」

「喔，如果妳母親肯讓妳待著，妳父親當然也能。女兒對父親來說總是沒那麼重要。如果妳再待滿一個月，我就可以載著妳們其中一人去倫敦，因為我會在六月初到那裡住上一星期；既然道森不反對用四座大馬車，妳們其中一位就會有非常寬敞的空間——說真的，如果天氣還算涼爽，我就不反對帶上妳們兩個，因為妳們兩個人身材都不算太胖。」

「夫人，您實在太仁慈了，不過我相信我們必須依照原定計畫進行。」

卡瑟琳夫人似乎讓步了。「柯林斯太太，妳必須派個僕人跟著他們。妳知道我總是有話直說，我無法忍受讓兩個年輕女士自己搭著驛馬車旅行。這樣極端不妥當，妳必須設法騰出人手。我最討厭的就是那種事情了。年輕女性總是應該按照她們的社會地位，受到適當的保護照料。我外甥女喬治安娜去年夏天去蘭斯蓋特的時候，我就特別要求讓她帶著兩個男僕同行。達西小姐，潘伯利的達西先生與安妮夫人之女，如果用別的方式旅行看起來都不成體統。我極端注意所有這類的事情。柯林斯太太，妳一定要派約翰跟著這兩位年輕小姐。我很高興我正好想到要提起這件事；因為如果**妳**讓她們自己出發，就真的太丟臉了。」

「我舅舅會派一位僕人來接我們。」

「喔！妳舅舅！他養著一位男僕，對嗎？我很高興有人替妳們考慮這些事情。妳們會在哪裡換馬？喔，在布龍利，當然了。如果妳在貝爾客棧提到我的名字，妳就會得到關照。」

對於她們的旅程，卡瑟琳夫人有許多問題要問，而既然夫人沒有全部自己回答，伊麗莎白就必須注意聽，不過她反而覺得很幸運；要不然以她心有旁騖的狀態，她可能會忘記自己身在何處。反省思索必須留待獨處的時刻，只要她是一個人，她就如釋重負地陷入沉思。她每天都獨自去散步，這時候她可以盡情地沉浸在不快的回憶之中。

達西先生的信件內容，她很快就熟記在心。她仔細研讀每一句話，對信件作者的感受有時候差異很大。她一想起他的措詞方式，仍然滿心憤恨；但一考慮到她曾經怎樣不公平地譴責訓斥他，她的怒氣就轉向了自己，他失望的感受則引起了她的同情。他的愛慕激起了她的感激，他的整體人格則激起她的尊敬：但她還是不可能贊同他的求婚，也不可能有一刻後悔拒絕他，或者產生任何一絲想再見到他的念頭。她自己過往的行為，源源不斷地讓她感到懊惱後悔；至於她家人那些不幸的缺陷，則帶來更加沉重的悔恨。他們是無可救藥了：她父親光是嘲笑她們就滿足了，絕對不會自己花力氣約束年幼女兒們輕浮放蕩的舉動；至於她們的母親，她自己就算不上是舉止端方，更是完全感覺不到這種害處。伊麗莎白經常跟珍聯手，努力制止凱薩琳跟莉迪亞不謹慎的行為；但是如果有她們的母親縱容撐腰，哪裡有改善的可能呢？凱薩琳耳根子軟，性情急躁，完全受制於莉迪亞的影響，她總是反抗姊姊們的建議；莉迪亞師心自用又漫不經心，幾乎從來不聽她們的話。她們都無知、懶散又虛榮。只要馬里頓有個軍官在，她們就會跟他調情，既然從龍柏園到馬里頓只要散一會步就行，她們永遠都會往那裡跑。

現在她主要關心的另一件事，就是為珍感到擔憂；達西先生的解釋，讓賓利在她心中恢復了過去的好名聲，也更讓人惋惜珍失去的機會。事實證明他的鍾情誠心誠意，除了他對朋友毫無保留的信心導致的行為以外，他的舉止毫無可議之處。所以，一想到珍失去了各方面都非常令人嚮往、充滿了種種優點、又這樣有希望獲得幸福的姻緣，都是因為她自己至親愚昧無禮的行為，這多麼讓人悲痛！

除了這些回想以外，再加上威克姆的人格缺陷被揭發，所以不難想見伊麗莎白過去鮮少陷入低潮的樂觀精神，現在大受影響，幾乎讓她無法表現出還算愉快的情緒。

在她停留的最後一週，他們跟羅辛斯一家的約會就跟她剛來第一週一樣頻繁，她的最後一晚就是在那裡度過的。夫人再度詳盡地過問她們這趟旅程的細節，指示她們如何打包最好，還非常急切地強調要用唯一正確的方法擺放長洋裝，結果瑪利亞回家以後就自認為必須把早上收好的行李全部打開，重新裝箱。

分別的時候，卡瑟琳夫人非常紆尊降貴地祝她們旅途平安，還邀她們明年再來杭斯佛德；狄柏小姐甚至努力盡了禮數，跟她們兩人都握了握手。

# 15

星期六吃早餐的時候，伊麗莎白與柯林斯先生在其他人出現前幾分鐘先相遇了。他趁機說了些離別的客套話，他認為這是絕對必要、勢不可少的。

「伊麗莎白小姐，」他說道：「我不知道柯林斯太太是否表示過，她很感謝你好心來探望我們，不過我很確定，妳離開這裡以前一定會聽到她為此致謝。我保證，妳愉快的陪伴，我們深深覺得感激。我們知道，我們這寒酸的房子對任何人都沒有太大的吸引力。我們的生活方式平凡，房間狹小，又沒幾個僕人，見過的世面又不廣，對於妳這樣的年輕小姐來說，杭斯佛德一定悶得緊吧。不過我希望妳會相信，我們很感謝妳委屈自己來此的一番盛情，也已經盡我們所能，避免讓妳在這裡玩得不盡興。」

伊麗莎白也極力表達她的感謝，並且保證她玩得很愉快。她在這裡度過了非常愉快的六週；跟夏洛特在一起的樂趣，還有她所得到的親切關照，絕對都讓**她**感覺到這份恩惠。柯林斯先生很滿意。他帶著更多笑意又不失莊重地回答道：

「聽說妳在這裡度過的時間不算是太不愉快，讓我極為高興。我們肯定盡了我們最大的力量，最幸運的是，我們有能力介紹妳認識社會地位崇高的人士，而且因為我們跟羅辛斯莊園的關係，除了我們寒傖的家，妳還經常可以到那裡去換換環境，我想我們可以為此得意一下，妳到杭斯佛德來訪的日子不可能全都無聊可厭。我們跟卡瑟琳夫人一家的關係，確實是格外有利又得天獨厚，很少人能夠這麼誇耀。妳看得出我們的關係多好，妳看得出我們會繼續跟他們密切來往。老實說，我必須承認，就算這棟寒傖的牧師公館有諸多不利之處，只要我們能夠享受跟羅辛斯一家的親密交往，住在這裡就不會是令人同情的事了。」

他的情緒激昂到言語無法充分表達，讓他不得不在房間裡來回踱步，伊麗莎白則努力想要用簡短幾句話而能兼顧禮貌與事實。

「其實呢，親愛的表妹，妳可以為我們帶個非常好的消息到賀福德郡去——至少我自以為妳辦得到。妳每天都親眼見證卡瑟琳夫人多麼關照柯林斯太太；而整體而言，我相信妳的朋友看來並沒有做了不幸的——不過我看這點我們還是別提了。請讓我向妳保證，親愛的伊麗莎白．班奈特小姐，我可以由衷地用最友愛的態度，祝福妳擁有同樣幸福的婚姻。我親愛的夏洛特和我心意相通，總是想法一致。我們之間的性格與思想，有著最驚人的相似性，我們似乎是天造地設的一對。」

伊麗莎白可以很穩當地接口說，只要是這樣，就是非常幸福的事，也能夠用同樣的誠摯補充道：她堅定地相信他的家庭生活舒適幸福，也為此深感高興；然而帶來這些幸福的女士走了進來，打斷她這番話，她卻不覺得遺憾。可憐的夏洛特！要把她留給這樣的伴侶！不過她是自己睜著眼睛所做的選擇，雖然她顯然很遺憾客人即將離去，她看來卻不求憐憫。她的家庭與家務，她的教區與家禽，還有隨之而來的附帶考量，都還沒失去魅力。

最後馬車抵達了，行李箱都繫緊了，包裹也都放進去了，顯然一切已經準備妥當。

在跟朋友們深情地告別以後，伊麗莎白由柯林斯先生陪伴走到車上，而在他們沿著花園往下走的時候，他託她向她全家人至上最深的敬意，也不忘感謝冬季時他在龍柏園所受的親切款待，還讚美了他根本不認識的嘉迪納夫婦幾句。接著他先把伊麗莎白扶進車裡，接著是瑪利亞，在車門要關上時，他突然又有幾分驚慌地提醒她們，怎麼忘記留幾句話給羅辛斯的女士們了。

他又補充道：「不過，妳們當然希望向她們致上謙遜的敬意，用最感恩的態度，感謝她們在妳們停留期間如此仁慈親切。」

伊麗莎白沒有抗議，然後車門才終於得以關上，馬車就駛離了。

「老天爺啊！」瑪利亞在沉默幾分鐘以後喊道：「感覺上從我們剛到這裡以後，只過了一兩天而已！可是發生了好多的事情啊！」

「確實很多，」她的旅伴嘆息了一聲說道。

「我們在羅辛斯吃了九次飯，還喝了兩次茶！我有多少事情要講啊！」

伊麗莎白在心裡暗暗補上一句：「而我有多少事情要藏啊。」

這段路上沒有多少對話，也沒有任何驚險之事。在她們離開杭斯佛德不到四小時以後，他們就到了嘉迪納先生家，她們要在這裡停留幾天。

珍看起來很健康，在舅媽好心替她們安排的各種約會之餘，伊麗莎白沒什麼機會觀察珍的心情。不過珍就要跟她一起回家了，在龍柏園就會有夠多的閒暇可以觀察。

而且在回到龍柏園以前，要忍住不跟姐姐提起達西先生求婚的事情，還真是需要一番努力。她知道自己能夠揭露一件對珍來說十分驚人的事，同時一定也能夠讓她還無法以理性紓解的虛榮心大感滿足；像這樣公開一切的誘惑，根本無可抵擋，但她卻仍猶豫不決，不知道自己應該說到什麼地步；她惟恐她一提起這個話題，就不免會在匆促間提到跟賓利有關的事，結果可能只會進一步刺傷她姊姊的心。

# 16

在五月的第二週，三位女士一起從慈恩教堂街出發，前往賀福德郡某鎮。在她們接近班奈特先生的馬車預定要來接人的客棧時，她們很快地看見車夫準時抵達的徵兆：吉蒂跟莉迪亞正從樓上的用餐室裡往外張望著。這兩個女孩已經在樓上坐了一小時，她們開開心心地去對面的女帽店打發了一些時間，又觀察過站崗的哨兵，還準備好一盤生菜配黃瓜。

在歡迎過兩位姊姊以後，她們得意洋洋地展示桌上擺出的一盤冷肉，是客棧主人通常會供應的那一種，然後喊道：「這樣不是很好嗎？這是很令人高興的驚喜吧？」

「而且我們打算請妳們全部人吃一頓，」莉迪亞補充說明：「不過妳們得先借錢給我們，因為我們剛才在外面那邊的店鋪裡把錢花光了。」接著，她展示了她採購的帽子：「看看這個，我買了這頂女帽。我覺得不是很漂亮，不過我想我最好還是買下來。我一到家就會拆解這頂帽子，看看能不能把它弄得漂亮點。」

在她的姊姊們說這帽子很醜的時候，她滿不在乎地說：「喔，店裡有兩三頂帽子還更醜呢。而且只要再買點漂亮些的綢緞來重新鑲邊，我想就會很不錯了。此外，等到某郡民兵團離開馬里頓以後，這個夏天穿什麼衣服就沒多重要了，他們再過兩星期就走啦。」

「他們真的要離開了嗎？」伊麗莎白喊道，心中再高興不過。

「他們就要在布萊頓附近紮營了，而我真的很希望爸爸帶我們所有人到那裡度過夏天！這樣的計畫太美妙了，而且我會說這樣幾乎不花什麼錢。最重要的是媽媽也會想去！只要想想看，如果不這樣做，我們的夏天會有多慘！」

「是啊，」伊麗莎白想道：「**那樣**還真是美妙的計畫，會讓我們一次出盡洋相。老天爺！光是小小一支民兵團加上馬里頓每個月辦的舞會，我們就天翻地覆了，到布萊頓有整營的士兵還得了！」

她們在桌邊坐定的時候，莉迪亞就說道：「現在我有些新鮮消息要告訴妳，妳猜怎麼著？這是好消息，棒透了的消息，跟我們都喜歡的某個人有關係。」

珍與伊麗莎白面面相覷，然後吩咐侍者可以退下了。莉迪亞大笑著說道：

「哎，妳們就是這樣拘泥古板。妳們認為一定不能讓侍者這些話，好像他真的會在乎似的！我認為他經常聽到的話，會比我要講的還糟糕。不過他長得還真難看！我很高興他走了。我這輩子從來沒見過這麼長的下巴。唔，不過現在要講我的消息了：這件事跟親愛的威克姆有關；這消息讓侍者聽實在太便宜他了，不是嗎？威克姆會娶瑪麗．金的危機解除了——他是妳的啦！她到利物浦去投靠她舅舅了，並會在那裡住下。威克姆安全了。」

「瑪麗．金也安全了！」伊麗莎白補上這句話：「她不用結下只有財富交易的魯莽親事。」

「如果她喜歡過他，像那樣走掉真是大傻瓜。」

「但我希望雙方都沒有強烈的感情，」珍說道。

「我確定**他**那方面沒有。我會說，他對她從來就一點都不在乎。誰**有能耐**喜歡那樣一個脾氣惡劣又滿臉雀斑的小東西？」

伊麗莎白很震驚地想著，雖然她自己講不出那樣粗俗的**言詞**，那種粗俗的**情緒**倒是跟從前在她心中盤桓、任意想像的差不多！

在所有人都吃過以後，姊姊們付了錢，叫來馬車。費了一番手腳，所有人和她們的行李箱、工具袋與包裹，還有吉蒂跟莉迪亞各自採購的多餘物品，才全部坐了進去。

「我們塞得多密實啊！」莉迪亞喊道：「我真高興我買了我的帽子，就算這只是為了享受多得一個帽盒的樂趣！唔，現在讓我們舒舒服服地依偎在一起，一路說說笑笑到家吧。首先呢，請讓我們聽聽，從妳們離開以後到底發生了什麼事。妳們有見到任何有趣的男士嗎？有跟人調情嗎？我抱著很大的希望，認為妳們之中會有一個在回家之前得到一位丈夫。我要說，珍很快就會變成老小姐啦。她幾乎二十三歲了！天啊！如果我二十三歲以前沒結成婚該有多羞愧啊！妳們想都想不到，菲利普斯姨媽多想讓妳們結婚。她說，麗西本來要是嫁給柯林斯先生是最好的，不過**我**卻覺得那樣沒有任何樂趣。天啊！要是我可以比妳們都早結婚多好！然後我就可以**伴護**妳們去參加所有的舞會。我的天！我們前幾天在佛斯特上校家鬧得多開心啊！吉蒂跟我整個白天都在那裡，佛斯特太太答應晚上要跳點舞。（順便一提，佛斯特太太跟我真是**非常**要好！）所以她要哈林頓家的兩位小姐過來，不過哈麗葉在生病，所以潘被迫自己一個人來，然後妳們猜猜看我們做了什麼？我們拿女人的衣服給張伯倫穿，故意把他扮成女人——妳們想想看，這有多好笑！除了上校跟佛斯特太太、還有吉蒂跟我以外，沒有人知道，不過姨媽例外，因為我們被迫向她借來一件長洋裝；妳們根本想像不到他看起來多像樣！在丹尼、威克姆、普拉特跟另外兩三位男士進來的時候，他們一點都不知道他是誰。天啊！我笑得多厲害啊！佛斯特太太也是。我還以為我會笑死呢。**那樣**就讓那些人起疑了，接下來他們很快就發現是怎麼回事。」

莉迪亞講的就是這類在派對上發生的事情與笑話，吉蒂在旁邊幫忙提示跟補充，她們設法娛樂她們的旅伴，一路講到龍柏園。伊麗莎白盡可能不去聽，但是威克姆的名字太常被提及，實在無法避免。

她們在家裡受到的歡迎是最窩心的。班奈特太太開心地見到珍的美貌毫無遜色，晚餐時，班奈特先生不只一次不由自主地對伊麗莎白說道：「麗西，我真高興妳回來了。」

在餐廳裡用餐的人陣容龐大，因為幾乎盧卡斯家全體都來這裡接瑪利亞，也聽聽最新消息。他們談了各式各樣的話題：盧卡斯夫人問桌子對面的瑪利亞，她大女兒的生活是否舒適，家禽養得如何。班奈特太太則同時參與兩種對話，一方面從珍那裡聽取現在的流行時尚——她坐在離母親有些許距離的地方——另一方面又把聽來的話全部轉述給年紀較小的盧卡斯小姐們聽。莉迪亞則用比別人都大得多的音量，向任何願意聽她說話的人講起那天白晝的各種消遣。

「喔，瑪麗，」她說道：「我真希望妳有跟我們一起去，因為我們開心極啦！我們去的時候，吉蒂跟我拉上了所有百葉窗，假裝車廂裡一個人都沒有；如果吉蒂沒有暈車，我應該就會這樣一路撐下去。到了喬治客棧，我確實覺得我們表現得很大方，因為我們招待另外三個人吃世界上最棒的冷食午餐，如果妳有去的話，我們也會招待妳的。後來我們離開的時候真的好玩極了！我還以為我們永遠擠不進馬車裡呢。我快要笑死了。我們回家一路上可開心了！我們又說又笑，聲音大得不得了，誰都能從十哩外聽到我們的聲音！」

瑪麗對此非常嚴肅地回答：「親愛的妹妹，我絕對不會貶低這樣的樂趣。毫無疑問，這種樂趣與一般女性的心靈特質比較相近。不過我要坦承，這些事情對**我**沒有那麼大的魅力。我絕對認為書本比較有趣。」

不過莉迪亞對這個回答充耳不聞。她鮮少聽任何人說話超過半分鐘，更是從來不聽瑪麗說話。

傍晚[6]莉迪亞急著催其他女孩子一起走路去馬里頓，要看看那裡的每個人過得如何。不過伊麗莎白堅定地拒絕這個主意。不能讓別人說班奈特家的小姐在家裡連半天都坐不住，就要去追逐那些軍官。她的反對還有另一個理由。她就怕再見到威克姆，也決心要盡可能長久地避開他。軍團就要離開了，這一點確實讓**她**欣慰到難以言傳。再過兩星期他們就走了，而且她希望他們一走，就不會再有跟他有關的事情來干擾她。

她在家待了不到幾小時，就發現她的父母經常討論莉迪亞在客棧裡暗示過的布萊頓度假計畫。伊麗莎白立刻看出她父親沒有任何一點屈服的意思；但他的答覆同時也很含糊而模稜兩可，她母親雖然常常覺得氣餒，卻從來沒有放棄最後獲得成功的希望。

# 17

伊麗莎白再也克制不住自己的不耐煩，想把發生的事情告訴珍。最後她決定把跟姊姊有關的細節先按下不表，準備好讓她大吃一驚，在第二天早上，把達西先生跟她之間的大部分事件講給珍聽。

班奈特小姐的震驚，很快就因為身為姊姊的偏袒之心而降低了，根據她的偏見，任何人愛慕伊麗莎白都再自然不過，但所有的訝異很快又被其他感受給淹沒了。她很遺憾達西先生

6. 那個時候的afternoon是從普通人家的晚餐（dinner，大約五點，富貴人家的晚餐會更晚）到晚茶（大約七點）之間的時間。

竟然用這樣不適合博取好感的方式，來表達他的情感；但讓她更悲傷的是，妹妹的拒絕必然會讓他難過。

「他這麼相信自己會成功是錯的，」她說道：「而且他當然不該表現出來。不過想想看，這樣一定更加深了他的失望。」

「的確，」伊麗莎白回答：「我誠心為他感到遺憾。不過他還有些別的感受，可能很快就會把他對我的感情趕跑了。不過，妳不會怪我拒絕了他吧？」

「怪妳！喔，不會啊！」

「可是妳怪我口氣那樣熱忱地談到威克姆嗎？」

「不——我不認為妳說那些話是錯的。」

「不過等到我告訴妳第二天發生什麼事，妳**就會**知道我錯了。」

然後她就講起那封信，只要是有關喬治．威克姆的部分，就全部重述一次。對於可憐的珍來說，這是多麼大的打擊！即使她走遍全世界，卻堅決不願相信人類身上存在這麼多惡行，而且還集中在一人之身。面對這樣的發現，達西獲得平反雖然滿足了她的情感，卻無法讓她感到寬慰。她極為認真要竭力證明錯誤的可能性，希望能夠洗刷一方的罪名，卻又不讓另一方蒙受不白之冤。

「這樣行不通的，」伊麗莎白說道：「在任何事情上，妳永遠都不可能讓他們兩個都做好人。做出妳的選擇吧，不過妳只能滿足於支持一方。他們之間的美德數量就只有那麼多，只夠讓一個人做好人，最近那些美德在他們之間擺盪得可厲害了。在我這方面，我傾向於相信一切美德都屬於達西先生那方，不過妳該自己做選擇。」

過了好一會，珍才勉強擠出一個笑容。

「我想不起來以前有哪次比現在還震驚，」她說道：「威克姆竟然這樣惡劣！這幾乎讓人無法相信。可憐的達西先生！親愛的麗西，想想看他必定承受過的苦難吧。這樣大的失望！還知道妳對他看法這麼差！又必須講出他妹妹的私事！這樣真的太讓人難過了，我確定妳一定也有相同感受。」

「喔，不，看到妳充滿悔恨與同情，我自己的悔恨同情就全飛啦。因為我知道妳會對他非常公平，我就變得越來越不關心、不在乎了。妳的慷慨讓我變得節省；如果妳再為他哀嘆更久一點，我的心就會輕盈得跟羽毛一樣了。」

「可憐的威克姆！他的神情如此善良！他的舉止又顯得那樣坦誠溫柔。」

「這兩位年輕男士的教育之中，想必有某種很嚴重的失調。一方具備所有的善卻不外露，另一方卻徒具備善的外表。」

「我從來沒像妳過去一樣，認為達西先生很缺乏善的**外表**。」

「然而我本來真是絕頂聰明，沒有任何理由就打定主意要討厭他。那樣的厭惡感，對於人的才能來說真是一種激勵，還會啟發他的機智呢。一個人可以一直辱罵別人，卻從沒講出任何一句公道話；不過一個人卻不可能一直嘲笑別人，卻不偶爾想到一兩句機智的俏皮話。」

「麗西，我相信妳第一次讀那封信的時候，看法不可能跟現在一樣。」

「我當時確實看法不同。我那時候真是夠難受了，我非常難受——可以說是很不開心。

然後又沒有人可以傾訴我的感覺，沒有珍來安慰我，告訴我說我沒有那麼軟弱、虛榮、荒謬愚蠢，然而我知道我有！喔，我那時候多麼需要妳啊！」

「妳向達西先生提到威克姆的時候，竟然用了那樣強烈的措詞，這實在是太不幸了，因為現在那些話**確實**看來完全冤枉人了。」

「確實是。不過講話尖酸刻薄導致的霉運，正是我偏見造成的必然後果。☆12有一件事我想徵求妳的建議。我希望有人告訴我，我該不該讓我們的熟人都知道威克姆的人格。」

班奈特小姐躊躇了一會，然後回答道：「當然不適合用這樣可怕的方式揭發他。妳自己怎麼想？」

「我認為不該這樣嘗試。達西先生並未准許我把他的信件內容公告周知。相反地，關於他妹妹的每個細節，我都應該要盡可能不說出去；而且我要是想用他的其餘行徑來喚醒受騙的大家，誰會相信我？一般人對達西先生的偏見這樣嚴重，如果想要讓他顯得比較討人喜歡，馬里頓有一半的善良百姓死都不會相信。我無法抗衡。威克姆很快就走了，所以他實際上是什麼樣，對這裡的任何人都不重要了。過一段時間以後，這一切都會有人發現，然後我們就可以嘲笑他們太愚蠢，事前竟不知情。現在我什麼都不會說。」

「妳說得很對。把他的錯誤公諸於世，可能會毀了他一輩子。現在他或許已經後悔他做過的事情了，而且急著要洗心革面。我們不能讓他走投無路。」

這番對話平息了伊麗莎白心頭的騷動。她把已經壓在心頭兩週的兩個祕密說出來了，以後她如果想再提起其中一件事，肯定有珍願意聽她說。不過還有些藏在背後的事情，她的謹

☆12
*But the misfortune of speaking with bitterness is a most natural consequence of the prejudices I had been encouraging.*

慎之心不容她說出來。她不敢跟珍提起達西先生那封信的另一半內容，也不能向她姊姊解釋他的朋友本來多麼重視她。這是沒有人能夠與聞的事情。她也意識到，除非雙方都能夠徹底諒解，她才能理直氣壯地擺脫這最後一個祕密的重擔。她想著：「然後，如果很不可能的事情竟然發生了，我所能說的只不過是由賓利自己講會更美妙的話。這部分通信內容，只有在事過境遷以後，才能由我來說！」

現在她在家裡安頓下來了，可以悠閒地觀察她姊姊真正的心理狀態。珍並不快樂。她還是很珍惜對賓利的一片柔情。她以前從來沒自認為陷入愛河，所以她的鍾情有著初戀的所有熱度，又因為她的年齡與性情，這種感情比一般初戀敢誇口的還要更持久。她又這樣熱切地珍視與他有關的記憶，認為他比其他男性都好，她必須徹底發揮良好的理性判斷，還有對親友感受的重視，才能夠阻止自己沉浸於有害個人健康、又讓親友心情不安的遺憾情緒中。

「唔，麗西，」有一天，班奈特太太說道：「**現在**妳對珍的不幸戀情有什麼意見？就我來說，我決心不再跟任何人提起這件事了。我前幾天這樣跟我姐姐菲利普斯太太說過了。不過我就是沒發現珍在倫敦有跟他見面的跡象。嗯，他真是個非常不值得尊重的年輕人——而我覺得現在她完全沒機會得到他了。現在也沒聽說他會在夏天重回奈德菲；我也問過每個可能知道的人了。」

「我想他不會再回奈德菲住。」

「喔，這倒好！這就是他的選擇。沒有人想叫他來。雖然我總是會說，他恣意利用我女兒；如果我是她，我就不會忍受這一切。唉，我只能這樣安慰自己，我確定珍會心碎而死，然後他就會對他所做的事後悔莫及了。」

不過伊麗莎白可無法從這種期待裡得到安慰，所以她沒有回答。

「喔，麗西啊，」她母親很快就接著說道：「所以說柯林斯夫婦日子過得很舒服，是嗎？唉，唉，我只希望這種事會長久。還有，他們家的菜餚如何？我猜夏洛特很擅長持家。如果她有她媽媽一半精明，就算是儉省了。我會認為**他們家**的家庭開支沒有任何奢侈之處。」

「對，一點都不浪費。」

「持家的技巧有很大部分都仰賴這個。沒錯，沒錯。**他們**會小心翼翼避免超支。**他們**永遠不會為錢煩惱。唔，這樣對他們來說可好了！所以我猜他們常常講到等妳父親死以後繼承龍柏園的事。不管這種事情什麼時候發生，我想他們一定已經把這裡當成他們自己的了。」

「這種話題他們不可能在我面前提起。」

「是不會，如果他們講起來就奇怪了。不過毫無疑問，他們自己常常私下提到。唉，如果他們得到一個不是合法屬於他們的地方而能夠心安，那真是太好啦。我要是因為限定繼承而得到一處地產，**我**會覺得收下來很羞愧。」

# 18

她們返家的第一個星期很快就過去，第二個星期開始了。這是民兵團在馬里頓停留的最後一週，附近地區所有年輕小姐都迅速變得垂頭喪氣。大家幾乎都有這種沮喪的感覺。只有年紀較長的兩位班奈特小姐能夠吃喝無礙，晚上也睡得著，還繼續做她們平常的活計。吉蒂與莉迪亞常常譴責她們這樣缺乏情感，她們自己可是悲慘到極點，完全不能理解家中竟有任何人如此鐵石心腸。

「老天爺！我們會變成什麼樣子？我們要怎麼辦？」她們常常這樣痛徹心肺地吶喊。「麗西，妳怎麼還能微笑啊？」她們易受感動的母親，對她們的所有悲傷感同身受。她想起二十五年前，她也碰過同樣的狀況。

「我很確定，」她說道：「在米勒上校的軍團離開的時候，我哭了兩天。我還以為我的心已經碎了。」

「我確定**我的心**會碎掉，」莉迪亞說道。

「如果我們可以去布萊頓就好啦！」班奈特太太表示這個意見。

「喔，對啊！如果我們能去布萊頓就好了！可是爸爸非常不同意。」

「來點海水浴，我就能永保健康了。」

「而且菲利普斯姨媽很確定，這樣會對**我**有大有益處，」吉蒂說道。

諸如此類的哀嘆，持續不斷地在龍柏園大宅裡迴響著。伊麗莎白試著拿這些話來尋開心，但羞愧感讓所有樂趣都沒了。她重新感覺到達西先生的反對意見有多公正，而她過去從沒這麼樂意原諒他干涉他朋友的看法。

不過莉迪亞對前景的黯淡看法，很快就一掃而空；因為她接到民兵團上校之妻、佛斯特太太的邀請，要莉迪亞陪她前往布萊頓。這位不可多得的朋友是一位非常年輕的女性，不久前才新婚。她跟莉迪亞因為同樣性情活潑愛歡鬧而湊在一起，她們認識才**三個月**，就已經交好了**兩個月**。

這時莉迪亞多麼欣喜若狂，她對佛斯特太太多麼景仰，班奈特太太多麼快樂，還有吉蒂多麼傷心，實在無法形容。莉迪亞完全不顧姊姊的感受，靜不下來又樂上雲霄地在屋子裡到處亂跑，叫著要每個人恭喜她，比平常更吵鬧地大聲說笑。同時，倒楣的吉蒂繼續在客廳裡哀嘆著，語無倫次，聲調怒氣沖沖。

「雖然我**不是**她特別要好的朋友，但我不懂佛斯特太太為什麼沒邀**我**，只邀了莉迪亞，」她說道：「我跟她一樣有權利受邀，其實是更有權如此，因為我比她大了兩歲！」

伊麗莎白想叫她講理一點，珍則想叫她放下這個想法，卻徒勞無功。至於伊麗莎白自己，這個邀請在她心中激起的感受，徹底不同於她母親和莉迪亞；她認為此後莉迪亞再也休想培養出任何一點常識了。伊麗莎白雖然知道，如果莉迪亞知情肯定會深惡痛絕，她還是忍不住偷偷建議父親別讓小妹去。她向他說明莉迪亞的行為在各方面都不成體統，她跟佛斯特太太這種女人的友誼沒有什麼益處，而且跟著這樣的同伴在布萊頓，她有可能變得更加魯莽，那裡的誘惑一定比在家鄉大得多了。他專注地聽她說了，然後答道：

「莉迪亞要是不能在這個或那個公共場合凸顯自己，就會不自在；如果沒碰到現在這種狀況，我們不可能期待她出門招搖，卻只讓家人付出這麼少的代價，造成這麼輕微的不便。」

「莉迪亞輕率大意的舉止引起公眾側目，這必定會對我們所有人造成很大的不利，不，是已經造成很大的不利了，如果您察覺到了，我肯定您會對此事有不同的判斷。」

「已經造成了！」班奈特先生複述了一次。「這是什麼意思！她已經嚇跑妳的某幾個戀人嗎？可憐的小麗西。但別垂頭喪氣的。要是有人不敢跟有些許荒唐事的家庭結親，這樣小家子氣的年輕人就算絕交也不值得惋惜。來吧，有哪些可憐的傢伙因為莉迪亞幹的蠢事，就跟妳保持距離？名單給我瞧瞧。」

「說真的，您錯了。我沒受過這種值得怨恨的創傷。我現在抱怨的是一般性的壞處，而不是特定的壞處。莉迪亞的性格顯然狂野善變、過度自信、蔑視任何約束，這些必然影響到我們在世間的地位與體面。請原諒我——因為我必須有話直說。親愛的父親，如果你不忍受這種麻煩，制止她撒野胡來，教導她一時的追逐逸樂並不是她這輩子的目的，她很快就會變得無可救藥了。她的人格會定型，到了十六歲，她會變成最愛招蜂引蝶的女人，害她自己跟她的家人都顯得荒謬。而且她會是個放蕩到最糟糕、最下流的浪蕩女，除了年輕跟過得去的外表，就沒別的吸引力了。她狂熱地想得到別人的愛慕，卻引起眾人的輕蔑，但她的心靈無知又空虛，完全無法避免被蔑視。吉蒂也有這種危險。莉迪亞往哪去，她也跟著去。虛榮、無知、懶散、完全不知自制！喔，親愛的父親，在有人認識她們的地方，您覺得她們有可能不受譴責鄙夷，不害她們的姊姊常常跟著丟臉嗎？」

班奈特先生看出她非常在意地在說明這件事，就慈愛地握著她的手，回答道：

「親愛的，別讓妳自己這樣不安了。在有人認識妳跟珍的地方，妳們必然都受到尊重珍視；妳們就算有兩個——或者我該說是三個——非常傻氣的妹妹，也不會顯得丟人現眼。如果莉迪亞去不了布萊頓，我們在龍柏園全都雞犬不寧。那麼就讓她去吧。佛斯特上校是個明理人，會阻止她真的闖下大禍，而且她運氣好，窮到不足以變成任何人覬覦的目標。身為一個常見的浪蕩女，她在布萊頓的重要性比她在這裡還低。軍官們會找到比她更值得注意的女人。所以，咱們就期望她在那裡會學到她自己如何微不足道。無論如何，要是她變得太過墮落，我們就有權把她關起來一輩子啦。」

伊麗莎白被迫接受這個答案，不過她自己的意見還是一樣，她失望又遺憾地離開了父親。然而她的天性不會鑽牛角尖而讓自己越來越懊惱。她相信她已經盡到她的責任；為了無可避免的壞事發愁，或者用焦慮來火上加油，都不是她的本性。

要是莉迪亞跟她母親知道她跟父親實際上在談些什麼，即使她們兩個人一樣口若懸河，滿腔怒火也會讓她們罵到詞窮。在莉迪亞的想像中，布萊頓之旅中包含了人間所有可能的幸福快樂。她那充滿創造力的幻想之眼，看見了那個到處都是軍官的海水浴勝地。她想像自己成了眾人矚目的焦點，雖然他們現在還不認識她。她看見軍營的所有榮耀景象：一排排整齊美麗的營帳往外延伸，裡面到處都是年輕快活的軍官，身上的紅衣閃閃發亮。讓這個畫面更完美的是，她看到自己就在一個營帳下，同時跟至少六位軍官溫柔地打情罵俏。

要是她知道她姊姊曾經設法讓她跟這樣的前景與現實絕緣，她會有什麼感覺呢？只有她母親能夠理解這些情緒，她自己可能幾乎感同身受。她鬱鬱寡歡地相信，她丈夫永遠不可能去那裡，只有莉迪亞要去布萊頓的念頭，才能夠撫慰她的心情。

不過她們全都不知道發生過什麼事，她們狂喜的情緒鮮少被打斷，一直延續到莉迪亞要出發的那天。

伊麗莎白在此時最後一次見到威克姆先生。她回來以後，身邊經常有他為伴，心中早就不再為此激動了，以前偏愛他時會有的那些情緒波動，更是完全不再。她甚至學著注意到，過去讓她欣喜的那種溫柔體貼之中，有一種千篇一律的造作成分，讓她反感又厭倦。他現在對待她的行為，更讓她產生一股新的不悅；因為他很快就表明打算重施故技，表現出他們相識之初的那種殷勤，但在後來發生過那些事以後，這樣只是激怒了她。她發現自己被挑中，成了他用輕佻態度隨便討好的對象時，她就不再關心他了。她堅定地克制這種情緒，卻還是忍不住想要責備他，因為他相信無論時隔多久、不管他是為什麼冷落她，只要他回頭，她的虛榮心就會得到滿足，他隨時都可以穩得她的歡心。

在民兵團待在馬里頓的最後一天，他跟其他幾位軍官一起在龍柏園吃晚餐。伊麗莎白實在很提不起興致好聲好氣向他道別，所以他一問起她在杭斯佛德如何打發時間，她就提起斐茲威廉上校跟達西先生兩位都在羅辛斯住了三星期，還問他是否認識上校。

他看起來驚訝、不悅又緊張，不過他一會就鎮定下來，給她一個微笑，回答說他過去常見到上校。在提及他是個非常有紳士風度的男士以後，又問她有多喜歡這位先生。她的回答熱烈地讚揚他。他裝出不在意的樣子，很快接著補上一句：「妳說他之前在羅辛斯待了多久？」

「快要三個星期。」

「而且妳常常見到他？」

「對，幾乎天天見面。」

「他的舉止風度跟他表弟相當不同。」

「對，非常不同。不過我認為達西先生的風度，會隨著他跟人的熟絡程度而有進步。」

「真的！」威克姆喊道，他臉上的表情沒有避開她的注意。「我是否可以請問——」他才剛開口就自己打住，然後用比較愉快的語氣問道：「是他的談吐改善了嗎？他是不是勉強放下身段，在日常的行事風格之上多加了一點禮貌？」他繼續用比較低也比較嚴肅的聲調說道：「因為我不敢期待，他在本質上有什麼進步。」

「喔，不是的！」伊麗莎白說道：「我相信在本質上，他在各方面都跟過去一樣。」

在她這麼說的時候，威克姆看起來幾乎不知道應該要附和她的話表示高興，還是要表示懷疑其中的用意。她的表情裡有某種成分，讓他憂心焦慮地專注聆聽。她還補上一句：「當我說他的風度會隨著熟悉程度而改善的時候，我並不是說他的心性或者禮貌程度有了進步。我的意思是，越是認識他，對他的性情就了解得越清楚。」

威克姆聽了，臉色漲紅，表情變得很激憤，顯示出他起了警戒。他有幾分鐘沉默不語，直到他擺脫尷尬的感覺以後，才再度轉向她，用最溫柔的口吻說道：

「妳非常清楚我對達西先生的感受是什麼，妳會馬上就明白，如果他變得夠有智慧，甚至會在**外表**裝出遵循正道的樣子，我一定會誠摯地感到欣喜。他的傲慢在那方面可能有點用處，即使對他自己無用，也會造福許多其他的人，因為這樣一定可以阻止他做出我忍受過的那些卑鄙勾當。我只怕妳暗指的那種謹慎舉止，他只會在拜訪姨媽的時候表現出來，因為他相當敬畏這位姨媽的良好見解與判斷力。我知道，當他們在一起的時候，他總是受制於對她的畏懼；而這種畏懼之中，有很多都要歸咎於他期待跟狄柏小姐結親，我可以確定，他內心深處非常在意這一點。」

伊麗莎白聽了，不得不克制住一個微笑，不過她只輕輕地點個頭以為回應。她看出他想要引她去談那個舊話題——他的傷心事，然而她沒心情縱容他。那天晚上，他在**表面上**就像平常一樣快活，只是不再嘗試對伊麗莎白特別殷勤。最後，他們客客氣氣地向對方道別，可能雙方都希望日後再也不必相見。

在這群人散會以後，莉迪亞跟著佛斯特太太回馬里頓，他們第二天一大早要從那裡出發。她與家人之間的分別場面與其說是哀傷，還不如說是吵雜。吉蒂是唯一流淚的人，不過她哭是因為又惱怒又羨慕。班奈特太太喋喋不休地祝福女兒玩得愉快，還令人印象深刻地指示女兒盡可能別錯過玩樂的機會——可以相信的是，她女兒絕對會照辦。莉迪亞本人則開心地大吵大鬧，向大家告別，根本聽不到她的姐姐們聲音輕柔的告別。

# 19

要是伊麗莎白的見解全都得自她自己的家人，她對婚姻幸福與家庭和樂，就不可能有很愉快的想像。她父親當初被青春美貌與通常伴隨的好性情假象所騙，因此娶了一個理智薄弱、心胸狹窄的女人，這些特色在他們結婚後不久，就讓他徹底死心，不再真正關愛她。尊敬、重視和信心都永遠消失了，他對家庭幸福的所有看法也都被推翻了。

太常有人利用某些逸樂以撫平自己的愚蠢或罪惡所帶來的不幸後果；然而班奈特先生不是這種人，不會藉此安慰自己有失謹慎所導致的失望。他喜愛鄉間生活與書本，他的主要娛樂就是來自這些品味。對於他的妻子，除了她的無知與愚蠢為他帶來一些樂趣以外，他沒什麼好感激的。通常一個男人不會希望他的妻子給他這種快樂，但如果她在其他方面沒有能耐讓人開心，真正具備哲學家精神的人就只好苦中作樂了。

不過，伊麗莎白從沒有盲目到看不出父親並不是個稱職的丈夫。她總是心痛地看著這一切；但是她尊敬他的能力，也很感激他對她的寵愛，就盡力忘記她無法忽視的事情，也不去想他一直破壞婚姻中的義務與禮儀，在女兒們面前暴露她們母親的短處，其實非常不應該。不過她從來沒有像現在這樣強烈地感覺到，這種不利之處必然讓兒女變得很不適合婚姻，也從沒有這樣徹底了解到，判斷錯誤、用錯方向的才智帶來多少壞處——要是正確地發揮這些才智，就算不能讓他妻子的見識寬廣些，至少可以保全女兒們的顏面。

伊麗莎白為威克姆的離去而歡欣鼓舞，但她沒有多少別的理由對民兵團開拔感到滿意。他們出門參加的聚會比過去單調了些；在家裡，她又要面對母親跟一位妹妹成天哀嘆身邊的一切都無趣極了，這讓他們的家居生活蒙上了一層真正灰暗的陰影；而且，雖然擾亂吉蒂思緒的那些人走了，隨著時間她會慢慢恢復原有的理智，但她那位性格缺陷可能更大的妹妹，卻很有可能因為海水浴場加上軍營帶來的雙重危險，更堅持她所有愚昧的行為與過度的自信。所以整體而言，她發現了過去也偶爾會發現的事實：她迫不及待盼望著的事情，發生以後卻沒有帶來她向自己保證的一切滿意情緒。所以她必須挑個別的時間，來當成幸福真正來臨的時候，必須有別的事情可以寄託她的盼望與期待，然後再度享受預期未來的樂趣，以此安慰現在的自己，並且為下一次的失望做準備。現在最讓她快樂的念頭，就是大湖區之旅：在她母親與吉蒂免不了讓她心生不滿的所有難熬時刻，這就是最大的安慰；要是她能夠讓珍加入，這個旅行計畫就會變得十全十美。

「不過，」她暗自想道：「有些事情對我來說可望而不可得，是很幸運的。要是全部的安排都很完美，到頭來我肯定會失望。但現在姊姊無法與我同遊，會讓我永遠覺得遺憾，我就可以合理地希望實現我期待中的所有樂趣。每個部分都有可能保證愉快的計畫，永遠不可能成功；有些特別的小困擾作梗，才能免除整體的失望。」

莉迪亞離開的時候，她答應要非常頻繁、非常詳細地寫信給她母親還有吉蒂；不過她的信總是在長久期待之下才來上一封，內容則一直都十分簡短。給她母親的信，內容不外乎她們在這位、那位軍官陪同之下剛從圖書館回來，或者某店裡有漂亮得不得了的飾品，讓她看得痴狂不已；再不然就是她買了一件新的長洋裝或洋傘，她本來打算更仔細地描述這些東西，卻被迫極端匆忙地就此擱筆，因為佛斯特太太在叫她了，她們要到營區去。至於她寫給她姊姊的信，內容還更貧乏，因為她寫給吉蒂的信雖然比較長，卻充滿了姊妹倆只能私下意會、無法公諸於世的內容。

在她離家之後過了兩、三週的時候，健康、快樂與活潑的氣氛又開始在龍柏園重現。每件事情都變得更加愉快。在城裡過冬的家庭都重回鄉間，夏天常見的華服與約會又變得頻繁起來。班奈特太太恢復她愛發牢騷的平靜常態，到了六月中旬，吉蒂的情緒大有改善，還恢復到能夠去馬里頓而不哭哭啼啼——這件事帶來如此愉快的前景，讓伊麗莎白產生了希望：或許到了下個聖誕節，吉蒂就可以變得夠講道理，不再天天叨唸著某位軍官，除非陸軍部不懷好意地做出某種殘酷的安排，讓另外一支軍團進駐馬里頓。

他們訂好的北方之行啟程日期，迅速地逼近了。就在只剩兩星期時，嘉迪納太太寄來一封信，延遲了出發日與整趟旅程的長度。嘉迪納先生因為工作在身，不得不再延後兩週，等七月再啟程，而且必須在一個月內就回到倫敦。既然到時候所剩的時間太短，去不了他們先前計畫那樣遠的地方、看到那樣多的風景，或者至少無法照原先設想的那樣悠閒舒適地參觀，於是他們被迫放棄大湖區，以另一個規模較有限的行程取而代之。根據現有的計畫，他們往北走不會遠過達比郡的範圍。在那個郡裡有夠多風景可看，足以填滿他們那三週行程的大半時間；而且對嘉迪納太太來說，那裡還有特別強烈的吸引力。現在他們要去她以前住過幾年的城鎮住上幾天，她對那裡的好奇心，不下於對麥洛克、查茲沃斯、多弗谷地與皮克峰等等風景名勝的興趣。

伊麗莎白極為失望。她已經下定決心要飽覽大湖區的風景，而且覺得其實時間可能還足夠。但她沒有資格反對，應該要知足——好在她的脾氣活潑樂觀，很快一切又都沒事了。

提到達比郡，讓人有很多聯想。她看到那個詞，不可能不想起潘伯利與它的主人。「不過當然了，」她心中說道：「我總可以大大方方走進他住的郡，避開他的耳目，奪走幾塊螢石吧。」

現在期待的時間延長一倍。在她舅舅跟舅媽抵達以前，還有四個星期要過。不過那四星期確實過了，而且嘉迪納夫婦和他們的四個孩子，最後確實出現在龍柏園。這幾個孩子——兩個分別是六歲跟八歲的女孩，跟兩個更年幼的男孩，要留下來特別託付給他們的珍表姊照顧，他們都最喜歡她，而她穩健的智慧與甜美的性情，確實在各方面都讓她很適合照顧他們——教導他們、跟他們一起玩並且疼愛他們。

嘉迪納夫婦在龍柏園只停留一晚，第二天早上就跟伊麗莎白一起出發，追尋新奇體驗與樂趣。有一件樂事是可以確定的：他們有合適的旅伴，所謂的合適，包括了健康與性情上能夠忍受種種不便，而且活潑快樂的性情能增益每一種樂趣，還具備感情與智慧，這樣如果在外遊歷不盡如人意的時候，他們還能彼此慰藉。

本作的目的並不在於描述達比郡，也不在於描述前往當地沿途的種種勝景——牛津、布倫海姆、華瑞克、肯諾沃斯、伯明罕等地都已經夠知名了。現在唯一要說的是達比郡的某一小部分。

嘉迪納太太最近才知道，她有些舊識還住在她以前住過的小鎮藍頓，為了去那裡，在看過這一帶所有主要的風景名勝以後，他們就繞道前往那裡。伊麗莎白從她舅媽那裡得知，潘伯利就坐落在距離藍頓不及五哩之處。他們的路線不會直接經過潘伯利，不過它就在旁邊大約一兩哩遠的地方。前一天晚上在討論的旅遊路線時，嘉迪納太太表示想再看看那裡。嘉迪納先生也宣布他很樂意，他們便徵求伊麗莎白的同意。

「親愛的，妳不想看看妳久聞其名的地方嗎？」她舅媽說道，「這個地方也跟妳認識的許多人有關。妳知道，威克姆在那裡度過了他的整個青春時代。」

伊麗莎白覺得很難受。她覺得她在潘伯利無事可做，還被迫裝出不想去看那裡的樣子。她必須承認，她已經看膩華麗的宅邸了；在參觀過那麼多大宅以後，她真的沒有興趣再看精緻的地毯或綢緞窗簾。

嘉迪納太太責備她太傻。她說：「如果那裡只是一棟裝潢富麗堂皇的漂亮房子，我自己都不會有興趣；不過那片庭園很迷人。那裡還有幾處這一帶最優美的樹林。」

伊麗莎白沒再多說，不過心中卻無法默許。她立刻就想到參觀當地時有可能遇見達西先生。那樣就太可怕了！她才這麼想就臉紅了，心想最好對舅媽坦白直說，這樣好過冒險。然而卻有許多理由反對這種作法；她最後決定，如果她私下打聽那一家人是否在家，卻得到對她不利的答覆時，再把老實說當成最後手段。

照著這個作法，她在晚上回房休息的時候詢問客棧的女侍，潘伯利是不是個非常美好的地方、地主是誰，然後帶著不小的戒心，問起那一家人會不會來這裡度過夏天。她的最後一個問題，得到了她最期待的否定答案。她放下了擔心，也有閒情逸致對那棟房子感到好奇了。等他們在第二天再度提起這個話題，也再度徵詢她意見的時候，她就可以立刻用適當的淡然態度回答，她並不是真的不喜歡這個計畫。

所以，他們到潘伯利去了。

# 第三部

# 1

隨著駕駛馬車前行，伊麗莎白有些焦灼不安地看著潘伯利的樹林第一次出現在他們眼前。終於轉入門房小屋的時候，她更是變得極端心神不寧。

莊園很大，裡面有各式各樣的園地。他們從地勢最低的某一處進入，然後花了些時間駕車穿過一座佔地寬廣的美麗樹林。

伊麗莎白心中雜念太多，無法與人交談，但每一處風景優美的地點與方便賞景的角度，她看了都相當讚賞。他們搭車慢慢往上爬了半哩路，然後發現自己高踞於一處驚人美景的頂端；此處林木絕跡，遊客的目光會立刻被潘伯利大宅吸引，它就坐落在山徑有幾分蜿蜒險峻的山谷對面。這是一棟巨大宏偉的石造建築，矗立在隆起的高地上，後面還有長滿高聳林木的連綿丘陵作為襯托；大宅前面則有一條原本就有幾分天然氣勢的溪流，水勢在流過這裡的時候加大了，看起來卻沒有一點人為矯飾的成分。河岸看起來既不刻板，也不虛假造作。伊麗莎白心情很愉快，她從沒見過一個地方像這裡一樣，得到這麼多自然界的慷慨恩賜，也沒見過其他的天然美景，比這裡更少受到笨拙品味的扭曲。他們全都熱烈表達對這裡的讚揚；在那時，她覺得成為潘伯利的女主人可能真的值得誇耀呢！

他們的馬車下了山，越過橋樑，駛到門口。在比較近的距離仔細觀察宅邸外觀的時候，伊麗莎白又開始害怕會見到屋主了。她就怕女侍不巧說錯了。在請求參觀此地以後，屋裡的人允許他們進入大廳。等候管家出來接待的時候，伊麗莎白總算有餘裕可以驚嘆自己竟然置身於此。

女管家來了，她是一位看來體面可敬的年長女士，衣著比伊麗莎白想像中更樸素不奢華，為人卻比她想像的更客氣多禮。他們跟著她走進餐廳，這是一個配置得當的寬敞房間，裝潢得非常美觀。伊麗莎白稍微參觀這房間一回以後，就走到窗邊欣賞這裡的景致。

他們剛才下來的那座山頂上點綴著林木，從遠處看更為險峻，是個美麗的觀察目標。庭園的每一處設計都安排得宜。她極目四望，欣喜地看著整片風景：河流、散布在河堤上的樹木，還有蜿蜒的山谷。他們走進其他房間的時候，景物的相對位置也跟著改變，不過從每一扇窗口，都可以看見不同的美景。這些房間天花板挑高，布置美觀，家具都跟屋主的財力很相稱。不過伊麗莎白看出來，這裡既不俗麗，也沒有精緻到不必要的程度——跟羅辛斯的裝潢相比，沒那麼富麗堂皇，卻更顯示出真正的優雅，讓她很讚賞他的品味。

她暗想：「而我本來可能成為這裡的女主人！我本來可能會很熟悉這些房間！我本來不會以陌生人的角度看著這些地方，還可以喜孜孜地把這裡當成我家，歡迎我的舅舅與舅媽來訪。但這樣是不行的，」她自己想到這一點：「這種事情永遠都不可能：我若嫁到這裡，就不可能跟舅舅夫婦來往了，我不可能獲准邀他們來這裡。」

想起這件事是幸運的——這樣，她就不至於有類似懊悔的感覺。

她很想問問管家，她的主人是否真的不在家中，卻沒有勇氣開口。但她舅舅終究還是問了這個問題，雷諾斯太太回答說他確實不在的時候，她警覺地撇頭轉向一旁；雷諾斯太太還補充道：「不過我們預料，他會在明天帶著一大群朋友回來。」伊麗莎白委實慶幸他們的旅行沒有因為任何緣故延遲一天。

這時她舅媽叫她過去看一張畫。她一走近，就看到威克姆先生的肖像，跟其他的小幅畫像一起掛在壁爐上方。她舅媽微笑著問她是否喜歡這張肖像。這時管家走了過來，告訴他們這是一位年輕紳士的畫像，他是已故老主人的財務總管之子，老主人自己出錢栽培他。「他從軍去了，」她補充說明：「但他現在恐怕已經變得放蕩不堪了。」

嘉迪納太太面帶微笑看著外甥女，伊麗莎白卻無法跟著回以一笑。

「至於那一位，」雷諾斯太太指向另一幅小型肖像畫說道：「就是我的主人——而且畫得很像他。這張畫像跟另一張都是在八年前同時完成的。」

「我曾經聽說過妳家主人儀表出眾，」嘉迪納太太望著肖像說道：「畫裡的他有張英俊的臉。不過，麗西，妳可以告訴我們這幅肖像畫得到底像不像。」

因為這番話暗示伊麗莎白認識她家主人，雷諾斯太太似乎對伊麗莎白多出了幾分敬意。

「這位年輕女士認識達西先生嗎？」

伊麗莎白臉紅了，說道：「稍有認識。」

「那麼小姐，妳不覺得他是一位非常英俊的紳士嗎？」

「是的，他非常英俊。」

「我確定我認識的人裡面他是最俊美的，不過在樓上的畫廊裡，妳會見到另一張比現在這幅更細膩、更大的畫像。這個房間是我已故主人最喜愛的房間，這些小型肖像畫一直維持當年的狀態。老主人非常喜歡這些畫像。」

對伊麗莎白來說，這就解釋了威克姆先生的畫像為何還在其中。

接下來，雷諾斯太太引導他們去看一張達西小姐的畫像，作畫當時她才八歲。

「達西小姐的容貌也像她哥哥一樣好看嗎？」嘉迪納先生問道。

「喔，是的——我見過最美麗的年輕小姐，而且又才華洋溢！她整天都在彈琴唱歌。隔壁房間裡有一台新的鋼琴，是剛為她買來的——這是我家主人給她的禮物。她明天會跟他一起來這裡。」

態度輕鬆快活的嘉迪納先生，用他的問題與回應，鼓勵雷諾斯太太表現得更加健談。而她要不是對主人兄妹倆引以為傲，就是對他們感情深厚，顯然也很樂於談論他們。

「一年之中，妳家主人待在潘伯利的日子長嗎？」

「先生，並不像我期望中那樣長。不過我認為每年有一半時間他都在這裡度過，達西小姐則總是會來這裡度過夏天。」

伊麗莎白想著，只有她去蘭姆蓋特的時候例外。

「如果你家主人成婚了，妳可能就會比較常見到他。」

「是的，先生，不過我不知道**那**會是什麼時候。我不知道誰才配得上他。」

嘉迪納夫婦都露出微笑。伊麗莎白忍不住說道：「我確定，妳這麼想增添了他的光彩。」

「我句句實言，每個認識他的人都會這麼說的，」雷諾斯太太回答。伊麗莎白心想，這話可說得太誇張了。接著，她越聽越驚訝，因為管家又繼續說道：「我這輩子從沒聽過他口中說出任何氣話，我可是從他四歲大就認得他了。」

這番讚揚是所有好話之中最不尋常的，也最牴觸她原有的想法。她一直堅信他不是個好脾氣的男人。她最敏銳的注意力覺醒了，她渴望多聽到一些，而且很感激她舅舅說了這句話：「沒有多少人能得到這麼多讚美。妳很幸運，能夠有這樣的主人。」

「是的，先生，我知道我很幸運。就算我走遍全世界，也找不到更好的主人了。不過我總是認為，好脾氣的孩子長大以後也會有一副好脾氣，他又一直是世界上脾氣最溫和、心地最寬厚的男孩。」

伊麗莎白幾乎是瞪著她看了。「達西先生有可能是這種人嗎？」她想著。

「他父親很優秀，」嘉迪納太太說道。

「是的，夫人，他確實如此。而他的兒子也會跟他一樣——對窮人都那樣和藹可親。」

伊麗莎白邊聽，邊覺得納悶又懷疑，急著想聽到更多描述。雷諾斯太太談別的話題，都引不起伊麗莎白的興趣；她講到畫作的主題、房間的大小與家具的價錢，全都徒勞無功。嘉迪納先生認為管家對主人的過度溢美，是出自對主人一家的偏袒之情，這讓他覺得非常有趣，所以很快就又重拾這個話題。他們一起朝著大樓梯拾級而上的時候，她又談興十足地稱讚他的諸多優點。

「他是有史以來最好的地主，也是最好的一家之主，」她說道：「他不像現在那些放蕩的年輕人，除了自己，什麼都不管。他的佃戶和僕役，沒有一個人不稱讚他。有些人會說他傲慢，不過我確定，我從來看不出他有這種問題。依我的見解，人家這樣說他，就只是因為他不像別的年輕人一樣嘮叨罷了。」

「這種說法讓他顯得多麼討人喜歡啊！」伊麗莎白暗想。

在他們往前走的時候，她舅媽悄聲說道：「這番話把他說得這麼好，跟他對待我們那位可憐朋友的行徑出入相當大啊。」

「或許我們受騙了。」

「這不太可能吧，我們的消息來源太可靠了。」

抵達樓上寬敞的大廳時，管家帶他們進入一間非常漂亮的客廳，這裡最近才剛裝修過，布置得比樓下更典雅、更明亮。他們得知，這番裝潢就只是為了讓達西小姐開心，她去年在潘伯利時很中意這個房間。

「他肯定是個好哥哥，」伊麗莎白走向其中一扇窗戶時說道。

雷諾斯太太很期待看到達西小姐走進房間時的欣喜之情。「他一直都是這樣，」她說道：「有什麼事情能讓他妹妹開心，他一定會立刻去做。為了她，他什麼都願意做。」

現在要展示的，只剩下畫廊與兩三間主要臥房。在畫廊裡有許多非常好的畫，不過伊麗莎白對藝術一竅不通；比起已經在樓下見過的那類作品，她倒是很樂意轉而去看達西小姐的幾幅蠟筆畫，這些畫作的主題比較有趣，也比較容易理解。

畫廊裡有許多家族成員肖像，但那些畫不怎麼能夠吸引陌生人的注意。伊麗莎白繼續往前走，找尋她唯一認識的五官和臉孔。最後她注意到那張畫像了——她看出那張畫極其酷似達西先生，他臉上有一抹笑容，她記得有時候他就是這樣微笑著注視她。她在那張肖像前面佇立了好幾分鐘，認真地凝視著，在他們離開畫廊以前又回去看了一次。雷諾斯太太告訴他們，這幅畫是在他父親生前畫的。

肯定就是在這時候，伊麗莎白對那幅肖像所描繪的對象產生一股更溫柔的感情，這是他們來往最熱絡的時候所沒有的。雷諾斯太太給他的那些稱讚非同小可。什麼樣的讚揚會比一個賢明僕人的讚揚更有價值？她想著，作為兄長、地主與一家之主，有多少人的幸福都靠他守護！他有力量給予多少喜樂與痛苦！他必須做出多少好的與壞的決定！這位管家表示的所有意見，都在肯定他的人格。而在她站在描繪出他的畫布之前，感覺他的眼睛注視著她的時候，她懷著比過去更深刻的感激之情，想起了他當初的表白：她想起了話中的熱切感情，也淡化了其中措詞不當的成分。

在看過整棟宅邸開放給公眾參觀的部分以後，他們回到樓下。管家在告退時把他們託付給園丁，他在大廳門口跟他們會合。

在他們穿過草坪，朝著河流走去的時候，伊麗莎白再度回顧大宅，她的舅舅跟舅媽也同時停了下來。她舅舅正在猜測這棟宅邸的建造年代時，屋主本人竟突然從通往屋後馬廄的路上走了出來。

他們彼此相隔不到二十碼，他出現得又這麼突然，根本不可能避開他的視線。他們的視線立刻對上了，雙方的臉頰都馬上紅得厲害。他徹底嚇了一跳，有一陣子似乎訝異得動彈不得。但很快他就恢復鎮定，朝著他們一行人走來，並且開口對伊麗莎白說話。他的口吻就算不是完全冷靜，至少也是禮儀周到。

出於本能，她本來轉過身了，但他一走近，她就停下腳步，抱著按捺不住的尷尬心情接受他的問候。對嘉迪納夫婦來說，就算他剛才出現的方式，或者他與他們剛看過那張肖像相似的程度，還不足以讓他們相信眼前這位正是達西先生，園丁見到主人出現時的訝異表情，肯定也立刻揭露了事實。達西先生跟他們的外甥女講話時，他們刻意站遠了一點。他們的外甥女既震驚又困惑，幾乎不敢抬頭看達西的臉，也不知道該如何回答他對她家人的禮貌問候。從他們上次分別以後，他的舉止有了讓她驚訝的改變，他的每句話都讓她覺得更加困窘；她心中不斷想起她在這裡出現有多麼不妥當，他們還在一起的短短幾分鐘，堪稱她人生中最尷尬的時刻。他似乎也不怎麼自在；他說話時的語氣，全然沒有往常那種平靜。他一再問起她在何時離開龍柏園，還有她在達比郡的何處投宿，次數如此頻繁、又問得這樣匆促，明顯表現出他有多麼心神不寧。

最後他似乎什麼都想不出來了，一語不發地站了一會以後，才突然回過神來向他們告辭。

隨後舅舅夫婦來跟伊麗莎白會合，表達他們對他的儀態何等讚賞。但伊麗莎白卻聽不下任何一個字，整個人都沉浸在自己的情緒中，默默地跟著他們走。她心中滿是羞愧惱怒的情緒。她真是挑了世界上最倒楣、最愚昧的時機來到這裡！在他看來一定奇怪得緊！對於一個這麼重體面的男人來說，這樣一定顯得很可恥！這樣看起來就好像她刻意要再來糾纏他！喔！她為什麼要來呢？還是要怪他為什麼比預料中早一天抵達？他們要是再早個十分鐘，就不會被他瞧不起了；因為事情很明顯，他那時候才剛到家，才剛下了他的馬或者馬車。她一想到這次會面多麼古怪，臉就禁不住一陣陣發紅。還有他的行為，改變竟然這麼大——這到底是什麼意思？他甚至還跟她說話，這太令人訝異了！——他居然這樣客氣地問候她的家人！除了這回不期而遇以外，她可從沒有見過他的舉止這樣謙遜、語氣又這樣溫和。比起上回在羅辛斯莊園，他把信交給她那時的措詞，落差多大啊！她不知道該怎麼想，也不知道該如何解釋。

他們走到河邊的一條美麗步道上，每一步都能看到坡度更陡峭的景致，走近更加秀麗的樹林，不過伊麗莎白有好一陣子都視而不見；雖然她會隨口回答舅舅與舅媽反覆的讚嘆，乍看也把視線轉向他們指的方向了，她卻分辨不出那片景色的任何一部分。她的思緒全都集中在潘伯利大宅的某一處——無論那是何處，達西先生此刻都在那裡。她很想知道，此刻掠過他腦海的念頭是什麼；他對她有什麼想法，還有儘管發生了這一切，他是否還珍視她。或許他態度客氣，只是因為他自覺從容坦蕩；但他聲音裡有**某種成分**，並不像心情從容坦蕩。他見到她的時候，感覺到底是苦多於樂還是樂多於苦，她不可能分辨得出，不過那時他肯定並非鎮靜自若。

最後，她的旅伴們說她心不在焉，這些說詞終於讓她回過神來，感覺到她有必要表現得更平常。

他們走進樹林，在離開河流一會以後，爬到某處高地上。這裡的樹林有幾處間隙，視線得以隨意漫遊，看見山谷與對面丘陵的許多迷人美景；其中許多丘陵上散布著大片的樹木，偶爾還看得到部分溪流。嘉迪納先生表示想繞整個莊園一圈，卻惟恐這裡大到一次走不完。園丁帶著得意的微笑，告訴他們繞莊園一周要十哩路。因此確定了他們只能沿著平常的遊園路線走。

他們沿著這條路走了一段時間，再度從懸在險峻坡道的樹木之間往下走，到了溪流邊緣，這裡正好是最狹窄的地方。他們從一座便橋上越過溪流，這座橋的特徵跟這片風景的整體氣氛頗為相符，比他們先前參觀過的地方更自然不造作；山谷則在此收窄成一個峽谷，只容得下溪流與一條狹窄的步道，從兩旁蓬亂的雜木林中間穿過。伊麗莎白渴望探索其中蜿蜒曲折的小路；但他們一越過橋樑，就看出他們距離房子有多遠，這時不太擅長走路的嘉迪納太太無法再前進了，她只想儘快回到車上。她的外甥女不得不順從，他們就取道河流的另一側，走最近的方向回大宅去。不過他們進展緩慢，因為嘉迪納先生雖然少有機會盡情釣魚，卻非常喜歡這種消遣，而他太忙於觀察河水裡偶爾出現的鱒魚、以及跟園丁聊這些魚，所以他只往前走了一點點。

在這樣慢吞吞溜達的時候，達西先生竟然又從不遠處朝他們走過來，這讓他們又吃了一驚，伊麗莎白震驚的程度與頭一回相去不遠。這一側步道的遮蔽物沒有另一側來得多，讓他們可以在雙方真正相遇以前先看見他。無論伊麗莎白有多震驚，她對於接下來的會面總比上回有準備。如果他真的打算跟他們會合，她決心要讓自己的儀表與談吐都顯得很冷靜。的確，有一會兒她覺得他可能會走進別的小徑。他轉進一條小徑，讓他們看不見他的時候，她還維持著這個想法；等過了那一處轉角，他立刻就出現在他們面前了。才一瞥她就看出，他方才表現出來的那種客氣態度一點都沒有消失；為了效法他的禮貌，他們一見面，她就開始讚賞這個地方的美；不過她才講了幾句「討人喜歡」、「迷人」之類的話，某些觸霉頭的回憶就冒了出來，她想到她對潘伯利的稱讚說不定會被當成別有用心。於是臉色為之一變，就什麼話都不再多說了。

嘉迪納先生站在稍微落後一些的地方。趁她一時接不上話的時候，達西問她是否願意給他這份榮幸，把她的友人介紹給他認識。這麼有禮的作法，是她始料未及的；他現在想認識的，正是他向她求婚時驕傲得不肯認識的那些人，想到這一點，她幾乎忍不住要笑了。她想著：「等到他知道他們是什麼人，他會有多驚訝啊！他現在把他們當成上流人士了。」

然而她還是立刻做了介紹。在她說明他們跟她的親戚關係以後，她狡詐地偷看了他一眼，看看他如何承受這個事實，心中也免不了預期他說不定會儘快脫離這批不名譽的同伴。他們之間的親屬關係，顯然讓他**很驚訝**。然而他堅毅地承受住了，不但沒有走開，還轉身迎向他們，跟嘉迪納先生攀談起來。伊麗莎白忍不住覺得高興、覺得得意。她感到很欣慰，能讓他知道她也有些不必引以為恥的親戚。她極為專注地聆聽他們之間的對話，而且對她舅舅所有的談吐措詞都感到很光榮，那些話都表現出他的才智品味出眾，應對進退優雅。

對話很快就轉向垂釣，她聽到達西先生以極其有禮的態度邀請他，只要還在這一帶，都歡迎他在那裡隨意垂釣，並主動說要借他釣具，還指出溪流裡幾處通常比較適合垂釣的地方。嘉迪納太太此時正挽著伊麗莎白的手臂漫步，就看了外甥女一眼，表達自己的訝異。伊麗莎白什麼話都沒說，但這件事讓她心中非常滿意，這番恭維一定都是為了她。然而她也極為訝異，她一直重複想著：「為什麼他有這麼大的改變？這種改變能達到什麼程度？他的舉止變得這樣溫和，不可能是為了**我**，不可能是因為**我的**緣故。我在杭斯佛德那樣責備他，不可能造成這樣的改變。他不可能還愛著我。」

朝這個方向走了一會以後，兩位女士帶頭、兩位紳士殿後，走下河堤邊緣，以便更仔細觀看在這裡生長的水生植物。隨後他們重新上路時，位置正巧有點小小的改變。變化的源頭在於嘉迪納太太，這一天的步行讓她很疲倦，而且發現伊麗莎白的手臂已經不足以支撐她了，所以她寧可讓丈夫來攙扶她。達西先生取代了她的位置，到了她外甥女旁邊，兩人一起往前走。在短暫的沉默以後，女士首先開口了。她希望他明白，她在來到這個地方以前先確認過他不會在家，所以她一開口就表示，他在此時返家非常出人意表——她還補充道：「因為你的管家告知我們，你在明天以前肯定不會到。而且說真的，在我們離開貝克威爾以前，我們所知的都是你不會立刻來到鄉間。」他承認這一切說得都對，不過他跟他家總管有事要商量，導致他意外地比其他同行的朋友早幾個小時到家。「他們會在明天一早跟我會合，」他繼續說道：「而且在他們之中，有幾位也認識妳——我指的是賓利先生與他的姊妹。」

伊麗莎白只是輕輕點個頭表示了解。這句話立刻把她的思緒驅回他們上次提起賓利先生的時候；如果她能夠根據他的表情下判斷，**他**在想的事情也相去不遠。

一陣停頓以後，他又說道：「這群朋友裡還有另一個人，她特別希望能夠認識妳。如果蒙妳允許，在妳還住在藍頓的時候，我想把我妹妹介紹給妳認識，這樣不會太過分吧？」

這樣的請求，確實讓她大為驚訝，她驚訝到不知道自己如何表示同意的。她立刻感覺到，不管達西小姐可能多渴望認識她，都是因為她哥哥的慫恿；不必再往下多想，就很讓人滿意了。她很高興得知，他的怨氣並沒有讓他真正厭惡她。

他們現在默默地往前走，兩個人都陷入沉思。伊麗莎白覺得不太自在，要覺得自在是不可能的；不過她受寵若驚，又很高興。他希望介紹妹妹給她認識，這是最高的恭維。他們的步行速度很快就超前其他人；他們走到馬車旁邊時，嘉迪納夫婦還落在八分之一哩外。

隨後他邀她進屋——不過她自稱並不覺得累，他們就一起站在草坪上。在這種時候或許有很多話可說，保持沉默顯得很尷尬。她是想開口，然而每個話題似乎都有不便提起之處。最後她想起來自己正在旅行，他們就秉持著堅忍不拔的精神，硬是拿麥洛克與多弗谷地當聊天主題。然而時間的流動，就跟她舅媽的步行速度一樣遲緩——在兩人獨處的時光結束以前，她的耐性與話題就差不多耗盡了。

嘉迪納夫婦出現的時候，主人力邀所有人進屋去享用一些點心，不過他們婉拒這番盛情，雙方以最有禮貌的態度作別。達西先生扶著兩位女士坐進車廂，在馬車開走時，伊麗莎白看著他慢慢地朝大宅走去。

她舅舅跟舅媽開始發表意見，兩人都表示，他絕對比他們期待中更優越得多。

「他的舉止相當無可挑剔，既有禮貌又不做作，」她舅舅說。

「當然，他身上**確實有**那麼一點貴人的氣派，」她舅媽跟著回應：「但只限於他的氣質，而且不至於顯得不得體。我現在可以同意管家的話了，雖然有些人會說他傲慢，**我**卻完全看不出這點。」

「他對待我們的舉止，讓我再驚訝不過。這不只是客氣，而是真正的體貼，其實根本沒必要這樣殷勤。他跟伊麗莎白的交情非常粗淺呀。」

「說真的，麗西，」她舅媽說道：「他是沒有威克姆那麼帥氣，或者該說是他沒有威克姆那樣的臉蛋，因為他的五官已非常好看。不過妳怎麼會跟我們說他非常惹人厭呢？」

伊麗莎白盡可能為自己辯白。她說，她在肯特郡遇到他的時候已經比較喜歡他了，而她從來沒見過他像今天早上這麼親切愉快。

「不過，他的客氣禮貌可能是出於一時異想天開，」她舅舅回答：「那些貴人常常是這樣的；所以，我不會太把他邀我去釣魚的話當真，因為改天他的想法可能就變了，還會把我趕出他家莊園。」

伊麗莎白覺得他們徹底誤解他的人格了，不過她沒說什麼。

「從我們對他的觀察來看，」嘉迪納太太接著說道：「我真的不該認為他能夠殘酷地對待任何人，像他對待可憐的威克姆那樣。他看起來不像天性惡劣的人。他說話時，嘴邊反而有種討人喜歡的樣子，臉上還有某種尊貴的氣息。不過說真的，帶著我們參觀房子的那位好心女士把他的為人捧上天了！我有時候差點就要忍俊不住。但我猜想他是一位寬厚的主人，而在僕人眼中，**這一點**就包含所有美德了。」

伊麗莎白這時覺得自己有義務說幾句話，為他對待威克姆的方式做辯護。所以她盡可能小心地讓他們了解，根據她從達西在肯特郡的親戚那裡聽說的狀況，他的行為能夠有非常不同的詮釋；他的人格絕對不是那麼可議，威克姆的人品也沒有那麼美好，這些跟他們在賀福德郡所想的不同。為了證實這一點，她把他們之間的財務往來細節說了出來；她沒有實際上點明她的消息來源，卻指出這個說法可以信賴。

嘉迪納太太很訝異又擔憂，但既然他們越來越接近她曾經度過美好時光的地方，回憶的迷人魅力，取代了她心中的每個念頭；她太專注於向丈夫指出這一帶所有饒富意趣的地點，就想不到別的事情了。白天的散步雖然讓她很疲倦，但他們一吃過晚餐，她就再度出發去尋找當年的舊識。她跟失去音訊多年的舊友聊起近況，心滿意足地度過了這一晚。

白天發生的事情實在太有意思了，所以伊麗莎白無暇去多注意這些新朋友；她也做不了別的事，只能去想——而且是訝異地想著——達西先生如何地多禮，而且最重要的是，他還希望能介紹他妹妹給她認識。

## 2

伊麗莎白認定達西先生會在妹妹抵達潘伯利的第二天，就帶著妹妹來訪，所以她下定決心，那天白晝都要在看得到旅館的範圍內活動。然而她料錯了，這些貴客在抵達藍頓的當天就來拜訪了。他們本來跟他們的新朋友在附近散步，這時才剛回到客棧，準備更衣再去跟朋友一家共進晚餐，這時馬車的聲響把他們引到窗口，正好看見一位紳士和一位淑女坐在無蓋輕馬車裡，朝著街道這頭駛來。伊麗莎白立刻認出僕役制服，進而猜出了來者是誰，就頗為吃驚地告訴她的舅舅跟舅媽，她預料即將有幸接待客人。她的舅舅跟舅媽全都驚異不已；她說話時侷促不安的態度，再加上眼前的狀況，以及前一天發生的種種情形，讓他們對這件事有了全新的看法。之前他們全沒接收到任何暗示，不過現在他們覺得，除了假定對方對他們的外甥女情有獨鍾以外，沒別的方式能夠解釋這樣的殷勤態度。在這個剛成形的想法掠過他們腦海之際，伊麗莎白慌亂不安的感受也隨著節節高升。她對於自己這樣不鎮定相當訝異。不過，在其他讓她心慌的原因之中，她最怕那位為人兄長的男士出於私心偏愛，把她說得太好。而且，正因為她比平常更渴望取悅別人，她自然會懷疑她取悅別人的能耐會全部失靈。

她從窗邊退開，就怕被人看見。她在房間裡來回踱步，努力要自己冷靜下來的時候，看到她舅舅跟舅媽狐疑訝異的表情無異雪上加霜。

達西小姐與她哥哥一起出現，讓人害怕的介紹過程開始了。伊麗莎白吃驚地看出，這位新朋友至少跟她一樣尷尬困窘。她到藍頓以後，曾聽說達西小姐非常高傲；但幾分鐘的觀察讓她確信，她只是非常害羞。她發現，就算只想讓達西小姐多說超過一個字也相當困難。

達西小姐身材頎長，比伊麗莎白高大些。雖然她剛過十六歲，卻已經有大人的體態，外表很有女性氣質又很優雅。她的容貌不如哥哥好看，但她的臉孔卻透露出她的聰明與好性情，舉止則謙遜溫柔。伊麗莎白本來預料她會像達西先生一樣，是個不知尷尬為何物的尖刻觀察家；發現這位妹妹在感情上與哥哥大異其趣，讓伊麗莎白大為寬心。

他們相會之後沒多久，達西就告訴她，賓利也要來拜訪她；她幾乎才剛表示很樂意接待這位客人，就聽到賓利急促的腳步聲在樓梯上響起，轉眼之間他就走進房間了。伊麗莎白對他的所有不滿，早就已經煙消雲散。不過就算她還餘怒未消，他再見到她時表現出那樣毫無矯飾的友善態度，也讓她很難再有芥蒂。他用友善卻籠統的方式問候她的家人，而且外表和談吐就跟過去一樣，顯得開朗而輕鬆。

嘉迪納夫婦幾乎就跟她一樣，對賓利先生很感興趣。他們早就希望見到他了。眼前的這群人，確實激起他們很強烈的關注。他們才剛開始懷疑達西先生跟他們的外甥女的關係，在這種疑慮的引導下，他們認真而小心地深入觀察雙方；這樣的探究讓他們很快就完全相信，至少其中一方已經墜入愛河。女方的感受如何，他們還有點懷疑，不過那位紳士流露出的愛慕是夠明顯的了。

伊麗莎白這廂也忙碌得很。她想要確定每位訪客的感受、鎮定自己的情緒，同時還要博得所有人的歡心；她最擔心後面這個目標會失敗，然而在這方面她卻肯定成功了，因為她盡力要取悅的那些人本來就偏袒她。賓利很樂於領受她的好意，喬治安娜渴望接受她的好意，達西則是決心要接受她的好意。

一看到賓利，她的思緒自然就飛向她姊姊。喔！她多麼熱切地想知道，他有沒有任何一絲想法也是指向同一處。有時候她自認為能觀察到他沒有過去那麼健談，還有一兩次她暗中欣喜地認為，他看著她的時候，企圖從她臉上看出跟姊姊約略相似之處。然而就算前面這些可能純屬想像，在他對待達西小姐的舉止上，她還是不可能受騙。過去達西小姐被當成珍的情敵，但雙方看起來都沒有特別喜愛對方的樣子。他們之間的交流，無法為賓利小姐的願望提供佐證。在這方面，她很快就滿意了。在他們分離之前，有兩三個小小的跡象，被她急切地詮釋成對珍的懷念，其中不無柔情，還顯示出要是他鼓起勇氣，可能就會希望多說幾句，這樣或許就會提到珍了。

在其他人一起聊天的某個片刻，他用一種確實有幾分懊悔的語調對她說道：「從上次有幸見到她以來，已經過了很長的一段時間了」；在她能夠回答以前，他又補上一句：「已經超過八個月了。我們從十一月二十六日以後就沒再碰面，那時我們全都在奈德菲參加舞會。」

伊麗莎白發現他的記憶如此精確，感到很高興；隨後他還趁著其他人都沒注意的時候問她，她**所有的**姊妹是不是都還在龍柏園。他這個問題或是前面說過的話乍聽都沒什麼，但他的眼神和舉止，卻讓這些話有了弦外之音。

她不常有機會把目光投向達西先生本人，但每次她確實有機會偷得一瞥的時候，她就會看見他親切對待眾人的表情。他說每句話的時候，語氣裡透露出的遠非高傲自矜或目無下塵，這讓她相信，無論事實證明這種舉止上的進步可能有多短暫，至少也延續超過一天了。她看著他努力想認識這些人，並且博取他們的好感，在幾個月前他甚至不屑跟這些人有任何瓜葛。她看著他不但對她這樣文雅有禮，對於他曾經公然鄙視的那些親戚也是如此，又回想起當初他們在杭斯佛德牧師公館裡激烈爭執的場面，這種差異與變化實在太大，在她心頭留下如此強烈的印象，讓她差點就克制不住而流露出自己內心的震驚。甚至在奈德菲有他親愛的朋友相伴、或者在羅辛斯有他那些尊貴親戚在旁的時候，她都沒見到他像現在這樣渴望討人歡心，這樣不自以為是、不冷漠寡言，然而就算他這番努力成功了，也不會得到什麼重大的好處；就算他只是認識這些他殷勤相待的人，都會招來奈德菲與羅辛斯的夫人小姐們奚落譴責。

訪客待了超過半小時。在他們起身離開的時候，達西先生請他妹妹過來，跟他一起表示希望能在嘉迪納夫婦與班奈特小姐離開這裡之前，邀請他們到潘伯利來吃晚餐。達西小姐雖然不習慣提出邀請而顯得缺乏自信，卻立刻聽從哥哥的吩咐。嘉迪納太太望著她外甥女，想知道**她**是否想接受這個針對她而來的邀請，伊麗莎白卻把臉別向一邊。她舅媽推斷，這種刻意的迴避只表示一時害臊，卻並非不喜歡這種邀約，又想到她丈夫喜愛交際，會非常樂意接受邀請，她就大膽地替外甥女答應要出席，並且把日期定在後天。

確定能夠再見到伊麗莎白，賓利顯得十分高興，他還有許多話想跟她說，還有許多關於賀福德郡那些朋友的問題想問。伊麗莎白把這一切都解釋成他希望聽她談談她姊姊，心中暗喜；因為這一點，還有其他發生過的事，她發現自己能夠心滿意足地回想剛過去的半小時——雖然當時她沒享受到多少樂趣。她渴望獨處，又怕她舅舅跟舅媽會提出問題或語帶暗示，她後來只跟他們坐了一會，只夠聽完他們稱讚賓利，她就匆匆告退去更衣了。

但她並沒有理由害怕嘉迪納夫婦的好奇，他們並不希望逼她透露內情。事情很明顯，她跟達西先生的熟稔程度遠超過他們原本的想像，同樣明顯的是，他深深愛上她了。他們看出有許多事情都很讓人關心，卻沒有一樣能讓他們理直氣壯地開口問。

現在他們急於看出達西先生的優點了，而且根據他們對他的所有認識，他無懈可擊。他這麼有禮貌，他們不可能不為之動容；如果他們不考慮別的說法，只根據自己的感受與僕役的證言來形容達西先生，賀福德郡社交界裡認識達西的人可認不出他們講的是誰。然而現在他們有理由相信那位管家了；他們很快就意識到一名僕人的見解其實很可靠，她從他四歲大就認得他了，而她本人的舉止又顯示她體面可敬，她的意見可不能隨便打發掉。他們在藍頓的朋友，也沒有任何消息能夠實質上削弱她那番話的可信度。除了傲慢，他們沒別的話好指摘他；他可能是傲慢的，而如果他並非如此，達西家族不會拜訪的小市鎮居民肯定會編派出這種說法。不過大家公認他是個慷慨的人，為窮人做了很多好事。

至於威克姆，這幾位旅人很快就發現他在這裡的評價並不高。雖然大家都不太明白他跟恩人之子的大部分爭議內容，眾所週知的事實是，他離開達比郡的時候還留下許多債務，後來是達西先生代他償還的。

至於伊麗莎白，她今晚比昨晚更常想著潘伯利；而這一晚過起來雖然彷彿很漫長，卻沒有長到可以讓她確定自己對宅邸中的**那一位**有什麼感覺。她清醒地躺了整整兩小時，努力要理出個頭緒。她肯定不恨他。不，恨意早在很久以前就消弭了，而且幾乎在同樣久以前她就開始覺得羞愧，她竟然一度堪稱厭惡他。自從她相信他有寶貴的特質以後，儘管起初不願承認，她還是對他產生一股敬意，她對他的反感早已因此平息了下來。而她昨天聽到的證詞對他推崇備至，又表現出他個性裡較為和藹可親的一面，這股敬意又加強了，變成了更加友善的感情。不過最重要的是，除了尊崇與敬意以外，她還有一個無可忽視的善意動機。這就是感激——不只是感激他一度愛過她，而是感激他仍舊愛她，甚至足以寬恕她拒絕他時暴躁尖酸的態度，以及她同時提出的所有不公平指控。她本來確信，他會把她當成最大的敵人，避之惟恐不及；然而這回意外相會的時候，他似乎非常熱切地想要維繫舊日交情，在只跟他們兩人有關的事情上，他沒有太過露骨地表示關照，也沒有引人注目的特異舉止。他設法博得她的親友對他的好評，還努力要讓他妹妹認識她。這麼高傲的男人有了這樣大的變化，激起的不只是驚異，還有感激——因為這一定得歸功於愛，而且是熱烈的愛；這種感情在她心頭留下的印象，雖然還不可能清楚地界定，卻絕非不討人喜歡的類型，她還想要加以鼓勵。她尊敬他、重視他，還很感激他。對於他的幸福產生一種真正的關懷；她只想知道，她到底多希望這種幸福要仰賴她來成全。在她想來，她還有能力讓他再度求婚，但為了雙方的幸福，她想知道自己該把這股力量發揮到何等程度。

舅媽跟外甥女在晚上談出了定論：達西小姐今天剛到潘伯利就過來拜訪，實在是驚人地殷勤有禮，因為她抵達的時間算是稍晚的早餐時刻。雖然比不上她，她們還是要起而效法，努力表現她們也懂得禮貌，所以權宜之計，就是第二天早上就去潘伯利拜訪她。所以她們就要去那裡了。伊麗莎白心裡喜孜孜地，雖然在她自問理由何在的時候，她說不出個所以然。

嘉迪納先生在早餐之後很快就先出發了。前一天他們又提起了釣魚計畫，他已經跟潘伯利的幾位紳士約好了中午要見面。

# 3

伊麗莎白現在確信賓利小姐對她的厭惡是源於嫉妒，就忍不住覺得賓利小姐肯定非常不歡迎她來到潘伯利。同時她也覺得好奇，想知道重溫故交時，那位小姐能表現出多少禮貌。

一抵達宅邸，她們就在僕人帶領下穿過大廳，進入客廳。客廳面朝北方，顯示這裡在夏天很宜人。這裡的窗戶朝著外面的園地敞開，可以看見讓人心曠神怡的景象：屋子後方布滿林木的高聳丘陵，美麗的橡樹與西洋栗林立在其間的草坪上。

達西小姐在這個房間裡接待她們，她跟赫斯特太太、賓利小姐、以及跟她同在倫敦生活的一位女士一起坐在那裡。喬治安娜非常客氣有禮地接待她們，不過態度有些靦腆困窘，原因在於她怕羞，又怕自己做得不對，這樣很容易讓自覺身分低微的人相信她傲慢寡言。不過嘉迪納太太跟她的外甥女，卻能夠公平看待她，同情她的處境。

赫斯特太太與賓利小姐只賞給她們一個屈膝禮。她們落坐以後，出現了持續好一陣的空檔——像這樣的空檔，總是讓人覺得很尷尬。安妮斯利太太首先打破沉默，她是一位外表親切愉快的文雅女士，她盡力想帶動某種對話，這證明她比其他人更具備真正的良好教養。她跟嘉迪納太太聊了開來，伊麗莎白偶爾也幫忙插上幾句話。達西小姐看來很希望自己有足夠勇氣加入對話。要是她說的話沒什麼被人聽見的危險，她確實會偶爾冒險說上短短的一句。

伊麗莎白很快就看出賓利小姐仔細地觀察著她，她說任何話——特別是對達西小姐說話的時候——都會引起賓利小姐的注意。要不是她們坐在不方便談話的距離，這樣的觀察並不會阻止她跟達西小姐攀談。不過省去了開口的必要，倒沒有讓她太遺憾，她自己的思緒就佔滿她的腦袋了。她隨時都期待著會有幾位男士走進房間裡，她既希望又害怕屋主會是其中一人。她到底是最希望還是最害怕發生這種事，她自己也難以決定。伊麗莎白這樣坐了十五分鐘，都沒聽到賓利小姐作聲，然後突然就聽到她冷淡地問候伊麗莎白的家人是否健康。她用同樣漠然的態度簡短地作答，賓利小姐就沒再接話了。

僕人帶著冷肉、蛋糕跟各種當季鮮果走了進來，為她們這次來訪帶來了下一個變化。不過，這是在安妮斯利太太對達西小姐使了好幾次眼色、又微笑示意以後，她才醒悟到她該盡主人的職責。現在所有人都有事做了；因為她們雖然並不是都很能聊天，卻都能吃東西。葡萄、油桃與蜜桃堆成美麗的金字塔狀，很快就讓她們圍攏在桌旁。

她們忙著吃的時候，伊麗莎白有了個好機會，可以決定她到底是害怕還是希望見到達西先生了——就看他走進房間裡的這一刻，到底是哪種感覺佔上風；雖然不久前她還相信自己是希望見到他的，現在他真來了，她卻開始後悔了。

他先前跟嘉迪納先生，還有此刻在家的另外兩三位紳士一起在河邊度過一段時間，聽說嘉迪納家的女士們白天要來拜訪喬治安娜，才離開嘉迪納先生回到屋裡。他才一出現，伊麗莎白就明智地決定保持非常輕鬆大方的態度。她很有必要下定這種決心，但這樣做或許並不容易，因為她看出所有人都在懷疑他們的關係。他一走進房間，幾乎人人都在觀察他的行為。賓利小姐臉上專注又好奇的表情最為明顯，雖然她對那些讓她好奇的人說話時，還是滿臉堆笑；這是因為嫉妒還沒把她逼到絕境，她對達西先生肯定還是情有獨鍾。達西小姐在哥哥進來以後，就比較多話了；伊麗莎白看出他急於讓她與他妹妹早點熟絡起來，也盡可能嘗試鼓勵雙方的對話。賓利小姐同樣把這一切都看在眼裡；她在憤怒之餘有失謹慎，一逮著機會就用故作客氣的輕蔑態度說道：

「伊萊莎小姐，請問妳，某郡民兵團不是離開馬里頓了嗎？這對**妳的**家人來說，一定是很大的損失吧。」

在達西面前，她不敢提起威克姆的名字，不過伊麗莎白立刻就會意過來，她最先想到的肯定是他。跟他有關的種種回憶，讓她一時覺得很難受，不過她打起精神抵抗這種惡意的攻擊，立刻用還算從容自若的語氣回答了問題。她說話時，不由自主地看了達西一眼，發現他漲紅了臉，認真地注視著她，他妹妹則困窘得不知如何是好，連頭都抬不起來。要是賓利小姐知道那時她帶給她摯愛的朋友多少痛苦，她無疑就會制止自己做這種暗示。不過她原本只打算提起她相信伊麗莎白偏愛的男士，好讓她驚慌失措、流露出某種感情，破壞她在達西心目中的形象，或許也想提醒達西，她的某些家人跟民兵團之間鬧出多少愚蠢荒唐的事情。她從來沒聽說達西小姐曾經預謀私奔。關於此事，達西先生能不提就不提，只對伊麗莎白說過。而達西先生尤其謹慎地瞞著賓利家的所有親友，伊麗莎白很久以前就猜到理由了：他希望妹妹能跟他們結親。他過去肯定有這種計畫，這倒不是說他會因此努力去拆散賓利先生跟班奈特小姐，但他有可能因此更加強烈地關注朋友的福祉。

然而伊麗莎白鎮定的舉止，很快就讓他的情緒平靜下來。賓利小姐惱怒又失望，卻不敢再更進一步提到威克姆，喬治安娜也及時恢復，雖然並未恢復到可以再多說話。她害怕跟哥哥四目相望，但她哥哥這時幾乎沒在考慮她在這件事情裡的利害關係，這種作法原本是故意要讓他不再去想伊麗莎白，結果反而好像讓他更加喜歡伊麗莎白。

在前面的問答結束之後不久，她們就告辭了。在達西先生送她們上馬車的時候，賓利小姐為了發洩情緒，批評起伊麗莎白的外表、行為和服裝。不過喬治安娜並沒有附和她。她哥哥的讚美，就足以確保她對伊麗莎白的喜愛：哥哥的判斷不可能有錯，而他談起伊麗莎白的措詞，讓喬治安娜除了認為她可愛可親以外，不可能有其他想法。達西回到客廳的時候，賓利小姐忍不住把剛才對他妹妹說的話，又重新對他講了一遍。

「達西先生，伊萊莎．班奈特小姐今天早上看起來氣色真糟呀，」她大嚷道：「我這輩子從沒見過一個人像她那樣，從去年冬天到現在改變這麼大。她的皮膚變得又黑又粗。路易莎跟我都同意，我們都認不出她了。」

不管達西先生多不愛聽這種話，他都忍下來了，只是冷淡地回答說，他沒注意到她有什麼變化，只是曬黑了些——這是夏季旅行的自然結果。

她又提出反對意見：「我必須承認，我從來看不出她哪裡美。她的臉太瘦削，膚色又沒有光澤，五官一點都不好看。她的鼻子很沒特色，線條不怎麼突出。她的牙齒倒是還好，不過就只是普通而已；至於她的眼睛嘛，有時候別人會稱讚說有多美麗，我卻從來沒感覺到有哪裡與眾不同。那雙眼睛裡有種銳利精明的神色，我一點都不喜歡。她整個人有一種跟不上時代的自滿氣息，讓人難以忍受。」

賓利小姐既然確信達西愛慕伊麗莎白，這樣講實在不是凸顯自己好處的最佳作法，不過怒火中燒的人並不總是有明智的見解。終於她看出他有點不高興了，她期望的成果全都出現了。然而他決心保持沉默，她鐵了心要逼他說話，就繼續說道：

「我記得我們在賀福德郡剛認識她的時候，發現她是當地知名美女，我們全都很驚訝。我尤其記得，有一天晚上在他們來奈德菲莊園吃飯以後，你說道：『要承認**她**是美女嗎！那麼我很快就會說她母親很機智了。』不過後來你對她的看法似乎就變好了，我相信你有一次還認為她相當漂亮呢。」

「對，」達西回話了，他再也忍不下去了：「不過只有在剛認識她的時候，我才**那麼想**；從好幾個月前，我就已經認為她是我所知最美的女人了。」

說到這裡，他就走開了，留下自作自受的賓利小姐，她逼他說出的話對別人無傷，只讓她自己心痛。

嘉迪納太太跟伊麗莎白回去以後，談論了她們拜訪期間發生的一切，單單不談對她們來說都特別有意思的那些事。她們見過的每個人的行為舉止都討論過了，就只沒講到她們最在意的那個人。她們聊到他的妹妹、他的朋友、他家和他的水果，什麼都說到了，就沒講到他本人；然而伊麗莎白很想知道嘉迪納太太對他有什麼想法，而嘉迪納太太也很希望她外甥女能先提起這個話頭。

# 4

剛到達藍頓的時候，伊麗莎白很失望地發現珍還沒寫信過來，而他們抵達以後的每天早上，她都重溫同樣的失望之情；不過到了第三天，她就毋須再埋怨了，她姊姊也洗刷了罪名，因為她一次就接到兩封來自珍的信件，其中一封註明曾被誤寄到別處。伊麗莎白對此並不感到驚訝，因為珍寫下的地址相當潦草難辨。

收到信的時候，他們正準備出去散步；她舅舅跟舅媽留下她靜靜地享受這些信，自己出門去了。她先讀了被誤送到別處去的那一封，那是五天前寫的了。開頭描述了他們的許多小派對與聚會，還有鄉間會有的那種新聞。不過一天以後寫下的信件後半部，顯然是在情緒激動的狀態下寫的，透露的是更加重要的消息。信件內容如下：

最親愛的麗西，從寫完上面的內容以後，有一件最難以逆料、也最嚴重的事情發生了；但我真怕會讓妳太緊張——請放心，我們全都安好。我必須說的事情跟可憐的莉迪亞有關。昨晚十二點我們都已經就寢了，卻有一封佛斯特上校發來的急信到了，他通知我們，說莉迪亞跟他麾下的一位軍官去了蘇格蘭。說實話，是跟威克姆走了！想像一下我們有多驚訝吧。然而對吉蒂來說，這件事並不是全然那麼意外。我覺得非常、非常遺憾。對雙方來說，這種婚配都太不謹慎了！但我還是願意期望有最好的結果，希望他的人格一直受到誤解。我可以輕易相信他有欠考慮、行事輕率，但是這個作為本身看不出任何邪惡的成分（讓我們為此高興一下吧）。至少他的選擇不是出於利益考量，因為他肯定知道我們的父親什麼都不能給她。我們可憐的母親哀痛至極，父親比較能夠承受。我多麼慶幸，我們沒讓他們知道關於他的壞話；我們自己也必須忘記才好。根據推測，他們是在星期六晚上將近十二點時出走的，卻到昨天早上八點才被發現。上校立刻發急信送往我們這裡。親愛的麗西，他們一定曾經路過距離我們不到十哩的地方。佛斯特上校讓我們知道，他很快就會趕來這裡。莉迪亞留下幾行字給他太太，把他們打算做的事通知了她。我必須把這封信做個結束了，因為我不能放下媽媽太久。恐怕妳沒辦法理解這一切，不過我也不知道自己在說什麼了。

伊麗莎白沒讓自己有時間考慮，幾乎也不知道自己是什麼感覺，一讀完這封信就立刻拿起另一封，非常急切地打開來閱讀下面的內容。第二封信是在第一封信寫完後一天寫下的。

親愛的妹妹，到這時候妳已經收到我匆促寫下的信了；但願這封信會比較容易理解，但現在雖然沒有時間壓力，我的腦袋還是亂成一團，連回話都無法連貫。最親愛的麗西，我幾乎不知道我會寫下些什麼話，不過我有壞消息要告訴妳，而且不能再拖延了。威克姆先生跟可憐的莉迪亞成婚可能很不謹慎，但我們現在卻還急於確定他們到底有沒有結婚，因為有太多理由要害怕他們根本沒去蘇格蘭。佛斯特上校前天離開布萊頓，昨天來到這裡，只比急信晚了幾小時。雖然根據莉迪亞給佛斯特太太的短箋，他們的理解是這兩個人要去葛雷納葛林，不過丹尼透露的某些話，顯示他相信威克姆絕對不想去那裡，也一點都不打算娶莉迪亞。他向佛斯特上校重複這番話以後，上校立刻就起了警覺心，從布萊頓出發，想追蹤他們的去向。他確實不費力氣就追蹤到克拉朋，不過再往下就沒頭緒了。因為一到那裡，他們就換搭一輛出租馬車，打發走他們從愛普森雇來的輕馬車。此後只知道有人看到他們繼續朝倫敦去了。我不知道該怎麼想。在倫敦那一頭盡可能打探以後，佛斯特上校繼續朝著賀福德郡而來，急切地在各家關卡、巴奈特與哈特菲爾的各個客棧裡重複同樣的探問，卻沒有成果——沒有人看到這樣的人路過。他懷著最仁慈的關切之心來到龍柏園，用最能證實他心地善良的方式，表了達他的憂慮。我誠心為他和佛斯特太太感到難過，但是沒有人能怪他們。親愛的麗西，我們承受著很大的磨難。我們的父母相信最壞的狀況已經發生，但我沒辦法把他想得這麼糟。可能有許多狀況，讓他們覺得在倫敦偷偷結婚比遵循一開始的計畫還合適。而就算他做得出這種事，設計一個像莉迪亞這樣無權無勢的年輕女子——我想這是很不可能的——我能夠認為莉迪亞也什麼都顧不著了嗎？這不可能的。然而我傷心地發現，佛斯特上校並不相信他們會結婚。在我說出我的期望時，他搖搖頭，說威克姆恐怕不是個可以信任的男人。可憐的媽媽真的病得厲害，一直待在房間裡。要是她盡力克制自己就會好一點，但我們無法期待這一點；至於我們的父親，我這輩子從沒見過他受到這樣大的打擊。可憐的吉蒂承受著大家的怒氣，因為她隱瞞了他們的私情；不過這是姊妹間的祕密，也難怪會這樣。親愛的麗西，我真是高興妳不必看到某些讓人難受的景象；但現在第一波衝擊結束了，我是否可以承認，我期盼妳回來？要是不方便，我就不會自私到強求妳這麼做。別了！

——我又提起筆來，向妳提出我剛才聲稱不會做的要求；然而以現在的狀況來說，我忍不住要誠心請求你們全都儘快回到這裡。我太了解親愛的舅舅與舅媽，我並不怕向他們提出要求，雖然我還有更進一步的事情要請舅舅幫忙：父親立刻就要動身跟佛斯特上校去倫敦，試著把莉迪亞找回來。他有什麼打算，我實在不知道。但他太過憂傷，無法以最好、最安全的方式進行追蹤，而且佛斯特上校明天晚上就必須回到布萊頓了。在這樣急迫的時刻，舅舅的建議與協助會非常寶貴，他會立刻就了解我現在一定會有的感受，我就仰賴他的善心了。

「喔！舅舅在哪裡？」伊麗莎白喊了出聲，一讀完信她就從椅子上跳起來往外衝，真的就要去找她舅舅了，現在時間寶貴、分秒必爭。不過她才一到門口，就有個僕人開了門，達西先生走了進來。她蒼白的臉色跟急躁的舉止讓他吃了一驚，在他鎮定到能夠開口以前，心中只掛念莉迪亞處境安危的伊麗莎白就急切地喊道：「請你見諒，但我一定出門，不能陪你。我必須去找嘉迪納先生，這件事刻不容緩，我經不起浪費任何時間。」

「天啊！到底發生了什麼事？」達西先生喊了出來，強烈的情緒壓倒了禮貌，然後他恢復鎮定，說道：「我不會耽誤妳的時間，不過請讓我或者僕人去幫妳找回嘉迪納夫婦吧。妳身體狀況不夠好，不能自己去找。」

伊麗莎白猶豫了，但她的雙膝在顫抖，而且也覺得她如果試圖去找回他們，恐怕收效不大。所以她把僕人叫回來，委託他去找回舅舅和舅媽，而她上氣不接下氣，所說的話幾乎難以分辨。

在僕人離開房間以後，她支撐不住了，便坐了下來，看起來身心狀況極差，達西根本不可能放下她一個人，他還忍不住用溫柔又同情的口吻說道：「讓我把妳的女僕叫來吧？有沒有什麼妳能服用的東西，可以紓解妳現在的不適？來一杯紅酒吧？我該替妳叫一杯嗎？妳看起來很不舒服。」

「不用的，謝謝你，」她設法打起精神回答。「我沒事的。我身體相當好，只是剛從龍柏園傳來某個可怕的消息，讓我很難過。」

她才提到這件事，就迸出淚水，有幾分鐘根本無法言語。達西不明就裡卻也跟著難受，只能含糊其詞地說幾句話表達關心，然後同情地保持沉默，觀察著她的狀況。最後她又開口了。「我才剛從珍那裡收到一封信，信上寫了好可怕的消息。這件事瞞不了任何人了。我最小的妹妹拋下她所有的朋友——跟人私奔了，她讓自己受制於——受制於威克姆先生。他們一起從布萊頓逃跑了。**你**太了解他了，不至於懷疑接下來會如何。她沒有錢，又沒有顯赫的身世背景，沒有任何東西可以誘惑他去——她永遠不能翻身了。」

達西震驚得僵住了。她用更加激動的語氣補充說明：「我一想到**我**本來可以阻止這件事就難過！**我**早就知道他是什麼樣的人。要是我就只解釋其中一部分——我所知的某一部分——讓我自己的家人知道就好了！要是他們知道他為人如何，這種事就不可能發生了。但現在這一切都太遲了。」

「我真是太難過了，」達西喊道：「既難過——又震驚。但這事情確定了嗎，徹底確定了？」

「喔，是的！他們在星期日晚上一起離開了布萊頓，被追蹤到快到倫敦的地方，但隨後就下落不明了。他們肯定沒有去蘇格蘭。」

「那麼為了追回她，現在已經做了什麼，嘗試過哪些作法？」

「我父親去了倫敦，珍寫信來請求我舅舅立刻提供協助，我希望我們能在半小時內就啟程。可是已經無可救藥了，我很清楚已經沒辦法可想了。我們怎麼能說服這種人？我們要怎麼找回他們？我覺得希望渺茫。從每一方面來說都可怕極了！」

達西搖搖頭，默默地表示同意。

「在**我的**雙眼已經看穿他真正性格的時候——喔！要是我早知道該怎麼做、該怎麼大膽行動就好了！但我那時不知道——我就怕做得太過火。真是可悲的錯誤，太可悲了！」

達西沒有回答。他看似幾乎沒聽見她的話，在房間裡來回踱步，陷入嚴肅的思考之中，他皺緊了眉頭，流露出一股陰鬱的氣息。伊麗莎白很快就觀察到這一點，也立刻就明白了。她對他的影響力正在降低：他們這一家的缺陷有了這樣的證明，肯定蒙上最深重的羞辱，此後他們的所有評價**必定**都會降低。她既無法感到詫異，也無法加以責備，不過在此刻相信他已經對她斷念，既不能帶給她任何安慰，也不能平息她的傷痛；相反地，這件事正巧讓她明白她自己的心願：她從來沒像現在這樣誠摯地感覺到，她本來會愛上他的，雖然此刻所有愛意肯定都只能付諸流水了。

雖然關於她個人的念頭會闖進腦海，她卻不可能只想著自己。莉迪亞——她帶給他們所有人的羞辱與慘況——很快就吞沒了所有的個人考量。伊麗莎白用手帕蒙住了臉，很快就忘記了其他一切。經過幾分鐘停頓後，她同伴的聲音才讓她想起她現在的處境，而他說話時雖然語帶同情，卻也同樣有所克制地說道：「恐怕妳早就希望我走了，雖然我有的是全無用處的關懷之情，卻沒有任何理由可以要求繼續待在這裡。天啊，要是我能夠說些什麼、做些什麼來撫平這樣的傷痛就好了！可是我不會再用這些徒勞無功的願望來折磨妳了，這樣做可能就像是存心要妳感謝我。出了這樣不幸的事情，我就怕我妹妹今天沒有這份榮幸，可以在潘伯利見到妳了。」

「喔，是的。請你好心地代替我們向達西小姐道歉。就說有急事把我們立刻叫回家去了。請盡可能隱瞞這件不幸的事，多瞞一天算一天。我知道瞞不久的。」

他立刻答應她會保密，又再度對她的憂傷表示同感悲痛，但願這件事能夠有比現在的合理預期更幸運的結果。在對她的親戚們致意以後，他只在別離時刻嚴肅地望了她一眼，便離開了。

在他離開房間以後，伊麗莎白覺得就算他們再度相見，也不可能像最近幾次在達比郡相會時那樣友善親切了。她回顧他們相識的全部過程，充滿了矛盾與各式各樣的變化，嘆息著想到她的情感變化多大——以往她會歡欣鼓舞地慶祝他們的交情告一段落，現在卻力圖繼續往來。

如果感激與尊重是愛情的良好根基，伊麗莎白的感情變化就不是不可能，也不算是一種缺陷。☆13但如果要採取別的看法，如果要說比起司空見慣的一見鍾情、說不到兩句話就情根深種的狀況，從這種源頭湧出的情意顯得不合理或不自然，我們也沒別的說詞可以為伊麗莎白開脫，只能說她在某種程度上已經試過一見鍾情的辦法——她一度對威克姆有好感，結果

☆13
*If gratitude and esteem are good foundations of affection, Elizabeth's change of sentiment will be neither improbable nor faulty.*

卻不怎麼成功，或許就因為這樣，她有權換個方式談戀愛，儘管這個方式沒那麼有趣。就算是這樣，她目送他離去的時候還是滿心遺憾。在莉迪亞的醜行肯定會帶來的後果之中，這就是最早的實例，她回想這整個不幸事件的時候，這個念頭更增添了她的悲憤。她讀過珍的第二封信以後就死心了，威克姆絕不打算娶莉迪亞。她想著，除了珍，沒有人會抱著這種樂觀的期待。對於這種發展，她一點都不感到驚訝。她才剛讀過第一封信的內容時，覺得既訝異又震驚，威克姆竟然會想要娶一個不可能讓他發財的女孩，而莉迪亞怎麼可能迷住他，乍看也讓人無法理解。但現在看來，一切都再自然不過了。莉迪亞可能還有足夠魅力引起這種程度的情意；雖然伊麗莎白不認為莉迪亞會刻意要求私奔、不求結婚，她卻不難相信，無論莉迪亞的德行還是智慧，都不足以保護她免於輕易失足。

民兵團還在賀福德郡的時候，她從來沒察覺到莉迪亞對他有任何特別的好感；不過她確信莉迪亞只需要一些鼓勵，就能愛上任何人。她最喜歡的軍官一會是這個，一會是那個，只要他們對她殷勤一些，她對他們的好感就會大為增加。她的感情一直都起伏不定，卻從來不缺對象。疏於管教又過度溺愛，對這樣一個女孩造成了多麼大的損害——喔！她現在多麼痛切地感覺到這一點了！

她急切地希望快點回到家裡——跟珍一起聽、一起看、一起分擔種種照料工作，現在家裡亂成一團，那些工作肯定都落到她身上了。父親不在家，母親根本無法管事，還需要持續的照料。雖然她幾乎確信沒有任何辦法可以拯救莉迪亞了，她舅舅的干預似乎還是極為重要，在他進房間以前，她心中焦急苦楚已到了極點。

嘉迪納夫婦緊張地匆匆趕回來，聽僕人的說詞，他們還以為外甥女突然病倒了。但他們才剛欣慰地發現不是這麼回事，她就急忙說明為什麼叫他們回來，還把那兩封信朗讀給他們聽，唸出最後那封信的附筆催促時，還緊張得聲音都發抖了。莉迪亞雖然不是他們最疼愛的外甥女，嘉迪納夫婦卻禁不住深感難過。他們不只是為莉迪亞傷心，也為牽扯在其中的所有人傷心。在一開始驚愕惶恐的感嘆以後，嘉迪納先生立刻答應盡全力幫忙。伊麗莎白雖然預料得到會是這樣，還是感激地含淚感謝他。他們三人同心協力地採取行動，接下來這趟旅程要做的所有準備都馬上確定了，他們會儘快上路。

「可是潘伯利那邊的約定怎麼辦？」嘉迪納太太喊道：「約翰告訴我們，在妳派他來找我們的時候，達西先生人在這裡——是這樣嗎？」

「是的。而且我告訴他，我們應該沒辦法赴約了。**這一點**已經全都說好了。」

「全都說好了？」嘉迪納太太跑進房間裡做準備的時候重複了一遍。「他們交情竟然好到讓她和盤托出真相了嗎？喔，要是我知道是怎麼回事就好了！」

不過祈願終歸徒勞，或者說，這個念頭頂多也只能在接下來一小時的匆促與混亂之中，讓她開心一下。要是伊麗莎白還有空可以無所事事，她就會一直相信像她這樣悲痛的人什麼事都做不了；但她跟她舅媽一樣，有分內的事情該做，其中之一就是寫短箋通知他們在藍頓的所有朋友，捏造藉口解釋他們為何要匆促離開。但在一小時內，整件事情辦妥，同時嘉迪納先生也跟客棧算好了帳，接下來沒別的事，只等著出發。經過一早上的愁雲慘霧之後，伊麗莎白發現，在比她原本想像還短的時間中，她就已經坐在馬車車廂裡，往龍柏園奔去了。

# 5

「伊麗莎白，我又想過一次，」駕車離開鎮上時，伊麗莎白的舅舅說道：「說真的，在認真考慮過以後，我比先前更同意妳姊姊對這件事的判斷。在我看來，任何年輕男子都不太可能會這樣設計一個絕對說不上無依無靠、沒有親友的女孩，而且她其實還住在他的上校長官家裡，所以我強烈認為可以指望有最好的結果。他難道認為她的親友都不會挺身而出嗎？要是這樣冒犯佛斯特上校，他還指望民兵團能收留他嗎？他所受的誘惑，絕對不足以讓他冒這種風險。」

「你真心這樣認為嗎？」伊麗莎白大聲說道，一時之間心情好了一些。

「說真的，」嘉迪納太太說：「我也開始贊成妳舅舅的看法了。犯下這種過錯太不體面、太不光榮又太違反個人利益，他不會這樣做的。我沒辦法把威克姆想成這麼糟糕的人。麗西，妳自己真能這樣對他徹底不抱期望，甚至相信他做得出這種事嗎？」

「我或許不認為他會罔顧個人的利益，但我相信他有能耐不去顧及其他一切。的確，如果事情能像你們說的那樣就好了！但我不敢這樣期待。如果事情是那樣，為什麼他們沒有繼續往蘇格蘭走？」

「首先，」嘉迪納先生回答：「沒有絕對的證據可以說他們沒去蘇格蘭。」

「喔，可是看到他們從輕馬車換成出租馬車，就有理由這樣推測了！此外，通往巴奈特的路上也沒發現他們的蹤跡。」

「唔，那麼——假定他們人在倫敦吧。他們可能在那裡，雖然在隱藏行蹤，卻別無其他目的。他們倆可能都沒有多少錢，他們或許想到在倫敦結婚會比在蘇格蘭結婚更省錢，雖然沒那麼迅速。」

「可是為什麼要這樣暗中行事？為什麼怕別人找到？為什麼他們非得祕密結婚？喔，不，不可能的，不可能是這樣。你也讀到珍的描述了，他最要好的朋友相信他從來不打算娶她。威克姆永遠不會娶一個沒多少財產的女人。他負擔不起這種生活。除了年輕、健康、開朗活潑以外，莉迪亞還有什麼長處、還有什麼迷人的優點，能夠讓他為她放棄所有機會，不去結一門好親事造福自己？至於怕在民兵團裡惹事丟臉，能夠如何阻止他不跟莉迪亞不名譽的私奔，我就無法判斷了，因為我不知道這樣的行事，在軍隊裡可能造成什麼影響。不過你的另一個反對意見，恐怕也很難站得住腳。莉迪亞沒有兄弟可以為她出頭；從我父親的行為來看，他懶於管事，對於家裡發生的狀況似乎一向不太理會，威克姆可能會認為在這種事情上，**我父親**會像別人的父親一樣，盡可能不處理、不過問。」

「但妳能夠認為莉迪亞會不顧一切只管愛他，甚至同意未婚就跟他同住？」

伊麗莎白眼眶含淚地回答：「這樣乍看令人非常震驚，實際上也就是這麼嚇人，我竟然承認我妹妹的貞操與道德觀念很令人持疑，但我真的不知道該怎麼說。或許我對她並不公平。不過她年紀還非常輕，從來沒人教她思考些嚴肅的問題；而且在過去半年，不，在過去一年裡，她整個人放縱到不做別的事，只管玩樂、愛慕虛榮，家裡就讓她這樣用最懶散、最輕浮的方式浪費時間，別人對她說什麼，她都照單全收。自從某郡民兵團首度駐紮到馬里頓以後，她腦袋裡就光想著戀愛、調情和那些軍官。她心裡想的、嘴裡說的，全都是那類話題，盡全力做所有能讓她——我該怎麼說呢？——讓她更容易動情的事，而她天生就已經夠輕浮了。而且我們全都知道，威克姆的儀表談吐有的是能夠俘虜女人心的魅力。」

她舅媽說道：「可是妳看看，珍就不認為威克姆有這麼壞，不相信他能夠做出這種事。」

「珍對誰有過不好的看法？不管一個人以前做過什麼，直到事實證明對他不利以前，她不都相信對方做不出這種事嗎？可是威克姆實際上是什麼樣，珍跟我一樣清楚。我們兩個都知道，他在每一方面都是所謂的浪子，既不正直又沒有榮譽心，虛偽、滿口謊言，還善於逢迎。」

「妳真的知道這一切？」嘉迪納太太喊道，她還是非常好奇外甥如何得到這些消息。

「我真的知道，」伊麗莎白漲紅了臉回答。「我前些天跟妳說到他對達西先生做出很不名譽的行為；而且妳本人上次在龍柏園的時候，也聽到他怎麼講到那個對他百般容忍、又寬大為懷的人。還發生過一些別的事情，我不能隨便說出來——也不值得說出口，不過他針對潘伯利的那一家人，編造了無數的謊言。按照他對達西小姐所做的描述，我本來做足了心理準備，要面對一個傲慢寡言又不可愛的女孩，然而他自己知道，事實正好相反。他一定知道，她就像我們所見的一樣，既討人喜歡又不矯揉造作。」

「可是莉迪亞對此毫不知情嗎？妳跟珍似乎都很清楚的事情，她有可能完全一無所知嗎？」

「喔，是的！——這就是最糟糕的部分。直到我來到肯特郡，經常見到達西先生跟他表哥斐茲威廉上校兩人以前，我自己都還不知道這些事。等我回家的時候，某郡民兵團再過一兩週就要離開。在這種狀況下，無論是珍——我已經告訴她全盤實情——還是我，都覺得沒有必要把我們知道的一切公諸於世；因為一夕推翻我們那一帶所有人對他的好評，顯然對誰都沒有好處吧？甚至就在莉迪亞確定要跟佛斯特太太一起走的時候，我也沒想到有必要讓她看清他的人格。我根本沒想過**她**可能有被他騙到手的危險。妳不難相信，我全沒料到竟然會有**這樣**的後果。」

「所以我想，在他們全都遷往布萊頓時，妳還沒有理由相信他們已經喜歡上對方了吧？」

「一點都沒有。我還記得當初雙方都沒有彼此傾心的跡象；而且妳肯定知道，要是察覺得到那方面的任何跡象，我們家不可能隨便放過這種事。他剛進入民兵團時，她已經夠仰慕他了。不過我們都一樣。在馬里頓或者鄰近地區的每個女孩，在頭兩個月裡都為他暈頭轉向，但他從來沒有對**她**特別另眼相看，而且在一段不長不短的時間過去以後，她就放棄對他那種過份狂野的愛慕，軍團裡的其他軍官還對她比較有興趣，他們再度成了她的最愛。」

很容易想見，他們反覆地討論這個讓人關心的話題，然而無論能增添他們的恐懼、希望與猜測的新材料有多稀少，在整趟旅程裡，沒別的主題能讓他們放下此事太久，伊麗莎白對此更是念念不忘。她最強烈的苦惱與自責，讓她一直牽掛著這件事，沒有一刻能夠寬心或遺忘。

他們儘快趕路，在半途住宿一夜，第二天晚餐時間就抵達龍柏園。想到珍沒有因為長期等待而精疲力竭，對伊麗莎白來說真是一種安慰。

嘉迪納家的孩子們被馬車駛來的景象引了出來。在他們進入圈養牲畜的圍場時，孩子們都站在主屋的台階上，這個讓人快樂的驚喜讓他們的笑容都漾開來了，也讓他們的身體都活躍起來，樂得到處蹦蹦跳跳。第一波迎接他們的，就是這樣令人開心的誠摯歡迎。

伊麗莎白跳下車，匆促地吻過每個孩子以後，她就快步走進門廳，這時珍也從母親房裡跑下樓，立刻就迎向妹妹。

伊麗莎白深情地擁抱著珍，這時兩個人都熱淚盈眶，隨後她一刻也不耽擱，就問起是否有那對逃犯的消息。

「還沒有，」珍回答道：「不過現在親愛的舅舅來了，我希望一切都會好轉。」

「父親在倫敦嗎？」

「對，他是星期二出發的，就在我寫信給妳的時候。」

「妳有常接到他的信嗎？」

「我們只收到一次。他在星期三寫了幾行字給我們，只說他平安抵達了，還告訴我們他住宿在哪，我先前特別要求他這麼做。他只多補充一件事：除非他有重要的事情要說，否則不會再寫信來。」

「那麼母親呢——她怎麼樣？你們大家都還好嗎？」

「我相信母親的身體還算不錯，不過她的心情大受影響。她在樓上，看到你們所有人會讓她很安慰的。她還不肯離開她的化妝間。瑪麗跟吉蒂都很好，真是謝天謝地！」

「可是妳呢，妳還好嗎？」伊麗莎白喊道：「妳看起來臉色蒼白。妳一定吃了很多苦！」

然而她姊姊向她保證，她身體狀況好得很。她們的對話是在嘉迪納夫婦跟孩子們久別相聚、噓寒問暖時進行的，現在卻必須終止，因為大家都圍攏過來了。珍奔向舅舅跟舅媽，向他們倆表示歡迎與謝意，這一刻微笑、下一刻又落淚了。

等到他們全都在客廳裡坐定以後，其他人免不了又問一次伊麗莎白已經問過的問題，而他們很快就發現珍沒有新消息可說，但心地善良的她，還沒有放棄自己提出的樂觀期望。她還是盼望著一切會有美好結局，每天早上都可能有來自莉迪亞或者她父親的信，能夠解釋他們的進展，或許還會宣布結婚的喜訊。

他們一起聊了幾分鐘以後，全都到班奈特太太房間去探望她，而她接待客人的方式也不出大家所料：她淚眼汪汪，又滿心懊悔地哀嘆不已，對威克姆的惡行罵不絕口，並且一再抱怨她自己多麼吃苦受罪。她責怪了每個人，卻沒有責怪思慮不周、過度溺愛女兒，必須為女兒犯錯負起主要責任的那個人。

她說道：「要是我能貫徹我的想法，全家人都去布萊頓的話，**這種事**就不會發生了；結果卻沒有人照顧我可憐的、親愛的莉迪亞。為什麼佛斯特夫婦沒有看住她？我確定他們一定有很大的疏忽，或者有什麼別的錯處，因為如果有人好好看顧她，她不是會做出這種事情的女孩子。我以前一直認為他們很不適合照管她，可是一如往常，我的意見被推翻了。我可憐、親愛的孩子啊！現在班奈特先生又不在家，我知道無論他在哪遇到威克姆，都會跟他決鬥，然後就會被殺害，接下來我們大家要怎麼辦？他還屍骨未寒，柯林斯夫婦就會把我們轟出去。弟弟啊，如果你不對我們仁慈一點，我就不知道我們該怎麼辦了。」

他們全都高聲反駁這樣可怕的想法。嘉迪納先生對她與她們全家做了總體的保證，說明他對她們感情深厚，而且他還告訴她，他打算明天就去倫敦，他會盡每一分力量協助班奈特先生找回莉迪亞。

他又補上一句話：「別再無濟於事地大驚小怪了，雖然做好最壞的打算是對的，但現在沒必要認定會這樣。從他們離開布萊頓到現在還不滿一週。再過幾天，我們可能就會聽說一些關於他們的消息。直到我們知道他們真的沒結婚、也沒打算這樣做以前，我們別把這件事看成已經無可挽回。我一到倫敦就會去找姊夫，讓他跟我回慈恩教堂街的家，然後我們可以一起商量對策。」

「喔，我親愛的弟弟，」班奈特太太回答：「這正是我最希望的。那麼在你到倫敦的時候，無論他們在何處，請把他們找出來吧。如果他們還沒結婚，就讓他們結婚。至於婚禮禮服，別讓這種事耽擱他們，不過你告訴莉迪亞，等他們結婚以後，她想花多少錢買衣服都可以。還有最重要的是，別讓班奈特先生去決鬥。告訴他我的處境有多糟——我怕得都不能思考了；我整個人都在發抖戰慄，腰際一陣陣抽搐，頭也在痛，心跳快成這樣，無論日夜都不得休息。還要跟我親愛的莉迪亞說，在她見過我以前別去買衣服，因為她不知道哪些店鋪才好。喔，弟弟，你多麼仁慈啊！我知道你會設法辦妥一切。」

不過嘉迪納先生雖然再度向她保證，他會竭盡全力達成這個目的，卻免不了要建議她多多克制自己，不要太期待、也不要太恐懼。這樣跟她聊到晚餐上桌為止，他們才留下她去對女管家發洩情緒。女兒們不在時，就由女管家照顧她。

雖然她弟弟跟弟媳都相信她沒必要避著家人，他們卻不打算反對她的作法。因為他們知道，她在伺候用餐的僕人面前一樣口無遮攔，不夠謹慎，所以他們判斷家中知情的僕人最好只有**一名**，而且就是他們最能夠信賴的那位。班奈特太太對於此事所有的恐懼與焦慮，她應該都能理解。

在餐廳裡，他們很快就跟瑪麗與吉蒂會合了，她們在各自房間裡專心地做自己的事，所以先前都沒出現。一個剛放下她的書本，另一個則才剛剛梳妝完畢。兩人的表情都相當冷靜，看起來都沒什麼明顯變化，只是吉蒂失去最喜愛的妹妹陪伴，扯進這件事又害自己挨了罵，所以她說話的口氣比平常更焦躁。至於瑪麗，她相當鎮定有主見，他們才剛圍著桌子坐下，她就露出一臉經過嚴肅反省的表情，對伊麗莎白悄聲說道：

「這件事情不幸到極點，可能會引起許多人的議論。不過我們必須抗拒這一股惡意的浪潮，以姊妹情誼的慰藉為療傷的膏油，注入彼此受到傷害的胸臆之間。」

然後她發現伊麗莎白不想回答她，就補上一句：「這件事情對莉迪亞來說必然是不幸的，但我們卻可以從中學到有用的一課：對一位女性來說，失貞是無可挽救的，踏錯一步就會讓她陷入無盡的毀滅，她的名譽**就跟美貌一樣脆弱；要對抗異性的無恥行徑，再怎麼謹慎行事都不為過。**☆14」

☆14
*Her reputation is no less brittle than it is beautiful; and that she cannot be too much guarded in her behaviour towards the undeserving of the other sex.*

伊麗莎白驚訝地抬起頭，但她情緒太過低落，所以什麼話都答不出來。瑪麗卻還繼續用眼前的不幸來汲取道德教訓，藉此安慰自己。

飯後，兩位較長的班奈特小姐有半小時的時間可以獨處。伊麗莎白立刻抓住機會，問了許許多多的問題，珍也同樣急切地一一作答。她們一起哀嘆這一連串可怕的事件，伊麗莎白認為前景幾乎肯定無望，班奈特小姐也不能聲稱完全不可能如此。隨後伊麗莎白繼續談這個話題，說道：「不過，請妳把我還沒聽過的所有事情都告訴我，跟我說進一步的細節吧。佛斯特上校怎麼說？他們在私奔事件發生以前，全沒擔心過任何事嗎？他們一定見過那兩個人常在一起。」

「佛斯特上校確實承認，他常常懷疑他們有某種情愫，特別是在莉迪亞這一方，不過並沒有任何跡象讓他心生警覺。我為他感到相當難過。他的作為仁慈體貼到極點。他還不知道他們不打算去蘇格蘭，**就動身**到我們這裡來了，為的是向我們保證他很關切此事。而大家一開始擔心他們可能不去蘇格蘭，他就加快腳步趕來了。」

「還有，丹尼相信威克姆不打算結婚吧？他知道他們打算去哪裡嗎？佛斯特上校有自己見到丹尼嗎？」

「有的，不過在**他**質問丹尼的時候，丹尼否認知道他們的計畫，也不肯對此表示他真正的意見。他沒有再說他相信他們不會結婚，而根據**那一點**，我會希望他先前的話可能是被誤解了。」

「我猜，在佛斯特上校親自來訪以前，你們沒有人質疑過他們是不是真的結婚了？」

「我們怎麼可能會這樣想？我覺得有點不安——有一點擔憂妹妹跟他成婚會不會幸福，因為我知道他的行為並不是非常端正。我們的父母對此一無所知，他們只覺得這樁婚事肯定很魯莽。吉蒂知道的事情比我們其他人多，自然為此得意洋洋，後來她就承認，莉迪亞在最後一封信裡已經要她準備好面對這種事了。看來她知道他們在談戀愛已經好幾星期了。」

「可是在他們去布萊頓以前，還沒有這回事？」

「不，我相信還沒有。」

「那妳看佛斯特上校是否對威克姆看法不好？他知道他的真面目嗎？」

「我必須承認，他對威克姆的評價不像過去那樣好了。他相信威克姆行事輕率又奢侈浪費；而且在這樁可悲事件發生以後，就有人說他在馬里頓留下龐大的債務，不過我希望這點可能不真確。」

「喔，珍，要是我們當初沒這麼保密，要是我們說出我們所知的他，這種事就不可能發生！」

「或許本來會好一點，」她姊姊說道，「但無論對什麼人，還不明白他們現在心裡怎麼想，就暴露他們過去犯的錯，似乎並不公平。我們當初是懷著最大的善意採取行動的。」

「佛斯特上校能夠重述莉迪亞寫給他妻子的短箋細節嗎？」

「他把那封信帶來給我們看了。」

接著珍就從她的隨身筆記本裡拿出信件，交給伊麗莎白。內容如下：

親愛的哈麗葉：

等妳知道我去了哪裡以後，妳會大笑出來的，我一想到明早妳要找我的時候會有多驚訝，我自己也忍不住要笑啦。我要去葛雷納葛林，如果妳猜不到我是跟誰去，我就會覺得妳是傻瓜，因為全世界我愛的男人只有一個，他真是個天使。少了他我永遠不會快活，所以我想跟他走也無傷。要是妳不想，就不必寫信通知龍柏園的人說我走了，這樣我寫信給他們，署名莉迪亞．威克姆的時候，他們才會更驚訝。這是個多麼棒的笑話！我在寫下這段話的時候差點笑出來了。請替我向普拉特道個歉，今天晚上我不能赴約跟他共舞了。告訴他，我希望在他了解一切以後會原諒我，並且跟他說等我們下次在舞會上見面的時候，我會很樂意跟他共舞的。等我回到龍柏園，我會派人來拿我的衣服；不過我希望妳告訴莎莉，叫她在打包衣物以前先幫我補好那件刺繡細紗布長禮服，上面有一道很大的裂口。再見了。代我向佛斯特上校致意。我希望你們會喝一杯酒，祝我們旅途平安。

妳深情的朋友，莉迪亞．班奈特

「喔，莉迪亞真欠考慮，太欠考慮了！」伊麗莎白讀完信時大聲喊道。「這是什麼樣的信啊，在這種時候還寫得出來！不過至少這信裡顯示，**她**對於這趟旅程的目的還是認真的。不管後來他可能會說服她做什麼，她本來並沒有**存心**要鬧出醜事。可憐的父親啊！他一定很難過！」

「我從來沒見過一個人如此震驚。他有足足十分鐘說不出一個字。母親立刻就病倒了，整間屋子上下亂成一團！」

「喔，珍，」伊麗莎白喊道：「那麼在一天過完以前，屋裡還有哪個僕人不知道全部來龍去脈呀？」

「我不知道，我希望還有人不知道。不過這種時候很難防止消息走漏。母親歇斯底里發作了，雖然我盡了每一分力氣要幫助她，我就怕我做的其實不夠，我本來還可以盡更大力量！但是一想到可能會發生多麼可怕的事情，讓我幾乎沒辦法照常行事了。」

「妳這樣照顧她，對妳來說太勞累了。妳看起來氣色不好。喔，要是我當時跟妳在一起就好了！先前全靠妳一個人操勞擔憂。」

「瑪麗跟吉蒂都很好心，我肯定她們很樂意分擔所有累人的工作，不過我不認為她們有哪一個適合做這些事。吉蒂身體太脆弱纖細，瑪麗又花了那麼多時間讀書，不該打擾她休息。星期二，父親去倫敦以後，菲利普斯姨媽就來到龍柏園；而且她很好心地陪我陪到星期四。她幫了我們所有人很大的忙、帶來很大的安慰。盧卡斯夫人也一直非常仁慈，星期三早上她走路到這裡來安慰我們，還說如果我們有需要，她或者她的任何一個女兒都能來幫忙。」

「她最好還是待在家裡吧，」伊麗莎白嚷道：「或許她用意良善，可是在這種不幸的處境下，我們還是少見鄰居為妙。提供協助是不可能的，安慰也讓人難以忍受。就讓他們在遠方為了贏過我們而心滿意足吧。」

隨後她繼續探問，她父親到了倫敦以後打算用什麼手段來追蹤他們，找回自己的女兒。

珍回答道：「我相信他打算去他們最後一次換馬的愛普森，他要去見那些馬夫，試試看能不能從他們口中得到任何消息。他的主要目標肯定是找出從克拉朋開始載他們的出租馬車號碼。那輛馬車原本是載著付費乘客從倫敦過來的。照他想來，一位紳士和一位小姐從一輛車換到另一輛車，可能會被別人注意到，他打算在克拉朋打聽一下。如果他能夠設法找出車夫先前曾在哪棟房子讓他的乘客下車，他決定從那裡再往下問，希望這樣有幾分可能找出那輛出租馬車的停車處與號碼。我不知道他還有哪些別的計畫，不過他這樣急於動身，又這麼心煩意亂，我連要弄清楚這些都很不容易了。」

# 6

所有人都期望班奈特先生第二天早上會寄信來，但郵差卻沒有帶來他的隻字片語。他的家人都知道，平常他總是懶得寫信、能拖就拖，但在這種時候，她們原本期待他會更盡力些。她們被迫做出結論：他沒有好消息可以通知她們，但**即便如此**，能夠確定實情她們也會高興些。嘉迪納先生之所以還沒出發，就只為了等信。

等他出發以後，她們就能確定，至少會一直有信通知她們最新進展。她們的舅舅也在臨別時答應，要儘快說服班奈特先生回到龍柏園，這對他姊姊來說是一大安慰，她認為只有這樣做才能夠確保她丈夫不會死於決鬥。

嘉迪納太太跟孩子們又在賀福德郡多待了幾天，因為嘉迪納太太認為她在這裡可以幫上她的外甥女們，跟她們一起分擔看顧班奈特太太的工作，在她們的閒暇時間裡也是一大安慰。她們的姨媽也經常來訪，而且就如她所說，她總是想讓她們鼓起勇氣、振作精神，雖說她每次來訪總會報告幾件威克姆奢侈悖德的新事例，她離開時通常讓她們比先前更沮喪。

三個月前，這個男人幾乎被形容成天使，但現在整個馬里頓似乎都全力在詆毀他。大家聲稱他在當地的每間店鋪裡都欠下債務，而且他還詭計多端，靠著引誘良家婦女破壞了每位商人的家庭。每個人都聲稱他是世界上最邪惡的年輕男子。每個人都開始發現，他們一直都不信任他充滿善意的外表。雖然伊麗莎白對他們說的這些話只是半信半疑，卻還是信到能夠肯定自己先前的看法，更加確定她妹妹的人生毀了。就連比較不相信這些話的珍，也幾乎變得絕望。尤其是現在，如果他們真的去了蘇格蘭——先前她都沒有完全放棄這種期待，她們一定已經聽說他們的消息了。

嘉迪納先生在星期天離開龍柏園。星期二，他妻子接到一封他的來信，信中告訴她們，他一抵達就找到了他姊夫，也說服他住到慈恩教堂街了。在嘉迪納先生抵達以前，班奈特先生已經去過了愛普森跟克拉朋，卻沒有探聽到任何讓人滿意的消息。他現在決心詢問倫敦城內所有主要的旅館，因為他認為他們剛到倫敦，有可能在還沒租到房子以前先投宿在其中一處。嘉迪納先生自己並不期待這個方法能夠成功，不過既然他姊夫很熱中於此，他打算協助姊夫做這件事。他又補充說明，班奈特先生現在似乎完全無意離開倫敦，並且承諾很快就會再寫信來。信末還有這樣一段附筆：

「我已經寫信給佛斯特上校，希望如果可能的話，他就找出那位年輕人在軍中的幾位密友，看看威克姆是不是有什麼親朋好友，可能知道他會藏身於倫敦城的哪一區。如果有任何我們能求助的對象，可能掌握這種線索，會有很關鍵的重要性。現在我們缺乏任何指引。我認為佛斯特先生會盡他所能滿足我們這方面的需求。不過再想想，也許麗西比別人更清楚他還有哪些親友。」

伊麗莎白完全理解舅舅為何推崇她有這種權威，然而她卻無力提供任何消息，讓這番恭維實至名歸。

她從來沒聽說過他除了父母以外還有別的親人，而他父母都已經過世多年。不過他在某郡民兵團的一些同伴，或許還有可能多提供一些消息，雖然她對此不會有很樂觀的期待，這種作法倒也聊勝於無。

不過在她們再收到嘉迪納先生的信以前，從別處寄給她們父親的另一封信就來了，寄件者是柯林斯先生。因為珍先前接到指示，在父親出門的時候代他拆閱所有來信，她便按照指示讀了這封信。伊麗莎白一向知道柯林斯先生的信件有多古怪，也站在珍背後跟著讀了。信件內容如下：

親愛的先生：

昨天收到賀福德郡的一封來信告知貴府之事以後，我覺得以我們的親屬關係和我的社會地位，我有義務要慰問您現在所承受的悲痛磨難。親愛的先生，請一定要相信，柯林斯太太與我都誠摯地同情您、還有您所有可敬的家人，你們現在的苦難必然是最痛苦的一種，因為無論再過多少時間，都無法洗刷此事的起因。我肯定會用各種言詞開導您，以便減輕這樣嚴重的不幸；或者說，在肯定最讓為人父母者痛心的狀況下，這些話也許能安慰您。與今日的狀況相比，令嬡若是死了反而是一種幸運。更可嘆的是，如同親愛的夏洛特告訴我的話，我有理由相信，令嬡這樣放蕩的行為是教養過度放縱的結果。雖然在同時，為了安慰您還有班奈特太太，我傾向於認為她自己天性邪惡，否則不可能在這麼小的年紀，就犯下這麼大的罪過。無論可能是怎麼回事，你們都極端令人憐憫，不但柯林斯太太與我看法相同，聽到我說起此事的卡瑟琳夫人及其千金也這麼認為。她們都同意我擔心得沒錯，一位女兒的失足，可能損害所有其他女兒的機緣；就像卡瑟琳夫人本人親自屈尊指出的，誰還會想要跟這樣的家庭結親？這層考慮讓我更進一步反省，並且更加滿意的想起去年十一月的某次事件；要是當時結果不同，我肯定也會牽扯進您所有的悲傷與恥辱之中了。那麼，親愛的先生，就讓我給您這個建議吧，盡可能讓您自己寬心些，並且永遠別再以父愛眷顧您那不值得疼愛的孩子，讓她去收割自己這番可憎惡行的苦果吧。親愛的先生，您的……

等到佛斯特上校回信以後，嘉迪納先生才再度寫信回來，這時他還是沒有什麼好消息可說。沒有人知道威克姆還有跟任何一位親友保持聯繫，而且他肯定沒有還活著的近親。他有許多舊識，但從他加入民兵團以後，他似乎沒有跟任何一個人特別要好。所以，大家都無法指出有誰可能說出關於他的任何新消息。而且除了怕被莉迪亞的親友發現以外，他自己困窘的經濟狀況，也讓他有很強烈的動機要保密。因為現在才剛剛傳出來，他在當地留下一筆為數龐大的賭債。佛斯特上校相信，要還清他在布萊頓的開銷，必須支付超過一千鎊。他在城裡本就欠了一大筆錢，不過他的賭債更是多得驚人。嘉迪納先生並沒有企圖對龍柏園一家隱瞞這些細節，珍聆聽這些消息時大為驚恐。「一個賭徒！」她嚷道：「這真是完全出乎意料，我完全沒料到會是這樣。」

嘉迪納先生在他信中又補充道，她們或許能夠期待在明天星期六迎接父親回家。他們所有的努力都不成功，讓班奈特先生很氣餒，所以他要聽從小舅子的懇求回家去了，讓小舅子全權決定如何繼續追蹤。想到班奈特太太先前那樣擔心丈夫的安危，她的女兒們原本預料母親聽說此事會非常滿意，沒想到卻並非如此。

「什麼！他沒找到可憐的莉迪亞，就要回家了？」她大喊：「他當然不會在找到他們以前就離開倫敦。如果他走了，誰要挑戰威克姆，逼他跟莉迪亞結婚呢？」

嘉迪納太太也開始表示想回家了，大家商量好，她跟她的兒女應該在班奈特先生從倫敦回來的同時離去。這樣的話，馬車就可以載他們走完旅程的第一段路，並且把一家之主從那裡載回龍柏園。

嘉迪納太太離開時跟在達比郡時一樣，依舊完全不懂伊麗莎白和她那位達比郡友人是什麼關係。先前她外甥女從來沒主自動提起他的名字；嘉迪納太太本來有個模糊的期待，認為他隨後會寄信過來，結果卻沒應驗。伊麗莎白回來以後，從沒接到可能寄自潘伯利的來信。

以現在家中愁雲慘霧的狀態，伊麗莎白即使情緒低落，也不必找別的藉口解釋。所以雖然伊麗莎白現在已經夠了解自己的感受了，旁人卻不可能**藉此**明白推測出她自己清楚意識到的事實：倘若她對達西一無所知，莉迪亞的醜事帶給她的憂懼或許就沒那麼難受了。她想，她本來或許可以少失眠一兩晚。

班奈特先生到家的時候，看似完全恢復平常那種哲人式的冷靜自持。他照著老習慣，盡可能寡言少語，全然不提讓他離家的那件事，而他的女兒們過了一段時間才有勇氣主動提起。直到傍晚他來跟她們喝下午茶，伊麗莎白才冒險提及這個話題。她簡短地表示，她為父親肯定承受過的折騰感到悲傷，然後他便回答道：「別提這個了。除了我，還有誰該受苦？這是我自己造成的，我理應承擔。」

「您絕對不能這樣苛責自己啊，」伊麗莎白回答。

「妳大有理由告誡我慎防這種壞處。人性多麼容易陷入過度自責的困境呀！不，麗西，這輩子至少讓我有一次感覺到我多該受到譴責吧。我不怕這種印象會讓我太過難受。這種感覺很快就會消失的。」

「您認為他們會在倫敦嗎？」

「是的，否則他們能在哪裡藏得這麼好？」

「而且莉迪亞以前就想去倫敦了，」吉蒂補上一句。

「那麼她可開心了，」她父親冷淡地說道：「而且她可能會在那裡住上一段時間。」

接著，在一陣停頓之後，他繼續說道：「麗西，妳五月時給我的建議說得有理，我不會因此怨恨妳的。考慮到眼前的狀況，這顯示出某種偉大的胸懷呢。」

班奈特小姐打斷了他們的話，她是過來替母親拿茶的。

「這真是裝模作樣，」他喊道：「不過倒是造就出一個好處，讓不幸顯得如此優雅！改天我也要如法炮製：我會坐在我的書房裡，戴著我的睡帽和家居袍，盡可能給別人添麻煩——或者我可以等到吉蒂也逃家了，再使出這招。」

「爸爸，我不會逃家的，」吉蒂氣惱地說道：「要是**我**真的去了布萊頓，我的表現會比莉迪亞好。」

「**妳**去布萊頓！就算給我五十鎊，哪怕是讓妳去附近的伊斯特本我也不放心！不行，吉蒂，我至少學會要謹慎小心了，妳會感覺到這份功效的。再也不准任何軍官進我家的門了，連經過村子都不准。完全禁止開舞會，除非妳是跟妳的其中一個姊姊共舞。而且妳絕對不准離開家門，除非妳能證明妳每天都頭腦清明地在家裡待上十分鐘。」

吉蒂把這些威脅信以為真，開始痛哭流涕。

「好啦，好啦，」他說道：「別讓自己這麼不開心了。如果接下來十年妳都當個好女孩，十年後我就帶妳去看閱兵典禮。」

# 7

班奈特先生回來後過了兩天，珍跟伊麗莎白一起在屋後的矮樹林裡散步，卻看到女管家朝著她們走來，就自動迎向她，心想是母親要找她們。不過來的卻不是意料中的召喚，她們一走過去，女管家就對班奈特小姐說道：「小姐，打擾了妳們還請見諒，不過我想妳們可能接到倫敦來的好消息了，所以我大著膽子過來問妳們。」

「希爾，妳的意思是什麼？我們沒聽說來自倫敦的消息啊。」

「親愛的小姐，」希爾太太大為驚愕，喊道：「妳們不曉得嘉迪納先生送了一封急信來給主人嗎？信差已經到了半個鐘頭，主人拿到了一封信。」

兩位小姐立刻跑回去，她們太急著進屋裡，連話也來不及說。她們跑過門廳，直接衝進早餐室，從那裡又直入書房——兩處都看不到她們的父親。她們正要上樓去母親身邊找他，就遇到了男管家，他說道：

「小姐，如果妳們在找主人，他朝著那一小片雜木林走去了。」

聽到這個消息，她們立刻就穿過大廳，跑過草坪去追她們的父親了，他慢吞吞地朝著牧場一側的小片樹林走去。

珍不像伊麗莎白那樣體態輕盈、習於奔跑，很快就落在後頭，她妹妹喘著氣追上了父親，急切地喊道：

「喔，爸爸，是什麼消息？什麼樣的消息？您得到舅舅的消息了嗎？」

「對，我接到一封他派人送來的急信。」

「唔，那信裡帶來什麼消息了——好消息還是壞消息？」

「哪有什麼好消息可以期盼的？」他說著，就把信從他口袋裡拿出來。「但妳或許想要讀一讀。」

伊麗莎白急不可耐地把信從他手中拿過來。珍這時候也來了。

「把信朗讀出來，」她們的父親說道：「因為我自己幾乎不知道這信在說什麼。」

慈恩教堂街，星期一，八月二日寄

親愛的姊夫：

我終於能夠告訴你一些關於外甥女的消息了，整體來說，我希望會讓你滿意。你星期六離開我以後，我就很幸運地發現他們在倫敦的哪一區了。細節我會保留到我們見面時再敘。現在知道已經找到他們就夠了，我已經見到他們兩位……

珍大聲說道：「那麼就像我一直期望的一樣，他們結婚了！」

伊麗莎白繼續往下讀：

我已經見到他們兩位。他們還沒結婚，我也沒發現他們有這個打算，不過如果你願意做到我大膽替您答應的約定，我期望他們很快就會結婚。對你的所有要求，就是在你本人與我姊姊過世之後，在財務安排上確保令嫒也能在五千鎊遺產中分得等量的一份；再者，請讓她在你在世時每年得到一百鎊。考慮過一切狀況以後，我自認為已得到你的授權，就毫不猶豫地代你同意了這些條件。我會派信差送這封信，這樣就可以立刻把你的回音帶回來給我。從這些細節裡，你會很容易明白，威克姆先生的狀況不像大家普遍相信的那樣無可救藥，大家在這方面都受到欺瞞；而我很高興能夠這麼說：在還清他所有的債務以後，除了外甥女自己繼承的財產外，他還會有一點錢剩下來可以安頓她的生活。如果照我說的結論，你讓我全權代表你進行這整件事，我會立刻指示哈格斯頓準備好一份適當的財務協議書。你沒有必要再到倫敦一趟，所以請靜心留在龍柏園，信賴我的勤勉與謹慎吧。請儘快送回你的答覆，並且請留意要寫得清楚明白。我們判斷從我們家裡嫁出外甥女會是最好的，我希望你會同意這一點。她今天就會到我們家來。如果還有更多事情要決定，我就會馬上寫信給你。你的……

愛德華．嘉迪納

「這有可能嗎？」伊麗莎白讀完信以後喊道：「他有可能就這樣娶她嗎？」

「那麼威克姆就跟我們原本想像的不同，沒有那麼不可取了，」她姊姊說道：「親愛的父親，我要向您祝賀。」

「您回信了嗎？」伊麗莎白說道。

「還沒有。不過必須快點動手了。」

她用最誠懇的態度央求他別再浪費時間，立刻動筆。

「喔，親愛的父親，」她大聲說道：「回屋裡去立刻寫信吧。想想在這種狀況下，時時刻刻都很重要啊。」

「如果您不喜歡這樣麻煩自己，」珍說道：「讓我替您寫吧。」

「我很不喜歡這樣麻煩自己，」他回答：「不過一定得這樣做。」

他說著，就跟她們一起轉過身朝屋子的方向走。

「我可以問問嗎？」伊麗莎白說道：「我想那些條件一定得遵從吧。」

「遵從！他要求得這麼少，我只覺得羞愧。」

「而且他們**一定得**結婚！但他卻是**這種**男人。」

「對，對，他們一定得結婚。沒別的辦法了。不過有兩件事情我非常想知道：其一是，妳舅舅花了多少錢讓事情有了這個結果；其二是，我要怎樣才能償還他。」

「舅舅付的錢！」珍喊道：「父親，您的意思是什麼？」

「我的意思是，沒有一個頭腦清楚的男人會為了我在世時一年一百鎊，我死後才五千鎊的小錢就娶莉迪亞。」

「這話說得很真確，」伊麗莎白說道：「雖然我先前並沒想到。他有債務要還清，而且還要有些錢剩下來！喔，一定是舅舅幫的忙！他這樣慷慨善良，我怕他害苦了自己。一小筆錢做不了這許多事的。」

「是不能，」她父親說道：「如果威克姆沒拿到一萬鎊就娶了她，他就是傻瓜。我們的翁婿關係才剛開始，就要把他想得這麼惡劣，讓我很遺憾。」

「一萬鎊！這怎麼行！我們連一半都還不起吧？」

班奈特先生沒有回答。他們均陷入沉思，一路保持沉默到抵達屋子。她們的父親到書房裡去寫信了，小姐們則走進早餐室。

「他們真的要結婚了！」一剩下她們兩個獨處，伊麗莎白就這麼嚷道。「這多麼奇怪啊！而且為了**這一點**，我們還要心存感謝。他們竟然要結婚，雖然幸福的可能性很渺小，他的人格又很卑劣，我們還被迫為之歡欣鼓舞！喔，莉迪亞啊！」

珍這樣回答：「我安慰自己的想法是，如果他對她沒有一點真正的感情，肯定不會娶她的。雖然我們仁慈的舅舅做了某些事情來洗刷他的名譽，我還是不相信他已經出了一萬鎊左右的數目。舅舅有自己的孩子要養，而且將來還可能生養更多。他怎麼勻得出五千鎊來？」

伊麗莎白說道：「如果我們有辦法得知威克姆本來有多少債務，還有他要花多少錢來安頓我們的妹妹，我們就會知道舅舅確實為他們做了些什麼，因為威克姆自己連六便士都拿不出來。舅舅跟舅媽的慈愛，我們永遠都無法回報。他們把她帶回家，讓她受到他們親自保護與支持，為了她的好處做出這樣大的犧牲，即使年復一年表達感激都不夠。現在她已經真的跟他們在一起了！如果這樣的善心現在還沒讓她覺得心痛難堪，她就永遠不配得到幸福！她剛見到我們舅媽的那一刻，是什麼樣的場面啊！」

「我們必須盡力去忘記雙方經歷過的一切，」珍說道：「我期待也相信他們還是會得到幸福。我相信他同意娶她就是個證據，證明他的思慮開始走上正途了。他們對彼此的感情會讓他們定下來；而且我認為他們會非常平靜安穩地度日，循規蹈矩地生活，這樣隨著時光流逝，他們過去不當的行為就會被遺忘了。」

伊麗莎白回答：「不管是妳、我，還是任何人，永遠都不可能忘記他們這種行為。這樣講於事無補。」

現在這兩位小姐想起來，她們的母親很可能對於發生什麼事還一無所知。所以她們就去了書房，問父親是否介意她們告訴母親這件事。他正在寫信，頭也沒抬就冷淡地回答道：

「妳們想怎麼辦就怎麼辦。」

「我們可以拿舅舅的信去讀給她聽嗎？」

「拿妳們想拿的，然後走開吧。」

伊麗莎白從他的寫字桌上拿了信，然後她們就一起到樓上去了。瑪麗跟吉蒂兩人都在陪班奈特太太，所以講一次就可以讓大家都聽見了。在稍微暗示過大家會有好消息以後，信件就被朗讀出來。班奈特太太幾乎興奮到不能自己。珍一念完嘉迪納先生預期莉迪亞很快就會出嫁，她就樂上雲霄了，接下來的每一句話都讓她更加喜上加喜。她現在樂不可支的激動程度，跟她先前緊張惱怒時的急躁程度相去不遠。知道女兒即將出嫁就夠了；她既不怕女兒將來過得不幸福，也不會因為想起女兒品行不端而變得謙卑，對她來說，這些事都不成困擾。

「我最親愛的莉迪亞！」她喊道：「這樣真是太令人高興了！她就要結婚啦！我會再見到她！她會在十六歲就結婚！我好心仁慈的弟弟！我就知道會這樣——我就知道他會打點好一切。我多麼想見到她啊！我也想見見親愛的威克姆！不過禮服呢，結婚禮服呢？我要直接寫信給我弟媳婦嘉迪納太太才行。麗西，親愛的，跑下樓去找妳父親，問他打算給她多少錢。等等，我自己去問。吉蒂，搖鈴叫希爾過來。我會馬上穿戴整齊。我最最親愛的莉迪亞！我們大家一起見面的時候，會有多開心啊！」

她最大的女兒設法要稍微安撫她，別讓她這麼激動興奮，就引著她去想想嘉迪納先生的行為，讓他們全家蒙受了多大的恩惠。

她又補充說明：「因為我們必須把這個美滿的結果，大大歸功於他的仁慈。我們相信他自己擔保，要給威克姆先生金錢上的幫助。」

「唔，」她母親喊道：「這一切做得很對啊，除了她自己的親舅舅，還有誰該這麼做？妳知道的，要不是他有自己的家庭，我跟我的孩子一定都會繼承他所有的財產；除了少數幾樣禮物以外，這還是我們第一次從他那裡得到什麼。喔！我真是太高興了。很快我就會有個出嫁的女兒了。威克姆太太！聽起來多好聽啊。而且今年六月她才剛滿十六歲呢。我親愛的珍，我這樣激動，我確定我寫不了信了，所以我來口授，妳替我寫吧。隨後我們會跟妳父親講好錢的事情，不過嫁妝得要立刻下訂單。」

接著她就開始講起白棉布、細紗布跟麻紗布的所有細微特色，要不是珍費了一番力氣，說服她等父親有空、跟他商議一下再做定奪，她很快就要叫人去下一大堆訂單了。珍說，只延遲一天沒什麼關係，她母親則是太過高興，所以沒有平常那樣固執。她腦中也想到了別的計畫。

「等我一穿好衣服，」她說道：「我就要去馬里頓，告訴我妹妹菲利普斯太太這個再好不過的消息。然後在我回來的時候，我就可以去拜訪盧卡斯夫人跟朗太太了。吉蒂，快下樓去叫馬車來。我很確定，呼吸點新鮮空氣會對我有很大的好處。女兒們，我到馬里頓能替妳們做什麼嗎？喔！希爾來啦。親愛的希爾，妳聽到好消息沒有？莉迪亞小姐就要結婚啦；妳們全部都可以喝碗潘趣酒[1]，慶祝一下她的婚禮。」

希爾太太立刻就表示她的欣喜之意。伊麗莎白跟其他人一樣接受了她的祝賀，厭惡這種愚蠢行徑的她接著就到自己房裡避難去了，在那裡她可以愛怎麼想就怎麼想。

可憐的莉迪亞，她的處境充其量只能說是夠糟了，不過既然不會變得更糟，她就必須心懷感激了。她覺得事情就是這樣，雖然展望日後，她無法合理期待妹妹得到循規蹈矩的幸福，也不可能擁有俗世的榮華富貴，但回顧不到兩小時前她們還在害怕的事情，她就覺得他們已經佔得極大的好處了。

1. 一種用酒、果汁、牛奶等調製的飲料。

# 8

班奈特先生在到這個歲數以前，就老是希望自己沒有花掉所有的收入，而是每年都存下一筆款項，這樣才能在妻子比他長壽的狀況下，讓他的妻女在生活上比較寬裕。他現在比過去更希望如此了。要是他在那方面盡了他的責任，無論現在莉迪亞還能買下什麼樣的節操名聲，都不必虧欠她舅舅，也該由更合適的人選，去說服全英國最糟糕的年輕男子娶她為妻。對於任何人都這樣不利的事情，竟然完全由他的小舅子獨力負擔，讓他感到極為憂心。他下定決心，只要有可能，就要弄清楚小舅子究竟幫了多大的忙，並且盡可能迅速地回報他的恩惠。

班奈特先生剛結婚的時候，完全沒有必要撙節開銷，因為他們當然會有個兒子。這個兒子一旦成年，就會解決限定繼承的問題，寡婦跟較小的孩子們就能夠藉此得到供養。後來五個女兒接連來到世間，卻還是沒有兒子；在莉迪亞出生之後的許多年，班奈特太太都還很肯定會生出一個兒子。最後他們對此絕望，這時才存錢卻已經太遲。班奈特太太不懂得節約之道，只因為她丈夫熱愛保持經濟自主，才讓他們免於開支無度、欠下債務。

結婚時的約定確保班奈特太太與孩子們會有五千鎊財產，不過這筆財產如何分配給孩子，就看父母的遺囑規定。至少在跟莉迪亞有關的部分，遺產分配是現在要確定的重點之一，而班奈特先生毫不猶豫地接受了眼前的建議。他雖然措詞極其簡單扼要，還是對小舅子的仁慈表達了他的感激，然後在信紙上表示他完全同意已經進行的一切，也很樂意履行小舅子替他許下的承諾。他先前從沒料到，如果有人能夠說服威克姆娶他女兒，竟然能照現在的安排完成，他自己幾乎不費什麼力氣。他要付給他們一年一百鎊，但這樣他自己一年損失幾乎不到十鎊；因為以她平日的吃食零用，再加上她母親不斷塞給她的錢，莉迪亞的開銷本來就跟一百鎊差不了多少。

他在這件事情上只需要出這麼一點微薄的力氣，對他來說也是個非常愉快的驚喜；因為他現在最大的願望，就是盡可能不麻煩地處理完這件事。起初激得他親自動身尋女的那股怒火已然止息，他很自然地完全恢復過去的怠惰狀態。他的信很快送出，因為他雖然懶於處理正事，真正執行的時候倒是速戰速決。他請求小舅子告知進一步細節，讓他知道到底蒙受多少恩惠；但他對莉迪亞還太過憤怒，沒有一句話要對她說。

好消息很快就傳遍屋裡上下，也用相稱的速度傳遍了鄰近地區。左鄰右舍們聽說這個消息，都以正派的達觀態度接受了。當然，要是莉迪亞．班奈特小姐淪落風塵，或者在最幸運的狀況下離群索居、躲到某處偏遠農莊，大家聊天會比較有話題，不過她出嫁了，還是有滿多閒話可說。先前馬里頓所有滿懷惡意的老太太們，故作善心祝福她能有個幸福結局，現在狀況變了，她們原先的興致倒也不減，因為有這麼一位丈夫，她們認定她肯定會不幸。

班奈特太太兩星期沒有下樓走動了，不過在這個大喜之日，她再度坐上餐桌前端的女主人座位，興高采烈到讓人難以忍受。她歡欣鼓舞的心情，完全不受任何羞愧情緒的影響。從珍十六歲以來，她的最大心願就是看著女兒成婚，現在總算心願得償，她的思緒與話語，完全都繞著婚禮時種種優雅的陪襯物打轉——精緻的細紗布、新的馬車跟僕役。她忙著搜遍鄰近地區，要找個適當的住處給她女兒。她既不知道也不考慮他們夫婦將來可能有多少收入，就過濾掉許多棟房子，嫌它們太小或者太沒氣派。

她說道：「如果顧爾丁家搬走的話，海伊莊園或許可以；如果客廳更大些，史托克那裡的大宅也行；不過愛許沃茲就太遠了，我受不了要離她十哩遠；至於波維斯小築，那裡的閣樓糟透了。」

僕人還在場的時候，她丈夫讓她講個不停，沒有打斷她。不過在僕人全退下以後，他就對她說道：「班奈特太太，在妳替女兒和女婿訂下其中一棟、或者全部的房子以前，讓我們先對這件事有個正確的理解。在這個地區裡，有**一棟**房子永遠不准他們踏進來。我不會在龍柏園接待他們，鼓勵他們兩人的輕率舉止。」

在他這麼宣布以後，引發了漫長的爭論，不過班奈特先生堅守立場，很快他們就為另一件事情起了爭執：班奈特太太驚恐萬分地發現，她丈夫不肯拿出一分錢來給女兒買新衣。他還斷然聲稱，在這個場合她絕對不會得到他任何一點父愛的表示。班奈特太太難以理解這一點：他的怒火竟然高漲到成了難以想像的怨恨，甚至拒絕給他女兒採購新衣的特權，少了這一項，她的婚事看來幾乎不算數了，班奈特太太不敢相信竟有這種可能。大家肯定會發現她女兒在婚禮上沒新衣服可穿，這種恥辱對她來說，遠比女兒在婚前兩週就跟威克姆私奔同居還嚴重。

在這麼難受的時刻，伊麗莎白最由衷感到遺憾的是，她竟然讓達西先生知道他們為她妹妹感到擔憂；既然她的婚事這樣迅速妥當地了結了私奔事件，這件事情令人不快的開端，本來可以瞞住那些沒有馬上知情的人。

她不怕這件事會透過他流傳更廣。除了他，鮮少有人保密的能耐更為她所信賴；但在同時，讓他得知她妹妹有失體面的行徑，卻也最讓她傷心。然而她怕的不是對她個人有任何不利之處；因為無論如何，他們之間似乎已經有了無法跨越的鴻溝。就算莉迪亞的婚事是以最高尚的方式完成的，也不可能想像達西先生會跟這樣的家庭結親；除了其他不利因素之外，現在又加上一點：他必須跟他很有理由鄙視的人成為近親。

這樣的聯姻要是讓他退避三舍，她實在無法感到訝異。她在達比郡確定了他的感情，知道他想要贏得她的歡心，但她不可能合理地期待，經過這種打擊以後他還抱著這種期望。她自覺卑微又悲傷；她也感到懊悔，雖然幾乎不明白自己在懊悔什麼。她現在惟恐失去他的尊重，雖然此刻她不可能再期望從中獲得任何益處了。她還想得知他的消息，雖然現在似乎最不可能探聽到任何音訊。她確信她本來可以跟他過得很幸福，但現在他們再也不可能見面了。

她經常想到，四個月前她那樣驕傲地回絕求婚，現在卻會高興又感激地接受，對他來說是多麼大的勝利！她毫不懷疑，他在男性之中是最寬宏大量。不過他也是凡人，一定會覺得得意。

她現在開始明白了，在性情與才智上，他正是最適合她的男人。他的心智與性情雖然跟她不太相似，卻能夠回應她所有的期望。這樣的聯姻一定會對雙方都有好處：她輕鬆活潑的態度，可以讓他的心靈變得柔和一些，也讓他的舉止更可親；他的判斷與指引，還有他對世事的知識，一定能讓她獲得很大的助益。

不過現在不會有這樣美滿的婚姻，來教導羨慕的群眾什麼是真正的幸福夫婦了。現在他們家中很快就要成形的，是另一種不同性質的聯姻，排除了另一樁婚事的可能性。

她想像不出威克姆跟莉迪亞要怎麼維持起碼的經濟獨立。不過這對夫婦之所以結合，只是因為他們的激情強過美德，她可以輕易就想像到他們的幸福有多麼不持久。

嘉迪納先生很快又回信給他姊夫。他簡短地回應了班奈特先生表達的感謝，同時保證他熱切希望能多多造福任何家人，最後他懇求別再對他提起這件事情了。他這封信的主旨是要通知他們，威克姆先生決定離開民兵團。

他補充說明：「一等到他的婚事確定，我就非常希望他這樣做，我認為你也會同意我的看法，對於他自己和我外甥女來說，離開民兵團都是很明智的作法。威克姆先生打算加入正規軍隊，而且在他的舊友之中，還有一些人有能力也有意願在軍隊裡助他一臂之力。某將軍指揮的軍團現在駐紮在北方，答應讓他擔任掌旗官。這個軍團位於國內這樣遙遠的地方，倒是個好處。他未來還頗有前途，而我期望他們在不同的人群裡可以保有一些顏面，兩個人都會比較謹言慎行。我已經寫信給佛斯特上校，通知他我們現有的安排，並且請求他告知威克姆先生在布萊頓內外的許多位債主，他們肯定會很快拿到欠款，由我個人擔保。是否也能勞駕你去向他在馬里頓的債主做同樣的保證？我會根據他提供的訊息，做成一份清單附於信末。他已經坦白說明他所有的債務了，我希望他至少沒騙我們。哈格斯頓已經得到我們的指示，一切會在一星期內完成。隨後他們會加入他的軍團，除非你們先邀他們回龍柏園。我從嘉迪納太太那裡得知的是，我外甥女非常渴望能在離開南方以前先見見你們全家。她很健康，並且要求我向你還有她母親問好。——你的……云云。

E.嘉迪納」

就像嘉迪納先生一樣，班奈特先生跟女兒們明確地看出讓威克姆離開某郡的所有好處。不過班奈特太太對這種安排就沒那麼滿意。她從來沒有放棄過她原先的計畫，讓他們定居在賀福德郡，正當她期待能夠極其喜悅、極其驕傲地與女兒相伴的時候，莉迪亞竟要定居在北方，讓她極度失望；此外，莉迪亞認識原來這個軍團裡所有的人，其中還有很多位是她的最愛，現在竟然要離開他們，也十分可惜。

「她那麼喜歡佛斯特太太啊，」她說道：「要把她送走實在太令人震驚了！而且那裡還有好幾個她非常喜歡的年輕人。某將軍軍團裡的軍官可能就沒這麼讓人喜愛了。」

他女兒要求——姑且說是「要求」吧——獲准在出發到北方以前重回家門，起初父親斷然拒絕。不過珍與伊麗莎白兩人一致希望，為了顧全妹妹的感受與目前的身分，她的婚事應該得到父母的認可，就非常懇切、卻也非常合理而溫柔地敦促父親，一等到他們成婚就在龍柏園接待他們夫婦，於是說服了他聽從她們的想法，照著她們的期望去做。而她們的母親也滿意地得知，她能在結了婚的女兒去北方以前，向左鄰右舍炫耀一番。所以班奈特先生再度寫信給小舅子的時候，同意讓他們來訪。他們講好了，一等婚禮結束，他們就要朝龍柏園這裡來。不過伊麗莎白卻很驚訝威克姆竟然同意這樣的計畫，如果她只管自己的喜好，就會覺得她最不想見的人就是他了。

# 9

她們的妹妹結婚的日子到了。珍與伊麗莎白比莉迪亞本人還要感觸良多。馬車被派到某地去接他們，晚餐時間他們就會搭車回到這裡。兩位年長的班奈特小姐擔憂他們的到來。特別是珍，她把**她**犯了錯以後會有的感受投射到莉迪亞身上，一想到妹妹必須忍受的痛苦，就跟著難過。

他們到了。家人齊集在早餐室裡迎接他們。在馬車開到門口的時候，班奈特太太臉上堆滿笑容，她丈夫則看起來嚴肅得不可動搖，她的女兒們則覺得緊張、焦慮又不安。

在門廳就可以聽得見莉迪亞的大嗓門，門猛然打開，她就跑進房間。她母親走上前去擁抱她，欣喜若狂地迎接她，然後她把手伸向跟著妻子進來的威克姆，還給他一個親切和藹的微笑，祝福他們兩個人都快快樂樂，她輕快活潑的態度，顯示她毫不懷疑這對夫婦會很幸福。

接著他們轉向班奈特先生，得到的接待可就沒那麼親切了。他的表情相當嚴厲，幾乎不開口說話。這對年輕夫婦輕鬆自信的態度，確實就足以惹惱他。伊麗莎白覺得很厭惡，就連班奈特小姐都很震驚。莉迪亞還是原來的莉迪亞：不安份、不知羞恥、野性不馴、吵吵鬧鬧，還什麼都不怕。她要求每一位姊姊都來祝賀她，然後在她們終於坐下來的時候，急切地環顧房間，想找出房裡的某些細微變化，然後笑了一聲說道，她已經好久沒待在這裡了。

威克姆也沒有比她更痛苦難堪。不過他的舉止總是這樣討人喜歡，要是他有著應有的品格、照著應有的方式締結婚事，在他來跟他們認親的時候，他的微笑與從容的談吐原本該贏得他們所有人的歡心。伊麗莎白過去從不相信他能這樣厚臉皮，不過她坐了下來，暗自下定決心，將來絕對不擅自認定無恥之人的無恥會有上限。**她**漲紅了臉，珍也面紅耳赤，但那兩個讓她們侷促不安的人，臉色卻毫無變化。

他們不缺談話內容，新娘跟她母親兩人只怕自己話說得還不夠快。威克姆正好坐在伊麗莎白附近，就開始問起他在這一帶認識的人是否安好，態度如此愉快從容，讓她回答的時候覺得實在無法相比。他們兩個似乎都記得一些世界上最快樂的回憶。提起往事完全沒帶來任何痛苦。莉迪亞主動提及的某些話題，是她的姊姊們怎樣都不可能提起的。

「想想看，我走後才過了三個月，」她嚷道：「我要說，感覺似乎只有兩星期，然而這段時間已經足夠發生許多事了。老天爺啊！我不在的時候，我很確定我根本沒想到會結了婚才回來！雖然我想過，我要是結了婚會非常有意思的。」

她父親抬起頭來看，珍感到一陣難受，伊麗莎白則意有所指地盯著莉迪亞。不過她對於自己選擇忽視的事情，總是視而不見、聽而不聞，就開開心心地繼續說道：「喔，媽媽，這一帶的人知道我今天結婚了嗎？我就怕他們還不知道。我們在路上趕過了威廉・顧爾丁的無蓋輕馬車，我下定決心要他知道這件事，所以我就放下靠近他那邊的玻璃窗，脫下我的手套，把我的手放在窗框上，這樣他才能看到結婚戒指，然後我對他點點頭，笑得開心極了。」

伊麗莎白再也受不了了。她站起身跑出了房間，直到她聽見他們穿過走廊去晚餐室的時候，她才回到家人身邊。她後來加入他們的時機，正好可以看到莉迪亞急著賣弄，走到她母親的右手邊，又聽見她對她大姊說道：「喔，珍，現在我取代妳的位置啦，妳必須坐到次席去，因為現在我是已婚婦女了。」

莉迪亞從一開始就完全不覺得尷尬，所以可想而知，時間流逝也不可能讓她更知恥。她的輕鬆活潑與時俱增。她渴望見見菲利普斯太太、盧卡斯一家，還有他們所有其他的鄰居，聽他們人人叫她一聲「威克姆太太」。她吃完晚餐以後，就趁機去向希爾太太跟兩個女僕炫耀她的戒指，吹噓她的已婚身分。

「嗯，媽媽啊，」在他們全都回到早餐室的時候，她說道：「妳覺得我丈夫怎麼樣？他不是很迷人的男士嗎？我確定我的姊姊們一定全都羨慕我。我只希望她們可以有我一半好運。她們一定都要去布萊頓，那裡是找丈夫的好地方。媽媽，多可惜啊，我們沒有全部一起去。」

「說得真對。如果照我的意思做，我們全都應該去。不過我親愛的莉迪亞，我一點都不喜歡妳去得這麼遠。一定得這樣嗎？」

「喔，天啊！是的，沒別的辦法了。我會最希望這樣做。妳跟爸爸，還有我的姊姊們，一定要來探望我們。我們整個冬天都會留在新堡，我想很可能有一些舞會，我保證會替她們全部找到好舞伴。」

「這樣的安排我最滿意了！」她母親說道。

「然後在你們離開以後，妳可以留下一兩個姊姊由我來照顧，我認為我能在冬天結束以前就替她們找到丈夫。」

「我要感謝妳這樣照顧我，」伊麗莎白說道：「不過我並不特別喜歡妳找丈夫的辦法。」

他們的訪客只會在這裡住十天。威克姆先生在離開倫敦以前已經收到委任令，必須在兩週內向他的軍團報到。

除了班奈特太太，沒有人為他們這次訪問為時如此之短而感到遺憾，而她也盡可能利用時間，帶著她女兒到處走訪，還經常在家裡辦聚會。大家都覺得辦這些聚會很好，比起那些什麼都沒在想的人，滿腹心思的人還更歡迎這樣的聚會，這樣就可以避免只有自家人的尷尬情緒。

威克姆對莉迪亞的感情，就像伊麗莎白本來預料會發現的一樣，及不上莉迪亞對他的感情。她幾乎用不著靠著現在的觀察，就可以從事理上斷定，他們之所以私奔是因為她愛得熱烈，而不是因為他有這種感覺；要是她沒有很確定處境艱難逼得他必須逃亡，她就會納悶他對莉迪亞又沒有強烈的感情，到頭來為何還是跟她私奔。要是事情果真如她所料，他可不是那種會拒絕找個伴一起逃亡的年輕男子。

莉迪亞真的十分喜歡他。每次她都要說他是「親愛的威克姆」，沒有人可以跟他相比。他做什麼都是世界上最棒的，她很確定，九月一日[2]他打下的鳥兒準會比鄉間的任何人都來得多。

在他們抵達後不久的一天早上，莉迪亞跟兩位年紀大些的姊姊坐在一起，這時她對伊麗莎白說道：

「麗西，我相信我從來沒有向**妳**描述過我的婚禮。在我跟媽媽還有其他人仔細講起這件事的時候，妳不在場。妳難道不好奇，不想聽聽婚禮是怎麼辦的嗎？」

「不，真的不想，」伊麗莎白回答：「我想這個話題再怎麼少提都不為過。」

「唉呀！妳真怪！可是我一定要告訴妳事情怎麼進行的。妳知道，我們是在聖克里門教堂結婚的，因為威克姆租的住處就在那個教區。先前講好了，我們十一點的時候都要在那裡集合。舅舅、舅媽跟我是一起去的，其他人則要跟我們在教堂會合。嗯，星期一早上到了，我緊張得要命！妳明白吧，我好怕有什麼事情發生讓婚禮延遲，那我會很心煩的。然後舅媽在我換裝的時候一直說教、講個不停，好像在佈道似的。不過她講十個字，我還聽不到一個字，因為——妳想像得到——我在想我親愛的威克姆。我真想知道他是不是穿著他的藍外套來結婚。

「嗯，所以我們就跟平常一樣在十點吃早餐，我還以為會永遠沒完沒了，因為我跟舅舅還有舅媽在一起的所有時間裡，他們都惹人厭到極點，我在這裡順便一提，讓妳了解。如果妳肯相信我的話，雖然我在那裡待了兩星期，卻連門都沒踏出去過。沒有一次宴會、沒有一點活動、什麼都沒有。說真的，現在倫敦沒什麼人，不過小劇院倒還開著。喔，所以就在馬車到門口的時候，舅舅被人喊走了，去處理那個討厭鬼史東先生的事。然後呢，妳知道的，他們一聚在一起，就談個沒完沒了。嗯，我實在是怕得要命，都不知道怎麼辦才好了，因為是舅舅要把我嫁出去，如果我們錯過了時間，這一整天就結不成婚了。不過運氣很好，十分鐘後他就回來了，隨後我們就一起出發。不過後來我想到了，如果他**真的**去不了，婚禮也不用延後，因為達西先生也可以幫忙。」

「達西先生！」伊麗莎白大為驚愕到只能重複一次。

「喔，是啊！他是跟威克姆一起去那裡的，妳知道吧。可是天哪！我真是忘光了！我不該提起這件事的。我信誓旦旦地答應他們了！威克姆會怎麼說呢？這件事應該保密的！」

「如果此事應該保密，」珍說道：「對這個話題就一個字都別再多說了。妳可以相信我不會再多問。」

「喔，當然了，」伊麗莎白雖然好奇得心急火燎，卻也說道：「我們什麼問題都不會問妳。」

2. 狩獵季節的開端。

「謝謝妳們了，」莉迪亞說道：「因為如果妳們問下去的話，我肯定就會什麼都講出來，威克姆就會很生氣了。」

她這樣鼓勵她們往下問，於是伊麗莎白被迫跑開，這樣即使她想問也沒得問。

但是就這樣一無所知地繼續過日子是不可能的，或者，至少她不可能不設法探聽。達西先生出席了她妹妹的婚禮；置身於那樣的場面，夾雜在那些人中間，那顯然是跟他最不相關、他也最不會想去的場合。這件事代表什麼意義，種種猜測迅速又狂亂地衝進她腦袋裡，但她對任何假設都不滿意。最好的一些猜測讓她開心，也讓他的行為顯現出最高貴的精神，卻顯得最不可能發生。她受不了這樣的疑慮，匆忙拿來一張紙，寫下一封短信給她舅媽，要求她在不違反原本保密條件的狀況下，解釋一下莉迪亞無意中透露的話。

她補充道：「妳可能已經明白，我一定很好奇，想知道一個人既然跟我們任何人都沒有連帶關係，相對而言，又對我們家相當陌生，怎麼會在這種時候置身於你們之間。請立刻寫信告訴我，讓我明白怎麼回事——除非此事還有很強烈的理由要密而不宣，莉迪亞似乎就認為有此必要，若是這樣，我就必須努力滿足於一無所知。」

「我才**不會**就這樣滿足呢，親愛的舅媽，如果妳不用合乎名譽的方式告訴我，我肯定就會降格以求，靠著詐術跟詭計來查明真相。」她在心裡對自己補上這句話，才寫完這封信。

珍敏銳的榮譽感，不會容許她私下跟伊麗莎白談論莉迪亞說溜嘴的話，伊麗莎白對此感到很高興——在她的探問得到任何看似滿意的結果之前，沒有人跟她談這些心事還比較好。

# 10

伊麗莎白在她能期望的最短時間裡，很滿意地收到了回信。她一拿到信就匆匆走向小雜木林，那裡最不可能有人打擾她。她在一張長椅上坐下，準備快樂地讀信，因為這封信的長度讓她相信，舅媽不會拒絕提供消息。

慈恩教堂街，九月六日寄

親愛的外甥女：

我剛剛收到妳的信，我會用這一整個早上來回覆妳，因為我可以預料，稍事說明並不足以涵蓋我必須告訴妳的一切。我得承認，妳的要求讓我吃了一驚，我並沒料到妳會問起這件事。不過請別認為我生氣了，我只是想讓妳知道，我沒想到妳這邊會有必要問起此事。如果妳要回覆說妳不懂我的意思，就請原諒我的魯莽。妳舅舅就跟我一樣訝異，我們只因為相信妳也牽涉在其中，才會容許他採取先前那些行動。不過如果妳真的一無所知、被蒙在鼓裡，那麼我就必須說得更清楚。

就在我從龍柏園回家的那一天，妳舅舅接待了一位最意想不到的訪客。達西先生來訪，還跟他閉門密談了好幾個小時。我抵達的時候，他們已經全部談完了；所以我不像妳那樣，對此事似乎有很強烈的好奇心。他是來告訴嘉迪納先生，他找到妳妹妹和威克姆先生在哪裡，他也跟他們兩人見過面、談過話了——他跟威克姆談了好幾次，跟莉迪亞談過一次。就我推測，他只比我們晚一天離開達比郡，而且抱著要找出他們的決心到了倫敦。他表明的動機是，他相信威克姆的劣跡沒那麼廣為人知都得怪他，害得有品德的年輕女子可能錯愛他、信任他。他把這整件事全都歸咎於他錯誤的傲慢，還坦承他本來認為日久見人心，公開威克姆私下的作為反而有失自己的身分。因此他說他有責任要挺身而出，設法彌補他自己造成的不幸。如果他另有動機，我確定也絕不會有辱他的名聲。他在倫敦花了好幾天，才終於找出他們。不過他有一些可以指引他搜尋的線索，比我們能掌握的還多。他認為這也構成另一個理由，讓他決心跟著我們去倫敦。似乎有位叫做楊恩太太的女士，在幾年前曾經做過達西小姐的家教，因為出了某種差錯而被辭退，但達西先生沒說明理由。後來她在愛德華街買下一棟大房子，此後就靠著出租房間過活。他知道這位楊恩太太跟威克姆很熟，所以他一到倫敦，就到她那裡去探聽威克姆的消息。但是他花了兩三天，才終於從她那裡問出他想知道的事。我想是用上了賄賂籠絡，她才背叛她所受的信任，因為她的確知道可以去哪裡找她那位朋友。威克姆確實在剛抵達倫敦的時候就去找她，要是她家能夠收留他們，他們本來就打算跟她同住了。不過最終，我們好心的朋友還是查到了他想查的地址。他們住在某某街。

他見到了威克姆，隨後堅持要見莉迪亞。關於她，他承認他起初的目標是說服她脫離不名譽的現狀，一等到她的親友被說服接納她，就回到親友身邊；他會盡全力幫助她。不過他發現莉迪亞鐵了心腸要留在原處。她完全不顧念她的親友，不想得到他的幫助，根本不肯聽要她離開威克姆的話。她確定他們總有一天會結婚，什麼時候結沒那麼重要。既然她的感情如此，他認為剩下來的唯一作法就是確保他們儘速完婚。然而他第一次跟威克姆交談的時候，很快就發現威克姆從來沒有這個打算。他自己坦白表示他被迫離開軍團，因為他的某些賭債逼得很急。他把莉迪亞私奔的惡果完全歸咎於她自己太傻，自己一點都不覺得良心不安。他打算立刻就辭去民兵團的職位，至於未來的處境，他沒有多少辦法好想。他必須有個去處，但他又不知道該去哪，他也知道他接下來就要無以為繼了。

達西先生問他為什麼不立刻跟妳妹妹成婚？雖然班奈特先生想來並不是非常富有，卻還是有辦法為他做點什麼，而且結婚一定會對他的經濟狀況有所幫助。然而從威克姆的回答裡，達西先生發現他還奢望到別處去高攀豪門致富。但在目前的處境下，要是有其他立即紓困的方案，倒也不是不可能誘使他接受。

他們見了好幾次面，因為有很多事情要討論。威克姆當然貪得無饜，但最後總算減到一個合理的數目。他們兩人談妥了一切以後，達西先生的下一步就是讓你舅舅了解狀況。他第一次走訪慈恩教堂街就是在我回到家的前一天傍晚，不過那時嘉迪納先生不在，達西先生進一步詢問後，發現妳父親還跟妳舅舅在一起，但次日早上就會離開倫敦。照他判斷，跟妳父親商議還不如跟妳舅舅商議來得適當，所以他立刻就延後見妳舅舅的計畫，直到妳父親離開再來。他沒有留下名字，大家都只知道第二天有位紳士為了要事來訪。星期六他再度登門，妳父親已經離去，妳舅舅在家，然後就如同我先前所說，他們一起長談了許久。他們在星期天再度晤談，那時我也見到了他。所有事情直到星期一才塵埃落定：他們一達成協議，急信就送往龍柏園了。

不過我們的訪客非常固執；麗西，我想，終究固執才是他性格中真正的缺陷。他在不同時候被指控有許多不同的錯處；不過這一個才是真正的缺點。他什麼都要自己一手包辦，雖然我確定（但我這麼說不是要妳感激，所以別提類似的話了）妳舅舅會非常樂意處理整件事。他們爭論了很久，無論是牽涉在其中的那位男士或那位女士，都不值得他們這麼費力。不過到最後是妳舅舅被迫退讓，非但不許他為自己的外甥女盡力，還逼迫他忍耐著獨佔所有功勞，這樣實在大大有違常情。我其實相信，妳今天早晨的信件讓他非常高興，因為信中要求的解釋能讓他卸下不屬於他的榮耀，並且把功勞還給該受讚揚的人。但是麗西，這件事除了妳以外不能再外傳，至多只能告訴珍。我想妳相當清楚，他為那兩個年輕人做了什麼。我相信他替威克姆還的債比一千鎊還多出許多，另外，除了莉迪亞自己的錢，還額外給了她一千鎊，並替他買了軍職。

為什麼這一切都要由他一個人張羅，理由就如同我前面所述。都是因為他保持緘默又考慮欠周，才讓大家誤解了威克姆的人格，結果就讓他受到先前那樣的接納與青睞。這番話或許有幾分真實性；不過我很懷疑，是否能夠把此事的責任歸咎於他或者任何人的緘默。但是姑且先不論他說的這番好話，親愛的麗西，妳大可以完全放心，要不是我們確信此事對他來說有另一層利害關係，妳舅舅就不會讓步了。

在這一切都解決以後，他再度回到朋友身邊，他們都還待在潘伯利。但我們已經商量好，舉行婚禮的時候他會再來到倫敦，與金錢有關的所有安排都會在那時完成。我相信現在我已經對妳全盤托出事實了。如同妳告訴過我的，這番描述會讓妳非常驚訝，但我希望至少這不至於讓妳產生任何不快。

莉迪亞來我們這裡住，威克姆也經常來訪。他的舉止跟我在賀福德郡見到時完全一樣，但她在我們家裡的行徑就讓我頗為不滿，我本來不打算告訴妳有多糟，然而珍上星期三的來信讓我知道，莉迪亞在家裡也是一樣，我才覺得現在告訴妳這些話，也不會讓妳增添新的痛苦。我用最嚴肅的態度反覆說了她幾次，向她表明她的作為多麼傷風敗德，又帶給她的家人那麼多不幸。如果她有聽見我的話，那完全是運氣好，因為我確定她沒有聽進去。我有時候相當生氣，不過接著我回想起親愛的伊麗莎白跟珍，為了妳們，我又有耐性應付她了。

達西先生準時回來了，然後就如同莉迪亞告訴妳們的，他出席了婚禮。他在第二天跟我們吃了一頓飯，在星期三或星期四又離開了倫敦。

親愛的麗西，如果我趁這個機會說我多麼喜歡他（我以前從來不敢說出口），妳會很生我的氣嗎？他對待我們的態度，在每一方面都像我們在達比郡時一樣令人愉快。他的才智見解都很得我歡心，他什麼都不缺，就只欠缺一點點活力，在那方面，如果他謹慎擇偶，就可以由他的妻子來教導他了。我想他行事非常低調，他幾乎從來沒提過妳的名字。不過這年頭行事低調已經蔚為流行了。

如果我太冒昧就請妳見諒，至少別罰我不准去潘伯利。我要是沒繞那個莊園一圈，是不會快活的。一輛低車身的輕馬車，再加上一對上好的小馬就很合用了。可是現在我不能再寫了，孩子們已經找我半小時了。

妳非常誠摯的，M．嘉迪納

這封信的內容讓伊麗莎白一陣慌亂，她很難確定到底是喜悅還是痛苦佔上風。因為狀況不明確，讓她隱約不安地懷疑，達西先生可能做了某些事情來促成她妹妹的婚事，但她又害怕鼓舞自己這番期望，因為他不太可能做出這麼大的好事；同時她也害怕自己猜得沒錯，事實果真超越她原本懷疑的最大限度，蒙受這種大恩多麼痛苦啊！他刻意跟著他們到倫敦去，承受搜尋過程帶來的一切麻煩與屈辱；他必定去懇求了一位他肯定深惡痛絕又鄙視的女人，還自貶身分，去見他一直最期望能避而不見、連提到名字都是懲罰的男人——甚至前後見了好幾次，去跟他理論、說服他、最後還出錢賄賂他。他的一切作為，都是為了一個他不可能關心也並不敬重的女孩。她的心確實悄悄耳語著，他是為了她才這麼做。不過其他顧慮很快就壓制住這種期望；她很快就覺得，她已經拒絕過他一次，就算依恃著虛榮心，也不足以認為他對她還深情到能夠克服自然的厭惡感，願意跟威克姆成為姻親。威克姆的連襟！不管是哪一種類型的傲慢，都必然抗拒這樣的親戚關係。當然，他已經做了許多。她一想到他做了多少事就覺得羞慚。不過他對自己的介入提出了一個理由，這種理由並不特別難以相信。他要是覺得自己先前做錯了，也很合理；他慷慨大方，也有辦法展現這一點。雖然她不會認為他主要的行事動機在於她，但她或許還能相信，餘情未了可能讓他願意為實際上影響她心靈平靜的事情效力。得知他們蒙受這個人的恩惠，他卻永遠不可能接受回報，讓她覺得很痛苦——痛苦到了極點。莉迪亞得以歸來，名譽得以恢復，還有其他一切，都要歸功於他。喔，她想起她助長過的每一分無禮情緒，她針對他說過的每一句魯莽話語，多麼由衷地感到難過啊。現在她自覺渺小低微，卻為他感到驕傲——值得驕傲的是，他出於同情心與榮譽心而採取行動時，能夠超越自己的限制。她一次又一次讀著她舅媽對他的讚美，幾乎還覺得不夠，但那些讚美卻讓她很開心。她發現舅媽跟舅舅兩人都堅信達西先生和她之間互愛互信，甚至讓她覺得有幾分樂趣，雖然其中也摻雜著懊悔。

有人走近，打斷她的思索，也讓她從椅子上站起來。在她走到另一條路以前，威克姆就追上了她。

「恐怕我打斷妳獨自漫步了，親愛的大姨子？」他跟她會合時說道。

「你確實打斷我了，」她帶著微笑回答：「但我倒不是說這種中斷肯定不受歡迎。」

「如果我不受歡迎，我真的會覺得很遺憾。**我們**一直都是好朋友，現在關係更好了。」

「誠然。還有其他人出來散步嗎？」

「我不知道。班奈特太太跟莉迪亞要搭馬車去馬里頓。所以，親愛的大姨子，從我們的舅舅跟舅媽那裡，我得知妳已經真正見識過潘伯利了。」

她給予肯定的答覆。

「我幾乎嫉妒妳能享受這種樂趣，然而我相信我受不了舊地重遊，否則我可以在前往新堡的路上順路造訪。我想妳也見到老管家了？可憐的雷諾斯，她一直都非常喜歡我。不過她當然沒向妳提起我的名字。」

「不，她有提起。」

「那她怎麼說？」

「說你加入軍隊，但恐怕——結果並不好。你明白的，在**那樣**遠的地方，事情會受到奇特的曲解。」

「確實是，」他咬著嘴唇回答。

伊麗莎白希望她已經迫使他保持沉默了，不過他隨後又說：「我很訝異上個月竟然在倫敦見到達西。我們碰到好幾次。我很疑惑他在那裡能做什麼。」

「或許是籌備他跟狄柏小姐的婚事吧，」伊麗莎白說：「在這個時節，他一定有些特別的事情要做才會在那裡。」

「無疑如此。妳在藍頓的時候有見到他嗎？我想我從嘉迪納夫婦那裡聽說，妳曾在那裡見過他。」

「對，他介紹我們認識他妹妹。」

「妳喜歡她嗎？」

「非常喜歡。」

「的確，我聽說她在這一兩年內有不尋常的進步。在我上次見到她的時候，她看起來還不是非常有希望。我很高興妳喜歡她，我希望到最後她會變成很好的人。」

「我認為她會的，她已經熬過帶來最大考驗的年紀。」

「妳有經過克林普頓村嗎？」

「我不記得我們有經過。」

「我提起那裡，是因為我本該得到那裡的牧師職位。那裡是風光最明媚的地方！還有絕佳的牧師公館！在各方面來說都很適合我。」

「你有多喜歡佈道？」

「喜歡極了。我本來認為這是我的一部分義務，為此辛苦很快就不算什麼了。人不該滿腹牢騷，但說真格的，原本這會多適合我啊！這種生活的寧靜遁世，能夠呼應我對幸福的所有理想！不過這不可能了。妳在肯特郡時有聽到達西提起這個狀況嗎？」

「我**曾經**聽到某個權威消息來源提起此事，我想消息也**一樣準確**，根據這個說法，那筆牧師俸祿只是有條件地留給你，怎麼定奪要看現任贊助人的意思。」

「妳聽說過了！是的，**那種說法**有某種道理；妳可能記得，我一開始就跟妳這麼說過。」

「我也**確實**聽說過，曾有一段時間你似乎不像現在這麼喜愛佈道，你其實還聲稱決心永遠不擔任聖職，所以這件事也因此取消了。」

「妳聽到這種說法啦！這話也不是完全沒根據。妳或許記得我們第一次談及此事時，我怎麼跟妳說明這一點。」

現在他們差不多走到屋子門口了，因為她先前走得很快，想甩開他。為了她妹妹著想，她不願意太刺激他，就只是好脾氣的帶著微笑回答道：

「來吧，威克姆先生，你知道，我們是姻親了，我們別為往事起爭執吧。未來，我希望我們會永遠同心協力。」

她伸出她的手，雖然他幾乎不知道眼睛該看哪裡，還是帶著溫柔的紳士風範吻了那隻手，然後他們便進屋去了。

# 11

威克姆先生對這番對話的成果滿意到極點，所以不再自討沒趣，拿這個話題去煩他親愛的大姨子伊麗莎白；她也很愉快地發現自己已經講夠了，足以讓他安靜下來。

他跟莉迪亞出發的日子很快就到了，班奈特太太被迫接受分別。她丈夫絕對無意聽從她的計策，帶全部人去新堡，所以這次分別可能至少延續十二個月。

「喔，親愛的莉迪亞，」她喊道：「我們什麼時候會再見面呀？」

「喔，天呀！我不知道。或許這兩三年都見不到吧。」

「親愛的，要常常寫信給我。」

「我盡可能常寫。不過妳明白，已婚婦女向來就沒多少時間寫信。我的姊姊們可以寫信給**我**，她們沒別的事要做。」

威克姆先生的告別比他妻子的更有感情。他滿面春風，看來儀表堂堂，還說了許多漂亮話。

他們一走到房子外面，班奈特先生就說道：「他還真是我見過最傑出的人才呀。他滿臉假笑，惺惺作態，對我們所有人都流露一片深情。他讓我覺得驕傲得不得了。我敢向威廉・盧卡斯爵士挑戰，連他都找不出一位更有價值的女婿了。」

失去女兒讓班奈特太太有好幾天心情都非常低落。

她說道：「我常在想，沒有任何事情像遠離親友這麼糟。失去他們以後，總會覺得非常失落。」

「母親，妳明白這就是嫁出一個女兒的後果，」伊麗莎白說道：「妳的另外四個女兒還單身，一定讓妳覺得比較滿意吧。」

「才沒這回事。莉迪亞不是因為結婚所以才離開我，純粹是因為她丈夫的軍團剛好在遙遠的地方。如果那個軍團駐紮得近一些，她就不會這麼快走。」

然而她很快就從此事造成的低落情緒中恢復過來，因為從那時開始流傳的另一則消息，讓她心中再度燃起希望。奈德菲的管家接到命令，要準備迎接主人抵達，他再過一兩天就到，會在那裡打獵幾個星期。班奈特太太情緒頗為激動，她望著珍，一會兒微笑、一會兒又搖頭。

「唉呀，所以賓利先生要來這裡了，妹妹，」（是菲利普斯太太首先告訴她這個消息）「哎，這樣更好了。不過我可沒有很在意這件事。妳懂吧，他對我們來說不算什麼，我肯定我永遠不想再見到他了。可是無論如何，如果他喜歡，大家都很歡迎他來到奈德菲。而且誰知道**可能會**發生什麼事？不過這對我們來說沒什麼意義。妳明白的，妹妹，我們很久以前就一致同意，再也不提此事。所以，他要來的消息很確定嗎？」

另一方回答道：「妳可以相信這一點，因為尼可斯太太昨晚在馬里頓。我看見她走過，然後我刻意出門去弄清楚這件事的真實性。她告訴我，此事千真萬確。他最晚星期四會到，而且很可能星期三就到了。她跟我說，她要專程去屠夫那裡訂些肉星期三用，她也有三對剛好適合宰來吃的鴨子。」

班奈特小姐聽到他要來了，禁不住變了臉色。她已經好幾個月沒向伊麗莎白提起他的名字，但此刻既然她們獨處了，她便說道：

「麗西，今天姨媽告訴我們新消息的時候，我發現妳盯著我看。我知道我看起來表情憂傷，不過別認為這是出於什麼傻氣的原因。我只是一時覺得困擾，因為我覺得別人會盯著我看。我要向妳保證，這個消息並沒有讓我特別欣喜或痛苦。只有一件事讓我感到慶幸，那就是他獨自前來，因為這樣我們就會比較少見到他。我不是怕**我自己**有什麼閃失，我只怕別人說閒話。」

伊麗莎白不知道要如何看待這件事。要是她沒有在達比郡見到他，她可能會認為他真能夠別無其他目的，只為了他聲稱的打獵而來；不過她還是認為他對珍情有獨鍾，而他來到這裡到底是**得到了**他朋友的許可，還是大膽到不顧對方的意見，她對此還舉棋不定。

她有時會想：「不過，這個可憐人一來到自己合法租下的房子，就免不了引起眾人揣測，這樣真夠辛苦了！我會讓他清靜一下。」

在他即將到訪時，儘管她姊姊聲稱自己無動於衷，甚至也真心相信自己這麼想，伊麗莎白卻能夠輕易察覺到她的心情受到此事影響了。她姊姊的情緒比她通常看到的更動盪不安，更不平靜。

她們的父母在大約一年前熱烈討論過的話題，現在又再度提起了。

班奈特太太說道：「親愛的，賓利先生一來，你當然就會去拜訪他吧。」

「不，不會的。妳去年逼我去拜訪他，還承諾說如果我去見了他，他就會娶我的一個女兒。結果卻什麼都沒發生，我不會再幹一次傻事了。」

他太太向他解釋，為何在賓利回奈德菲的時候，這一帶的紳士全都有必要表現出這種殷勤。

「我瞧不起這種**禮儀**，」他說道：「如果他想要跟我們往來，就讓他採取主動。他知道我們住在哪裡。我不會在每次有鄰居去而復返的時候，浪費**我自己的**時間去追著他們跑。」

「喔，就我所知，如果你不去拜訪他，會顯得極端粗魯無禮。不過話說回來，那也不能阻止我邀他來這裡用餐，我下定決心了。我們必須快點去邀朗太太還有顧爾丁一家。這樣跟我們自己人湊起來就有十三位，這樣桌上就剛好有個位置可以留給他。」

在這番決心的安慰之下，她比較能夠承受她丈夫那些不客氣的話語。雖然知道她的鄰居可能會因此全都比**他們**更早見到賓利先生，讓她覺得非常痛心。在他抵達的日子逼近時，珍對她妹妹說道：「我開始遺憾他竟然要來了。本來這也沒什麼，我可以用完全平靜無波的態度見他，但我快要受不了這件事這樣經常被提及。母親是好意，但她不知道，也沒有人可能知道她說的話讓我多難受。等他在奈德菲小住的日子結束以後，我會有多快活啊！」

「我真希望我能說些什麼話來安慰妳，」伊麗莎白回答：「不過，妳一定感覺得到，這完全超出我的能力範圍。我不可能照著常見的作法，對著受苦的人說教，要他們有點耐性，因為妳一直太有耐性了。」

賓利先生來了。班奈特太太透過僕役們的協助，設法探聽到最早的一波消息，所以她承受焦慮與煩惱的時間也因此盡可能拉長了。她計算著還要等待幾天才能送出請帖，而在那之前不可能見到他。不過在他抵達賀德福郡的第三天早上，她就從她的化妝室窗口看見他進了牲口圍場，騎著馬朝屋子前進。

她興沖沖地叫她的女兒們來分享她的喜悅。珍下定決心守著她在桌子旁邊的位置，不過伊麗莎白為了讓母親高興，就走到窗口邊去張望，正好看見達西先生跟著他一起來，就再度回到她姊姊旁邊坐下。

「媽媽，有位紳士跟他一起來，」吉蒂說道：「那有可能是誰啊？」

「親愛的，我想是他的某位朋友吧，我確定我不認識。」

「哎呀！」吉蒂回應道：「看起來像是以前跟他來過的那個人。他姓什麼來著——那個高個子的傲慢男人。」

「老天爺！是達西先生！——我發誓就是他。嗯，我們這裡當然歡迎賓利先生的任何朋友，要不然我就得說，我光看見他就討厭。」

珍驚訝又關切地望著伊麗莎白。她對於他們在達比郡見面時的事情所知不多，所以覺得她妹妹在接獲他那封解釋的信以後，差不多是第一次見到他，肯定會感到尷尬。兩姊妹都覺得夠不自在了：兩個人都為對方而不安，自己當然也相當忐忑。她們的母親卻還講著她多麼不喜歡達西先生，她決心以禮相待，只因為他是賓利先生的朋友，這話姊妹倆全沒聽見。不過伊麗莎白的尷尬另有原因，珍卻不曾懷疑到，因為伊麗莎白還全無勇氣讓姊姊看嘉迪納太太的來信，也不曾對姊姊提起她面對達西先生的心思已有轉變。對珍來說，他只是一個求婚被拒的男人，而且她還低估了他的優點；不過就伊麗莎白自己更廣泛的了解，全家都虧欠他極大的人情，而且她對他的關切之情，就算不像珍對賓利的感情那樣溫柔，至少也一樣合情合理。他的來訪——回到奈德菲，拜訪龍柏園，而且自願再來找她——讓她大為震驚，幾乎就跟她在達比郡首度見證到他改變作風時一樣訝異。

她臉上消退的血色，在半分鐘內又恢復了，而且更添光彩，一抹愉悅的微笑還讓她的眼神更加明亮，因為在那段時間裡，她想到他的感情與期望一定還未動搖，但她不敢太過肯定。

「讓我先觀察一下他的舉止，」她說道：「隨後再有所期待也不嫌晚。」

她專注地坐在那裡工作，努力要保持鎮靜，也不敢抬起頭來看，直到僕人走近門邊，焦慮才終於讓她把目光投向姊姊臉上。珍看起來比平常蒼白了一點，不過比伊麗莎白預料中更鎮定。紳士們出現時，她的臉變得更紅，然而她接待他們的時候還算從容自若，而且舉止得宜，既沒有顯得心懷怨恨，也沒有表示出不必要的殷勤柔順。

伊麗莎白在合乎禮儀的範圍內盡可能少說話，然後帶著平常不怎麼需要的專注熱切，再度坐下來投入手上的活計。她只冒險瞥了達西一眼。他看起來就像平常一樣嚴肅；而她認為，他看起來比較像是過去在賀福德郡時的樣子，而不太像是她在潘伯利時看到的模樣。但是，或許是因為在她母親面前，他無法保持在她舅舅與舅媽面前的態度。這種猜測讓她心痛，卻不無可能。

她同樣偷看賓利一眼，而且在那短促的時間裡發現他看來既高興又尷尬。班奈特太太接待他的態度，殷勤到讓她的兩個女兒為之羞愧，比起她對待他朋友時那種冷淡刻板的禮數與談吐，落差尤其強烈。

伊麗莎白深知要不是達西，她母親最鍾愛的女兒就免不了一輩子身敗名裂、無可彌補，所以眼看著母親犯了這麼大的錯誤，厚此薄彼到讓人極其痛心的地步，覺得格外痛苦難堪。

達西只問她嘉迪納夫婦是否安好，而她回答的時候還不由得心慌了一陣，隨後他就幾乎一語不發了。他並不是坐在她旁邊，或許他就是因此才保持沉默，但在達比郡時卻不是這樣。在那裡時，他如果不能跟她聊天，就會跟她的親友說話。不過幾分鐘過去了，他的聲音一次也沒響起過，偶爾她無法抗拒好奇的衝動，抬起頭看著他的臉，她發現他望著珍的次數跟看她本人的次數一樣多，而且他經常是什麼都不看，就只盯著地面。這明顯表示跟他們上次見面時相比，他現在更常陷入沉思，卻沒那麼想讓旁人愉快了。她感到失望，又對自己的失望感到惱火。

「我哪能有別的期待？」她說：「但是他為什麼要來呢？」

她沒心情跟別人聊天，只想跟他說話，然而她幾乎沒有勇氣向他開口。

她問候他妹妹，卻無法再多說些什麼。

「賓利先生，從你離開以後過了很長的一段時間，」班奈特太太說道。

他立刻同意這個說法。

「我開始擔心你永遠不會再回來了。**確實**有人說你打算在聖米迦勒節徹底退掉那棟房子，但我希望這不是真的。在你離開以後，這一帶有了很多改變。盧卡斯小姐結了婚，安定下來，我自己的一個女兒也是。我想你已經聽說了。的確，你一定在報紙上看到了。我知道婚訊登在《泰晤士報》跟《信使報》上，不過沒照應有的規矩登。上面只說『日前喬治．威克姆先生與莉迪亞．班奈特小姐成婚』，上面沒有一個字提到她父親、她住的地方或任何別的事情。這結婚啟事是我弟弟嘉迪納起草的，我很納悶他怎麼會辦得這樣蹩腳。你讀到了嗎？」

賓利回答說他看過了，並且向她道賀。伊麗莎白不敢抬頭。所以，她不知道達西的表情如何。

「說真的，一個女兒得到好歸宿是一件快活的事，」她母親繼續說道：「但同時呢，賓利先生，讓別人帶著她離開我是很難受的。他們要北上去新堡，那裡似乎相當偏北，我不知道他們要在那裡待多久。他的軍團在那裡，我想你已經聽說了，這是因為他離開了某郡民兵團，加入了正規軍隊。感謝老天！他確實有**某些**朋友，雖然或許不像他應得的那麼多。」

伊麗莎白知道這番話是針對達西先生說的，這讓她羞愧無比，在椅子上幾乎坐不住。不過這番話比先前那些事情更有效地讓她全力找話說。她問起賓利，他現在是否打算在鄉間多住。賓利相信自己會住上幾個星期。

「賓利先生，如果你已經打完你獵場上的所有鳥兒，」她母親說話了：「請你一定要來這裡，在班奈特先生的莊園裡隨你高興盡情打獵。我確定他會很樂意讓你這樣做，還會留下所有最好的松雞給你。」

這樣不必要又過度巴結地獻殷勤，讓伊麗莎白覺得更加悲慘！要是一年前讓他們沾沾自喜的同一種合理期望，現在又再度升起，她相信一切都會讓同樣令人苦惱的結局加速降臨。在這一瞬間，她覺得即使日後連年過著幸福的生活，都無法彌補珍或她自己在這些短暫時刻經歷的痛苦不安。

她對自己說道：「我心中最大的願望，就是永遠別再跟他們兩人為伴了。他們的陪伴帶來的喜悅，不足以補救這樣淒慘的情況！別再讓我見到那兩個人了吧！」

然而這種連日後的幸福也無法彌補的慘況，很快就得到實質的紓解，因為她觀察到她姊姊的美貌如何重燃舊日愛人的愛慕之心。賓利剛走進來的時候，他只對她說了寥寥數語，但是每過五分鐘，他似乎就對她更關注一些。他發現她就像去年一樣美麗，一樣溫柔，也一樣自然不造作，只是沒有那麼樂於閒聊。珍一心掛念著別讓人看出她有任何變化，也真心相信自己就跟過去一樣健談，不過她心事太多，所以並不見得總是知道自己沉默了下來。

紳士們起身要走的時候，班奈特太太惦記著她打算表現的禮貌，就邀請他們再過幾天到龍柏園來吃飯。

「賓利先生，你欠我一次約會，」她補充道：「因為去年你到倫敦去的時候，答應過你一回來就要儘快到我們家來吃一頓家庭晚餐。你看，我還沒忘呢，而且我說真的，你沒有回來履行約定真的讓我非常失望。」

賓利聽到她回想起這件事，顯得有點茫然若失，還說了幾句話表示過意不去，當初有事情耽擱了。隨後他們便離去了。

班奈特太太本來非常想在當天就邀他們留下來吃飯，但她家晚餐雖然總是很豐盛，她卻覺得少於兩道大菜的餐飯不夠好，不足以款待她處心積慮要籠絡的男士，也滿足不了那位年收入一萬鎊的先生的胃口或傲慢。

# 12

他們一走，伊麗莎白就走到外面去恢復一下精神。換言之，就是在不受打擾的狀況下，細細尋思必然會讓她情緒更糟的事情。達西先生的行為讓她既吃驚又懊惱。

她說道：「如果他來這裡只是為了保持沉默，擺出嚴肅冷淡的態度，那他何必要來？」

對於此事，她完全想不出一個讓自己開心的結論。

「他在倫敦的時候，還可以對我舅舅與舅媽親切友善、和顏悅色，為什麼對我卻不行？如果他怕見我，為什麼要來？如果他不再喜歡我了，為什麼要這樣默不作聲？真讓人心煩！我不要再想他了。」

她的決心維持了一小段時間，但這並非出於自願，而是因為她姊姊走了過來。她跟伊麗莎白會合時一臉喜色，顯示她對這兩位訪客的感想比她妹妹滿意得多。

她說道：「第一次會面已經結束了，我覺得非常從容自在。我知道我自己夠堅強，他再來訪我也不會覺得尷尬了。我很高興他會在星期二來這裡吃飯。以後大家都可以看出來，我們雙方都只是以無關緊要的普通朋友身分相會。」

「是啊，確實非常無關緊要，」伊麗莎白大笑著說道：「喔，珍！小心一點呀。」

「親愛的麗西，妳現在可不能把我想得這麼脆弱，還有錯愛的危險啊。」

「我想妳有很大的危險，會讓他像過去一樣深深愛上妳。」

她們直到星期二才又見到兩位紳士。在這期間，班奈特太太大肆想像所有幸福美好的計畫，先前賓利才來訪半小時，他愉快的性格與一般的禮貌，就讓她的希望全部復甦了。

龍柏園在星期二辦了個盛大的聚會。而大家最急切盼望的那兩個人，不負他們身為狩獵家的守時美德，很準時地到達了。他們走進晚餐室的時候，伊麗莎白急切地觀察，想看清楚賓利是否會像在過去所有派對裡一樣，在屬於他的位置就座——在她姊姊身邊。她那位精明的母親也想著同一個念頭，就克制住沒邀他坐到她自己旁邊。他剛進房間的時候顯得遲疑，不過珍正好環顧四周，又剛好露出一個微笑，所以事情就這麼定了，他在她身邊坐下。

伊麗莎白得意洋洋地望著他的朋友。他以高貴而平靜的態度接受了，而她要不是看到賓利的目光也同樣轉向達西，表情裡有種半帶笑意的警戒神色，她就會以為賓利是得到他的許可才來享受幸福的。

在晚餐時間裡，他對待她姊姊的舉止就顯示出他還愛慕她，雖然比過去更小心翼翼。這讓伊麗莎白相信，如果由他個人全權作主，他很快就會確保珍跟他自己的幸福。雖然她不敢放心認定會有這種結果，觀察他的行動卻讓她很愉快。她就靠這個活力泉源來維持起碼的興致，因為她其實並不怎麼開心。達西先生幾乎就遠在分隔他們兩人的桌子另一端，跟她母親坐在同一邊。她知道這種狀況對雙方來說都不怎麼愉快，也無法顯示出雙方的優點。她靠得不夠近，聽不見他們的交談，不過她可以看出雙方的交談少之又少，每次交談時的態度又相當僵硬冷淡。她母親有欠禮貌，讓伊麗莎白心裡更加痛切地感受到他們多麼虧欠他。她有時候真願意付出一切，只求有權告訴他，並非全家人都不知道也不感激他的仁慈。

她希望這一晚能提供一些讓他們相聚的機會，也希望他這次作客期間，除了進門時禮貌上寒暄幾句，不至於連多聊幾句的機會都沒有。她焦躁不安，在紳士們進客廳以前的那段時間又太過煩人乏味，幾乎讓她失去應有的禮貌。她期待他們走進來，因為她這一晚上所有快樂的機會，就得仰仗這個時機了。

「如果他不來找我，」她想著：「**那麼**我就會永遠放棄他。」

紳士們進來了，而她心想，他看來會回應她的期望。但可惜啊！女士們簇擁在桌子旁邊，班奈特小姐在此沏茶，伊麗莎白則在倒咖啡，她們站得這樣靠近，以至於她身邊連放得下一張椅子的空隙都沒有。紳士們走近的時候，其中一個女孩移到比先前更近的位置，然後悄聲說道：

「我下定決心了，男士們沒辦法過來把我們分開。我們用不著他們任何一位，對嗎？」

達西走開了，踱到房間的另一個角落。她的目光追隨著他，嫉妒著他說話的每個對象，幾乎沒有足夠的耐性可以幫任何人倒咖啡，然後又因為自己這麼傻而氣得要命！

「一個已經被拒絕過一次的男人！我怎麼會傻到去期待他重申愛意？哪有一個男人會軟弱到第二次向同一個女人求婚？沒有一件事情，比這樣喪盡尊嚴更傷感情了！」

然而他自己把他的咖啡杯拿回來的時候，她稍微振奮了一點，便抓住機會說道：

「你妹妹還在潘伯利嗎？」

「是的，她會在那裡待到聖誕節。」

「就一個人嗎？她所有的朋友都離開她了嗎？」

「安妮斯利太太陪著她，其他人過去三星期都待在史卡波羅。」

她想不出更多話好說了，不過如果他期望能跟她聊天，他找話題可能會比較成功。然而他只在她身邊默默地站了幾分鐘，最後在先前那位年輕女士又對伊麗莎白耳語的時候，他就走開了。

茶具移走，牌桌擺上來的時候，所有女士們都起身了，伊麗莎白那時候本來希望他很快就過來跟她會合，但她的所有想法都被推翻了：她眼看著他被她急著找惠斯特牌友的母親拉走了，過了一會，他便跟其他人一起坐下來。她現在所有快樂的期望都成空了。他們這個晚上都要被困在不同的牌桌上，她沒別的可以指望，但他的目光這樣頻繁地轉向房間裡有她在的那一邊，所以他跟她一樣牌運不佳。

班奈特太太本來想留著奈德菲的兩位紳士吃宵夜，但不幸他們的馬車比別人都早叫來，她根本沒機會留住他們。

「好吧，姑娘們，」在只剩下他們一家人的時候，她說道：「妳們覺得今天如何？我想一切的進展都異常順利，我可以確定。晚餐是我看過煮得最好的。鹿肉烤得恰到好處，而且人人都說他們從沒看過這樣肥美的腿肉。湯比我們上星期在盧卡斯家喝到的好了五十倍，就連達西先生都承認，松雞煮得格外地好。我猜想他至少有兩三個法國廚子吧。還有啊，親愛的珍，我從來沒見妳看起來比今天更漂亮。我問朗太太是不是這樣的時候，她也這麼說。妳知道她還說了什麼嗎？『喔！班奈特太太，最後我們會看著她嫁進奈德菲的！』她真的這麼說。我真的認為朗太太是世間最善良的人——她的姪女們全都是舉止端壯的女孩，雖然一點都不漂亮，我實在好喜歡她們。」

簡而言之，班奈特太太情緒非常高昂。她觀察到夠多賓利對待珍的舉止，足以相信她最後會得到他。在她心情好的時候，想起這樁婚事對他們家的好處，就期待到超乎常理的程度，以至於她沒在第二天就看到他登門求婚，還覺得相當失望。

「這一天過得非常愉快，」班奈特小姐對伊麗莎白說：「參與聚會的賓客選得這麼好，彼此都相處愉快。我希望我們可以經常再相聚。」

伊麗莎白露出微笑。

「麗西，妳絕對不能這樣笑我。妳不可以這樣懷疑我，這樣讓我很心痛。我向妳保證，我現在學會如何享受跟他談話的樂趣，就像是跟一個討喜又聰明的年輕男子聊天，此外別無非份之想。他現在的舉止讓我徹底滿意了，他絕對無意再讓我深陷情網。他只是天生比別人更善於說話，又有比較強烈的意願讓每個人都開開心心。」

「妳真是太殘忍了，」她妹妹說道：「妳不讓我笑，卻又時時刻刻逗我笑。」

「有時候要讓別人相信還真難！」

「在其他狀況下還根本不可能呢！」

「不過妳為什麼想叫我相信，我的感受比我承認得還要強烈？」

「這個問題我自己幾乎都不知道怎麼回答了。我們全都喜歡指導別人，雖然我們能教的只有不值得知道的事。請原諒我，如果妳堅持妳無動於衷，就別叫**我**當妳的知己密友了。」

# 13

在這次造訪之後幾天，賓利先生再度登門，這次只有他一個人。當天早上他的朋友離開他前往倫敦，但再過十天就會回來。他跟他們一起坐了超過一小時，興致相當高昂。班奈特太太邀他跟他們共進晚餐，不過他滿口抱歉地說明他在別處已經有約了。

她說道：「下次你來訪的時候，我希望我們會更幸運些。」

他則表示他隨時都非常樂意受邀，如果她願意見諒，他會儘早找機會來訪。

「你可以明天來嗎？」

可以，他明天完全沒有約，他立刻迅速地接受她的邀請。

結果他造訪的時機還真是再巧不過，女士們全都還沒打扮好。班奈特太太穿著化妝袍，頭髮只梳到一半，就奔進女兒的房間裡喊道：

「親愛的珍，動作快點，趕快下樓。他來了——賓利先生來了。他真的來了。快點快點，莎拉，到這邊來，現在就過來幫班奈特小姐，替她換上她的長禮服。別管麗西小姐的頭髮了。」

「我們會盡可能快點下樓，」珍說道：「但我認為吉蒂比我們兩個動作都快，因為她半小時前就已經到樓上來了。」

「喔！誰管吉蒂啊！她跟這件事有什麼關係？來吧，快一點、快一點！親愛的，妳的飾帶在哪裡？」

不過她母親一走，珍就不肯單獨下樓，非要跟其中一位妹妹一起走。

那天傍晚，她母親同樣急著要讓他們獨處。喝過茶以後，班奈特先生照著他的習慣進了書房，瑪麗則上樓去練琴。五個障礙中有兩個就這樣排除了，接著，坐在那裡的班奈特太太對著伊麗莎白跟吉蒂猛使眼色，折騰了好一段時間，她們卻都沒反應。伊麗莎白不看她，吉蒂終於注意到她的時候，卻很天真老實地說：「媽媽，出了什麼事嗎？妳為什麼一直眨眼睛？要我做什麼？」

「沒什麼，孩子，沒什麼，我沒有對妳眨眼。」後來她又多坐了五分鐘；但她實在不能浪費這樣寶貴的時機，就突然間站起來，對吉蒂說道：「過來這裡，親愛的，我有話要對妳說，」就這樣把她叫出了房間。

珍立刻看了伊麗莎白一眼，顯示出她對於這種圖謀多麼煩惱，並且懇求**她**別對這種伎倆讓步。

又過了幾分鐘，班奈特太太微微打開門，喊道：「麗西，我親愛的，我有話想跟妳說。」伊麗莎白被迫走出去。

她們一走進走廊，她母親就說道：「妳明白吧，我們最好讓他們獨處，吉蒂跟我要上樓去坐在我的化妝室裡。」

伊麗莎白不打算跟她母親講道理，不過還是靜靜地待在走廊上，直到母親跟吉蒂走出視線，她才回到客廳裡。

班奈特太太今天使出的計謀沒有奏效。賓利還是風度迷人，只是沒有公然向她女兒宣示愛意。他的從容與活潑，讓他成為他們晚間聚會中最討人喜歡的賓客。他承受著這位母親有欠考慮的過度殷勤，又神色自若、極盡忍耐地聽她所有愚蠢的言論，讓那位女兒特別感激。

幾乎不必邀請，他就樂意留下來吃宵夜。在他離開以前，因著他自己跟班奈特太太的手段，他們又訂下了新約會，他第二天早上要來跟她丈夫一起打獵。

在這天以後，珍再也不提她多麼心如止水了。姊妹之間完全沒提到跟賓利有關的任何話語，可是伊麗莎白上床睡覺的時候，快樂地相信一切肯定會迅速地有個結論——除非達西先生在講好的時間以前又回來了。然而認真一想，她覺得幾乎可以確信，這一切必定得到那位紳士的贊同了。

賓利很準時的來赴約。如同先前的協議，他跟班奈特先生一起消磨了這個白晝。班奈特先生比他同伴預料中更親切和藹得多。賓利並不裝腔作勢也不愚蠢，不至於引起班奈特先生的揶揄，也不會讓他厭惡到不想說話；比起在別人面前，他對賓利更健談，也沒那麼古怪。賓利當然跟他一起回來吃晚餐。晚間，班奈特太太再度發揮創造力，盡力把每個人從賓利跟她的長女身邊支開。伊麗莎白有封信要寫，喝過茶以後就為此走進了早餐室。因為這時候所有人都坐下來玩牌了，不可能有人要她去抵制她母親的種種巧計。

不過在她寫完信回到客廳的時候，她無比訝異地發現，確實有理由害怕她母親太過機巧聰明。她一打開門，就注意到她姊姊跟賓利一起站在火爐旁邊，就好像在認真談論著某件事。發生了什麼事情無庸置疑，從兩個人匆忙轉身、拉開距離時的表情，就可以看透一切。**他們**的處境是夠尷尬了，不過她認為**她的**處境還更糟。雙方都沒多說一個字，伊麗莎白正要再度離開，原本跟另一個人一樣坐了下來的賓利突然站起身，對她姊姊悄悄說了幾句話，然後快步走出房間。

在吐露祕密能帶來快樂的時候，珍不可能對伊麗莎白保密；她一瞬間抱住妹妹，以最活潑快樂的情緒告訴她，她現在是世界上最快樂的人了。

「這真是太過火了！」她又說道：「實在太過幸福了。我不配得到這樣的幸運。喔，為什麼不是每個人都這麼快樂呢？」

伊麗莎白誠心誠意、熱情又欣喜地恭賀她，言詞還不能表達萬分之一。每一句好話對珍來說都是新的快樂泉源，但現在她還不能繼續跟妹妹待在一起，她還想說的話連一半都來不及說。

「我必須立刻去找母親，」她喊道：「我無論如何不能輕忽看待她的慈愛關懷，也不能讓她從別人口中聽到這個消息，我一定要自己去通知她。喔，麗西，我知道我必須告訴大家的消息，會讓我親愛的家人都非常高興。我要怎麼承受這樣大的福份呢？」

然後她就匆匆離開去找她母親，她刻意解散了牌局，正在樓上跟吉蒂一起閒坐。

獨自一人的伊麗莎白現在一臉微笑地想到，在過去許多個月裡讓他們掛念又煩惱的這件婚事，終於這樣迅速又輕鬆地確定下來了。

她想著：「他朋友過於緊張慎重的一切作為，他妹妹的虛偽機巧，最後就得到這樣的結局！這是最幸福、最明智也最合理的結局！」

在短短幾分鐘內，賓利就來跟她會合了，他與她父親的會談簡短又切中要點。

「妳姊姊在哪裡？」他一打開門就匆忙問道。

「跟我母親在樓上。我想她很快就會下樓了。」

然後他便關上門走向她，接受小姨子的種種祝福與關愛。伊麗莎白誠摯又熱切地表示，她快樂地期待著他們結為姻親。他們非常親切友好地彼此握手，隨後在她姊姊下樓以前，她必須聽他所有非說不可的話：他有多麼幸福，珍有多少優點。雖然他是熱戀中的情人，但伊麗莎白卻真心相信，他對家庭幸福的所有期待都有合理的根據，因為珍優越的頭腦與絕佳的性格可以作為這種幸福的基礎，而且他們兩人在感受與品味上大致都很相似。

對所有人來說，這一晚都異常快樂。班奈特小姐心滿意足，讓她臉上更增添一種甜美活潑的光彩，讓她比過去更美麗動人。吉蒂笑得都傻了，希望很快也能輪到她結婚。班奈特太太要表達她的贊同、表示她的認可時，只覺得找不出熱烈到得以滿足她情緒的言詞，雖說她對賓利連講了半個小時，就只管講這件事。班奈特先生在宵夜時間跟他們會合，他的聲音跟舉止都明確顯示他實際上有多快活。

然而直到他們的訪客回家過夜為止，他都絕口不提這件喜事。等賓利一走，他就轉向他女兒說道：「珍，我恭喜妳。妳會是非常幸福的女人。」

珍立刻走向父親，吻了他以後，感謝他的慈藹。

「妳是個好女孩，」他回答道：「我想到妳能這樣幸福地找到歸宿，就覺得非常愉快。我毫不懷疑，你們會一起過得很幸福。你們的脾氣絕對不能說不像。你們兩個都這樣柔順，所以什麼都無法決定；都這樣隨和，所以每個僕人都會欺騙你們；又這樣慷慨，所以你們總是會入不敷出。」

「我希望不至於如此。理財不慎或者有欠考慮，對**我**來說是不可饒恕的。」

「入不敷出！親愛的班奈特先生，」他妻子喊道：「你在說什麼？哎，他一年收入有四、五千鎊，很可能更多呢。」然後又對她女兒說道：「喔，我最最親愛的珍，我好開心！我確定我這一整晚無法闔眼了。我就知道會這樣，我總是說到頭來一定如此。我以前就很肯定，妳這樣美麗絕不是毫無用處！我記得我一見到他，在他去年剛來到賀福德郡的時候，我就想著你們很可能會在一起。喔，他是有史以來最英俊的年輕小伙子！」

威克姆與莉迪亞全被遺忘了。珍徹底變成她最寵愛的孩子，在那一刻，她完全不在乎別人。較小的兩個妹妹為了珍將來或許能夠分給大家的好處，很快就開始籠絡她了。

瑪麗請求將來允許她使用奈德菲的書房，吉蒂則拚命懇求每年冬天辦幾場舞會。

從這時候開始，賓利當然變成了龍柏園每日必至的訪客。他常常在早餐前就到，總是待到宵夜以後才走。除非有哪個蠻橫無禮的鄰居嫌自己不夠惹人厭，竟然邀他去吃晚餐，他又認為自己不得不接受，才會缺席。

伊麗莎白現在沒什麼時間可以跟姊姊聊天，因為賓利在的時候，珍無暇顧及其他人。不過在那兩人偶爾免不了要分開的時候，她發現自己對他們都還頗有用處。珍不在場的時候，他總是待在伊麗莎白旁邊，享受談起珍的樂趣；而在賓利離開的時候，珍也經常用同樣的手段尋求慰藉。

「他讓我好開心，」珍有一天晚上說道：「因為他告訴我，去年春天他完全不知道我在倫敦！我本來不相信有可能這樣。」

「我也懷疑是這樣，」伊麗莎白回答：「不過他怎麼解釋這件事？」

「一定是他的姊妹們幹的好事。她們肯定不希望他跟我交好，對此我並不覺得意外，他本來可以選擇在許多方面都更有好的對象。不過等她們看出她們的兄弟跟我在一起很快樂——我相信她們會看出來的——她們就能學會滿足於現狀，我們就會再度恢復友好的關係；雖然我們永遠不可能像過去一樣看待對方了。」

「這是我聽妳說過最不講情面的話了，」伊麗莎白說：「好女孩！要是妳再度被賓利小姐假惺惺的關愛所矇騙，我真的會很氣惱。」

「麗西，妳相信嗎，他去年十一月到倫敦去的時候，他真的還愛我，要不是他相信**我**對他並未動心，根本沒別的理由阻止他再來到鄉間？」

「當然，他犯了個小錯誤，不過這證明了他的謙遜。」

這自然而然讓珍開始讚揚他的謙遜和氣，還有他如何小看自己的優點。

伊麗莎白很高興地發現，他沒有透露他的朋友也插手了。因為她知道，珍雖然有著天底下最仁慈寬厚的心腸，這種情況卻肯定會讓珍對達西產生偏見。

「我肯定是有史以來最幸運的人了！」珍嚷道：「喔，麗西，為什麼在一家人之中，唯獨我得到超越大家的福份？如果我能夠看到妳也一樣幸福就好了！如果有另一個這樣的男人可以匹配妳就好了！」

「就算妳給我四十個這樣的男人，我也永遠不可能像妳一樣幸福，除非我有妳的性情、妳的善良。我永遠不可能有妳的幸福。不、不，讓我自己想辦法吧。要是我運氣很好，或許能及時碰到另一位柯林斯先生。」

龍柏園一家的情況變化不可能長期保密。班奈特太太獲准悄悄告訴菲利普斯太太，而這位太太未經任何許可，就大著膽子用同樣的方式悄悄告訴馬里頓的所有鄰里。

大家很快就把班奈特家當成世界上最幸運的家庭。雖然才幾週以前，莉迪亞剛剛私奔的時候，大家還認為事實證明他們霉運纏身。

# 14

賓利跟珍訂婚約一星期後的一天早上，他跟這一家的女士們正一起坐在餐廳裡，窗口邊傳來的馬車聲突然引起了大家的注意。他們看到一輛四馬大車駛進草坪。現在來客人時間還嫌早，車馬上的裝備看起來也不像他們的任何一位鄰居。馬來自驛站，車廂或者前導僕人的制服，他們都不熟悉。然而可以肯定有人來訪，賓利立刻建議班奈特小姐跟他一起去矮樹林散步，避開這種干擾造成的限制。他們兩人出去了，剩下的三個人則繼續猜測來人是誰，但並未猜出什麼讓人滿意的答案。直到最後門打開來，她們的訪客現身，是卡瑟琳．狄柏夫人。

她們當然全都準備好要訝異一番，但她們驚愕的程度卻遠遠超過預期。班奈特太太與吉蒂雖然完全不認識她，卻都及不上伊麗莎白那麼驚訝。

她進門時的態度異常無禮，對伊麗莎白的問候並不答腔，只是輕輕點個頭，然後就一語不發地坐下了。雖然夫人沒有要求認識屋主，伊麗莎白在夫人進屋時還是向她母親通報了夫人的姓名。

班奈特太太驚愕萬分，但這樣身分高貴的客人登門卻讓她受寵若驚，所以她用最客氣有禮的態度接待她。默然坐了一會以後，她用拘謹生硬的態度對伊麗莎白說道：

「班奈特小姐，我希望妳很健康。我想那位女士是妳母親了？」

伊麗莎白非常簡潔地回答她就是。

「至於**那一位**，我想是妳的其中一個姊妹？」

「是的，夫人，」班奈特太太說道，她很高興能開口對卡瑟琳夫人說話：「她是我第二小的女兒。我最小的女兒最近剛出嫁，最大的女兒在這附近跟一位年輕紳士一起散步，我相信他就快要成為我們家的一分子了。」

「妳們這裡的莊園很小，」卡瑟琳夫人在一陣短暫的沉默以後說道。

「夫人，我想一定比不上羅辛斯莊園。不過我向您保證，這裡比威廉·盧卡斯爵士家的莊園大多了。」

「夏日夜晚這個客廳想必非常不便，因為窗戶全都朝西。」

班奈特太太向她保證他們在晚餐以後絕對不坐在那裡，然後又補上一句：

「我是否能大膽請問夫人，您離開的時候，柯林斯夫婦都還好嗎？」

「是的，他們很好。我前天晚上見過他們。」

這時伊麗莎白期待她會從身上拿出一封來自夏洛特的信，因為她的來訪似乎只可能有這個動機。但她卻沒拿出任何信件，伊麗莎白完全被搞迷糊了。

班奈特太太非常多禮地請求夫人嚐些點心，不過卡瑟琳夫人非常堅決又不甚有禮地拒絕吃任何東西。然後她站起身，對伊麗莎白說道：

「班奈特小姐，在妳們家草坪的一側似乎有些漂亮的林木造景。如果妳能夠作陪，我很樂意到那裡逛逛。」

「去吧，親愛的，」她母親嚷道：「帶夫人去看看不同的步道。我想她會很喜歡那裡的隱士小屋。」

伊麗莎白遵從了。她跑進自己房間裡拿遮陽傘，然後陪著貴賓下樓。在她們經過走廊的時候，卡瑟琳夫人打開了通往餐廳和客廳的門，短暫地探頭審視一番以後，認為這兩個房間看起來都還算得體，就繼續往前走。

她的馬車還在門口，伊麗莎白看到她的兩位侍女也坐在裡面。她們繼續沉默地沿著通往雜木林的碎石步道前進。伊麗莎白下定決心，不費那個力氣去跟一個現在比平常還要傲慢惹人厭的女人說話。

「我以前怎麼會以為她跟她外甥很像？」她望著夫人的臉龐時想道。

她們一走進雜木林，卡瑟琳夫人就開口說道：

「班奈特小姐，妳不可能不了解我到這裡來是基於什麼理由。妳自己的心，妳自己的良知，一定都會告訴妳我為何而來。」

伊麗莎白望著她，毫不掩飾自己的震驚。

「夫人，您真的弄錯了，我完全無法解釋我為何有幸在這裡見到您。」

「班奈特小姐，」夫人語氣憤怒地回答道：「妳應該知道，我不是可以隨便戲弄的人。但無論**妳**如何缺乏誠意，**我**都不可能這樣對妳。我的性格一向以誠摯坦白著稱，在這種時刻為了這樣重大的理由而來，我當然不會背離我的本性。兩天前，我接到一個最令人擔憂的消息。有人告訴我，不只是妳的姊姊快要結下最有利可圖的親事，**妳**，伊麗莎白·班奈特小姐，隨後也非常有可能跟我的外甥，我的親外甥達西先生結婚。雖然我**知道**這一定是可恥的謊言，而且我不會這樣中傷他，竟然認為這種事情有可能成真，我還是立刻就決定到這個地方來，這樣我就能讓妳知道我是什麼感受。」

「如果您相信這不可能是真的，」伊麗莎白震驚又輕蔑，漲紅了臉說道：「我很納悶您為什麼還要不嫌麻煩跑這麼遠。夫人這樣做，是打算給我什麼建議？」

「立刻就向大家堅決表明沒有這回事。」

「如果真有這種消息在流傳，」伊麗莎白冷淡地說道：「您來到龍柏園見我和我的家人，倒像是證實了這件事。」

「如果！所以妳假裝對此一無所知嗎？這難道不是妳煞費心機自己散布的嗎？妳難道不知道這種消息已經傳開來了嗎？」

「我從來沒聽說這回事。」

「那妳能同樣宣稱這件事情毫無**根據**嗎？」

「我不會假裝我跟夫人您一樣坦白。妳可以發問，我也可以選擇不回答。」

「我不能容忍這種事。班奈特小姐，我堅持妳回答我的問題。我的外甥是否向妳求婚了？」

「夫人您已經宣稱這種事不可能了。」

「應該是這樣。如果他還有理智，一定是這樣。不過**妳的**狡猾引誘可能讓他一時沖昏頭，讓他忘記他對自己以及所有家人的責任。妳可能讓他落入陷阱。」

「如果我有，我是最不可能承認的人。」

「班奈特小姐，妳知道我是什麼人嗎？我從來不習慣聽到這種話。我幾乎是他在這個世界上最近的親屬，我有權知道對他最重要的所有大事。」

「不過您無權知道**我的**私事，您這樣的行為也永遠無法讓我開誠佈公。」

「讓我向妳解釋清楚。妳膽敢奢望的這種婚配，絕對不可能發生。達西先生跟**我的女兒**訂婚了。現在妳有什麼話好說？」

「只有這句話——如果他訂婚了，妳就沒有理由假定他會跟我求婚。」

卡瑟琳夫人猶豫了一刻，然後答道：

「他們之間的婚約是很特別的類型。從他們還是嬰兒，就已商量好要彼此嫁娶，這是**他**母親跟我最大的願望。他們還在搖籃裡，我們就計畫要聯姻。現在兩姊妹的心願就要在他們的婚事裡完成了，卻有一個出身卑微、毫無社會地位、跟我們家族毫無關連的年輕女人出來阻撓！妳完全不顧他家親友的願望嗎？不顧他跟狄柏小姐之間默許的婚約嗎？妳對於怎樣才算進退得體，一點感覺都沒有嗎？妳從沒聽我說過，他從小就跟表妹互訂終身了嗎？」

「是的，我以前就聽說過。不過那對我來說有何意義？如果除此之外，沒別的因素反對我嫁給妳外甥，即使聽說他母親跟姨媽希望他娶狄柏小姐，我也絕對不會因此退讓。妳們兩人儘管可能計畫過這樁婚事了，能不能完成還要看別的因素。如果達西先生無論在義務上或感情上都不受表妹束縛，他何不另作選擇？如果他選擇的對象是我，我為何要拒絕？」

「因為無論從榮譽、禮節、深謀遠慮甚至是利益上來說，都不容許這種事。沒錯，班奈特小姐，從利益上來說；因為妳如果硬是要違背所有人的意願，任性而為，妳別期待他的親友會接納妳。他的每位親友都會譴責妳、輕視妳、鄙夷妳。跟妳聯姻會是一種恥辱，我們之中的任何人都絕對不會提起妳的名字。」

「這些是很沉重的不幸，」伊麗莎白說道：「不過身為達西先生的妻子，一定有很多額外的幸福泉源，整體來說沒有理由抱怨。」

「妳真是固執任性的女孩！我以妳為恥！妳就是這樣回報我今年春天對妳的照料嗎？妳難道沒有需要感謝我的地方嗎？我們坐下來吧。班奈特小姐，妳要明白，我來這裡是鐵了心要達到我的目的，妳不可能說服我放棄這一點。我可不習慣屈服於任何人的異想天開，我也不容許自己失望。」

「**那樣**的話，夫人您現在的處境就更讓人憐憫了。不過對**我**來說，卻毫無影響。」

「不准插嘴，靜下來聽我說。我女兒跟我外甥彼此是天造地設的一對。他們的母親出自同樣高貴的血脈，父親的家族雖然沒有貴族頭銜，卻是體面可敬又歷史悠久的家族。雙方都有傲人的財富。他們各自的家族裡，每個人都支持他們互訂終身，還有什麼可以分開他們？——一個沒有家世、沒有顯赫親友、也沒有家產的年輕女人妄想攀龍附鳳！怎麼可以忍耐這種事？這一定不可以，絕對不可能！如果妳夠聰明，知道怎麼做才對妳好，妳就不會期望脫離妳出身的階層。」

「要是嫁給妳外甥，我不會認為自己脫離了那個階層。他是一位紳士，我是一位紳士的女兒，所以我們的地位是平等的。」

「的確。妳**是**一位紳士的女兒，但妳母親是什麼人？妳的舅舅跟舅媽又是什麼人？別以為我不知道妳家的情況。」

「不管我的親友是什麼人，」伊麗莎白說道：「如果妳外甥對他們沒有異議，他們就不可能跟**您**有關。」

「現在馬上對我講清楚，妳是不是跟他訂婚了？」

伊麗莎白不可能就為了聽從卡瑟琳夫人而回答這個問題，但在經過片刻思考以後，她卻不得不回答：「我沒有。」

卡瑟琳夫人看起來滿意了。

「妳會答應我永遠不跟他訂婚嗎？」

「我永遠不會許下這種承諾。」

「班奈特小姐，我真是太震驚了，我本來期待妳是個更明理的年輕女子。可是妳別騙自己了，別相信我會讓步。在妳向我許下我要求的承諾以前，我是不會走的。」

「那麼我肯定**永遠不會**給您這種承諾。我不打算在別人的恫嚇之下，做出這樣完全不合理的事情。夫人您想要達西先生娶您女兒，但如果我照著您的要求承諾您，就會讓**他們的**婚事更有可能成真嗎？假定他愛上我了，**我**拒絕他求婚，就會讓他期望把感情轉移到表妹身上嗎？卡瑟琳夫人，請容我這麼說，您用來支持這種奇特請求的論據，都太過瑣碎無用，請求本身也太無理。如果您以為靠這些話就可以說服我，您就大大誤解我的性格了。您外甥會有多贊同妳這樣干預他的私事，我無從判斷，不過您肯定沒有權力管我的事情。所以我必須請求您，別再緊抓著這個話題不放了。」

「請妳別這麼急，我可還沒說完。除了我已經提出的所有反對意見，我還要多補上一個。我也很清楚妳家小妹惡名昭彰的私奔事件細節。我全都知道，那年輕人娶了她只是個補救措施，妳父親跟舅舅為此付出了代價。**這樣的**女孩子要當我外甥的小姨子？**她的**丈夫是他已故父親的財務總管之子，這種人要當他的連襟？老天爺啊！——妳在想什麼？潘伯利莊園要因此蒙羞了嗎？」

「您**現在**沒更多話好說了吧，」伊麗莎白怨憤地回答。「您已經用盡一切可能的辦法羞辱我了。我必須請您回屋裡去。」

她說著便站起身，卡瑟琳夫人也站了起來，她們回頭往屋子的方向走，夫人怒不可遏。

「所以妳完全不顧我外甥的名譽與信用！妳這個沒有感情的自私女孩！妳沒想到他跟妳聯姻，一定會讓他在每個人眼裡蒙羞嗎？」

「卡瑟琳夫人，我沒別的話要說了。您明白我的想法。」

「所以妳決心要得到他？」

「我沒有說過這種話。我只是決心照我認為能讓我幸福的方式行事，而不是聽從**您**，或者其他跟我完全無關之人的意見。」

「這下可好，所以妳拒絕聽我的話。妳拒絕遵從合乎義務、榮譽與感激之心的主張。妳決心要毀滅他在所有朋友心目中的評價，還要讓他受到世人的輕蔑。」

「現在這件事，無論是義務、榮譽還是感激之心，都不可能要我這樣做。如果我跟達西先生成婚，也不會違反任何一種原則。**要是**他跟我結婚會激起他家族的怨恨，我也不會多考慮任何一刻。若說是這樣會引起世人公憤，我想大部分人都很有見識，不至於跟著奚落他。」

「這就是妳真正的見解！這就是妳最後的決定嗎？非常好。我現在知道要怎麼做了。班奈特小姐，別以為妳的野心有可能得逞。我是來試探妳的，我本來希望妳是個明理的人。不過我肯定會達到我的目的。」

卡瑟琳夫人就這樣說著，直到她們走到門口的馬車前，然後她匆促轉過身來補上一句：

「班奈特小姐，我不向妳告辭，我也沒有其他臨別的好話要向妳母親說，妳們配不上這種好意。我非常不高興。」

伊麗莎白沒有回答。她沒有試著說服夫人回屋裡去坐坐，就只是自己靜靜地往回走。在她走上樓的時候，聽到馬車開走的聲音。她母親不耐煩地在她的化妝室門口迎接她，問她卡瑟琳夫人為何不願再進來休息一陣。

「她不想這麼做，」她女兒說道：「她想離開。」

「她真是非常美麗的女士啊！她的來訪真是太多禮了！因為我想她來這裡只是為了告訴我們柯林斯夫婦很好。我認為她是要去別的地方順道經過，在穿過馬里頓的時候，她認為來拜訪妳也不錯。我想她沒有特別的事情要對妳說吧，麗西？」

伊麗莎白被迫說了點無傷大雅的謊話，因為她不可能承認她們實際上的對話內容。

# 15

這次異乎尋常的拜訪在伊麗莎白心中掀起的不安，沒那麼容易撫平，她忍不住一連好幾小時都想著這件事。看來卡瑟琳夫人不辭辛勞從羅辛斯遠道而來，真的就只是要破壞她跟達西先生子虛烏有的婚約。這還真是個合理的計畫啊！但伊麗莎白實在想不出來，他們訂婚的消息可能是從哪傳出來的？直到最後她想起來，**他**是賓利的密友，**她**又是珍的妹妹，在即將舉行一場婚禮的時刻，人人都會很自然地期望雙喜臨門，這樣就足以讓大家憑空生出這個念頭了。她自己也沒忘記，她姊姊的婚事肯定會讓他們更常見到面。所以她在盧卡斯小築的鄰居們（她的結論是，他們透過跟柯林斯夫婦的通信把消息傳遞給卡瑟琳夫人了），只是把**那種消息**當成幾乎確定又會立刻發生的事了，然而**她**卻只是期待著將來可能如此。

不過在她反覆想著卡瑟琳夫人的說詞時，她忍不住有些不安，想著夫人堅持干預可能會造成什麼後果。她說她決心阻止這樁婚事，伊麗莎白因此想到，她肯定打算對她外甥提出要求，而他會不會以同樣的態度看待跟她結親的壞處，她就不敢下定論了。她不知道他對他姨媽的感情有多深厚，也不知道他有多倚重她的判斷力，不過假定他對夫人的好評遠超過她對夫人能有的看法，卻是很自然的。而且可以肯定的是，**某人**的近親跟他的近親地位完全不相稱，他姨媽如果細數這種婚事會帶來的種種害處，就正中他的弱點。這些論據雖然在伊麗莎白眼中顯得薄弱荒謬，但對他這樣重視尊嚴的人，卻可能會覺得很有道理、論據紮實。

如果先前他猶豫過該怎麼做——似乎常有這種可能性——關係這樣近的親戚提出的建議與請求，就有可能排除他所有的疑慮，讓他立刻下定決心，盡可能在無損尊嚴的情況下追求終身幸福。若是如此，他就不會再回來了。卡瑟琳夫人能夠在她經過倫敦的時候見到他，他一定會放棄再回到奈德菲見賓利的約定。

她又想著：「所以，如果在這幾天之內他提出藉口，對朋友說他不克赴約，我就知道要如何理解了。到時候我就會放棄所有期待、所有希望，不認為他會保持堅貞了。在他本來可能得到我的心、讓我願意嫁給他的時候，如果他只會為我感到遺憾，那我很快就不會再為錯過他而遺憾了。」

家中其他人聽說了訪客是誰以後，都訝異萬分。不過他們十分幫忙，先前讓班奈特太太滿足好奇心的同一套假定，就能讓他們滿意了。伊麗莎白因此逃過一劫，不致為此受到嘲弄。

第二天早上她下樓去的時候，她父親手裡拿著一封信，從書房裡走出來迎向她。

「麗西，」他說道：「我正要去找妳。來我房間吧。」

她跟著父親進了房間。她想知道他有什麼要告訴她，她猜想此事跟他手上那封信有關，又讓她更好奇。但她突然想到，信可能是卡瑟琳夫人寫的，她沮喪地預料接下來有得解釋了。

她跟著父親走到火爐旁邊，兩個人都坐了下來。接著他說道：

「今天早上我接到的這封信，讓我吃驚得不得了。這封信主要跟妳有關，所以應該讓妳知道其中的內容。先前我根本不知道，我有**兩個**女兒都快出嫁了。先讓我恭喜妳有這麼重大的斬獲。」

伊麗莎白臉頰突然一陣飛紅，她瞬間就認定這封信一定是來自那位外甥，而非那位姨媽。她還沒決定到底該高興他自己解釋了一切，還是生氣他的信並不是寄給她本人。這時她父親又繼續往下說了：

「妳看起來心裡有數。年輕小姐們在這種事情上總是有很了不起的洞察力；不過我想我甚至能夠挑戰**妳的**聰明才智，諒妳也想不到妳這位愛慕者的名字。這封信是從柯林斯先生那裡來的。」

「柯林斯先生！**他**現在還有什麼要說？」

「當然是某件非常切中要點的事情。他一開口就恭喜我家長女即將舉行的婚禮，好心又饒舌的盧卡斯家族似乎有幾個人告訴他這件事了。在那方面他說了些什麼話我就不唸了，別拿妳的不耐煩當消遣。跟妳有關的部分是下面這段：『既然柯林斯太太和我，都已經向您誠摯地恭賀過這番喜事，對於同樣可靠的消息來源通知我們的另一件事，就讓我再補充一個簡短的暗示吧。在您的長女卸下班奈特這個姓氏以後，據說令嬡伊麗莎白使用這個姓氏的時間也不會長久了。她命中註定的伴侶，或許可以合理地被尊為國內第一流顯赫人物之一。』麗西，妳有可能想得到這是指誰嗎？

「『這位年輕紳士得天獨厚，具備任何凡夫俗子最想要的一切：家財萬貫，血統高貴，又恩澤遍及四方。這位紳士雖有一切誘人的條件，要是他前來求婚，你們當然會想要立刻利用這層關係的好處，不過還是讓我警告一下您跟伊麗莎白表妹，倉促接受求婚可能會招來什麼樣的禍害。』

「麗西，這位紳士是誰，妳可有任何想法？不過現在答案就要揭曉了。

「『我警告您的動機如下：我們有理由相信，他的姨媽卡瑟琳．狄柏夫人並不贊同這樁婚事。』

「妳看看，這位男士就是**達西先生**！麗西，現在我想我**已經**讓妳大吃一驚了。在我們認識的人裡面，他或者盧卡斯家的人還能挑中誰，讓這番謊話聽起來更有效果呢？達西先生，他看任何女人都肯定會看出某種缺陷，而且他這輩子可能還沒正眼瞧過**妳**呢！這真是太妙啦！」

伊麗莎白試著附和她父親開的玩笑，卻只能逼出一個最不情願的微笑。在他發揮機智上，從來沒有這麼令她難受。

「妳沒被逗樂嗎？」

「喔，有的。請繼續唸吧。」

「『昨晚向夫人提及他可能締結的婚事時，她以平常那種體恤下情的態度，立刻當場表明她的感受：很顯然我表妹這方有些不利的家庭因素，所以她絕對不會同意她口中這樣恥辱的一樁婚事。我認為我有責任要以最快的速度，把這個消息告訴我表妹，她與她尊貴的愛慕者也許會明白他們在做什麼，然後就不至於匆促締結不會得到妥當認可的婚姻。』柯林斯先生還多補充一段：『我真心慶幸莉迪亞表妹可悲的事件已經掩蓋得這麼妥當，我只擔心他們在婚前同居之事會有太多人知道。然而聽說他們一結了婚，您就讓這對年輕夫婦進入您府上，我絕對不能忽略我身為牧師的責任，也不能不聲明我感到很訝異。這樣是鼓勵惡行，如果我是龍柏園的教區牧師，我就會盡全力反對此事。您是基督徒，當然應該原諒他們，不過絕對不容他們到您跟前，也不容別人在您聽得到的範圍內提起他們的名字。』**那**就是他對基督徒寬容之心的概念了！他那封信的其他部分，講的就只是他親愛的夏洛特狀況如何，還有他期待會有個年輕的新生命。可是麗西，妳看起來好像不怎麼享受這番樂趣。我希望妳不是變得**太矜持**了，甚至假裝被這種無聊傻話給冒犯了。我們要怎麼過日子呢，還不就是讓我們的鄰居尋開心，等輪到我們的時候再嘲笑回去嗎？☆15」

「喔，」伊麗莎白喊道：「我真覺得有趣極了，但這實在很奇怪！」

「對，**就是這一點**讓這件事這麼有趣。要是他們認定的是別人，那就沒什麼了。可是**他**對妳毫不動心，**妳**對他又深感厭惡，讓這件事情荒謬得好笑！雖然我這麼討厭寫信，我卻說什麼都不會放棄跟柯林斯先生通信。不但如此，在我讀到他的信時，我忍不住要偏愛他勝過威克姆，雖然我對我這女婿的厚顏無恥與虛情假意評價很高。麗西，請問一下，卡瑟琳夫人對於這個消息有什麼意見？她上門是要表示她不同意這件親事嗎？」

對於這個問題，他女兒只笑了一聲作為回答。而他既然問這句話時其實一點疑心都沒有，便不會再重問一次，她也就省得難受了。伊麗莎白從不曾這樣不知所措，不曉得該如何讓自己的情緒表裡不一。在寧可哭出來的時候，她卻非得大笑。她父親說達西先生對她毫不動心的時候，最殘酷地傷了她的心；她什麼也不能做，只能納悶他為何會這樣缺乏洞察力，或者害怕也許不是他看出來的**太少**，而是她自己的想像**太多**。

☆15
*For what do we live, but to make sport for our neighbours, and laugh at them in our turn?*

# 16

跟伊麗莎白半認真預期的不同，賓利先生沒有接到他的朋友為不克赴約致歉的信，反而在卡瑟琳夫人來訪後過沒多久，就帶著達西一起來到龍柏園。紳士們來得早了，班奈特太太還無暇跟他說起她們見過他姨媽——她女兒坐在那裡，一時之間心驚肉跳，就怕她說出來。想跟珍獨處的賓利，就建議他們全都去散步。大家都同意了。班奈特太太沒有散步的習慣，瑪麗則永遠騰不出時間來做這種事，剩下的五個人就一起出發了。不過賓利跟珍很快就讓其他人超越他們。他們遠遠落後，這時伊麗莎白、吉蒂跟達西就必須靠彼此尋求樂趣了。每個人都很少說話：吉蒂太怕達西，所以說不出話來；伊麗莎白則暗自決心要孤注一擲；而他或許也在做同樣的決定。

他們朝著盧卡斯家走去，因為吉蒂想去拜訪瑪利亞；而伊麗莎白覺得這樣做不會引起眾人關注，所以在吉蒂離去以後，她就大膽地跟他單獨繼續散步。現在是她貫徹決心的時候了，她趁自己最有勇氣的時候，立刻開口說道：

「達西先生，我是非常自私的人，為了要宣洩我自己的感受，我不在乎這樣可能會對你的感受造成多大的傷害。我再也忍不住了，一定要感謝你對我那可憐的妹妹無與倫比的仁慈。從我知道此事以後，我一直很急著要讓你明白我有多麼感激。要是我其他家人都知道，我要表達的就不只有我個人的感謝了。」

「我很抱歉，非常地抱歉，」達西語氣驚訝又激動地回答道：「妳竟然聽說了這件事，如果從錯誤的角度來看，可能會讓妳覺得不自在。我本來沒想到嘉迪納太太會這樣不可靠。」

「你別怪我舅媽，是莉迪亞太欠考慮才會先對我說溜嘴，讓我知道你也牽涉在這件事裡。當然，接下來我一定會問出詳情才罷手。讓我代表我全家人向你大大致謝吧，你這樣慷慨的同情心讓你大費周章，又忍耐了這麼多屈辱，就只為了把他們找回來。」

「如果妳**要**感謝我，」他答道：「就感謝妳一個人吧。我不打算否認，想讓妳快樂的念頭，可能加強了讓我採取行動的其他動機。不過妳的**家人**並不欠我什麼。我雖然尊敬他們，但我相信，我想到的只有**妳**。」

伊麗莎白太過困窘，什麼都說不出口。經過短暫的停頓後，她的同伴又追加一句話：「妳的性情太過寬厚，不會隨口戲弄我。如果妳的感受還是跟四月時一樣，就立刻告訴我吧。**我的**感情與願望不曾改變，但只要妳對我說一句話，對於此事，我就會永遠保持緘默。」

伊麗莎白覺得比平常更尷尬，又為了他說的話感到焦急，這時候只好逼著自己開口。雖然她口才不怎麼流暢，卻還是立刻就讓他了解到，從他提及的那個時候開始，她的情緒經歷了很重大的改變，讓她能夠滿懷感激，欣然接受他現在的感情保證。這番答覆引起的幸福感，可能是他過去從未感受過的。在這個時候，他以一個深陷愛河的男子可想而知的熱烈情緒，表露自己的心聲。要是伊麗莎白能夠與他四目相望，她就會看到他滿臉由衷喜悅的表情，與他多麼相稱。不過她雖然不好意思看，卻還能夠聽；他把他的感受告訴她，證明了她對他來說有多重要，也讓她覺得他的愛意每分每秒都變得更加可貴。

他們不知道自己到底走向何處，只管繼續前行。有太多事情可以想、可以感受、可以說，他們無暇顧及其他景物。她很快就了解到，他們現在對彼此的良好理解都要歸功於他姨媽的努力，她**確實**在回程經過倫敦時去拜訪了他，對他說起她的龍柏園之行、這樣做的目的，以及她跟伊麗莎白的談話內容。她還特別強調伊麗莎白的每項言行，因為夫人憂心地認為，這些言行特別顯示出此姝生性古怪又自負。夫人相信這樣說一定能幫助她達成努力的目標，讓她外甥答應**伊麗莎白**不肯答應的事情。然而對夫人來說誠屬不幸，她那番話的效果適得其反。

「那番話讓我有所期盼，」他說道：「在此之前，我幾乎從來不讓自己抱著希望。我對妳的性情有足夠了解，所以能夠斷定，妳如果徹底無可挽回地決定拒絕我，妳就會坦白公開地對卡瑟琳夫人承認這一點。」

伊麗莎白臉紅了，大笑著回答道：「對，你對我的**坦白**是夠了解了，所以相信我有能耐**那樣**做。我都能劈頭痛罵過你了，就更不會顧忌在你所有親戚面前辱罵你。」

「妳說的話裡有哪一句不是我應得的？妳的指控雖然沒有紮實的基礎，是奠定在錯誤的前提上，我當時對待妳的行為卻應該得到最嚴厲的譴責。那是無可饒恕的。我每次想起來都覺得厭惡。」

「我們就別爭執究竟那天晚上誰的錯處比較大了，」伊麗莎白說道：「要是從嚴檢視，沒有一方的行為毫無過失。但我希望，我們雙方的禮貌從那以後都有進步了。」

「我沒辦法這樣輕易就原諒自己。只要想起我那時說的話，我在那整段期間裡的行為、態度與措詞，從過去幾個月到現在，都一直讓我痛苦得難以形容。妳的譴責說得這樣有理，我永遠都不會忘：『如果你的舉止更有紳士風度。』這是妳當初說的話。妳不知道，妳幾乎不可能想像到，那些話怎樣地折磨著我。雖然我要坦承，我過了一些時間才明理到能夠承認那些話很公平。」

「我肯定沒預料到那些話會給你這麼強烈的印象。我本來一點都沒想到，你會如此把這些話放在心上。」

「我倒是很容易相信這點。妳那時候認為我缺乏任何高尚情操，我敢肯定妳是這麼想的。妳臉色大變的樣子我永遠不會忘，那時候妳說無論我怎麼講，都不可能誘使妳接受我。」

「喔，別再重複我那時說過的話了。那些回憶毫無好處。我向你保證，我早就對那些話深感羞愧了。」

達西提起了他的信。他說道：「那封信，它是不是**很快**就讓妳對我產生比較好的看法？妳讀那封信的時候，是否相信其中的內容？」

她解釋了那封信對她曾有什麼樣的效果，還有她如何漸漸地擺脫先前的偏見。

「我知道，」他說：「我寫下的內容肯定讓妳痛苦，但那是必要的。我希望妳已經毀掉那封信了。信中有一部分，特別是開頭，我就怕妳有那個能耐再去讀一遍。我記得有某些措詞，會讓妳很有理由恨我。」

「如果你覺得為了確保我的鍾情，一定要燒掉那封信，那我肯定會這樣做。不過，雖然我們都有理由認為我的見解不是全然無可改變，我卻希望那並不代表我的見解說變就變。」

「在我寫那封信的時候，」達西回答：「我相信我自己徹底鎮定冷靜，但我隨後就確定，我那時是懷著偏激不滿的情緒寫下的。」

「那封信剛開頭或許還充滿怨氣，結尾卻並非如此，最後的祝福還真是再好心不過了。執筆者跟收信者現在的感情都跟當初大不相同了，隨著那封信而來的所有不快情況都應該遺忘。你一定要學習一下我的某些哲學觀：回顧過去時，只想那些會讓你快樂的回憶就好了。」

「我無法相信妳有那樣的哲學觀。**妳的**回顧裡肯定完全沒有譴責的成分，妳從回憶中所得到的滿足，並不是因為妳的哲學觀，而是因為妳不知道妳有什麼錯處。但對**我**來說，就不是這樣了。痛苦的回憶會闖入腦海，我不能也不該加以排除。我有生以來一直都是個自私的人，雖然並不是在原則上，而是實際作為上如此。我還小的時候，有人教導我什麼是**對的**，但並沒有人教我怎麼導正我的脾氣。我學到了良好的原則，卻在放任之下，以驕傲自負的心態遵循那些原則。我不幸身為獨子（有許多年還是唯一的**孩子**），我的父母寵壞了我，他們雖然自己行為端正（我父親特別如此，他總是慈愛又和藹），卻容許我、鼓勵我、幾乎是教我只顧自己、專橫傲慢，除了自家人以外，誰都不放在心上，把世界上其他人都看得很低，甚至**希望**至少把他們的頭腦與價值想得比我自己差。從八歲到二十八歲，我就是這個樣子。我本來可能還一直是這樣，要不是有妳，最親愛、最可愛的伊麗莎白！我欠妳多大的情！妳替我上了一課，起初確實很難受，卻是最有益的。因為有妳，讓我得到了應得的教訓。我去找妳的時候，毫不懷疑妳會接受我。妳讓我看出來，我所有的矯飾都不足以取悅一個值得去討好的女士。」

「那麼你當時真的相信，我應該會接受求婚嗎？」

「我確實那麼想。妳會怎麼看待我的虛榮呢？我當時相信妳很希望、很期待我求婚。」

「我的舉止一定有些錯處，不過我向你保證我並不是故意的。我從來不打算欺騙你，不過我的情緒可能常常會引導我做出錯誤的行為。你在**那一晚**以後一定很恨我啦！」

「恨妳？起初我或許很生氣，但我的怒火很快就轉向適當的方向了。」

「我幾乎害怕要問你，我們在潘伯利相遇時你對我有什麼看法。你那時有怪我不該來嗎？」

「不，真的沒有，我沒別的想法，只是覺得驚訝。」

「你訝異的程度，不可能比受到殷勤款待的**我**還大。我的良心告訴我，我配不上那樣不尋常的多禮，老實說我並沒料到會得到**超出**應有程度的接待。」

達西回答：「我**那時候**的目的，是要盡全力表現每一分禮貌，向妳顯示我並不是那麼惡劣，也沒有為往事感到怨恨。而且我希望讓妳看到，妳的譴責已經收到效果，藉此得到妳的原諒，減少妳對我的厭惡。我多快就產生了其他的願望，我幾乎說不上來，不過我相信是在我見到妳的半小時以後。」

然後他告訴她，喬治安娜很高興認識她，在她們的往來突然中斷時又如何失望。這自然而然地把話題導向中斷的原因，而她很快就得知，他還沒離開旅舍就已經下定決心，要跟著她離開達比郡，去追蹤她妹妹。而他在旅舍裡之所以顯得嚴肅又若有所思，不是為了別的原因，就是因為這個目的肯定會讓他有一番天人交戰。

她再度表示了她的感激，不過這個話題對雙方來說都太過痛苦，所以他們沒再多談。他們太忙著說話，其他事情一概不知，這麼悠閒地走了好幾哩路以後，才看了自己的錶，總算發現該回家了。

「賓利先生跟珍本來可能會變成什麼樣啊！」這聲驚嘆引起了對**他們**的討論。達西很高興他們訂婚了，他的朋友首先通知他這個消息。

「我必須問問，你是否覺得訝異？」伊麗莎白說道。

「一點都不覺得。在我離開的時候，我就覺得此事很快會發生。」

「也就是說，你已經允許他這麼做啦。我猜也是這樣。」雖然他對這個說法表示抗議，她卻發現大致就是這樣。

「我要去倫敦的前一個晚上，」他說：「我向他坦白了一件事，我相信我早該告訴他了。我告訴他先前發生過的一切，如何讓我荒謬無禮地干涉他的私事。他非常訝異，他本來完全沒懷疑到我會這樣做。我還進一步告訴他，我先前認為妳姊姊對他並沒有另眼相看，但我現在相信我錯了，我很容易便能看出他對她的感情並沒有減退。我毫不懷疑，他們在一起會幸福的。」

想到他能這樣輕鬆地指揮朋友，伊麗莎白忍不住笑了。

她說道：「在你告訴他我姊姊還愛著他的時候，你是根據自己的觀察發言，或者只是因為我在春天時說的話？」

「是根據我自己的觀察。我最近到這裡拜訪了兩次，期間我仔細觀察她，然後確信她情有獨鍾。」

「我想，你確定了這一點也讓他立刻產生信心吧。」

「確實是。賓利有最真誠的謙遜。他缺乏自信，讓他在這樣緊急的狀況下無法仰賴自己的判斷力，不過他依賴我的判斷，就讓一切變得容易了。我被迫坦承一件事，讓他一時之間很不高興，不過他很有理由如此。我無法再隱瞞，妳姊姊去年冬天在倫敦待了三個月，我其實知情，卻刻意不讓他知道。他很憤怒。不過我相信，他對妳姊姊的情意再也不存一絲懷疑以後，也就不再生氣。他現在已經由衷原諒我了。」

伊麗莎白很想這麼評論：賓利先生真是最令人愉快的朋友，這麼好使喚，簡直是無價之寶。不過她忍住了，她記得他還不習慣被人取笑，現在就開始這樣做還太早了。他預測著賓利的幸福——當然，只比他自己的幸福略遜一籌。他們就這樣繼續聊著，直到回到家。他們在走廊上分別。

## 17

「親愛的麗西，你們到底是走到哪去了？」伊麗莎白一進房間，珍就這樣問她，等他們在餐桌旁坐下的時候，其他人也全都在問。她回答時只說他們遊盪到她都不認得的地方了。她說著臉就紅了，但無論是臉紅還是其他跡象，都沒有讓旁人懷疑到事實真相。

晚上靜靜地度過了，什麼特別的事情都沒發生。公認的那對戀人彼此談笑，還不為人知的那一對則默然無語。達西並不是開心起來就會喜形於色的人，伊麗莎白情緒激動又混亂，與其說她**感到**快樂，還不如說她**知道**自己是快樂的。因為除了立即的尷尬情緒以外，她眼前還有其他的困難等著她。她預想著她的事情在家中公開以後，她的家人會有什麼反應：她知道除了珍以外沒有人喜歡他，她甚至害怕他所有的財富與地位，都無法消除其他人對他的**厭惡**。

她在晚上對珍坦白心聲。雖然一般來說班奈特小姐不習慣起疑心，但她在此時卻完全無法置信。

「麗西，妳是開玩笑的吧。這不可能！跟達西先生訂婚了！不，不，妳騙不了我的，我知道這是不可能的。」

「說真的，這樣開頭真是太不順利了！我唯一指望的就是妳了，如果連妳都不信，我確定沒有人會相信我了。但我的確是認真的，我說的全部屬實。他還愛著我，我們訂婚了。」

珍懷疑地看著她。「喔，麗西，這不可能吧。我知道妳有多不喜歡他。」

「妳對此一無所知。**那些事**全都該被忘記。或許我並不是一直像現在這樣愛他，但在這種狀況下，記性太好是不可饒恕的。這是我自己最後一次想起那些話了。」

班奈特小姐看起來還是一臉震驚。伊麗莎白再次更加認真地說服她這是真的。

「老天啊！真的有可能如此嗎？但現在我非得相信妳了。」珍喊道：「我最最親愛的麗西！我會相信妳的，我確實要恭喜妳。不過妳確定嗎——請原諒我這樣問——妳真的確定妳跟他在一起能夠幸福嗎？」

「這方面毫無疑問。我們已經說好了，要成為世界上最幸福的夫婦。不過妳高興嗎，珍？妳會喜歡有這樣一位妹夫嗎？」

「我非常、非常喜歡。沒有別的事情能讓賓利跟我更開心了。不過我們考慮這件事、談起這件事的時候，都覺得這是不可能的。妳真的愛他夠深嗎？喔，麗西，做什麼都可以，就是不要締結毫無感情的婚姻。妳相當確定妳具備結婚應有的感情嗎？」

「喔，是的！等我告訴妳一切以後，妳只會認為我感覺到的**超過**我應有的程度。」

「妳是什麼意思？」

「哎，我必須坦承我愛他的程度勝過賓利。我就怕妳會生氣呢。」

「我最親愛的妹妹，現在**拜託妳**，請嚴肅一點。我想要用非常嚴肅的態度來談。別再拖延，讓我知道我該知道的事情吧。妳會告訴我妳愛上他多久了嗎？」

「這種感情是漸漸產生的，所以我幾乎不知道從何時開始。不過我相信，我必須把時間追溯到我初次看到他們潘伯利的美麗莊園時。」

她姊姊再次懇求她正經一點，這次終於達到期望中的效果。她很快就嚴肅地保證，她確實鍾情於他，這就讓珍滿意了。班奈特小姐既然相信了這一點，就沒有更進一步的期望了。

「現在我相當快樂，」她說道：「因為妳也會像我一樣幸福。我總是對他有一份敬重。

就算沒別的原因，單憑他對妳的愛，我也肯定會永遠尊敬他。不過到現在，他身為賓利的朋友和妳的丈夫，除了他以外，就只有賓利和妳對我來說更寶貴了。但是麗西，妳對我還真是保密到家。對於在潘伯利和藍頓發生的那些事情，妳告訴我的實在太少了！我所知的一切全都是從妳以外的人聽來的。」

伊麗莎白向她說出自己保密的動機何在。她本來不願意提起賓利，她自己還猶豫不定的感情，又讓她同樣避免提及賓利的朋友。不過現在她不會再隱瞞他如何盡力促成莉迪亞的婚事了。她坦承了一切，她們聊了半個晚上。

「老天爺啊！」班奈特太太第二天早上站在窗口時喊道：「如果那個討厭的達西先生別再跟我們親愛的賓利一起來就好了！他這樣纏人，老是往這裡跑是什麼意思？我沒別的想法，只要他可以去打獵或者幹些別的什麼事，別來打擾我們就好。我們該拿他怎麼辦呢？麗西，妳得再跟他去散步了，這樣他就不會妨礙賓利。」

伊麗莎白聽到這樣方便的建議，差點忍俊不住。然而她也真心覺得懊惱，她母親老是那樣形容他。

他們一進門，賓利就別有暗示地望著她，握手的態度又那麼熱烈，所以毫無疑問，他已經知道了好消息。接著，他很快就大聲說道：「班奈特太太，你們這附近有沒有更多小路，可以讓麗西今天再去迷路一下？」

班奈特太太說道：「我建議達西先生、麗西跟吉蒂今天早上去歐坎山。那裡有一條很不錯的長步道，達西先生從來沒見過那片風景。」

「這樣對其他人來說會很合適的，」賓利先生回答：「不過我確定這樣對吉蒂來說太辛苦了。不是嗎，吉蒂？」

吉蒂承認她寧願待在家裡。達西表示他對山上可以看到的風景非常好奇，伊麗莎白也默許了。在她上樓做外出準備時，班奈特太太跟在她後面說道：

「我很抱歉，麗西，妳竟然被迫單獨去陪那個討厭的男人，不過我希望妳不會介意這樣做。這都是為了珍，妳明白的，而且只要偶爾跟他講個幾句就行了，所以不必讓妳自己太麻煩。」

散步的時候，他們決定好今晚應該去請班奈特先生同意婚事，伊麗莎白則把告訴母親的任務攬在自己身上。她無法確定她母親會怎麼看待這個消息，有時候她懷疑他的所有財富權勢，都不足以克服她母親對他的厭惡；但無論她母親對此如何激烈反對，或者為此欣喜若狂，她都可以確定，母親的表現都會同樣不適當，讓人無法肯定她也有頭腦。母親剛聽到消息的第一個反應，無論是喜上眉梢難以自禁，還是怒火滔天大力反對，她都不能忍受讓達西先生當場聽見。

當晚，班奈特先生一退入書房，她就看到達西先生也站起身跟著他去，看到這一幕以後，她情緒不安到了極點。她不怕父親會反對，卻怕因為她的緣故，讓他覺得不愉快。她是他最寵愛的孩子，要是她的選擇讓他傷心，她的作為讓他憂懼悔恨，她想起來就覺得痛苦；

她難過地坐在那裡，直到達西先生再度出現，看他面帶微笑，她才稍微釋懷。幾分鐘後，他走近桌子，她跟吉蒂正好坐在那裡。他假裝在欣賞她的女紅，同時悄聲說道：「去找妳父親，他想在書房裡跟妳談。」她就直接過去了。

她父親在房間裡踱步，看起來嚴肅又緊張。「麗西，」他說道：「妳在做什麼？妳失去理智了嗎，為何接納這個男人？妳不是一直討厭他嗎？」

她多麼誠心希望她以前的見解比較合理，措詞比較和緩！這樣她就不必做出極其尷尬笨拙的解釋跟表白了。但現在這些話都是必要的，她有些慌張地向父親保證，她鍾情於達西先生。

「喔，換句話說，妳決心嫁給他了。當然，他很富有，妳可以擁有比珍更多的華衣美服與上好馬車。可是這些東西會讓妳快樂嗎？」

伊麗莎白說道：「除了相信我對他並不特別鍾情以外，您還有其他反對意見嗎？」

「完全沒有。我們全都知道他是那種傲慢又惹人厭的人，不過如果妳真心喜歡他，那也不算什麼。」

「我確實真心喜歡他，」她含著眼淚回答：「我愛他。他其實沒有不得體的傲慢，他非常親切和藹。您不知道他實際上是這樣的，所以請不要這樣說他，這樣會讓我心痛。」

「麗西，」她父親說道：「我已經答應他了。說真的，像他這種人如果屈尊要求任何事情，我絕對不敢拒絕。如果妳決心要嫁給他，我現在也答應**妳**。但讓我建議妳想清楚一點。麗西，我了解妳的個性。我知道除非妳真心尊敬妳的丈夫，除非妳認為他比妳優越，否則妳不可能幸福，也不可能過得體面可敬。要是妳結下不相配的婚事，妳的聰明才智會讓妳陷入極危險的處境；妳幾乎逃不過身敗名裂的悲慘命運。我的孩子，別讓我悲傷地看著**妳**不能敬重妳的終身伴侶。妳不知道妳在做什麼。」

伊麗莎白的情緒變得更激動了，她認真又嚴肅地回答父親；她一再保證達西先生真的是她選擇的對象，又解釋了她對他的評價如何漸漸轉變，還說明了她完全確定他的情意不是一時衝動，而是忍受了好幾個月的懸宕不定，又鼓足了勁細數他所有的優點，最後終於克服了父親的懷疑，讓他對這件婚事放心。

「喔，親愛的，」她講完以後，他便說道：「我沒別的話要說了。如果事情是這樣，他配得上妳。麗西，我不會把妳嫁給價值及不上他的男人。」

為了讓父親對他有徹底的好印象，她接著把達西先生自願為莉迪亞做的事情都告訴父親。他震驚地聽了她所說的話。

「今天晚上真是充滿了驚奇！所以，達西完成了一切：撮合婚事，給了錢，付清那傢伙的債務，又替他弄到軍職！這樣再好不過了，替我省下大量的麻煩跟金錢。如果這些事情是妳舅舅做的，我就必須償還他，也**將會**償還他；但這些陷入熱戀的年輕人，卻要什麼事情都照自己的意思做。我明天會提議還錢給他，他則會激動萬分地張揚他對妳的愛，然後這件事情就結束了。」

接著他想起了幾天前他朗讀柯林斯先生的來信時，她顯得多麼窘迫，於是再取笑她一陣以後，終於讓她離開，在她走出房間的時候還說道：「如果有任何年輕男子要來娶瑪麗或吉蒂，就叫他們進來吧，我現在可有空了。」

現在伊麗莎白心裡卸下一個非常沉重的負擔。她在自己房間裡靜靜想了半小時以後，總算能夠用還算鎮靜的態度加入其他人。這一切發生的時間都還太近，讓她還表現不出她的開心，但這天傍晚是在寧靜中度過的；實際上再也沒有任何事情要擔憂害怕，自在熟悉的舒適感總會及時出現。

晚上她母親上樓去她的化妝室時，她跟著上去，然後講出了這個重大消息。這個消息的效果是最不尋常的；因為班奈特太太剛聽說此事的時候，坐在那裡動也不動，連一個字都說不出來。雖然一般來說，要她相信對她家人有利的事情，或是任何一位女兒有了對象之類的好事，她都不會猶豫，但她還是過了許久才能理解自己剛才聽到什麼話。最後她總算恢復過來，在她的椅子上樂得坐立不安，一會站起、一會又坐下，一方面驚訝、一方面又恭賀自己。「天啊！上帝保佑！妳想想看！我的天啊！達西先生！誰想得到呢？這是千真萬確的嗎？喔，我最甜美的麗西！妳會變得多麼富有、多麼高貴啊！妳會有多少零用錢、多少珠寶、多少馬車啊！珍會擁有的東西跟妳比起來不算什麼——根本不算什麼。我好開心——好快樂。這樣有魅力的男士！這麼俊俏！這樣高大！喔，我親愛的麗西！請為我先前那樣討厭他致歉，我希望他會忽略這件事，最最親愛的麗西。在倫敦的房子！擁有一切漂亮的東西！嫁掉三個女兒！一年一萬鎊收入！喔，天啊！我會變成什麼樣呢？我高興得要瘋啦！」

這樣就足以證明她無疑同意這樁婚事。伊麗莎白很慶幸只有她一個人聽到這番露骨的話，很快就離開了。但她在自己房間裡還沒待滿三分鐘，她母親就跟著過來了。

「我最親愛的孩子，」她大聲說道：「我什麼別的事情都不能想了。一年一萬鎊，而且很可能還更多！這跟嫁給一位貴族一樣好！還有特許證[3]——妳一定要，也一定會領了特許證才結婚。不過我最親愛的寶貝，告訴我達西先生特別喜歡什麼菜，這樣我明天才能準備。」

這是個不妙的徵兆，顯示出她母親可能怎樣對待那位紳士。伊麗莎白發現，雖然已經肯定得到他最熱烈的愛，也確保得到她家人的同意了，她還是有些別的願望。但第二天過得比她預料的好得多，因為說來幸運，班奈特太太很敬畏她未來的女婿，所以除了向他獻殷勤、或者推崇他的見解以外，她都不敢大著膽子跟他說話。

伊麗莎白滿意地看著她父親努力要多認識他；班奈特先生很快就向她保證，他越來越尊重他了。

「我對我的三位女婿都相當欣賞，」他說道：「我最喜歡的或許是威克姆，不過我想**妳的**丈夫會跟珍的丈夫一樣得我歡心。」

3. 特許證（special licence）：根據英國當時的法律，一般人在婚禮舉行前三週，在教堂或其他法律規定的地方宣布擬定的婚姻通知，或者在連續三個星期日的教堂禮拜上宣布擬定的婚姻，以便任何了解這一樁婚事的人能提出反對意見，這稱為結婚公告。如無異議，一般人就憑結婚公告結婚。在特殊狀況下，可由主教頒布特許證。班奈特太太希望他們憑特許證儘快結婚，而不要憑結婚公告結婚，因為她擔心有人阻撓這門親事。

# 18

伊麗莎白的情緒很快就振奮到又能開玩笑了，她想叫達西先生說明一下他怎麼愛上她的。「你是怎麼開始的？」她說道：「一旦你有了開始，我就可以理解你如何愉快地繼續愛下去，但當初你怎麼起頭的呢？」

「我沒辦法確定是因為何時何地、因為妳的哪種模樣或者哪些話，才奠定了感情基礎。那是太久以前的事情了。在我知道我**已經**愛上妳之前，我就已經陷進去了。」

「你一開始可以抵擋我的美貌，至於我的舉止嘛——我對待**你**的行為少說也是一直在無禮的邊緣徘徊，而且我跟你說話時總是希望趁機刺痛你。現在你老實說吧：你愛慕我，是因為我唐突莽撞嗎？」

「我確實喜歡妳活潑的心靈。」

「你大可以馬上就說這是唐突莽撞，跟那相去不遠了。事實是，你厭倦了禮貌、尊重和虛偽的殷勤。你厭煩了那些言行顧盼都只想得到**你**贊同的女人。我引起你的注意，讓你產生興趣，因為我跟**她們**太不一樣了。要是你其實並不和藹可親，你就會因此憎恨我了。但你雖然盡力偽裝自己，你的感情還是高尚公正的。在你心中，你徹底鄙視那些費盡力氣討你歡心的人。你看——我替你省下解釋一切的力氣了。而且說真的，整體來看，我開始認為這番說詞完全合理。當然了，你對我的任何實際優點都一無所知——不過在墜入愛河的時候，才沒有人會去想**那種事**呢。」

「珍在奈德菲病倒的時候，妳對她充滿手足之愛的行為難道不算優點嗎？」

「最親愛的珍！誰能夠不盡力關照她？不過當然了，就把這當成一項優點吧。我的優點就靠你來維護了，而且你要盡可能誇大。為了回報，該由我來找機會盡可能嘲弄你、跟你起爭執；我會直接開始，現在先問你為什麼這麼不情願提到最後的重點。你一開始上門拜訪了，隨後又在這裡吃晚餐，為什麼又這樣避著我？尤其是你上門拜訪的時候，為什麼看起來一副不在意我的樣子？」

「因為妳看起來又嚴肅又沉默，這樣無法鼓勵我。」

「可是我覺得尷尬呀。」

「我也是。」

「你來吃晚餐的時候，本來可以跟我多聊一些的。」

「換成一個感情沒那麼強烈的男人或許就會。」

「真是不幸，你竟然都有個合理的答案可說，而我又明理到都可以接受！但我納悶的是，如果都順著你的意思做，你本來**會**這樣繼續拖多久。我納悶的是，如果我沒有先問你，你什麼時候才**會**說！我決心感謝你對莉迪亞的仁慈，肯定有很大的影響。我就怕是**太大了**，因為我本來不該提起這個話題，要是我們的安樂是來自於破壞承諾，那我做人的道德原則會變成什麼樣子呢？這樣絕對行不通的。」

「妳不必這樣為難自己了，妳的道德原則完全沒問題。卡瑟琳夫人不講理地竭力要拆散我們，是這個作法消除了我所有的疑慮。我現在的幸福並不是靠妳急著表達謝意而達成的。我根本沒有心情等妳先開口，我姨媽的消息已經給我希望，我立刻就決心要弄清楚一切。」

「卡瑟琳夫人真是幫上了無比的大忙，這樣應該會讓她很開心吧，因為她熱愛幫別人的忙。不過請告訴我，你先前來到奈德菲是為什麼？只是為了騎馬來龍柏園享受尷尬的情緒？或者你本來還有其他更要緊的事情？」

「我真正的目的就是要見**妳**，如果可以的話還要判斷一下，我是否能夠期望讓妳愛上我。我對別人也對自己宣稱的理由，則是看看妳姊姊是否還心繫賓利，如果她還是如此，我就對他坦白我做過的事情。」

「你有沒有勇氣對卡瑟琳夫人宣布她會碰上什麼事？」

「伊麗莎白，我比較需要的是時間而不是勇氣，不過這件事情是該完成。如果妳給我一張紙，我立刻就可以寫信。」

「如果我自己沒有信要寫，我就可以效法另一位小姐過去的作法，坐在你身邊欣賞你勻稱的字跡。不過我也有個舅媽，絕對不能一直撇下她不管。」

伊麗莎白原本不願坦白她跟達西先生的交情被高估了，所以一直還沒回覆嘉迪納太太的長信。但現在她既然知道，她有最讓人高興的**消息**可以秉報，她就發現舅舅跟舅媽已經慢了三天享受這番喜悅，這幾乎讓她覺得羞愧，所以她立刻寫下了這封信：

親愛的舅媽，我早該要感謝妳寫來那封長信，慈愛又充滿了令人滿意的具體細節。不過說實話，我本來太惱怒了，所以沒有回信。妳寫來的信裡，假定的事情比事實還多。不過現在妳愛怎麼想像就怎麼想像吧，在這個話題能夠容許的範圍內，釋放妳的幻想、任憑妳的想像馳騁到任何方向，只要別相信我實際上已經結婚了，妳就錯不到哪去。妳一定要快點再寫信給我，而且要比上一封信裡更大力讚揚他。我要一再感謝妳沒有帶我去大湖區。我怎麼能這麼傻，竟然希望去那裡？妳想用一對小馬拉車的主意太妙了，我們天天都可以繞莊園一圈。我是世界上最快樂的人了，或許其他人也說過一樣的話，不過沒有人能夠說得這麼公正。我甚至比珍還要快樂，她只是在微笑，我卻是開懷大笑。除了給我的愛以外，達西先生要向你們致上剩下所有的愛。你們全都要來潘伯利過聖誕節。妳的外甥女

達西先生寫給卡瑟琳夫人的信是用完全不同的風格寫成，班奈特先生寄給柯林斯先生的回信又更不一樣：

親愛的先生：我必須再度勞駕你祝賀我一番了。伊麗莎白很快就會嫁給達西先生為妻。請盡可能安慰卡瑟琳夫人。但如果我處於你的位置，我會跟外甥站在一邊。他有更多好處可給。——你誠摯的表親。

賓利小姐向她哥哥道賀，祝福他即將結婚，她的賀辭全都顯得情深意重，卻毫不誠懇。她甚至為此寫信給珍表達她的喜悅，並且重複了她先前表達過的所有關愛之意。珍並沒有受

騙，不過她還是受到感動。雖然珍並不信任賓利小姐，還是忍不住寫給她一封非常仁慈的回信，就算她心知肚明那位小姐配不上這份情意。

達西小姐接到同類消息時的喜悅很真誠，就好像她哥哥發出這封信時，心情也是一樣誠摯。四面信紙還不足以包含她所有欣喜的賀辭，還有她希望受到嫂嫂喜愛的真誠心願。

在柯林斯先生的回信抵達，或者伊麗莎白從他妻子那裡收到任何祝賀以前，龍柏園一家就聽說柯林斯夫婦自己動身來到盧卡斯小築。他們這樣突然離開住處的理由，很快就明朗了。卡瑟琳夫人被外甥的信件內容弄得勃然大怒，實際上為這樁婚事而高興的夏洛特急著避鋒頭，等這一陣風暴過去再說。好友在這種時候抵達確實讓伊麗莎白很開心，雖然在她們見面的時候，眼看著達西先生暴露在她先生吹噓加恭維的全套攻勢之下，她免不了偶爾認為，這番樂趣的代價相當高昂。然而達西還是以令人敬佩的冷靜，忍耐著這一切；他甚至能夠聽得下威廉．盧卡斯爵士的話，他恭維說達西帶走了這一帶最明亮的寶珠，還以非常高貴的冷靜態度，說他希望他們能常常在聖詹姆士宮見面。如果達西確實聳了聳肩膀，他也都等到威廉爵士走出視線之外才這樣做。

菲利普斯太太粗俗的言行，對於他的忍耐精神是另一個重擔，或許還更沉重些；然而菲利普斯太太就像她姊姊一樣，對達西太過敬畏，所以儘管賓利的好脾氣鼓勵她擺出親暱的態度，她卻不敢用同樣的態度向達西說話。不過只要她確實開了口，總是粗魯不文。她對他的尊重雖然讓她變得更安靜，卻完全不可能讓她變得更優雅。伊麗莎白盡她所能，護著他避開任何一方的過度殷勤，也一直很急於讓他跟她談話，或者跟她那幾位能與他交談，卻不至於讓他窘迫難堪的親戚談話。雖然從這一切之中產生的不自在情緒，讓這段戀愛期間少了許多樂趣，卻增添了未來的希望。她欣喜地期待著將來離開這個雙方都不太喜歡的社交圈，移居到潘伯利，享受他們的家庭聚會中所有的舒適與優雅。

# 19

班奈特太太把她那兩個最可貴的女兒送出家門的那天，是讓她那滿腔母愛最快活的一天。可想而知，後來她拜訪賓利太太、談起達西太太時有多麼喜悅驕傲。為了她的家人著想，我真希望我能說，她有這麼多女兒達成了她誠摯的心願，所以產生了非常美妙的影響，讓她在餘生中都成為一位明理又可親、還很有見識的女性。然而她還是偶爾神經衰弱，一直保持愚昧，這對她丈夫來說或許是幸運，若非如此，他就不能享受那異乎尋常的居家之樂了。

班奈特先生極其想念他的二女兒；他對她的父愛，比任何理由都更常讓他離家去探望。他很樂於拜訪潘伯利，尤其喜歡在大家最意想不到的時候前往。

賓利先生跟珍只繼續在奈德菲住了一年。住處距離她母親和馬里頓的親戚這麼近，就算他脾氣隨和、她溫柔善良，也覺得不甚滿意。所以他滿足了他家姊妹殷切的期望，在達比郡附近的一個郡買下一處地產：現在除了其他的喜樂泉源以外，伊麗莎白與珍的住處還只相隔三十哩。

吉蒂大部分時間都跟兩位年長的姊姊住在一起，這對她有非常實質的好處。她通常往來的都是這樣優越的人，因而大有長進。她原本的脾氣就不像莉迪亞那樣難駕馭，既然免於莉迪亞的壞榜樣影響，在適當的照料與管教之下，她變得沒有那麼容易生氣，沒那麼無知，也沒那麼缺乏情趣了。大家當然小心翼翼地保護她免於莉迪亞進一步的不利影響，雖然威克姆太太經常邀吉蒂去她家住，還答應會有很多舞會跟年輕男士，她父親卻從來不准她去。

瑪麗是唯一一個還在家裡的女兒，因為班奈特太太實在無法獨處，她勢必要稍微放下種種才藝的鍛鍊。瑪麗被迫多跟外界接觸，但她還是能夠替每個早晨的訪問活動找出一番道德教訓。既然她再也不會因為容貌比不過其他姊妹而感到屈辱，她父親懷疑，她屈服於這些變化倒也不會太不情願。

至於威克姆與莉迪亞，姊姊們的婚事並沒有為他們的人格帶來什麼天翻地覆的變化。他很冷靜地確信，就算伊麗莎白先前不知道，現在也肯定已經很清楚他不知感激、虛情假意的種種作為。儘管發生過這一切，他還是沒有完全放棄希望，也許還能說服達西讓他發一筆財。伊麗莎白從莉迪亞那裡收到一封信恭喜她結婚，這封信讓她明白，就算威克姆本人沒這麼想，至少他的妻子也還懷抱這種期待。信件內容如下：

親愛的麗西：祝妳幸福快樂。如果妳對達西先生的愛，有我對親愛的威克姆一半多，妳一定就會非常幸福。妳變得這樣富有，實在是一大安慰。在妳沒其他事情可做的時候，希望妳會想想我們。我很肯定威克姆非常希望在宮廷裡找到一個職位，而且要是少了一些幫助，我想我們不會有足夠金錢可以度日。一年三、四百鎊的任何職位都可以。然而如果妳寧可不提，就別對達西先生提及此事。——妳的妹妹。

實際上伊麗莎白的確非常不願意提起，她努力寫信回絕任何這種性質的懇求與期望。然而很讓人欣慰的是，藉著可以稱為節約個人開銷的手段，她在能力所及的範圍內，還是經常寄些錢給他們。在她看來，事情一直很明顯，這兩個人這樣奢侈無度又不顧將來，以他們的收入肯定捉襟見肘，難以維生。每次他們換駐紮區，總會要求珍或伊麗莎白給他們一點小小的幫助，好清償他們的帳單。就算世間恢復和平，他們可以離開軍隊建立家庭，他們的生活方式還是極端不穩定。他們總是居無定所，只為了找個便宜的住處，而且花費總是超過應有的程度。他對她的感情很快就變得淡漠，她對他的愛還延續得久了一點。而且雖然她年輕又舉止輕佻，她還是維持住婚姻中該有的所有名譽要求。

雖然達西從來沒有在潘伯利接待威克姆，為了伊麗莎白，他還是提供威克姆職業上的協助。莉迪亞在她丈夫到倫敦或巴斯尋歡作樂的時候，偶爾會在潘伯利作客。他們兩個經常一起在賓利家長住，時間久到連賓利隨和的脾氣都承受不住，甚至開始暗示起要他們離開。

達西的婚事讓賓利小姐受創甚深。不過她認為保有拜訪潘伯利的權利還是很明智，也就放下所有的怨恨。她對喬治安娜的喜愛更勝往日，對達西幾乎就像過去一樣殷勤，並且補償了過去對伊麗莎白的所有無禮之處。

潘伯利現在是喬治安娜的家了。姑嫂之間的感情，就像達西本來所期望看到的一樣。她們甚至只要照著本意，就能做到彼此愛護。喬治安娜對伊麗莎白有著最高的評價，雖然起初她聽到嫂嫂用那樣活潑戲謔的方式向她哥哥說話，常常覺得很震驚，幾乎因此緊張不安。哥哥在她心目中，總是激起差點就壓過手足之愛的敬意，但現在卻看到他成為公然開玩笑的對象。她因此長了見識，過去她從沒發現這一點。在伊麗莎白的指引下，她開始了解到一個女人也許可以隨意對待她丈夫，一位哥哥卻不會一直容許小他十歲的妹妹這樣待他。

卡瑟琳夫人對於外甥的婚姻憤恨至極。在她回覆宣布這件婚事的信件時，她完全表現出性格中所有名符其實的坦白，寄給他的信上滿紙辱罵，提到伊麗莎白的時候尤其如此，因此有一段時間雙方不再通信。最後，在伊麗莎白的勸說之下，達西終於被說服忽略這種冒犯，設法跟姨媽和好。他姨媽又進一步抵抗了一陣，後來要不是為了對外甥的親情，就是為了滿足好奇心、看看外甥媳婦舉止如何，她總算放下了怨恨。雖然潘伯利有了這樣一位女主人，她的舅舅與舅媽又從倫敦頻頻來訪，辱沒了潘伯利的園林，她還是屈尊來到這裡拜訪他們。

他們和嘉迪納夫婦一直保持親密的往來。達西跟伊麗莎白一樣，真心喜愛著他們。他們兩人一直對舅舅夫婦有著最熱烈的感激之情，因為有他們帶著伊麗莎白來到達比郡，才讓兩人終成眷屬。

（全文完）

# 珍奧斯汀寫作年表

| | | |
|---|---|---|
| 一七七五 | | 出生於英國南新漢夏郡一個鄉村牧師家。 |
| 一七九五 | 二十歲 | 著《葉莉娜與梅麗安》（*Elinor and Marianne*），後改名為《理性與感性》（*Sense and Sensibility*）。 |
| 一七九六 | 二十一歲 | 從十月開始寫《初次印象》（*First Impression*），後改名為《傲慢與偏見》（*Pride and Prejundice*），翌年八月完成。 |
| 一七九七 | 二十二歲 | 寫《諾桑傑寺院》（*Northanger Abbey*），推測於一八〇三年完成。 |
| 一八〇三 | 二十八歲 | 據推測此年開始寫《瓦特森》（*The Watsons*），後來停筆，可能是《艾瑪》的初稿。 |
| 一八〇五 | 三十歲 | 一月父親過世，據推測《蘇珊小姐》（*Lady Susan*）此年完成。 |
| 一八一一 | 三十六歲 | 動筆寫《曼斯菲爾德公園》（*Mansfield Park*），《理性與感性》出版。 |
| 一八一三 | 三十八歲 | 一月《傲慢與偏見》出版，同月再版《理性與感性》。 |
| 一八一四 | 三十九歲 | 一月開始寫《艾瑪》，五月出版《曼斯菲爾德公園》。 |
| 一八一五 | 四十歲 | 推測於春或夏季寫《勸導》（*Persuasion*），約一年後完成；十二月出 |

版《艾瑪》；巴黎出版法文版的《理性與感性》。

一八一六　四十一歲　《曼斯菲爾德公園》再版；巴黎出版法文版的《曼斯菲爾德公園》與《艾瑪》。

一八一七　四十二歲　七月十八日去世，《傲慢與偏見》發行第三版。

一八一八　《諾桑傑寺院》與《勸導》合併出版。

國家圖書館出版品預行編目資料

傲慢與偏見 / 珍.奧斯汀(Jane Austen)著 ; 吳妍儀譯. -- 初版. -- 臺北市 : 商周出版 : 家庭傳媒城邦分公司發行, 2013.01
面； 公分. -- (商周經典名著 ; 39)
譯自 : Pride and prejudice
ISBN 978-986-272-304-3(平裝)

873.57 101026735

線上版讀者回函卡

商周經典名著 39

# 傲慢與偏見（三版）

作　　者／珍・奧斯汀（Jane Austen）
譯　　者／吳妍儀
責任編輯／黃靖卉、羅珮芳

版　　權／吳亭儀、江欣瑜
行銷業務／周佑潔、賴正祐、賴玉嵐
總 編 輯／黃靖卉
總 經 理／彭之琬
事業群總經理／黃淑貞
發 行 人／何飛鵬
法律顧問／元禾法律事務所 王子文律師
出　　版／商周出版
台北市104民生東路二段141號9樓
電話：(02) 25007008　傳眞：(02)25007759
E-mail：bwp.service@cite.com.tw
Blog：http://bwp25007008.pixnet.net/blog
發　　行／英屬蓋曼群島商家庭傳媒股份有限公司 城邦分公司
台北市中山區民生東路二段141號2樓
書虫客服服務專線：02-25007718；25007719
服務時間：週一至週五上午 09:30-12:00；下午 13:30-17:00
24 小時傳眞專線：02-25001990；25001991
劃撥帳號：19863813；戶名：書虫股份有限公司
讀者服務信箱：service@readingclub.com.tw
城邦讀書花園：www.cite.com.tw
香港發行所／城邦（香港）出版集團有限公司
香港九龍九龍城土瓜灣道86號順聯工業大廈6樓A室
電話：(852) 25086231　傳眞：(852) 257893371　E-mail：hkcite@biznetvigator.com
馬新發行所／城邦（馬新）出版集團 Cite (M) Sdn. Bhd.
41, Jalan Radin Anum, Bandar Baru Sri Petaling, 57000 Kuala Lumpur, Malaysia.
Tel: (603) 90578822 Fax: (603) 90576622 Email: cite@cite.com.my

裝幀設計／廖韡
排　　版／極翔企業有限公司
印　　刷／韋懋實業有限公司
經　　銷／聯合發行股份有限公司 電話：(02) 29178022 傳眞：(02) 29156275
地址：新北市新店區寶橋路235巷6弄6號2樓

■2013年1月初版一刷
■2020年9月28日三版
■2023年11月30日三版 1.5刷
定價320元

Printed in Taiwan

城邦讀書花園
www.cite.com.tw

 ISBN 978-986-272-304-3